KB041157

전생했더니 검이었습니다

"I became the sword by transmigrating"

Story by Yuu Tanaka, Illustration by Llo

타나카 유 지음
Llo 일러스트
신동민 옮김

6

전생했더니 검이었습니다 6

"I became the sword by transmigrating" Story by Yuu Tanaka. Illustration by Llo

타나카 유 지음
Llo 일러스트
신동민 옮김

CONTENTS

"I became the sword by transmigrating"
Volume 6
Story by Yuu Tanaka, Illustration by Llo

제1장 예선의 희비 교차

『그럼 가볼까.』

"응."

"웡!"

아침을 든든히 먹고 장비 점검을 한 후 프란은 숙소를 나섰다.

모든 준비를 갖춘 건 방어구뿐만이 아니다. 내 손질도 완벽하다.

프란이 반짝반짝하게 닦아줬으니 말이다. 게다가 단순히 닦기만 한 게 아니다.

레벨업시킨 대장 스킬을 사용한 최고의 작업이다. 누더기 천이 아니라 손질용 천을 일부러 사준 프란의 애정이 몸에 사무치는구나. 마수 소재를 사용한 최고급 천이라고 한다. 이거 참, 아침부터 몸부림칠 만큼 기분 좋았어.

역시 프란이 닦아준 뒤에는 상태가 괜찮은 기분이 든다. 대장 스킬의 효과가 확실히 발휘되는 거겠지.

"흐흠."

『기분 좋은가 보네.』

"응! 기대돼!"

프란은 그렇게 말하고 웃었다. 지금부터 싸우러 가는데 말이다.

『으음, 어엿한 전투광이 됐구나…….』

믿음직스러운 반면, 여자애가 그래도 좋을지 살짝 걱정이 됐다. 아무튼 프란의 여성성은 그 엘자에게조차 완패한다. 아니 뭐, 그 녀석은 성별 외에는 꽤나 여자다우니까.

7

『하지만 어떤 녀석과 만날지 아직 모르잖아?』

"그래서 기대돼."

『그렇구나. 그래서 기대되는구나.』

"응!"

대전 상대를 모르는 것을 불안하게 여기지 않고 기대된다고 생각하다니, 완전히 배틀 마니아다.

『……이제 되돌리기에는 늦었나…….』

"응?"

『아니, 아무것도 아냐. 그보다 대전 상대는 누구일까?』

프란이 향하고 있는 곳은 시합회장이었다.

지금부터 그곳에서 무투 대회의 1차 예선이 실시된다.

무투 대회는 이미 어제부터 시작됐다. 그리고 오늘은 프란의 1차 예선이 실시되는 날이다.

디아스가 보내준 대회 요항을 떠올렸다.

무투 대회는 14일 동안 열리며, 처음 이틀에 1차 예선, 사나흘째 날에 2차 예선이 시작되는 듯했다. 모든 참가자는 천 명이 넘는다고 하니, 예선에서 1대1 대전을 해서는 시간이 지나치게 오래 걸린다. 그렇기 때문에 예선은 다섯 명 한 조로 배틀 로열이었다. 이래서 단숨에 사람을 줄여갈 것이다.

울무토는 훈련장이나 시합장의 수가 많다. 매년 무투 대회를 열고 모험자도 많기 때문이겠지. 200 시합 이상의 1차 예선도 그 시합장들을 이용하면 문제없이 소화할 수 있다고 한다.

참고로 1차 예선은 관객 없이 진행하는 시합이다.

그것도 어쩔 수 없다. 옥석이 뒤섞여서 볼만한 가치가 있는 시합만 있는 것이 아니기 때문이다. 그중에는 신참 모험가들끼리 벌이는 진흙탕 시합이나 강자가 순식간에 끝내버리는 시합도 있다.

2차 예선부터는 그럭저럭 큰 시합장을 이용하고 관객도 들여보내는 듯했다.

1차, 2차라는 두 번의 예선을 거치게 되면 참가자는 50명 이하까지 줄어든다.

거기에 예선을 면제받은 시드 선수를 더한 총 64명으로, 본선이 열린다고 한다.

이 무투 대회는 지구에서 본 적이 없을 만큼 과격해서, 놀랍게도 시합 중에 상대를 죽여도 죄가 되지 않았다. 선수가 출장 전에 그것을 승낙하는 계약서에 사인을 하기 때문이다. 역시 위험한 세계야.

다만, 지구와 달리 회복 마술도 있고 상당히 고위 포션도 준비해주는 것 같아서 즉사만 아니면 그럭저럭 죽지는 않는 듯했다.

1차 예선에서는 회복 마술사가 배치되거나 포션을 지급하지 않지만 말이다. 냉정하지만 명백한 낮은 실력자, 담력 시험 정도의 각오만 가지고 있는 어중이를 배제하기 위한 방침인 모양이다. 게다가 1차 예선 참가자 전원에게 포션을 나눠주면 길드나 영주가 협찬한다고 해도 확실히 적자가 날 테고.

『프란, 긴장 안 돼?』

"응. 괜찮아."

긴장이 뭐야? 같은 얼굴로 고개를 꾸벅이는 프란. 역시 대단한 정신이다.

뭐, 요 며칠 동안 할 수 있는 일은 **모두** 했다. 준비는 충분하다.

분명히 말해서 지금의 우리는 강하다. 프란도 자신이 있을 것이다.

『처음에 나는 보기만 할게. 하지만 상대가 강하면 도와줄게. 그러면 되지?』

"스승과 둘이서 얼마나 강한지 알고 싶어."

하지만 자기만의 힘도 시험해보고 싶을 것이다.

시합이 개시되기까지는 아직 시간이 있어서 우리는 천천히 걸으며 회장으로 향했다.

프란이 1차 예선을 치루는 회장은 모험가 길드 옆에 있는 훈련장이었기 때문에 길을 잃을 염려도 없었다. 나는 걸으며 프란에게 규칙을 설명했다.

거친 대회여서 그렇게까지 복잡한 규칙은 없지만 말이다.

주의해야 하는 것은 시합 중 포션 금지 정도겠지. 금지된 마술도 없다. 굳이 꼽자면 사술 금지랄까. 아니, 금지라고 할까, 사용한 순간 주위의 모험가에게 늘씬하게 얻어맞을 것이다. 어차피 사술을 쓴다=인류의 적 사인이다.

그리고 우리에게 중요한 것은 소환에 관한 규칙일 것이다.

소환 대상이 인류 이외의 존재라면 소환 등은 허용되지만, 처음부터 데려오는 것은 허용하지 않는다는 규칙이다. 즉 울시를 시합에 내보내려면, 그림자 속에 들어가 있게 하면 소환 취급을 받아서 불러낼 수 있다는 뜻이다. 소환이라고 명기되지 않고 소환 등이라고 적혀 있으니 말이다. 보이지 않는 곳에서 불러내는 과정을 거치면 되는 모양이다.

『울시는 여차할 때를 대비한 비장의 카드야.』

'웡!'

이미 그림자 속으로 들어가 준비 만반의 상태다. 언제든지 상대를 기습하는 것이 가능하다.

그 외에는 마법 무기 지참은 무제한이고 어떤 마도구를 사용해도 상관없다. 장비나 도구, 종마의 힘도 실력에 포함된다는 생각이겠지.

승패에 관한 규칙을 꼽자면, 시합장에서 장외로 떨어진 선수는 패배하게 되는 것과 패배를 선언한 선수에 대한 고의 공격은 반칙으로 인정된다는 거려나.

『이해하겠어?』

"응. 알았어."

『진짜?』

"응……."

아, 이거 이해 안 가나 보네. 그도 그럴 게, 프란의 눈이 완전히 포장마차 쪽을 향하고 있었다.

그 건성인 상태를 말하자면, 좋아하는 아이에게 고백하고 대답을 기다리는 중학생처럼 들뜬 모습이었다.

하지만 역시 시합 전에 먹을 생각은 없나 보다. 침을 줄줄 흘리며 포장마차로 다가가려 하는 자신을 꾹 누르고 있었다.

『프란, 끝나면 얼마든지 먹을 수 있으니 참아.』

"응."

그렇게 말하며 역시 포장마차를 힐끗거렸다. 무투 대회가 시작된 탓에 포장마차의 수가 늘어난 데다 어느 것이나 맛있어 보이니 말이다. 프란이 신경 쓰는 것도 이해가 간다.

이 이상은 안 보는 게 나을 것이다. 나는 프란에게 길드까지 서

둘러 가자고 말했고, 그 말에 따른 프란은 걷다가 길드 앞에서 발걸음을 멈추고 말았다.

『프란, 왜 그래?』

더 맛있어 보이는 포장마차라도 발견했나?

"저거."

하지만 그것도 꼭 틀린 말은 아니었다.

프란이 가리킨 방향을 보니 낯익은 포장마차가 있었다.

『저건──용선옥잖아.』

바르보라의 요리 콘테스트에서 경쟁한 상대인 용선옥의 포장마차가 길드 앞 광장에 가게를 열고 있었다.

"가볼래."

『그래.』

그 포장마차를 들여다보니 낯익은 남성이 수프를 팔고 있었다. 판매를 하고 있는 것은 장신의 금발 미중년이자, 전 랭크 A 모험가인 펠무스였다. 이거 여전히 중후하군.

"어라, 거기 있는 건 검은 꼬리의 프란 씨가 아닌가요?"

저쪽도 이쪽을 기억하고 있었는지 친밀하게 말을 걸었다.

전혀 기분 나쁘지 않게 접근하는 것도 연륜 때문인 것 같아서 부럽군.

"오랜만이야."

"네, 오랜만이군요. 혹시 무투 대회에 출장하는 건가요?"

"응."

"그런가요, 열심히 해요. 뭐, 당신이라면 예선 정도는 문제없을 겁니다."

펠무스는 출장하지 않느냐고 생각했는데, 놀랍게도 젊을 때 우승한 적도 있고, 이번에는 시드 선수로 본선부터 출장한다고 한다. 역시 전 랭크 A.

『거 참, 엄청나게 강력한 라이벌이 나타났어.』

무엇보다 이명이 용잡이다. 실제로 전에는 가게에서 쓰는 용 소재를 직접 들여왔다고 한다. 이거 간단히 우승하지는 못할 것 같다. 무시무시한 것은 펠무스가 그렇게까지 강해 보이지 않는 점이었다. 그러나 전 랭크 A 모험가가 절대로 약할 리 없다.

우리의 감각조차 속일 만큼 펠무스의 의태가 뛰어나다는 의미다. 그것은 즉, 그의 실력의 일부가 우리를 웃돈다는 뜻이기도 했다.

"이제 이런 나이라서 힘들겠지만 올해는 특별해요. 지인에게 출장해달라고 부탁을 받아서 말이죠. 그에게는 여러모로 신세를 져서 거절할 수 없었어요."

그래서 본선까지는 이렇게 조금이라도 용선옥를 선전하고 있다나. 상인의 혼이 억척스럽군.

그와 잡담을 나눠서 바르보라의 부흥 상황도 알 수 있었다. 전 영주인 크라이스톤 전 후작이 재산을 털어 부흥에 힘을 쏟아서 당초 예정보다 순조롭게 진행되고 있다고 한다. 모험가 길드 등의 지원을 받은 것도 큰 듯했다.

그리고 아만다의 지원으로 바르보라의 모든 고아원이 수리되어 지금은 이오 씨가 마음껏 능력을 발휘하고 있다나.

야채 쪼가리와 약간의 소금만으로 그만한 수프를 만들었던 이오 씨다. 평범한 식재료와 마음껏 쓸 수 있는 조미료가 있다면 얼마나 맛있는 것을 만들까. 어쩌면 일반 가정보다 훨씬 맛있는 것을 먹고 있을지도 모른다.

마지막으로 바르보라에서 카레 붐이 일어나고 있다는 소식도 들었다.

원조인 검은 꼬리처럼 검은 ㅇㅇ거나 ㅇㅇ 꼬리와 같은 이름의 노점이 난립하고 있다고 한다. 그리고 어느 가게든 카레 스승의 레시피를 계승한 가게라고 주장하고 있는 모양이다. 뭐, 내가 루실 상회에 판 레시피를 사서 재료를 추가한 것 같으니 거짓말은 아니지 않을까?

프란은 그 얘기를 기쁜 듯이 듣고 있었지만, 슬슬 시간이 됐다. 너무 아슬아슬하게 도착하는 것도 그러니 슬슬 가야 한다.

『프란.』

"응. 시합 시간이야."

"이런, 붙잡아서 미안합니다."

"아니야. 여러 얘기를 들어서 좋았어."

"꼭 본선에서 만나죠."

"응. 알았어."

"후후, 의욕 있는 얼굴이군요."

펠무스에게 마주 웃은 프란의 얼굴은 완전히 호전적인 표정이었다. 싱긋이라는 말이 잘 어울리는 웃음의 안쪽에서 사나움이 배어 나오고 있었다.

"우승할 거야."

"호오? 그거 대단하군요. 젊음이 눈부시게 보이는 걸 보니 저도 나이를 먹었나 봅니다."

프란의 말을 들은 펠무스가 손자를 보는 듯한 눈으로 미소 지었다. 무시하는 기색은 없고, 단순히 위를 목표로 하는 프란을 마음에 들어 하는 듯했다.

"펠무스는 우승 안 노려?"

"하하하. 이 늙은 몸에 그렇게까지 기대하면 곤란합니다. 뭐, 준결승을 노리는 정도일까요? 프란 씨는 부디 우승을 목표로 노력하세요."

"응! 우승!"

펠무스의 말에 아무래도 스위치가 들어간 모양이다. 예선에서 지나치게 행동하지 않으면 좋겠는데.

『프란, 그 건물이야.』

"여기? 진짜?"

펠무스와 헤어져 길드 옆에 있는 예선 회장에 발을 들이니, 그곳은 의외로 조용했다. 1차 예선은 일반 관객에게 개방되지 않으니 어쩔 수 없을지도 모른다. 다만, 보기에 모험가로 짐작되는 남자들이 들락날락해서 열기 같은 것은 전해져왔다.

『입구에서 접수를 하나 봐.』

"응."

프란은 애쓰는 기색 없이 평소 모습으로 접수대로 향했다.

"아아, 아가씨. 오늘은 관전할 수 없어요. 내일 2차 예선부터 올래요?"

접수대에 앉은 청년에게 그런 말을 들었다.

참가자라고는 생각하지 않는 모양이다. 일단 나를 메고 있지만 신참 모험가라고 생각한 걸까.

그건 그렇고 랭크업 정보는 공개됐을 텐데. 뭐, 이 접수원은 모험가 길드 관계자가 아니라 영주에게 고용된 말단 문관 같으니 모험가의 정보를 모르는 것도 어쩔 수 없으려나?

프란이 참가자라고 말하자 청년 문관이 깜짝 놀랐다.

하지만 프란이 농담하는 게 아니라는 사실을 알았을 것이다. 황급히 명부를 체크했다.

"어? 이, 이름은?"

"프란."

"어디…… 아! 이름이 있어! 어어? 정말 참가자니?"

"응."

프란이 고개를 끄덕이자 문관이 걱정스럽게 말을 걸었다.

"나쁜 말은 안 할 테니까 지금부터 기권하는 건 어떠니? 1차 예선에는 회복술사도 없어서 아주 위험해."

착한 녀석이지만 프란에게는 큰 민폐다. 다만 순수하게 걱정해 주는 마음이 보여서 프란도 짜증을 내지 않았다.

"괜찮아."

고개를 젓고 회장으로 걷기 시작했다.

"정말 위험하다니까."

"고마워. 또 봐."

"무서우면 바로 항복해! 알았지?! 다친 다음에는 늦어!"

접수 업무를 방치하는 데도 불구하고 남자는 프란의 등에 큰 소리로 걱정하는 말을 던졌다.

접수대에서 잠시 발이 묶였지만 그 뒤로는 일이 순조롭게 풀렸다. 담당자인 노인이 나름대로 실력 있는 모험가였기 때문에 프란을 무시하지 않았던 것이다.

오히려 투기장의 무대 위에서 프란을 내려다보며 히죽대는 다른 참가자를 불쌍한 눈으로 바라봤다.

"헤헤헤, 마지막 참가자는 꼬맹이야!"

"이거 실질적으로 네 명이 싸우는 거로군."

"놀이가 아니야. 나는 이 대회에서 활약해 관직을 얻어야 한다고! 그런데 첫 싸움이 애라니 말이야!"

용병풍 남자가 두 사람, 모험가 같은 남자가 두 사람. 이미 무대에 서 있었다.

한 사람을 제외하고 프란을 완전히 얕보고 있었다.

유일하게 프란에게 심각한 눈빛을 보내고 있는 모험가는 감정해보니 나름대로 강한 모험가였다. 아마 랭크 D 이상. 당연히 프란에 대해서도 알고 있는 듯했다. 상당히 험상궂은 표정으로 프란을 노려보고 있었다.

"그러면 시합을 개시한다."

담당자 노인이 그대로 심판도 보는 듯했다.

노인은 무대에 올라 지체 없이 시합을 시작하려 했다. 엄숙함이 전혀 없군. 뭐, 어차피 1차 예선이란 이런 거겠지.

참가자들도 자신의 무기를 들고 가볍게 거리를 벌렸다.

하지만 한 사람, 모험가풍 청년이 노인에게 거칠게 말했다. 참고로 잔챙이 쪽이다.

잔챙이 모험가는 노인에게 다가가 프란을 기권시키라고 말했다.

"아무리 출장 자격을 채웠다고 해도 저런 애를 쓰러뜨릴 수 있겠어?! 나는 이 대회에서 이름을 떨칠 거야! 설령 이겨도 소녀를 상처 입혔다는 소문이 퍼지면 내 이름에 흠이 생겨!"

"하지만 내게 그런 권한은 없네."

"이봐, 계집! 기권해! 여기는 놀이터가 아니야!"

그렇게 떠드는 잔챙이 모험가에게 말을 건 것은 실력 있는 모험가였다.

"이봐, 너. 혹시 울무토에 온 지 얼마 안 됐나?"

"어제 왔는데?"

"그런가……."

실력 있는 모험가가 잔챙이의 사정을 알고 가볍게 한숨을 내쉬었다. 좀 더 일찍 도시에 들어왔으면 프란에 대해서도 알고 있었을 텐데. 이 남자에게 무슨 말을 해도 소용없다고 깨달았을 것이다. 실력자가 노인에게 시합 개시를 재촉했다.

"시간도 없어. 얼른 시작하자고."

"이봐, 웃기지 마……!"

"형씨. 꼬맹이하고 시합하고 싶지 않으면 네가 기권하는 건 어때?"

"그래. 주절주절 시끄러워!"

"뭐라고!"

용병 두 사람도 가세해 눈싸움이 시작됐다. 으음, 슬슬 시합을 시작하고 싶은데 말이야.

'스승, 여기서 날려버리면 안 돼?'

『안 돼. 프란이 실격돼.』

프란도 살짝 짜증이 나기 시작한 모양이다. 그러자 노인이 이 이상 싸우게 둬서는 안 된다는 듯이 시합을 개시하려 했다.

"그러면 시합을 개시한다. 5, 4, 3——."

"이봐, 뭘 멋대로——."

"2, 1, 개시!"

아직도 떠드는 잔챙이를 무시하고 시합이 시작됐다. 그 순간, 용병들이 움직이기 시작했다.

"헤헤헤. 이런 때의 이론은——."

"우선은 강한 녀석에게 퇴장을 부탁드리는 거지!"

잔챙이라고는 하나 전장 경험이 있기는 있군. 기회를 포착할 수는 있는 모양이다. 암묵적으로 손을 잡은 용병 두 명이 연계하듯이 달리기 시작했다.

지금까지 용병이라 하면, 복수의 무기 기능은 있지만 개인 전투력이 낮다는 이미지였다. 하지만 처음으로 만나는 상대와 매끄럽게 연계할 수 있는 것을 보아, 집단전은 오히려 모험가보다 익숙할지도 모르겠다. 그런 용병들의 말에 잔챙이가 본인에게 잘 어울리는 무딘 검을 쥐었다.

"큭, 비겁하다! 우선 내게 집중 공격을 할 셈이냐!"

아니, 너 아니야! 이 잔챙이, 어떻게 하면 이 실력으로 이렇게 자신만만해 할 수 있지? 이름을 드높여 임관한다고 말하기 전에 1차 예선 돌파가 목표인 수준의 실력인데.

"우선은 너다!"

"으랍! 죽어라!"

용병들이 좌우에서 연계해 달려든 것은 당연히 프란——이 아니라 실력자 모험가였다. 뭐, 덩치 크고 분위기도 있는 데다 강해 보인다. 난전 중에 먼저 강한 상대를 집중 공략하는 건 나쁘지 않은 판단이다. 다만 실력 차가 너무 났다.

"흥!"

실력자의 휘두르기 한 번에 용병들이 날아가 장외로 떨어졌다.

"말도 안 돼~!"

"너무 강해!"

한편 우리로 말할 것 같으면, 잔챙이와 대치하고 있었다. 여기까지 와서도 잔챙이는 여전히 기권하라고 말했다. 분위기 파악을 못 하는 녀석이로군.

"알았어? 나는 코렌트 마을에서 가장 빨리 랭크 E 모험가가 된 천재 검사야! 계집애 따위가 당해낼 수 있다고 생각하는 거냐? 다치기 전에 스스로 무대를 내려가라. 이게 마지막 통보다."

작은 마을에서 천재라는 둥 신동이라는 둥 떠받들어져서 착각에 빠진 부류인가?

그건 그렇고 이 정도 실력이면 고블린이 여러 마리라도 나오면 고전할 것 같은데……. 어지간히 상대를 잘 만났겠지.

그런 착각남의 거만한 시선에 프란의 짜증은 최고조에 달했다.

"그러니까——."

"시끄러워."

퍼억!

그 말을 막고 프란이 잔챙이의 배에 앞차기를 날렸다. 그대로 몇 미터의 거리를 수평으로 날아가 무대 끝까지 굴렀다.

가죽 갑옷의 복부는 프란의 발 모양으로 함몰돼 흔적이 고스란히 남아 있었다.

"우헉! 크아악……!"

온갖 것을 게워내며 배를 누르고 신음하는 잔챙이. 피는 섞이지 않은 것을 보아 내장은 손상되지 않은 모양이다.

『프란, 힘 조절이 능숙해졌구나!』

'응! 능숙해졌어!'

울무토의 정문 앞에서는 양아치들에게 힘 조절하는 데 실패했지만, 던전에서 쌓은 수행 덕분에 스킬의 운용이 향상됐을 것이다.

"으극……."

잔챙이의 눈은 믿을 수 없다는 듯한 기색으로 프란을 응시하고 있었다. 10미터 가까이 날아갔으니 말이다. 그런 공격을 받은 적도 없을 테고, 이 정도 통증을 느낀 적도 없을 것이다.

사태를 이해하지 못하고 그 얼굴은 혼란과 공포에 지배당하고 있었다.

"계속할 거라면 다음에는 진짜로 갈게."

"히이익……."

그래도 프란에게서 나오는 위압감 때문에 자신이 느낀 격통이 프란 때문이라는 걸 이해했나 보다.

남자는 방금 전까지 거침없이 움직이던 입을 닫고 체면도 차리지 않은 채 스스로 장외로 굴러 떨어졌다.

『왜 굳이 힘을 조절했어? 한 방에 끝낼 수 있었잖아?』

'바보라서 열은 받았지만 나쁜 놈은 아니었어.'

그래서 다짜고짜 쓰러뜨리지 않고 스스로 선택하게 했다는 거로군.

하지만 지금의 패배 방식은 기습에 쓰러졌다고 변명도 할 수 없으니 어떤 의미에서 더 잔혹하다는 느낌도 든다. 완전히 마음이 꺾였으니.

"역시 이렇게 되나……."

"응."

마지막에는 프란과 실력자가 무대 중앙에서 마주 봤다.

"이길 것 같지는 않지만 적어도 반격하겠다!"

그렇게 외치고 칼을 뽑아 날카롭게 벤 실력자였지만…….

"찻!"

직후, 프란의 카운터펀치를 먹고 푹 고꾸라졌다.

실력은 나쁘지 않지만 상대가 나빴다. 달려든 실력자의 일격을 흘려서 자세가 흐트러진 그를 프란의 왼 주먹이 덮친 것이다.

"분하다……."

이리하여 프란은 무난히 1차 예선을 돌파했다.

*

"어째서냐!"

"어째서냐고 해도 말입니다……. 모르는 겁니까?"

"우리는 충성을 맹세하고 최선을 다해오지 않았나!"

"그건 알고 있습니다. 그야말로 우리가 태어나기 훨씬 옛날부터 당신들은 음지에서 움직여왔어요."

"그, 그래!"

"때로는 전사로 싸우고. 때로는 더러운 일을 처리했죠."

"음!"

"동포를 파는 것도 마다하지 않고 말이죠."

"그렇다!"

"네, 그렇죠. 지금까지 보인 충절, 그건 확실할 겁니다."

"알고 있다면 어째서!"

"하지만 그 충절…… 지금은 어떨까요?"

"! 무, 무슨 소린가!"

"모른다고 생각하기라도 하는 건가요?"

"…………."

"침묵하는 겁니까. 뭐, 좋습니다. 당신들에게는 지금 한 번 충절을 보일 기회를 주겠습니다."

"……그건 뭐지?"

"장로들의 목을 가져오세요."

"마, 말도 안 돼! 무슨 소리를 하는 건가!"

"그건 이쪽이 할 말입니다. 당신들이 한 짓은 명백하게 반역입니다. 본래라면 몰살시켜도 할 말 없을 텐데요?"

"……이 자식……."

"그것을 당신을 포함한 주모자의 목만으로 수습한다는 겁니다. 오히려 관대하지 않습니까?"

"웃기지 마!"

"그게 대답입니까? 즉, 그분과 적대하겠다는 건가요?"

"그, 그건……."

"잘 생각해보세요. 아아, 도망쳐도 상관없습니다. 끝까지 도망칠 수 있다면 말이죠."

"크으으…… 토끼 주제에……."

"꼬리가 떨어진 주제에 강하게 나오는군요."

"이, 이 자식!"

*

1차 예선으로부터 이틀 후, 오늘은 2차 예선의 개최일이다.

시합을 하는 장소는 1차 예선의 작은 훈련장과 달리 상당히 큰 투기장을 쓰는 모양이다.

1차 예선에서는 천 명 이상 있던 참가자도 2차에서는 240명 정도로 줄었다. 이제부터 48명까지 더 줄어들 것이다.

2차 예선에서는 참가자가 반으로 나뉘어 두 회장에서 싸운다. 게다가 2차 예선에서는 관객이 들어온다고 한다.

결승 토너먼트의 1대1 싸움과는 달리 다섯 명이 벌이는 배틀 로열은 또 다른 박력이 있어서 나름대로 인기인 듯했다. 1차와 달리 잔챙이가 걸러져서 나름대로 치열한 시합이 계속되는 것 역시 인기의 이유일 것이다.

또한 2차 예선부터는 도박이 실시된다. 승부 조작을 막기 위해서 참가자가 거는 것은 금지되어 있다고 하지만. 아쉽다. 또한 승부 조작이 발각된 시합은 극형을 받는다고 한다.

지구라면 도박 뒤에 범죄 조직의 그림자가 어른거리겠지만, 올무토의 무투 대회에서 그런 걱정은 적을 것이다. 디아스가 그 부분을 워낙 엄격하게 단속하고 있는 듯했다.

그리고 무력이 가장 뛰어나고, 권력이 있으며, 척후나 도적처럼 암약이 특기인 인재를 거느리고 있는 것이 도박판의 물주를 맡고 있는 모험가 길드다.

약간의 칼잡이를 모은 정도의 조직이라면 순식간에 파멸된다. 적은 인원이라면 숨을 수 있겠지만, 도박을 조작하는 큰 음모는 무리일 것이다.

『그럼 갈까?』

"응."

프란의 시합이 개시되기까지는 아직 시간이 있지만 일찍 회장에 들어가야 하는 듯했다. 대기실에서 30분 정도는 기다리는 예정이 잡혀 있었다.

"……맛있겠어."

『시합 전에 뼈 붙은 고기는 너무 무겁지 않을까?』

"괜찮아."

이날도 프란은 특별히 긴장하는 모습 없는, 평소의 모습이었다.

오늘은 1차 날과 달리 시합까지 시간이 약간 있어서 포장마차에서 군것질을 조금씩 하며 투기장으로 향했다.

『오늘 회장은 크군.』

보이기 시작한 것은 이탈리아의 콜로세움과 꼭 닮은 원통형 건물이었다. 크기는 이쪽이 상당히 작지만. 뭐, 진짜를 직접 본 적은 없겠지만 말이다.

멀리서 보기만 해도 상당한 열기에 둘러싸여 있는 것을 알 수 있었다. 때때로 "와아!" 하고 들려오는 환성은 시합이 달아오른 증거일 것이다.

프란은 투기장 뒤쪽에 있는 선수 출입구를 통해 대기실로 향했다. 오늘은 접수원도 제대로 대처해서 걸음을 멈추는 일은 전혀 없었다.

대기실에 들어가자 안에 있던 출장자들의 시선이 일제히 프란에게 꽂혔다. 놀람, 모욕, 곤혹. 호의적인 시선은 거의 없지만 프란은 신경 쓰지 않고 가까운 의자에 앉으려 했다. 프란에게는 익숙한 시선이니까.

대기실은 다섯 개가 있어서 동일한 시합에 출장하는 선수가 얼굴을 마주하지 않도록 되어 있었다. 그래서 이 방에 있는 선수들은 당면한 적이 아니었다. 그리고 대기실에서 개인적인 싸움은 금지되어 있지만……

"이봐, 여기는 꼬맹이가 올 데가 아니야!"

뭐, 이런 녀석이 있으니 말이다. 조금 생각해보면 1차 예선을 돌파했으니까 외모대로 단순한 어린아이가 아니라는 건 알 법도 한데.

의자를 뺀 프란에게 천박한 표정을 지은 남자가 굳이 일어나 다가왔다.

"어떤 비겁한 수단으로 예선을 돌파했냐?"

"…………"

"말 안 하는 거냐? 야."

프란에게 시비를 걸어 놀리려는 거겠지. 아니면 마음속 긴장을 얼버무리기 위해서 굳이 이런 하찮은 짓을 하고 있는 걸지도 모른다. 어느 쪽이든 프란에게는 민폐일 뿐이다.

개인적인 싸움은 금지이니 어떻게 할까. 평소라면 한 방 먹여 다물게 하겠지만.

"닥쳐."

내가 고민하고 있는데 프란이 한마디 중얼거리고 위압 스킬을 발동시켰다.

그 순간, 무시무시한 위압감이 방을 뒤덮었다. 그렇다, 방 전체를 뒤덮었다.

"욱!"

"히익!"

"큭!"

창백한 얼굴로 자리에서 미끄러져 떨어지는 자, 가볍게 비명을 지르는 자, 무기를 뽑아 임전태세를 취하는 자.

모두의 반응은 제각각이지만 방 안은 약간의 패닉 상태였다.

『프란, 너무 지나쳐.』

"응?"

프란을 응시하는 그들의 굳어진 얼굴이 그 충격을 얘기하고 있군.

여파만으로 이 정도다. 프란에게 접근했던 남자는 엉덩방아를 찧고 그 자리에 주저앉아 있었다. 공포로 온몸을 떨며 당장이라도 기절할 것 같았다.

"응."

"히이……익!"

프란이 시선을 향한 것만으로 남자는 뒤로 물러나려 했다. 그러나 뒤는 벽이다. 그 이상은 물러나지 못하고 그 자리에서 머리를 안고 웅크리고 말았다.

역시 지나친 감도 있지만 먼저 시비를 건 것은 저쪽이니 자업자득이겠지.

뭐 아무튼, 조용해져서 다행이다.

다른 참가자는——미안합니다.

프란이 위압을 해제하고 주위를 향해 고개를 숙이자 겨우 긴장이 풀어진 듯했다.

하지만 참가자들의 얼굴은 여전히 험악했다. 프란의 협박을 눈앞에서 보고 자신들의 실력 부족을 깨달은 모양이다. 방에 있는 누구나 침묵해서 밖에서 들리는 환성은 묘하게 멀게 느껴졌다.

프란, 잘도 이런 분위기의 방에서 시치미 뗀 얼굴로 의자에 앉는구나! 게다가 차원 수납에서 꺼낸 주스를 마시고 있고!

그런 최악의 분위기를 무너뜨려 준 것은 새로 대기실에 들어온 여성이었다.

"어라? 거기 있는 건 마검 소녀 아닌가요?"

거침없이 프란에게 말을 걸었다.

"응? 리디아?"

"오랜만이에요. 당신도 대회에 출장했을 줄이야."

그것은 바르보라에서 알게 된 모험가 소녀 리디아였다. 여전히 무표정 캐릭터로군.

요리 콘테스트에서는 포장마차의 판매원을 맡아줘서 상당히 신세를 졌다.

바로 얼마 전에 헤어져서 벌써 재회할 줄은 몰랐다.

주홍 소녀라는 3인 파티를 결성 중이었는데, 모두 참가한 걸까.

"주디스와 마이아는?"

"두 사람도 참가했어요. 마이아는 다른 회장이지만, 주디아는 다른 대기실에 있을 거예요. 그건 그렇고 살았어요."

"응?"

"당신과 마주치지 않고 끝났으니까요."

리디아는 바르보라에서 프란의 실력을 봤으니 말이다. 그렇게 말하고 안도의 한숨을 토했다.

"목표는 본선 출장이에요."

"우승이 아니야?"

"아니요, 분수는 파악하고 있어요. 코르베르트 씨도 포룬드 님도 참가한 토너먼트에서 우승한다고는 입이 찢어져도 말 못 해요. 뭐, 일종의 실적 쌓기예요. 여자라고 얕보이지 않도록."

이 중에는 그런 목적을 가진 녀석도 있는 건가. 확실히 이런 규모의 대회에서 예선을 돌파하게 되면 실적이 쌓일지도 모른다. 그런데 그 전에 흘려들을 수 없는 이름이 있었는데.

"코르베르트랑 포룬드도 와 있어?"

또다시 초강력 라이벌이 출현했군.

"네――아니, 무서운 얼굴로 웃지 말아요!"

아, 프란의 싸움 중독 영혼에 불이 붙었나.

호전적인 표정을 띠고 기쁜 듯이 웃고 있었다.

"아아, 그리고 랭크업 축하해요. 벌써 C인가요. 부럽네요."

"고마워."

"만약 본선에서 만났을 때는 살살 부탁해요. 다치게 하지 말아요."

"응."

"절대로요? 무섭게 나오면 화낼 거예요."

약하게 나오는 건지 강하게 나오는 건지 모르겠군. 그렇게 리디아와 잡담을 나누고 있는데 바로 프란의 순서가 됐다.

"그럼 갈게."

담당자에게 불린 프란은 일어나 입구로 향했다.

"말할 필요도 없겠지만 열심히 하세요."

"고마워."

리디아의 전송을 받고 담당자가 지시한 좁은 통로를 나아갔다. 십 수 미터 정도 걷자 앞쪽에서 강한 빛이 새어 들어오는 모습이 보였다. 저 빛 저편이 시합장이겠지.

『프란, 각오는 됐어?』

"응."

내 질문에 프란은 앞쪽을 본 채 고개를 끄덕였다.

『여기서 일부러 져서 수왕의 흥미를 돌리는 것도 한 가지 방법이야.』

본선부터는 수왕이 관전한다고 한다.

청묘족을 부려 흑묘족을 노예로 전락시켰다는 혐의가 있는 상대다. 게다가 지금의 우리로서는 맞서도 이길 수 없는 강자. 무투대회에서 눈에 띄면 그런 남자에게 주목을 받을 우려가 있었다.

『만약에 말인데, 지금부터 기권해도 돼.』

"안 해."

그날 프란은 수왕을 눈앞에서 본 것만으로 마음이 꺾였다. 그 뒤로도 공포에 몸을 계속 떨었다.

프란이 그렇게 공포를 느낀 것은 나와 만나고——아니, 태어나서 처음 있는 일이었을 것이다. 그 공포를 간단히 잊을 수 있을 리가 없다.

『수왕의 눈에 들지도 몰라. 괜찮겠어?』

"응!"

그래도 프란은 기권할 생각은 없는 듯했다.

디아스에게 키아라 얘기를 듣기 전이었다면 그 선택지도 있었을지도 모른다. 하지만 지금 프란은 흑묘족으로서 의지도 보이지 않고 그저 꼬리를 말고 도망칠 수는 없을 것이다.

『뭐, 최악의 경우 수왕과 붙게 되면 마음껏 날뛰어. 그래서 주목을 끌면 차원 마술로 끝까지 도망치면 돼. 배든 뭐든 타고 다른 대륙으로 도망치는 방법도 있고. 그때는 맡겨둬.』

"고마워."

하지만 우선은 눈앞의 2차 예선이다. 여기서 지면 그런 걱정을 할 필요도 없어지는 것이다.

『이제 아무 말도 안 할게! 마음껏 해!』

"응! 이길게."

기합을 넣고 통로를 빠져나가자 1차 예선과는 비교도 안 될 만큼 크고 깨끗한 시합장이 프란을 맞이했다.

원형의 거대한 투기장과 그 중앙에 자리 잡은 석조 대무대. 무대의 주위는 높은 벽으로 둘러싸여 있었고, 그 위에는 천 명 이상은 족히 들어갈 법한 관객석이 비치되어 있었다.

만원은 물론이거니와 서서 보고 있는 관객마저 있었고, 그들이 지르는 귀청 따가운 대환성에 내 도신이 찌릿찌릿하게 떨렸다.

뭐, 프란은 평소처럼 전혀 신경 쓰지 않는 것 같지만.

무대 위에서는 이미 세 명이 준비하고 있었다. 그중에 낯익은 얼굴이 있었다.

"어라? 프란 씨!"

"주디스?"

대기실에서 같이 격려했던 리디아의 동료. 주홍 소녀의 일원이 자 리더인 주디스다.

"우와, 최악이야! 끝났어~!"

주디스는 프란의 얼굴을 보자마자 무릎을 꿇고 한탄했다. 아니, 기분은 모르는 것도 아니다. 주디스의 실력으로는 프란에게 이기기 어렵다.

다른 참가자도 어딘가 불안해 보이는 표정이었다. 아무래도 그들도 프란에 대해서 알고 있는 듯했다. 모험가겠지.

"저게 마검 소녀…… 진짜 애잖아."

"외모에 속지 마. 랭크 C야. 우리보다 위라고."

유안과 요슈라는 두 사람이 프란을 평가하는 듯한 눈으로 보고 있었다. 아는 사이인가 보다. 뭐, 이 마을 모험가도 많이 참가하고 있을 테니 그런 경우도 있을 것이다.

"나 올해 말에 결혼했어."

"뭐? 드디어 했냐? 축하해. 그러면 부인에게 좋은 모습을 보여 줘야겠군."

"그래!"

유안 군, 그건 플래그라는 건데? 아니, 플래그를 세우지 않아도 프란에게는 이길 수 없다고 생각하지만.

그건 그렇고 이번에는 이쪽을 우습게 보는 상대는 없었다. 역시 1차 예선을 이긴 참가자들이다. 그렇게 생각하고 있는데 마지막에 나타난 참가자가 프란을 보고 성대하게 웃기 시작했다.

"하하하하! 왜 무투 대회에 어린애가 섞여 있는 거지?"

프란이 그 녀석을 보고 불쾌한 듯 눈살을 찌푸렸다. 단순히 귀에 거슬릴 뿐만 아니라 그 녀석이 흑묘족의 불구대천의 적인 청묘족이었기 때문이다.

"야, 어떻게 1차 예선을 통과했냐? 뇌물이라도 줬냐? 아니면 죄다 로리콤이었냐?"

"실력."

"크크. 흑묘족이 제대로 싸울 수 있을 리가 없잖아! 분수를 알아라, 잔챙이 묘족! 아아. 그 백견족 영감이 손이라도 써줬냐?"

자세히 보니 이 녀석, 푸른 긍지의 멤버로군. 오렐의 저택 앞에서 소녀와 함께 문지기에게 따지고 있었을 터다. 그렇군, 그래서 프란이나 오렐에 대해 나쁜 감정을 품고 있는 건가.

"영감의 저택 앞에서는 되도 않는 짓을 했겠다? 위압 스킬만은 높은 듯한데, 이번에도 허세로 빠져나갈 수 있다고 생각하지 마라."

실제로 싸우면 자신 쪽이 강하다고 말하기라도 할 셈인가? 아니, 그때 프란의 위압에 겁먹은 자신을 인정하지 못하고 그렇게 생각해서 변변찮은 자존심을 지키고 있는 것뿐인가.

청묘족에게 자신이 흑묘족에 뒤떨어진다는 사실은 받아들이기 힘든 것일 것이다.

"그때는 그 기분 나쁜 괴물한테 방해받았지만 이번에는 안 놓친다. 잔챙이 묘족, 너는 가지고 놀다 죽여줄 테니 각오해라. 크크크. 우선 턱을 부숴 항복 못 하도록 하고 나서 장비를 벗겨 사람들 앞에서 창피를 줄까?"

천박한 표정으로 최악의 대사를 내뱉는 청묘족. 이제 이 녀석이 소속돼 있다는 것만으로 그 용병단을 섬멸해도 되지 않을까?

그건 그렇고 프란이 조용하다. 반박 정도는 살짝 해도 되지 않을까?

내가 의문스럽게 생각하고 있는데 프란이 천천히 입을 열었다.

"……푸른 긍지(웃음)로 잘난 척하지 마."

"어엉? 뭐라고?"

"다른 대륙에서는 아주 유명하다고 거짓말하며 오렐을 만나러 갔는데 거짓말이 들켜서 문전박대당한, 용병단은 이름뿐인 잔챙이들 주제에 허세를 부린다고 했어. 그리고 청묘족 냄새 나니까 그 이상 다가오지 마. 음식 쓰레기 같은 냄새에 코가 비뚤어져."

어라? 프란 씨, 화가 이미 머리끝까지 나셨네요? 오랜만에 프란의 장문을 들었다.

"이 계집……!"

청묘족이 대답하려 한 순간, 그것을 막듯이 관객에게서 커다란 환성이 나왔다.

시합장 일각에는 대형 스크린이 설치돼 있었다. 이것은 마도구로 만들어졌고, 생김새 그대로 거대한 모니터와 똑같은 기능이 있다고 한다. 지금 나눈 대화가 그 모니터에 비친 듯했다.

청묘족 남자의 쓰레기 발언도 고스란히 들렸는지 소수의 남성 관객은 환성을, 다수의 여성 관객은 야유를 하고 있었다. 그리고 프란이 날카롭게 되받아친 부근에서 모두가 들뜬 것 같았다.

완전히 나쁜 놈이 되자 푸른 핏대를 세우며 분노의 표정을 띠는 청묘족 남자.

"이제 가만 안 둔다! 그냥 안 넘어갈 줄 알아!"

"흥."

프란은 완전히 무시하며 엉뚱한 방향으로 고개를 돌렸다.

그런 태도가 남자의 분노를 더욱 부채질했다. 관객도 이런 시합 전 실랑이를 즐기고 있는 모양이다. 더 해보라는 야유가 날아왔다.

그런 일촉즉발의 분위기 속에서 시합이 시작됐다.

"시작!"

심판원의 구령이 끝날락 말락 한 타이밍에 청묘족은 움직이기 시작했다.

핏발 선 눈으로 오로지 곧장 프란에게 달려들었다.

"으야아아압! 죽어라아!"

힘도 전혀 조절하지 않고 대검을 머리 위로 치켜들어 내리쳤다. 나쁘지 않은 칼솜씨지만 완전히 죽이려드는군. 죽으라고 했고. 조금 무시당한 정도로 어른답지 못한 녀석이다.

다만 청묘족 남자에 맞춰 다른 세 명도 프란에게 향한 데는 놀랐다. 아무래도 가장 강한 프란을 우선 협력해 배제하려는 모양이다. 주디스도 만만치 않게 다른 참가자를 방패 삼는 위치에 서 있군.

상대가 강자라는 것을 알아도 싸우는 이상에는 승리를 포기할 수 없다. 그 자세는 솔직히 칭찬해야 하고, 프란도 공감하는 듯했다.

비겁하다 하지 않고 그저 희미하게 미소를 띠며 나를 들었다.

거기에 청묘족 남자가 달려들었다.

"으랴아아아아압!"

"홋."

"크어억!"

프란은 칼집에서 뽑지 않은 나를 힘껏 치켜들었다. 그 일격은 청묘족의 턱을 포착했고, 도신을 통해 턱뼈가 부서지는 둔탁한 감각이 전해져왔다.

프란의 배 이상은 될 법한 청묘족의 몸은 나선형으로 돌며 하늘을 날았다.

작은 체격의 프란으로는 상상도 할 수 없는 힘을 보이자 다른 참가자나 관객들에게서 함성이 터져 나왔다.

하지만 프란의 공격은 끝나지 않았다.

나를 치켜든 기세를 이용해 그대로 몸을 회전시켜 나를 수평으로 후려쳤다. 공중의 청묘족에게 의식을 빼앗긴 대전 상대들에게 이 공격을 피할 여유는 없었다.

"헤비 슬래시."

"아니!"

"크아악!"

"꺄악!"

청묘족의 뒤에 있던 검사 유안과 창잡이 요슈가 그 휘두르기에 날아갔다. 그리고 더 뒤에 있던 주디스도 그들에게 휘말려 같이 날아갔다.

각양각색의 비명을 지르며 주디스와 모험가들은 장외로 떨어졌다. 하급 검기지만 레벨이 올라 스테이터스도 상승한 지금의 프란이 사용하면 상당한 위력이 있었다.

시합 개시 몇 초 만에 세 명이 탈락했다.

하지만 프란은 여기서 멈추지 않았다. 오히려 지금부터가 진짜였다.

"히이이익! 사, 사려줘……!"

이번에는 떨어진 청묘족에게 타이밍 좋게 나를 맞혔던 것이다. 다시 턱을 구타당해 쿠직 하는 둔탁한 소리와 함께 청묘족이 땅바닥에 내동댕이쳐졌다. 그 충격에 돌로 만들어진 무대에 가볍게 금이 갔다.

"커헉…… 푸헥……!"

청묘족은 확연하게 변형돼 비뚤어진 턱을 떨면서 피를 토하며 신음했다. 의식을 잃지 않은 것은 청묘족이 튼튼해서가 아니라 프란이 아슬아슬한 곳까지 힘을 조절했기 때문이다.

"히익……. 함복! 함복할게……!"

"무슨 말 하는지 모르겠어."

발음이 이상한 데다 숨이 새서 그 말을 알아들을 수 없었다.

"함복…… ."

"그러니까 무슨 말을 하는지 모르겠어."

뭐, 턱을 부쉈으니 말이다.

"함복임미다…… ."

그래도 프란에게 매달리듯이 몇 번이고 "함복"이라고 반복하는 청묘족이었지만, 프란이 남자에게 보낸 것은 절대 영도의 눈빛이었다.

"청묘족은 너무 멍청해서 항복이라고 말도 못 하는 거야? 뭐, 청묘족이니 할 수 없나."

확신범이시군요, 프란 씨.

"턱을 부쉬 항복이라고 말 못 하게 한 다음——."

흑묘족이 무시당했으니 이 녀석이 한 말을 실제로 돌려주겠다는 거려나.

"옷을 벗겨 창피를 줘?"

프란이 그렇게 중얼거리며 인정사정없는 살기를 청묘족에게 날렸다.

"히이익. 회홍함미다! 회송함미다! 이제 안 됨미다~!"

공포가 한계에 달했나 보다. 청묘족은 머리를 마구 쥐어뜯으며 정신 착란을 일으킨 듯이 외쳤다.

심판원 남자를 확인해보니 역시 시합 속행은 불가능하다고 판단한 듯했다. 시합을 중지하려고 황급히 무대로 올라왔다.

그것을 본 프란은 청묘족에게 최후의 일격을 날리려고 나를 양손으로 잡고 치켜들었다.

"바라는 대로 끝내줄게."

프란은 그렇게 중얼거리고 골프 스윙처럼 나를 휘둘렀다.

"큐햐학!"

턱을 세 번 얻어맞은 청묘족은 호를 그리며 장외로 날아갔다. 오오, 10미터 이상은 날아갔군.

이상한 자세로 지면에 떨어진 청묘족을 보니 손발이 꺾여서는 안 되는 방향으로 꺾여 있었다.

그것을 보고 다소 후련해졌는지 프란은 가볍게 코웃음을 치고 나를 등으로 되돌렸다.

프란의 분노가 잦아들어서 다행이다.

하지만 조금 지나치지 않았나?

손님이 질색하지 않을까?

하지만 관객에게도 이 정도는 다소 자극적인 시합에 불과한 모양이다. 질색하기는커녕 박수갈채를 받았다.

"결정됐습니다! 작은 소녀가 날린 공격이 고작 일격에 덩치 큰 어른을 장외로 날려 보냈습니다! 귀여운 얼굴로 믿을 수 없는 실력이네요~!"

실황 중계도 있었던 건가. 전혀 눈치 못 챘는데.

회장 곳곳에 스피커와 비슷한 마도구가 설치돼 있고, 중계석의 해설자가 외친 말이 거기에서 들리고 있는 듯했다.

"그 별명의 바탕이 된 마검을 뽑지도 않고 압도적인 승리를 거뒀습니다! 예선 서쪽 블록 제 11시합을 제압하고 결승 토너먼트에 진출한 것은 랭크 C 모험가 마검 소녀 프란~!"

프란의 승리가 선언된 순간, 한층 커다란 환성이 회장을 둘러쌌다.

그 환성을 들으며 무대를 내려오자 다시 담당자 남성이 프란을 유도해줬다.

대기실 같은 장소까지 돌아오자 그대로 담당자가 앞으로의 일정을 설명해줬다.

"축하드립니다. 프란 님, 결승 토너먼트 진출 결정입니다."

"응."

결승 토너먼트는 모레부터. 토너먼트 표는 내일 아침에 발표된다고 한다. 그리고 오후부터는 개회식이 있다고 했다.

다만 출장자의 참가는 면제되는 모양이다.

다행이다. 프란이 오랫동안 가만히 귀족이나 높으신 양반의 얘기를 듣는 건 무리니 말이다. 프란은 지루한 의식 따위는 절대로 못 참는다.

귀빈으로 확실히 수왕도 있을 테니 참가하지 않아도 된다면 그 편이 낫다.

아니, 혈기 왕성한 토너먼트 참가자를 같은 장소에 모으면 무슨 일이 일어날지 알 수 없으니 오히려 오지 말라는 느낌이었다.

토너먼트의 대전표도 숙소까지 보내준다고 할 만큼 철저했다.

확인하러 오게 하면 본선 전에 대전표 앞에서 싸움이 시작될 것 같으니 말이다.

그 외에는 결승 진출자는 대회 중 울무토의 대장간을 우선적으로 쓸 수 있다는 사항이 있었다. 부상은 마술이나 포션으로 회복시켜도 방어구는 대장장이에게 보여야 하기 때문일 것이다.

담당자에게 설명을 다 듣고 회장에서 나오려 하는데 마침 주디스가 찾아왔다.

"프란 씨. 완패예요."

"괜찮아?"

"하하…… 힘을 조절해줬잖아요."

프란에게 간단히 장외로 떨어져서 살짝 낙심한 듯했다. 진다는 사실은 알고 있어도 순식간에 당하면 역시 분하기도 할 것이다.

프란으로서도 이런 때 어떻게 말을 해야 좋을지 잘 모르는 듯했다. 곤란한 얼굴로 입을 다물고 말았다.

"아, 죄송해요. 그저 한마디 격려하고 싶었어요. 제 몫까지 힘내주세요."

"응."

여기서 끝나면 좋았을 텐데 말이야.

"그리고 모든 용돈을 프란 씨에게 걸었어요! 꼭 1회전을 돌파해주세요!"

"리디아가 예선을 돌파해 싸워도?"

"괜찮아요. 그때라도 프란 씨에게 걸 테니까요!"

활짝 웃으며 엄지손가락을 치켜드는 주디스.

우리는 주디스의 성의와 욕망이 뒤섞인 격려를 받고 회장을 뒤로했다.

"힘낼게."

『그래. 주디스 일행의 지갑을 위해서도 힘내야지.』

2차 예선 다음 날.

우리는 오후에 도착한 결승 토너먼트 표를 확인하고 있었다.

결승 토너먼트에서는 64명의 참가자가 ABCD의 네 블록으로 16명씩 나뉘어 있었다.

프란의 이름은 A 블록의 11번째에 똑똑히 적혀 있었다.

다만 다른 참가자의 이름을 봐도 어떤 상대인지 알 수 없었다.

『서전의 상대는…… 제프메트?』

"몰라."

『시드가 아니란 건 자력으로 올라왔다는 뜻이겠네.』

이후에 모험가 길드에서 정보를 모아볼까. 엘자에게 물으면 전법 정도는 알 수 있을지도 모른다. 다음으로 신경 쓰인 것이 시드 선수의 이름이었다.

"아만다랑 포룬드."

『로이스랑 고드다르파의 이름도 있잖아!』

각각의 이름이 토너먼트 표의 네 구석에 있었다. 톱 시드라는 뜻이겠지. 64명의 토너먼트이니 시합 수는 모두 똑같다. 그건 평등한 모양이다.

프란이 있는 A 블록의 제 1시드. 즉 A1번은 수왕의 호위 중 한 명인 고드다르파. 제2 시드인 A16번에는 코르베르트의 이름이 있었다.

아니, 시드 선수는 각 그룹에 네 명씩 있고, 누구와 만나도 상당히 강할 것이다. 하지만 하필이면 이 두 사람이라니.

코르베르트는 맨손이기는 하지만 바르보라에서 싸운 린포드의 거구를 공중에 띄울 정도의 공격력을 가지고 있었다. 고드다르파가 싸우는 모습을 본 적은 없지만, 그 거구와 스킬 구성을 보면 무시무시한 파워 파이터인 것은 파악할 수 있었다.

어느 쪽이든 자칫 공격을 허용하면 즉시 빈사 상태에 빠질 수도 있는 상대다. 대책을 세워야 한다. 다행히 스킬이 판명된 상대이니 무리한 이야기는 아닐 것이다.

먼저 만나는 건 코르베르트다. 격투 스킬 대책이 필요하다.

"후훗."

프란은 고민하기는커녕 즐거운 듯이 웃고 있었다. 이제 수왕의 호위라는 이유만으로 겁먹지는 않는 듯했다. 오히려 전투광의 피가 끓어오르고 있는 것 같다.

코르베르트와 싸우기 전에 두 번을 이겨야 하지만······.

일단 서전은 제프메트라는 상대다.

그 뒤에 있을 2회전은 누구지?

『1회전에 이기면──진짜야?』

"크루스 뤼젤? 어디에서 들은 거 같은데?"

『뭐, 기억 못 할 거라고 생각하는데. 그 왜, 아만다 일행과 갔던 알레사 던전에서 함께했던 랭크 C 모험가야.』

"응?"

내가 크루스에 대해 가르쳐줘도 생각나지 않나 보다. 프란은 고개를 갸웃거렸다.

『있었잖아! 안내역 겸 시험관에 왠지 모르게 고생한 사람 냄새가 감도는 안타까운 미남!』

"아아, 그러고 보니 있었을지도 모르겠는데?"

음…… 이제 됐다. 얼굴을 보면 생각날 것이다. 생각나겠지? 크루스는 이쪽을 잊지는 않았을 것이다. 프란 같은 인상적인 캐릭터를 잊어버릴 리가 없다. 프란이 처음 만난 것처럼 대응하면 분위기가 완전히 어색해질 테니 크루스를 보면 우선 프란에게 가르쳐주자.

그리고 크루스가 1회전에서 이길지 이기지 못할지도 모른다. 어차피 상대는 A9번. 제4 시드 선수다.

『크루스의 상대는 라듈 옹인가.』

이 울무토에서 가장 나이 많은 모험가다.

"랭크 C라고 했어."

『하지만 실력은 B 못지않고 전 궁정 마술사래.』

그야 시드를 받을 만한가. 라듈 쪽이 훨씬 위였다. 크루스에게는 미안하지만 라듈이 이기는 미래밖에 보이지 않는다.

"라듈이 이길 거야."

프란도 그렇게 생각하나. 뭐, 2회전은 라듈일 것이다. 마술사를 상대할 전법을 생각해야겠다.

『그리고 3회전은 순조롭게 올라가면 A16번. 코르베르트야.』

"응! 기대돼!"

바르보라에서는 도움을 받기만 했다. 경험으로는 압도적으로 위에 비장의 카드도 있다. 감정 위장 아이템이라도 가지고 있어서 전에 감정했던 스테이터스가 전부였는지 아닌지도 알지 못했다. 다만 데미트리스류 무술이라는 의문의 격투 스킬을 가지고 있던 건 기억하고 있다.

이것도 정보를 모아야 할 것이다.

『코르베르트에게 이기면 4회전인 준준결승은 드디어 고드다르파인가.』

"응."

프란이 돌변해 얌전한 얼굴로 고개를 끄덕였다.

『이쪽도 당연히 이기고 올라올 거야.』

아니, 이 녀석에게 이기는 상대가 있다면 우리 역시 승산이 있을지 없을지 알 수 없다.

"이길 거야!"

『그래! 그 기개야!』

이 녀석에게 이기면 우승이 현실감을 띠기 시작한다. 아무튼 상대는 랭크 A 모험가. 혼자서 국가의 군사 균형마저 좌우하는 영웅이라는 뜻이다. 확고부동한 우승후보일 것이다.

『그렇다 해도 고드다르파에게 이긴다 한들 상대는 또 랭크 A일 가능성이 높지만 말이야.』

이변이 없으면 준결승은 아만다. 결승은 포룬드나 로이스가 상대다. 프란은 들뜬 얼굴을 하고 있지만 아만다와 포룬드는 고드다르파 이상으로 강적일 것이다. 바르보라에서 그 힘을 직접 본 탓일지도 모르지만, 아무래도 훨씬 위라는 인상이 있다.

"그래도 이길 거야."

『그래야지.』

하지만 프란이 이길 생각이라면 내가 기죽으면 안 된다. 이길 생각으로 싸우지 않으면 이길 수 있을 리가 없기 때문이다.

『아자!』

"스승?"

『아니, 기합을 넣었을 뿐이야. 우승하는 거야!』

"응!"

다만 그 밖에도 우리가 모르는 강적이 있을 터다. 아만다를 비롯한 랭크 A 모험가뿐만 아니라 다른 강자에게도 주의하지 않으면 생각 못 한 곳에서 걸려 넘어질지도 모른다.

일단 아는 이름이라도 찾아볼까. 뭐, 우선 신경 쓰이는 건 역시 펠무스다. D 블록, 로이스와 같은 블록이다. 힘내주기를 바란다. 전 랭크 A이니 좋은 시합을 펼칠 것이다.

이어서 눈에 들어온 것은 엘자다. 등록명이 엘자로 적혀 있군. 온갖 사정을 가진 선수가 있을 테니 본명이 아니라도 허용될 것이다.

엘자는 아만다와 같은 B 블록이었다. 이 대결은 보고 싶기도 하면서도 보고 싶지 않기도 한데? 가장 무서운 여자? 대결이다.

C 블록의 시드 선수에는 필립 크라이스톤의 이름이 있었다. 바르보라는 아직 부흥이 한창일 것이다. 그런 중요한 때에 참가해

도 되는 건가? 뭐, 뭔가 이유가 있을지도 모른다. 그리고 린포드 전을 보는 한 상당한 실력이었다. 포룬드와의 대전이 실현되면 볼만하겠군.

그 외에 아는 사람이라면, 놀랍게도 샤를로테의 이름이 있었다. 바르보라에서 신세를 진 고아원 소녀. 전무사라는, 무용의 환혹이나 사기를 정화하는 능력을 사용해 싸우는 특수한 타입이었을 터다. 엘자의 1회전 상대다. 이건 승산이 없지 않을까? 가엽지만 적어도 마음속으로는 응원하자.

그 밖에 아는 이름은 발견할 수 없었다. 그렇다, 보이지 않았던 것이다.

"리디아의 이름이 없어."

그만큼 결승 토너먼트에서 만났을 때에 대해 이래저래 떠들어 놓고서 결국 졌을 줄이야. 너무 뻔한 전개잖아!

그 후, 토너먼트 표 확인을 마친 우리는 모험가 길드로 찾아갔다. 목적은 다른 참가자의 정보를 얻는 것이다.

"엘자가 없어."

『뭐, 있다 해도 엘자한테 정보를 가르쳐달라는 건 그렇지 않아?』

"응?"

『그게, 그 녀석도 참가자잖아? 물으면 기뻐하며 가르쳐주기는 할 것 같은데…….』

대전할 가능성이 있는 라이벌이다. 그런 상대에게 부탁하는 건 그렇지 않나?

『다른 모험가나 디아스한테 얘기를 듣자.』

"알았어."

일단 그 주변 모험가에게 말을 걸——으려 했지만 엘자가 무시무시한 기세로 다가왔다.

　"프란, 오랜만이야! 결승 토너먼트 진출 축하해!"

　만면에 미소를 띠고 있었다. 왠지 라이벌이라고 말했던 게 바보 같아지는군.

　"시합 봤어. 애썼어!"

　"응."

　"그건 그렇고 그 청묘족 남자……. 더 엉망으로 만들어줬으면 좋았을 텐데!"

　엘자는 그때를 떠올리고 있는지 얼굴을 새빨갛게 붉히며 화냈다. 요전에 푸른 긍지와 시비가 붙은 일 때문에 엘자에게도 청묘족은 적으로 인식된 모양이다.

　"실격될지도 몰라서."

　"아아, 패자에 대한 의도적인 공격은 금지지. 으음, 확실히 그 상황은……. 뭐, 어쩔 수 없네. 그보다 프란. 왠지 분위기가 변했네?"

　"응?"

　엘자가 볼에 가볍게 손을 대고 프란의 얼굴을 응시했다.

　"뭐라고 해야 할까……. 듬직해졌다고 해야 하나? 아주 커 보여."

　"수행, 열심히 했어."

　무투 대회를 목표로 던전 안에서 혹독한 수업을 쌓고 왔다.

　"그것뿐일까? 하지만, 그러네. 프란 정도 되는 아이는 잠시 안 보는 사이에 성장하는 법이야. 분명 수업과 무투 대회에서 크게 성장한 거겠지."

　"응."

"그래서 오늘은 어떤 볼일이 있어 길드에 온 거닝?"

"대전자의 정보를 조사하러 왔어."

"어머낭? 의외네. 프란은 그런 데 신경 안 쓰는 타입이라고 생각했는데."

"정보는 중요해."

프란은 전투도 좋아하지만 자신은 모험가라고 생각하고 있다. 그리고 마수와 싸우기 전에 정보를 모으는 건 당연하다. 살아남기 위해서도, 의뢰를 달성하기 위해서도. 그것이 전력을 다한다는 의미다.

즉, 이번 대회는 그만큼 진심이라는 뜻이었다. 단순히 싸움을 즐길 뿐만 아니라 전력을 다해 필승을 기대하고 있는 것이다.

"응응. 그렇지. 저기, 프란의 1회전 상대는…… 누구더라?"

토너먼트 표를 보며 엘자가 고개를 갸웃거렸다.

"몰라?"

"응. 제프메트라는 모험가는 들은 적이 없어."

엘자가 모른다면 적어도 울무토 사람은 아닌 것 같다. 그리고 유명한 모험가도 아닐 것이다. 하지만 예선을 돌파한 사람을 잔챙이라고는 할 수 없었다.

"알 만한 사람, 몰라?"

"그럼 다른 아이에게 물어보자."

엘자가 주점에 있던 모험가들에게 제프메트라는 모험가를 아는지 물어봐 줬다.

"너희들, 제프메트라는 모험가 모르니?"

"제프메트말입니까? 모르겠슴다."

"나도야."

"누굽니까?"

열 명 있던 모험가 전원이 모른다고 대답했다. 이러면 울무토의 모험가는 아닐 것이다.

혹시 모험가가 아닌 건가? 용병, 기사, 마술사 등 모험가가 아니라도 강한 자는 있다. 필립 크라이스톤 등이 좋은 예다.

『이거 길드에서 조사해봐야 소용없을지도 모르겠어. 제프메트라는 녀석의 정보는 포기하자.』

"응. 그럼 데미트리스류 무술에 대해서 알아?"

코르베르트의 유파의 정보는 어떨까?

"어머? 무슨 일이야?"

"사용자랑 만날지도 몰라."

"참가자에 데미트리스류 사용자가 있었나?"

"어째선지 안 쓰고 있어."

프란이 그렇게 대답하자, 엘자는 납득한 듯이 고개를 끄덕였다.

"아아. 그런 거구나. 시련 중인 거네."

"시련?"

"어머, 모르니? 데미트리스류에는 모든 비기 전승의 인가를 받을 때 부과되는 유명한 시련이 있어. 특수한 마도구로 힘을 봉쇄한 상태로 랭크 A 모험가가 돼야 한대."

상당히 유명한 시련인지 그 자리에 있던 다른 모험가들도 정보를 보충해줬다.

데미트리스의 시련이란 봉인주라는 마도구로 스테이터스와 스킬을 봉인한 상태로 랭크 A 모험가로 승격해야 하는 상당히 무모한 시련이라고 한다.

바르보라에서 코르베르트의 힘이 그렇게 달랐던 이유는 그래서일 것이다. 린포드전에서는 봉인을 해제했던 모양이다.

엘자는 데미트리스류의 사람과 파티를 맺은 적이 있어서 그 기술을 가까이서 본 적이 있다고 했다.

"그 아이는 아직 랭크도 낮고 대단한 기술을 그렇게까지 못 쓰기는 했어."

데미트리스류의 오의는 '기'에 있다고 한다.

이 세계에는 마력이 있다. 그 마력을 체내나 체표, 무기에 작용시켜 강화나 방어에 쓴 경우 기라고 부른다. 마력이라고 부르는 경우에는 마술적으로 작용시키는 경우가 많다.

마력도 기도 본질적으로는 같은 것이지만, 그 운용 방법이 내향적이냐 외향적이냐에 따라 호칭이 다른 것이다. 또한, 사용자의 자질이나 스킬에 따라 잘하는 것과 못하는 것도 나뉘는 경우가 많다.

"데미트리스류는 그 기의 운용 방법을 보다 진화시키고 있어. 자세한 건 모르지만 기와 마력의 중간 같은 사용법을 활용하고 있다나."

"기인데 마력인 거야?"

"응. 기를 날리거나 기를 방패처럼 쓰거나 해. 그리고 적의 체내로 기를 넣어 내부부터 파괴하는 기술도 있었을 거야. 상급자에게는 그 앞이 있는 듯한데, 역시 자세한 건 몰라."

이른바 장풍이나 에네르ㅇ파 같은 것만이 아닌 듯했다. 내부 파괴가 되면 상당히 성가실 것 같다.

"하지만 무투 대회에서는 그렇게 신경 안 써도 될 것 같아."

"어째서?"

"데미트리스류의 시련 중에는 사욕이나 사사로운 일로 봉인을 해제하는 건 허용되지 않을 테니까. 타인을 구하기 위해서라거나 악인을 징벌하기 위해서라면 몰라도."

무투 대회는 완전히 사사로운 일에 해당할 것이다.

바르보라를 구하기 위해 봉인을 해제하는 건 허용되지만 무투 대회에서 이기기 위해 봉인을 해제하는 건 허용되지 않는 모양이다. 그럼 코르베르트와 싸울 때 봉인 해제될 걱정은 없다는 건가? 그렇다면 우리 쪽이 유리할지도 모른다.

"응. 그렇구나."

"또 묻고 싶은 거 있니?"

로이스나 고드다르파에 대해서는 한 번 감정했다. 아만다, 포룬드에 대해서는 우리 쪽이 잘 알 것이다. 남은 건…… 라듈인가.

"라듈은?"

"라듈 할아버지? 강해~. 나이가 나이인 만큼 체력은 없지만 경험이 풍부하거든. 다채로운 마술로 대책을 세울 수 없는 전법을 써."

"어떤 마술을 써?"

"내가 아는 한 대지, 대해, 폭풍은 쓸 수 있을 거야."

그거참 대단하군. 세 속성의 상급 마술을 사용하는 마술사라니, 정말 본 적이 없다. 로이스가 대지와 월광과 시공을 쓸 수 있으니까 상급 세 개나 마찬가지라고 할 수 있을지도 모르니까 그 정도나 해당하려나.

게다가 라듈이 쓰는 대지, 대해에 대해서는 정보가 적다. 이건 경계할 필요가 있을 것이다.

"할아버지가 대단한 건, 그것들을 조합하는 점이야."

"무슨 소리야?"

"그렇지. 전에 본 전법을 말하자면, 대지 마술로 적이 서 있는 곳을 깊이 파고 거기에다 마술로 물을 부었어. 그리고 폭풍 마술로 위에서 아래를 향해 바람을 날려서 탈출하지도 못하고 대량의 고블린이 익사했어."

"그렇구나.

그 외에도 폭풍 마술로 발생시킨 회오리바람에 대지 마술로 생성한 대량의 날붙이를 휩쓸리게 해 위력을 늘리거나 대해 마술과 폭풍 마술로 짙은 안개를 발생시킬 수도 있다고 한다.

각각의 마술을 단발로 사용하는 것뿐만 아니라 조합해서 보다 다채로운 전술을 펼치는 게 가능하다는 소린가.

상대는 경험 풍부한 노마술사, 지금의 조합 외에도 다양한 콤보를 쓸 수 있을 것이다.

"또 알고 싶은 건 없니?"

"응? 지금은 없어."

"그래. 또 알고 싶은 게 있으면 언제든지 물으러 와. 뭐든 가르쳐줄게!"

"응."

"하지만 토너먼트에서 만나는 경우가 생긴다면 그때는 안 봐줄 거양? 정정당당하게 싸우는 자리에서 봐주는 일만큼 실례되는 건 없으니까."

"알아."

"어머나? 의욕이 가득하네! 후후후후."

씩 웃는 프란을 보고 엘자는 조금 놀란 듯했지만, 바로 프란과 비슷한 호전적인 웃음을 띠며 즐거워했다. 엘자도 전투광이었던 거냐!

전에 프란이 전투광이라는 사실을 알고 놀라서, 엘자는 착실하다고 생각했는데…….

상급 모험가는 어느 녀석이든 혈기가 너무 왕성해! 아니, 혈기가 왕성하니까 마수와 적극적으로 싸워서 레벨을 올려 강해지는 걸지도 모른다. 상급 모험가는 다 전투광인 건가?

Side 수왕

"로이스, 목표의 움직임은?"

"리그 님, 몇 번 물으셔도 특별히 진전은 없습니다."

"그거야, 그 계집이 내 암살을 계획하고 있거나 하지는 않는 거야?"

"그건 우선 말도 안 됩니다. 아무리 그 소녀가 바보라도 힘의 차이는 이해하고 있을 겁니다."

"근성이 없군!"

"위협이 좀 지나친 듯합니다."

"그래서?"

"상당히 겁을 먹었습니다만."

"뭐, 확실히 그렇겠지. 새파래진 얼굴로 주저앉아 지리기 직전까지 갔으니까."

"적어도 왕이시니 너무 상스러운 말은 하지 마십시오."

"적어도가 아니라 진짜 왕인데?"

"그렇다면 거기에 좀 더 어울리는 태도를 부탁드립니다."

"아, 시끄러워 시끄러. 그래서 결국 목표는 지금 뭐하고 있지?"

"고드에게 올라온 보고로는 현재는 무투 대회에 출장하고 있는 듯합니다."

"그러고 보니 예선이 시작된 때인가. 이겼나?"

"네. 오히려 예선에서 질 상대라면 감시할 가치도 없겠죠."

"여기서 좋은 성적을 거둔다면 이 몸이 써줘도 되겠군."

"무리겠죠. 확실하게 원한을 샀습니다."

"무리인가?"

"무리입니다."

"그런가. 뭐, 그렇다면 최대한 즐기기로 하지."

"그건 마음대로 하십시오. 다만, 놓치지는 말아주세요."

"나도 알아. 그때는 제대로 해치우지."

"부탁드립니다."

"그래! 크크크……. 자, 과연 어떻게 될까?"

제2장 수왕의 본성

2차 예선을 돌파하고 며칠.

잘 자고 잘 먹고 길드의 훈련장 등을 빌려 몸을 적당히 움직이고 울시를 쓰다듬어 영기를 기른 프란은 컨디션이 최상이었다.

『프란, 잘 잤어?』

"응……."

뭐, 지금은 졸린 듯하지만.

아침을 게걸스레 먹으며 눈을 슥슥 비비고 있었다. 반쯤 졸고 있는데 스푼을 움직이는 손이 멈추지 않는 것은 감탄스럽다.

『오늘은 드디어 결승 토너먼트 1회전이야.』

"응……."

평소대로다. 평소대로 잠투정이 심하다.

좋은 느낌이다.

여기서 프란이 쌩쌩했다면 반대로 어제는 잠을 잘 못 잤다고 걱정했을 것이다.

평소처럼 얼굴과 머리를 물로 씻겨주고, 평소처럼 온풍으로 머리카락을 말리며 빗으로 머리를 빗겨줬다. 분명 평소대로 실력을 발휘할 수 있을 것이다.

다만 머리 세팅은 약간 공들이고 있었다.

『오늘은 프란의 첫선 같은 날이니 말이야. 귀엽게 해야 돼.』

"아무래도 좋아."

『좋지 않아. 많은 사람한테 보이잖아.』

그렇게 머리를 세팅하고 있자니 겨우 프란의 눈이 뜨이고 기운을 회복하기 시작한 듯했다.

내 흉내를 내 울시의 털을 빗겨줬다.

"울시도 예쁘게 하자."

"윙!"

울시는 기분 좋은 듯이 눈을 가늘게 뜨고 있군.

결국에는 배를 보이고 빗질을 요구하기 시작했다.

"여기?"

"윙!"

이웃 할아버지가 기르던 조금 멍청한 골든 리트리버가 떠올랐다. 적어도 늑대 느낌은 제로다.

『회장에 들어가기까지 아직 시간이 좀 남았는데, 어떡할래?』

"음——스승, 이리 와봐."

『응? 왜 그래?』

"응."

그리고 프란이 차원 수납에서 꺼낸 헝겊으로 내 도신을 닦기 시작했다. 나를 침대에 놓고 체중을 실어 힘차게 뽀득뽀득 닦았다.

『이봐, 시합 전이니까 피곤해질 일은 하지 마.』

"괜찮아."

『그래도 말이야.』

"나만이 아니야."

『뭐가?』

"첫선. 스승도야. 멋진 스승을 보여줄 거야."

그렇게 말하고 프란은 나를 계속 닦았다. 고맙다고 말하는 게 좋을까, 나는 프란의 덤이니까 신경 쓰지 말라고 말하는 게 좋을까. 하지만 프란의 도신 닦기가 기분 좋아서 바로 아무래도 좋아졌다.

『아~…… 거기야 거기~.』

"여기?"

『그래그래…… 오~, 잘하는데~.』

"응!"

결국 30분 가까이나 프란의 손길을 받고 말았다. 덕분에 도신이 반짝거렸다.

프란은 이마에 맺힌 땀을 닦으며 내 도신에 비치는 자신의 얼굴을 보고 만족스럽게 고개를 끄덕였다.

『안 피곤해?』

"괜찮아."

다행이다. 나를 닦고 지치면 본말전도니 말이다.

『그럼 가볼까.』

"응!"

무투 대회의 본선 출장 선수는 모험가 길드에 집합하게 되어 있었다.

특히 A 블록은 이른 시간부터 시합이 열리기 때문에 아침부터 집합하라고 지시받았다.

"A 11번. 프란 님이시죠?"

"응."

길드에 도착하자 바로 담당자가 말을 걸었다.

출장자의 얼굴은 이미 알려진 듯했다.

"이쪽으로 오십시오."

담당자 남성이 대기실로 안내해줬다. 놀랍게도 길드의 2층이나 3층에 있는 독실을 대기실로 주는 듯했다.

큰 방에 있으면 싸움이나 경쟁을 벌이는 녀석이 있기 때문일 것이다. 예를 들면 우리 프란이라든가.

"프란 님은 여섯 번째 시합에 출장하시니 그때까지는 이 방에서 기다려주십시오. 한 시합에 30분 제한이 있으니 최대 두 시간 반 정도는 기다리셔야 합니다."

"응. 알았어."

"다른 시합을 관전하시는 건 문제없습니다만, 그때까지 외출은 삼가주십시오. 시합 전개가 빠르면 개시 시간이 빨라지는 것도 생각해야 하기 때문입니다."

결승은 제한 시간이 30분으로 정해졌다. 늘어지는 시합 전개를 피하는 것과 동시에 대회의 운영이 지연되는 것을 막기 위해서다.

30분에 결착이 나지 않은 경우 심판원들이 판정을 내린다.

"뭔가 필요하시다면 밖에 대기하고 있는 담당자에게 말씀해주십시오."

물건을 사거나 간단한 식사를 준비하는 등 여러 가지 잡무를 해주나 보다. 결승 토너먼트 진출자가 된 것만으로 상당한 VIP 대접이로군.

뭐, 우리는 대부분의 것이 차원 수납에 들어 있으니 특별히 시킬 잡무는 없었다.

프란은 즉시 뭔가를 꺼냈다.

『프란, 여기에 오기 전에 군것질을 잔뜩 했을 텐데……. 아직도 먹는 거야?』

"응!"

내 말에 즉시 고개를 끄덕이고 그대로 듬뿍 담긴 카레를 입안 가득 넣기 시작했다.

이제부터 시합인데, 배가 부르면 움직임이 둔해지지 않을까?

아니, 그보다 카레로 인한 사기 상승 효과 쪽이 클지도 모른다.

그리고 프란이라면 이 정도로 배가 부르지는 않을 것이다. 예선 때도 전혀 문제없었으니깐.

『뭐, 적당히 먹어.』

"괜찮아. 평소의 절반 정도야."

완전히 괜찮았다.

『일단 정화 마술로 방 냄새를 없앨까.』

그 후 스테이크와 돈가스 덮밥을 더 먹거나 디저트로 홀케이크를 먹으며 한 시간 정도를 느긋하게 보내고 있는데 방문을 똑똑 노크하는 소리가 들렸다.

"프란 님, 실례하겠습니다."

"응."

생크림으로 입 주위를 덕지덕지 묻히고 있는 프란이 대답하자 담당자가 방에 들어왔다. 프란의 얼굴을 봤을 텐데 전혀 반응하지 않는군. 이 담당자, 유능할지도 모르겠다.

"현재 제4 시합이 시작됐습니다. 다다음 시합이니 시합장 대기실까지 이동해주시길 바랍니다."

예정보다 조금 빠른 듯했다. 이동 중에 얘기를 들어보니 1회전이 순식간에 끝났다고 한다.

승자는 고드다르파. 그런 거구이면서 눈에도 보이지 않을 속도로 상대에게 다가가 일격에 전투불능 상태로 몰아넣었다고 한다. 역시 수왕의 호위인가.

그 뒤에 열린 두 시합은 30분에 아슬아슬하게 싸워서 이 시간이 됐다고 했다. 역시 다들 판정으로 결착이 나는 것을 싫어해서 실력이 백중인 시합이라도 마지막의 마지막에 결착이 나는 시합이 많은 듯했다.

회장에는 길드 지하에 있는 통로로 들어갈 수 있었다. 지상을 이동하면 인기 선수의 경우에는 소동이 일어나기 때문일 것이다.

역시 독실 대기실로 안내받았다. 이쪽은 길드의 대기실보다 훨씬 호화로워서, 호화로운 소파나 깃털 이불이 덮인 침대까지 구비되어 있었다.

이 무투 대회를 위해 만들어진 메인 투기장의 대기실이라서 상당히 공을 들인 했다.

"이미 제 5시합이 시작됐습니다. 경우에 따라서는 바로 나가실 수도 있으니 준비해주십시오."

"응. 알았어."

우리가 이동하는 사이에 제 4시합은 간단히 끝난 건가. 이긴 것은 3시드 선수라고 한다. 랭크 B 모험가인 실력자라고 했다.

"그러면 나중에 부르러 오겠습니다."

"응!"

프란은 담당자의 목소리를 등으로 받으며 푹신푹신한 소파에 등부터 다이빙했다.

그대로 차가운 가죽의 감촉을 뺨으로 느꼈다.

더 나아가 귀를 기울여 바깥의 소리를 들었다.

나도 프란을 따라 귀를 기울여보니 시합의 환성이 들려왔다.

생각해보니 지금은 라듈과 크루스가 싸우고 있었다. 때때로 들리는 폭음은 라듈의 마법일 것이다.

프란은 잠시 환성을 듣고 있었지만, 바로 질린 듯했다. 이번에는 침대로 다이빙해 울시와 장난치기 시작했다.

울시의 털을 침대에 묻히지 마……. 아니, 시합 전에 그래서 긴장을 풀 수 있다면 상관없다.

잠시 있으니 귀를 기울이지 않아도 들릴 만큼 엄청난 환성이 들렸다.

『오, 승부가 결정됐나?』

승부가 난 걸까.

다시 귀를 기울여보니 중계자의 고함이 희미하게 귀에 들어왔다.

"결정됐습니다! 하마평을 뒤엎고 랭크 C 모험가 크루스가 승리를 거머쥐었습니다!"

진짜? 어? 크루스가 이겼다고?

"스승, 왜 그래?"

내 놀란 감정이 전해졌는지 프란이 이상하다는 얼굴로 물었다.

『아니, 크루스가 라듈한테 이겼나 봐.』

"크루스?"

『아아, 벌써 잊었구나. 뭐, 됐어. 이제 나갈 차례니까 준비해둬.』

"응. 알았어."

준비라고 해도 울시를 그림자에 숨기고 나를 등에 메고 집어먹던 과자를 수납할 뿐이지만.

그리고 예상대로 바로 찾아온 담당자의 안내를 받아 우리는 방을 나섰다.

"이쪽으로 오십시오."

"응."

본회장은 통로도 넓고 어둑하지도 않군.

『긴장 안 돼?』

'어째서?'

시합장으로 향하면서 나는 프란에게 말을 걸었다. 긴장했다면 풀어줘야 한다고 생각했지만, 프란에게 긴장의 기미는 전혀 없었다. 오히려 기분 좋은 듯이 통통 튀며 걷고 있었다.

싸움이 기대돼 견딜 수 없는 모양이다.

『역시 대단해. 자, 1회전이야.』

"팔이 근질근질해."

『울시는 신호할 때까지는 나오지 마.』

'웡.'

그대로 통로를 빠져나가니 2차 예선 때보다 두 배는 큰 무대와 그 주위를 둘러싼 열 배 이상 많은 관객의 모습이 있었다. 이제 상세하게 알아듣기는 불가능한 우, 하는 환성이 일어났다.

생전에 프로축구 우승 결정전을 보러 갔을 때가 떠올랐다.

"웃."

프란이 고양이 귀를 꾹 누르며 얼굴을 찌푸렸다.

『괜찮아?』

"……응. 이제 익숙해졌어."

다행이다. 바로 익숙해졌나 보다.

귀가 너무 좋은 것도 생각해볼 일이다. 청력이 더 높은, 그야말로 로이스 같은 토끼 수인은 괜찮은가? 그렇게 걱정할 정도의 굉음이었다.

그렇게 프란이 무대 앞에서 곤혹스러워하고 있는데 어디서 들리는지 알 수 없는 신기한 소리가 회장에 울려 퍼졌다.

"자, 결승 토너먼트 A 블록 6회전 선수가 입장했습니다! 선수 넘버 11. 예선에서는 그 귀여운 외모에 어울리지 않은 힘을 발휘한, 지금 화제인 울무토 최연소 랭크 C 모험가! 마검 소녀 프란!"

경쾌한 중계에 이끌리듯이 프란이 느긋한 발걸음으로 무대에 올랐다.

그곳에는 이미 대전 상대가 기다리고 있었다.

"으."

상대의 모습을 시야에 포착한 프란의 얼굴이 굳어졌다. 아니, 증오스럽게 일그러졌다고 말하는 편이 올바른가.

"그리고 상대하는 것은 선수 넘버 12. 용병단『푸른 긍지』의 단장! 청묘족 젊은 기수의 필두라고 하는 청격 제프메트!"

그렇다. 상대가 청묘족이었던 것이다. 게다가 중계를 들어보니 푸른 긍지의 단장이라지 않은가. 프란은 제프메트를 날카로운 시선으로 노려보며 조용히 나를 등에서 뽑았다.

그리고 살기를 숨기지 않고 천천히 무대로 올라갔다.

설마 예선에 이어 본선에서도 청묘족과 대전하게 될 줄은 몰랐다.

내게도 당연히 이 녀석들은 적이다. 마을 밖에서 만나면 상대의 얘기를 듣지 않고 다짜고짜 몸에 걸친 것을 전부 벗겨버릴까, 일단 섬멸해버릴까 중에서 고민할 만큼 증오스럽게 생각하고 있었다.

프란이 제프메트와 투기장 중앙에서 대치했다.

"여. 우리 단원이 신세를 졌군."

"…………."

마치 왕자님처럼 산뜻하게 웃으며 아니꼬운 말을 입에 담는 제프메트.

뭐가 신세를 졌다야. 재수 없는 녀석이로군.

그러나 프란은 말없이 상대의 눈을 노려봤다.

"그렇게 노려보지 말아줬으면 하는데."

"……흥."

이번에는 전투 직전이기도 해서 프란은 제프메트에 대한 적의를 숨기려고도 하지 않았다. 그저 말없이 계속 노려보는 프란과 반대로 제프메트는 쓴웃음을 지으며 머리를 북북 긁었다.

"그, 그래, 악수라도 할까?"

제프메트가 정말 호의적으로 보이게 웃으며 손을 내밀었다.

"더러운 손으로 손대지 마."

"아……."

말 붙일 엄두도 안 나는 프란의 태도에 정말 곤란한 것처럼 보이는군.

이런, 위험하지 위험해. 뭘 속아 넘어가려는 거야.

상대는 그 청묘족이다. 연기인 게 당연하다. 호의적인 태도로 방심시킬 셈이겠지. 감정해보니 연기 스킬은 없지만…… 청묘족이라면 DNA 단위로 상대를 속이는 수단에 몸에 배었을 것이다.

"…………."

아래에서 험상궂은 표정으로 자신을 올려다보는 프란을 보고 제프메트는 악수를 포기한 모양이다.

손을 거두고 이번에는 느닷없이 고개를 숙였다.

"세이즈는 근신시켰어."

"응?"

세이즈는 누구지?

"아아, 2차 예선에서 너한테 진 남자야."

"흑묘족한테 져서?"

그렇군. 흑묘족을 무시했던 청묘족이다. 흑묘족인 프란에게 무참하게 진 그 남자를 용서하지 않았을 것이다. 혹시 근신은 은어로 처형을 말하는 걸까?

하지만 제프메트는 프란의 말을 부정했다.

"아니야. 그가 내뱉은 폭언은 도발이라 해도 지나쳤어. 미안했다."

"……!"

빈틈없이 고개를 숙인 채 사죄의 말을 입에 담는 제프메트. 프란은 놀란 표정으로 그것을 보고 있었다. 아니, 나 역시 놀랐다. 하지만 이 녀석의 말은 거짓말이 아니었다.

어떤 달콤한 말로 프란을 현혹시키려고 하는지 파헤쳐줄 의욕 가득히 허언의 이치를 쓰고 있었는데…….

놀랍게도 그 말에는 한 점도 거짓이 들어 있지 않았다.

"세이즈는 간부에서도 강등시킬 생각이야. 나는 흑묘족을 우습

65

게 보는 풍조는 바로잡혀야 한다고 생각해."

청묘족의 입에서 절대로 나올 리가 없는 말에 프란이 혼란스러워했다.

"청묘족인데 무슨 소리를 하는 거야? 혹시 청묘족이 아니야?"

"하하……. 내가 청묘족이라서 신용할 수 없다는 건 알고 있어. 하지만 나는 노예장사에 손대는 동포를 경멸하고 있고, 흑묘족이라는 것만으로 너를 깔볼 생각도 없어."

프란이 수상쩍다는 표정을 지었다. 당연히 믿을 수 없었다. 오히려 자신을 속이려 하고 있다고 생각해 적의를 더욱 높였다.

"속일 생각이라면 더 그럴듯한 거짓말을 해."

그렇게 내뱉었다.

그러나 아니다.

『프란, 이 녀석은 거짓말을 전혀 안 하고 있어.』

'어? 농담이지?'

『진짜야. 이 녀석, 진짜 그렇게 생각하고 있어. 즉, 진짜로 프란에게 사과하고 있어.』

내가 그렇게 전하자 프란은 탐색하는 듯한 눈으로 제프메트를 노려봤다. 하지만 그 시선을 받아도 제프메트는 흔들리지 않았다. 어차피 거짓말을 하지 않았으니까.

하지만 프란은 그 사실을 인정할 수 없는 듯했다.

"믿을 수 없어!"

혼란스러운 표정으로 외쳤다. 프란이 엄청나게 동요해버렸다. 뭐, 어쩔 수 없기는 하다.

야쿠자 두목이 실은 착한 사람이었다는 것처럼, 현실에서는 거의 있을 수 없는 전개이니 말이다. 전투 전에 이건 조금 위험하지 않을까? 결과적으로 현혹되고 말았다.

『프란, 진정해. 할 일에 변함은 없어.』

일단 상대의 말이 거짓말이냐 아니냐는 아무래도 좋다. 우선은 싸워서 이겨야 한다.

"응. 우선 베고 나서 어떻게 할지 생각할래."

프란은 그렇게 중얼거리고 검을 쥐었다.

"……그렇군. 지금은 얘기를 할 시간이 아니었어."

제프메트도 대전을 그만둘 생각은 없는 듯했다. 프란의 움직임에 응하듯이 등과 허리에 찬 검을 뽑았다. 이도류인가.

『프란, 이 녀석 강해.』

'청묘족 주제에?'

『아아, 그래.』

'알았어…….'

제프메트의 능력은 상당히 균형 잡혀 있었다. 용병답게 복수의 무기 스킬을 가지고 있는데, 특히 검 실력은 상당했다. 역시 예선을 돌파한 사람다웠다.

게다가 이 녀석은 진화했다. 청묘족은 진화하면 청표(靑豹)라는 종족이 되는 모양이다. 우습게 볼 수는 없었다.

이름 : 제프메트　나이 : 36세

종족 : 청묘족 · 청표

직업 : 순격검사(瞬擊劍士)

Lv : 53/99

생명 : 541 마력 : 236 완력 : 217 민첩 : 322

스킬 : 은밀 3, 회피 5, 위기 감지 6, 궁기 3, 궁술 4, 경계 4, 검기 8, 검술 10, 검성술 2, 지휘 6, 사기 고양 3, 퇴각기 4, 퇴각술 5, 순발 10, 순보 3, 신문 3, 창기 2, 창술 3, 쌍검술 5, 속성검 2, 등반 7, 독 내성 3, 물 마술 3, 마비 내성 2, 기력 조작, 방향 감각, 밤눈

고유 스킬 : 각성, 순격검, 표족

장비 : 청룡아의 쇼트소드, 아다만티움 합금 롱소드, 다두룡의 전신 갑옷, 아비룡의 날개막 외투, 상태 이상 내성의 팔찌, 생명 회복의 반지

"양쪽 다 준비는 됐나?"

"응."

"언제든지 상관없어."

"그러면——시합, 개시!"

중계자가 시합 개시를 선언했다.

그 직후, 양자가 동시에 움직였다.

"하압!"

"차아앗!"

프란이 속에 소용돌이치는 짜증을 발산하듯이 전력을 다한 일격을 날렸다. 다소 거칠지만 직격하면 승부가 결정돼도 이상하지 않은 일격이었다.

하지만 제프메트는 양손에 든 검을 교차해 프란의 첫 공격을 받아냈다. 게다가 그대로 검을 내게 휘감아 나를 튕겨내려고 했다.

그러나 완력과 검술 스킬 모두 우세한 프란의 손에서 나를 빼앗는 것은 무리였다.

그 뒤로는 격렬한 칼싸움이 벌어졌다.

서로가 선 위치를 눈이 핑핑 돌 만큼 빠르게 바꾸고, 고도의 페인트를 섞으며 필살의 일격을 날리기 위해 검을 계속 휘둘렀다. 얼핏 호각으로 보일 것이다.

하지만 프란은 제프메트가 휘두르는 쌍검을 나 하나로 받아내고 있었고, 차츰 프란의 검이 제프메트를 몰아붙이기 시작했다.

검술 스킬의 차이는 이런 공방에서는 여실히 드러난다.

프란은 여유를 가지고 공격을 피하고 있는데 비해 제프메트는 회피에 여유가 없어졌다. 이대로는 밀린다는 사실을 안 제프메트는 이판사판의 공격으로 나왔다.

"순격검!"

"흥!"

"큭!"

직업인 순격검사의 고유 스킬일 것이다. 고속의 돌진 공격인 듯했다.

상당히 빠르다. 그러나 프란에게는 통하지 않았다.

오히려 이 정도 속도라면 카운터 공격의 먹이가 된다.

제프메트의 참격을 피하며 날린 공격은 쇼트소드에 튕겨나갔지만, 이번 공방으로 타이밍은 파악했다. 다음에는 확실히 카운터를 성공시킬 것이다.

그것을 이해했는지 제프메트는 순격검을 다시 쓰지 않았다.

반대로 프란에게서 거리를 크게 벌렸다. 예비 동작이 거의 없이 뒤로 10미터 이상 거리를 벌린 것이다. 허를 찔린 탓에 프란은 순간적으로 따라붙지 못했다.

"!"

프란이 눈을 살짝 크게 떴다. 제프메트의 행동을 전혀 읽지 못했기 때문이다. 아마 녀석이 가진 또 다른 고유 스킬, 표족의 효과일 것이다.

"너는 강하구나."

프란이 지금까지와는 다른 표정으로 제프메트를 보고 있었다.

곤혹스러움밖에 없었던 얼굴에서 지금은 제프메트에게 약간은 다른 감정을 가진 듯했다.

"그쪽은 그럭저럭이야."

"고마워."

악감정이 느껴지지 않는 순수한 "고마워"에 프란은 한쪽 눈썹을 꿈틀거렸다.

"너처럼 강한 흑묘족도 있구나. 역시 흑묘족을 얕보는 건 잘못됐어."

"…………."

프란도 겨우 진정하고 현실을 받아들일 준비가 된 모양이다. 그리고 이 남자가 진심으로 사죄하고 있다고 이해했을 것이다.

"……쓰레기가 아닌 청묘족은 처음 봤어."

증오나 분노가 아니라 순수한 흥미가 깃든 눈으로 제프메트를 보고 있었다.

"하, 하하……. 하아. 청묘족은 진짜 바뀌지 않으면 안 되겠어."

프란의 솔직한 감상을 듣고 메마른 웃음소리를 내는 제프메트. 진심으로 낙담한 듯했다.

하지만 지금이 전장이라는 사실을 떠올렸나 보다.

다시 검을 고쳐 쥐고 기합을 넣었다.

"하지만 여기서 사과한다고 해서 승리를 양보할 수는 없어. 용병단의 이름에도 흠집이 나니 말이야. 내가 이겨야겠다."

"그건 내가 할 말이야."

프란이 방심하지 않고 나를 들었다.

그 얼굴에는 희미한 미소와 제프메트가 하려는 행동에 대한 호기심이 있었다.

"후우우우우……."

제프메트의 안에 있는 마력이 높아지는 것이 느껴졌다.

"각성……!"

제프메트가 그렇게 중얼거리는 것과 거의 동시에 그 온몸이 순식간에 부풀어 올랐다. 근육이──특히 허벅지나 장단지 등 순발력에 관계가 있을 법한 부분이 무시무시한 기세로 비대화한 것이다. 그리고 파랑과 검정의 얼룩무늬 털이 온몸에 자랐다. 과연, 종족명이 나타내는 대로 푸른 표범 같군.

"청표는 신체가 강화되는 종이야. 조금 전까지 싸웠던 나라고는 생각하지 않는 게 좋아──순격검."

제프메트의 모습이 사라졌다.

키이이이이이이이이잉!

직후, 검끼리 부딪쳐 갈리는 날카로운 소리가 울렸다.

"──큭!"

마치 순간이동이라도 한 듯한 갑작스러운 공격이었다.

프란이 카운터도 날리지 못하고 그저 막을 수밖에 없었다.

"처음 보는데 막을 줄이야…… 하아아압!"

각성의 효과일 것이다. 모든 능력이 30 이상, 민첩은 200 가까이 상승했다. 속도만이라면 랭크 A 모험가와 맞먹었다. 이것이 진화한 청묘족의 실력인가!

순격검의 속도에 신체 능력이 합쳐져 눈으로 좇기 힘들 정도의 속도를 실현했다.

이 남자, 지금까지 본 사람 중에서 특히 민첩에 특화된 전사야!

순간적인 고속 이동이 가능해지는 순보와 표족이라는 스킬을 사용해 교란하듯이 이동을 계속하며 순격검으로 일격을 날렸다. 모든 방위에서 덮쳐드는 무수한 고속의 참격. 여기에 있는 게 하급 모험가라면 지금쯤 토막 난 시체가 나왔을 것이다.

그러나 프란에게 클린 히트는 없었다.

수행의 결과, 숙련도를 늘린 찰지 계열 스킬로 인해 어떤 공격도 지켜보고 있었기 때문이다. 그리고 보이기만 하면 받아넘길 만한 기술이 지금의 프란에게는 있었다.

"말도 안 돼……!"

제프메트는 초조해했다. 아무리 흑묘족을 무시하지 않는다고 해도 진화한 자신이 진화를 못 하는 흑묘족에게 진다고는 생각하지 않았을 터다.

경험이든 능력이든 스킬이든 프란과 같은 소녀에게 질 리가 없을 테니까.

초조한 그의 속마음을 드러내듯이 공격의 강도가 올라갔다.

보다 빠르고 보다 연속으로.

제프메트는 공격의 회전을 올려서 프란의 방어를 뚫으려는 거겠지.

하지만 공격이 끊임없이 나온다는 것은 지금까지 끼워 넣었던 페인트나 연결기가 줄어든다는 뜻이다. 그것은 공격이 단조로워졌다는 뜻이기도 했다.

뭐, 이 속도를 포착할 수 있는 프란이기에 할 수 있는 말이지만.

"스톤 월."

"커헉……!"

뒤에서 달려든 제프메트는 진로에 갑자기 나타난 무릎 높이의 낮은 돌벽에 그대로 부딪혔다. 그 충격으로 그의 몸이 하늘 높이 날아올랐다.

오토바이로 한창 달리는 중에 낮은 가드레일이나 뭔가에 부딪혀 앞으로 날아간 상태라고 하면 알기 쉬울까.

"나를 완벽하게 포착했다고——?"

고속 이동을 포착한 것뿐만 아니라 완벽한 타이밍에 마술을 날린 것에 경악했다. 그런데, 놀라고 있을 틈이 있겠어?

"인페르노 버스트."

"!"

완전히 무방비한 제프메트를 향해 프란이 화염 마술을 날렸다.

그러나 우리는 표족의 스킬을 약간 우습게 보고 있었다. 설마 공중 도약처럼 아무것도 없는 하늘을 찰 수 있을 줄이야.

승부가 났다고 생각한 순간, 공중에 있던 제프메트가 말도 안 되는 움직임으로 궤도를 바꿔 인페르노 버스트를 피했다. 나는 나도 모르게 혀를 찼다.

『쳇!』

상상 이상으로 끈질겨! 역시 용병단의 단장이라는 건가! 제법이구나!

뭐, 이것도 프란에게 싸움을 맡기고 특등석에서 관전하는 기분으로 있었기 때문에 꺼낼 수 있는 감상이다. 실제로 전력으로 프란에게 힘을 빌려줘 함께 싸웠다면, 인페르노 버스트를 썼다고 승리를 확신하지 않고 냉정하게 재차 타격을 줬을 것이다.

지금의 프란처럼.

"버니어."

"어느새!"

프란은 화염을 날린 직후부터 그 그림자에 가려지는 위치를 포착해 달리기 시작했다. 그리고 제프메트가 표족으로 피한 직후에는 화염 마술로 가속해 뒤에서 달려든 것이다.

제프메트를 쓰러뜨리지 못한 경우 추가타를 가하기 위해서.

"하아압!"

"으라아앗!"

속도 승부라면 프란 역시 지지 않았다. 각성 후의 제프메트에게도 맞설 수 있었다.

제프메트에게는 알아차리고 보니 프란이 바로 뒤로 순간 이동한 것처럼 느껴졌을 터다. 하지만 자신과 마찬가지로 빠른 상대와 싸운 적이 없었던 걸까. 자신이 한 짓을 똑같이 당한 제프메트는 프란의 공격을 제대로 방어하지 못했다.

어떻게든 왼쪽 검을 던지며 오른손에 든 검을 내밀었지만, 궁한 나머지 날린 공격이 맞을 리도 없었다.

투척된 검은 차원 수납에 빨려 들어갔고, 오른손으로 휘두른 검은 프란의 뺨을 희미하게 가를 뿐이었다.

"에이잇!"

"크어억!"

그대로 제프리트는 다리가 잘려 날아갔다.

단순히 튕겨내기만 해도 장외 패배를 시켰을지도 모른다. 하지만 만약 회복하는 경우도 생각해서 프란은 확실하게 승리하기 위해 제프리트의 생명줄인 기동력을 빼앗았다.

한쪽 다리와 함께 완전히 균형을 잃은 제프메트는 붉은 피를 뿌리며 장외로 떨어졌다.

지면에 내동댕이쳐져 튕기며 굴러가는 제프메트. 그에 비해 프란은 아무렇지 않은 얼굴로 무대 중앙에 내려섰다. 완전한 승자와 패자의 구도다.

"결정됐습니다! 결정됐습니다—! 무슨 일이 일어난 걸까요! 설마 결승 토너먼트 1회전에서 이 정도 시합을 보게 될 줄이야! 부끄럽지만 양자의 움직임을 이래저래 포착하지 못했습니다~!"

중계자가 흥분하며 외치는 소리가 들렸다. 뭐, 랭크 A에 필적하는 속도의 응수였으니 말이다.

"이긴 것은 약관 12세! 마검 소녀 프란! 그리고 이것은 대회 최연소 승리 기록입니다~!"

아무래도 최연소 승리 기록을 경신한 모양이다.

중계자뿐만 아니라 관객도 대흥분한 모습으로 갈채를 보냈다.

제프리트에게 승리한 프란은 쏟아지는 환성을 등으로 받으며 담당자에게 이끌려 대기실로 돌아와 있었다.

"1회전 돌파를 축하드립니다."

"응."

"다음 시합은 모레입니다. 집합 시간은 오늘과 같으니 잘 부탁드립니다."

"알았어."

"그러면 이후로는 마음대로 행동하셔도 상관없습니다."

그렇게만 전하고 담당자는 떠났다.

남은 우리는 앞으로의 예정을 의논했다.

『어떡할래?』

'시합을 볼래.'

『그러네. 지금부터 가면 코르베르트전에도 안 늦을 것 같아.』

'응. 그리고 다른 시합도 보고 싶어.'

그러고 보니 타인의 싸움을 차분히 볼 기회는 지금까지 없었다.

수행이라 하면 싸움만 했다. 하지만 견학이라는 말도 있을 정도니 프란에게 타인의 전투를 보는 건 좋은 경험이 될 것이다.

그리고 프란의 사기도 오를 게 틀림없다.

『그럼 가볼까.』

'응.'

시합장으로 향하기 위해 길드를 나오려 하는 프란이었지만, 다시 담당자가 말을 걸었다.

뭐지? 전달 사항을 잊어버렸나? 하지만 그렇지는 않았다.

"혹시 관전하러 가시는 겁니까?"

"응. 그럴 생각이야."

"그렇다면 변장하시는 편이 좋습니다. 방금 시합을 본 관객만 있어서 소동이 일어날 가능성이 있습니다."

그러고 보니 관객은 방금 전까지 프란의 시합을 보던 사람뿐이다. 얼굴이 알려졌을 가능성이 높다. 도박도 하고 있으니 손해 본 녀석이 시비를 걸거나 소녀 취향의 변태가 말을 걸지도 모른다.

"그럼 뭔가를 걸칠게."

"그렇게 해주십시오."

뭐, 나머지는 은밀 계열 스킬로 기척을 지우면 어떻게든 될 것이다.

프란은 차원 수납에서 꺼낸 후드 달린 외투를 몸에 걸치고 회장으로 향했다.

선수는 뒷문으로 입장할 수 있다고 해서 돌아가 봤다. 그러자 모험가 카드를 보인 것만으로 아주 정중하게 통과시켜줬다.

관객석으로 향하니 초만원이었다.

'사람이 한가득이야.'

『서서도 엄청 많이 보는데~.』

당연히 앉을 곳도 없었다. 프란도 서서 볼 수밖에 없나? 그렇게 생각하며 빈자리는 없는지 둘러보니 어느 곳에 빈자리가 있는 것이 보였다. 어째선지 그 부근만 사람이 앉지 않았다. 단체 손님이 돌아간 직후인가?

『저기가 비었어.』

"응."

프란은 그 자리에 앉았다. 딱히 좌석이 부서지지도 않았군. 어째서 여기만 아무도 안 앉았지? 그렇게 생각하다 바로 이유를 알았다.

"야, 왜 앉고 난리야."

"응?"

"방해되니까 다른 데로 가, 꼬맹아."

"나중에 형님이 오신다고!"

무서운 인상의 남자들이 그 자리 옆을 차지하며 다른 관객을 협박해 다가오지 못하게 하고 있었던 것이다. 이른바 자리 잡기란 건가? 성가신 녀석들이다.

감정해보니 마을의 양아치인 듯했다. 주위의 사람들은 이 녀석들이 무서워 다가오지 않는 거겠지.

하지만 평소에 험상궂고 품위 없는 모험가들에게 둘러싸여 있는 프란에게는 아무런 박력도 없고 그저 태도가 불량할 뿐인 일반인에 불과했다.

그래도 시비를 걸고 있다는 건 이해했을 것이다. 용서는 하지 않았다.

"스턴 볼트."

"크악!"

"히긱!"

"우헥!"

프란은 스턴 볼트로 세 남자를 실신시키고 그 몸을 짊어져 통로로 내던졌다.

포개져 뻗어 있는 남자들을 본 주위의 관객들은 눈을 크게 뜨고 놀라워했다. 시합장에서는 무명의 선수끼리 시합을 하고 있었지만, 확실히 이쪽이 주목받고 있을 것이다.

위험하다, 프란의 정체가 들통날지도 모른다.

『프란, 후드를 더 깊이 써.』

'응.'

『그리고 이 녀석들은 어떡하지? 이대로 내버려 둘까?』

"음…… 울시?"

"웡."

프란의 말에 반응해 그림자에서 나타난 울시를 보고 주위 관객의 웅성거림이 더 커졌다. 하지만 프란은 신경 쓰지 않고 울시의 등에 양아치 두 명을 겹쳐 실었다. 울시는 남은 한 명의 소매를 입으로 물어 들어 올렸다.

"어딘가에 버리고 와."

"워웅."

"이러면 돼."

『주위에 폐를 끼쳤으니 자업자득인가.』

울시를 전송한 프란이 빈자리에 앉았다.

그러자 주위에서 서서 보던 사람들도 약삭빠르게 앉기 시작했다. 하지만 골치 아픈 일은 싫은지 프란에게 말을 걸어오는 사람은 없어서 우리로서는 고마웠다.

그 후의 관전에서는 특별히 문제도 일어나지 않아서 차분하게 시합을 볼 수 있었다.

아아, 양아치에게 자리 맡기를 시켰던 것으로 보이는 나쁜 남자들이 왔지만, 프란을 보고 바로 몸을 돌렸다. 아무래도 프란의 정보를 가지고 있던 모양이다. 프란과 눈이 마주치자 창백한 얼굴로 곧장 도망쳤다. 문제는 그 정도였으려나.

아아, 또 하나 문제가 있었다.

코르베르트와 아만다의 시합이 순식간에 끝났기 때문에 정보를 거의 얻지 못했다.

코르베르트의 상대는 아카사라는 마술사였다. 붉은 머리에 새까만 로브를 걸친 꽤나 강해 보이는 남성이었다.

감정한 스테이터스를 바탕으로 예측하기에 진짜와 똑같은 환영 마술로 상대의 눈을 속이며 바람 마술로 일격필살을 노리는 스타일일 것이다. 디아스와 비슷할지도 모르겠다.

"이야, 랭크 B 모험가인 코르베르트 씨. 당신과 만나서 다행이에요."

"뭐?"

"내 전법과 당신은 상성이 좋거든요. 편하게 이길 수 있는 상위 랭크. 이만큼 맛있는 사냥감도 없잖아요?"

"흥. 어지간히 자신이 있나 보군. 그게 과신이 아니면 좋겠어."

"이건 자신도 과신도 아니에요. 확신이라는 거죠."

아카사의 말대로 찰지 계열 스킬이 그렇게까지 높지 않은 코르베르트는 환영 마술에 고전하리라고 생각했는데…….

"으라차!"

"크으윽!"

아카사는 영창할 틈도 얻지 못했다.

시합 개시 5초 만에 코르베르트의 주먹이 아카사의 옆구리를 꿰뚫은 것이다. 그리고 그게 끝이었다. 직전의 설전 쪽이 길었군.

아카사의 전법은 어느 정도 거리를 두는 것이 전제가 돼야 한다. 시합 개시와 동시에 상대가 전속력으로 돌진해 접근전으로 몰아가니 어쩔 도리가 없었던 모양이다.

아니, 이건 아카사뿐만 아니라 많은 마술사에게 해당될 것이다. 좁은 투기장에서 열리는 싸움이기 때문에 처음부터 근접 전투가 메인인 자에게 유리한 상황인 것이다.

마술이 메인인 사람이 적은 것도 이게 이유겠지.

승산이 희박한 대회에 적극적으로 참가하려고 들지는 않을 것이다.

뭐, 그걸 안 것만으로도 수확이었다고 해야 하나?

『마술사를 상대로는 속공이 유효하다는 거네.』

'응!'

참혹한 건 그 뒤였다. 다음에 실시된 아만다의 시합은 정말 아무런 수확도 없었다.

아만다의 상대는 로무키오라는 상반신을 벌거벗고 근육이 울퉁불퉁한 남자였다. 그 근육의 두꺼움은 엘자를 능가할 것이다.

"크후하하하하! 좀처럼 볼 수 없는 미녀로군!"

"어머? 안녕."

"후오오오오! 흥분되는구나아!"

"…………."

처음에는 웃으며 대답했던 아만다도 로무키오가 자세를 잡고 소리 지르기 시작하자 웃음이 사라졌다.

기름이라도 발랐는지 번들번들하게 빛나는 로무키오의 피부. 저건 심하다. 아만다는 벌레라도 보는 듯한 눈빛이다. 새어 나온 살기가 이쪽까지 전해져왔다.

그러나 어지간히 둔감한 듯했다. 로무키오는 양손을 주물럭대며 징그러운 얼굴로 아만다를 쳐다보고 있었다.

"크흐흐흐흐. 이 몸의 관절기로 끈적끈적하게 해주마!"

"………."

"그리고 이 몸의 품속에서 승천하면 돼!"

"……아."

아, 아만다의 분위기가 바뀌었다. 완전히 전투 모드다.

그리고 시합 개시 직후.

피슈욱!

공기를 찢는 듯한 소리가 울리고, 동시에 로무키오의 모습이 그 자리에서 사라졌다. 관객이 환성을 지를 틈도 없었다.

찰나 뒤에 쿠웅! 하고 뭔가 무거운 것이 단단한 곳에 내동댕이쳐지는 소리가 들렸다.

관객들이 그쪽을 보니 어느샌가 로무키오가 투기장을 둘러싼 벽에 부딪쳐 그대로 떨어지는 차였다. 너무나도 빨리 끝내서 심판의 승리 선언이 늦었을 정도다.

시합 개시와 동시에 아만다가 채찍을 휘둘러 로무키오를 날려버렸다. 아마추어는 무슨 일이 있었는지 알 수 없었을 것이다.

그러나 나나 프란에게는 똑똑히 보였다.

『좀 더 본 실력을 내는 모습을 보고 싶었어.』

"응……."

저래서는 전에 아만다와 벌였던 모의전 때가 더 빨랐을 것이다.

뭐, 상대가 너무 허접해서 그 이상 빠르면 죽였을지도 모르니 할 수 없지만 말이다.

관객은 기절한 로무키오를 옮기려고 악전고투하는 담당자에게 웃음소리를 보냈지만, 나나 프란에게는 시시한 시합이었다.

그에 비해 볼만했던 것은 엘자와 샤를로테의 시합일 것이다.

춤추듯이 싸우는 샤를로테의 움직임에는 눈을 크게 뜨게 만드는 것이 있었다.

완급 조절된 움직임으로 엘자의 주위를 돌아다니며 손에 든 철제 고리로 공격을 날렸다. 이 고리는 공격뿐만 아니라 상대의 무기를 튕기거나 걸어 받아넘길 수도 있는 듯했다.

그런 식으로 샤를로테가 춤추는 가운데 그녀가 날린 물 마술에 의해 무지개가 생겨서 정말로 무용을 선보이고 있는 듯한 광경이 벌어졌다.

샤를로테가 내는 날카로운 기합이나 금속끼리 부딪치는 소리가 없으면 전투로 보이지 않았을지도 모른다.

어떤 의미에서 매혹적인 싸움을 보이는 샤를로테에게 관객의 성원이 모였지만 역시 엘자와 싸우기에는 실력이 조금 부족한 것 같았다.

"에이이이잇!"

"아핫!"

"어? 어째서……?"

"좋아앙! 더 와줘!"

강철 고리로 엉덩이를 얻어맞고 어째선지 즐거운 교성을 지르는 엘자. 그것을 본 샤를로테는 이해할 수 없는 사태에 당황해 두려워하고 있는 듯했다.

통증을 쾌감으로 변환한다는 통각 변환 스킬을 가지고 있는 것은 물론 본인이 마조히스트이니 말이다. 샤를로테에게는 미지와의 조우였을 것이다.

그대로 재차 공격하려다가 이번에는 엘자의 발차기에 날아갔다.

"거기야!"

"큭! 어째서 지금 게……!"

"그야 그 페인트는 아까 봤는걸."

환혹 효과가 있는 춤을 어느 정도 지켜본 뒤에는 일방적인 전개였다.

"하아압!"

"꺄악!"

샤를로테는 엘자가 휘두른 거대한 메이스를 피하는 게 고작이었다.

"우후♪ 잡았다."

"큭! 안 돼, 못 빠져나가겠어……!"

"좋은 움직임이었어! 하지만 파워가 부족해."

"이런 곳에서——꺄아아악!"

"안녕♪"

마지막에는 소매를 잡히고 얻어맞아 장외패를 당했다.

울끈불끈한 엘자가 샤를로테에게 맨손으로 덤벼드는 모습은 범죄적이었지만, 거기에서 추잡함은 전혀 느껴지지 않았다. 역시 엘자의 알맹이가 소녀이기 때문일까?

뭐, 어느 쪽이든 열심히 한 좋은 시합이었다.

그 외의 수확은 역시 우리의 상상을 넘은 스킬의 사용 방법을 본 것일 것이다.

재미있었던 것이 후각을 상승시키는 술법을 상대에게 건 후 말린 생선 같은 것을 던지며 싸운 도적이었다. 솔직히 흉내 낼 마음은 없지만 상대에게 능력 상승 계열 술법을 거는 건 재미있는 발상이었다.

그리고 용철 마술사의 싸움은 정말 공부가 됐다고 생각한다. 상대의 무기를 녹이거나 지면을 뜨겁게 달궈 행동 범위를 제한시키는 등 상당히 허를 찌르는 사용법을 보였던 것이다. 으음, 저걸 보고 나니 용철 마술의 레벨을 올리고 싶어지는군.

게다가 프란의 사기를 올린다는 목표는 확실히 달성했을 것이다.

뒤에서도 프란이 좀이 쑤셔하는 것을 알 수 있었다.

그거다. 게임을 아주 좋아하는 초등학생이 친구들의 대전을 뒤에서 보고 있다가 자신의 차례가 오기를 애타게 기다리는 느낌이라고 하면 좋을까?

『꽤 강한 녀석도 많네.』

'응!'

시합을 모두 보니 해가 기울어 있었다.

『숙소로 돌아갈까?』

"음……."

내 제안에 프란이 가볍게 고개를 갸웃거렸다.

『왜 그래? 어디 가고 싶은 데가 있는 거야?』

그러자 프란이 차원 수납에서 검을 한 자루 꺼냈다.

어디에서 본 기억이 있는 검인데, 어디였더라?

"제프메트의 검, 들고 와버렸어."

아아, 제프메트가 던진 청룡아의 쇼트소드인가. 그걸 수납한 상태였다.

감정해보니 상당히 강해서 비싼 것일지도 모르겠다.

『그건 돌려주는 게 좋을지도 모르겠네~.』

"응."

푸른 긍지와는 이래저래 좋지 않은 만남을 가졌지만 제프메트에게 감정은 없다. 오히려 호감마저 품고 있었다. 그것은 프란도 마찬가지일 것이다.

『울시, 제프메트의 냄새를 쫓을 수 있겠어?』

"웡!"

문제없나 보다.

그대로 울시의 선도를 따라 걷기를 20분.

우리는 마을 외곽까지 와 있었다.

『여기야?』

"웡."

내 질문에 울시가 고개를 끄덕였다.

이 부근은 집이 적고 빈터로 이뤄져 있다. 그 넓은 장소에 천막이 몇 개 쳐져 있었다.

천막이라 해도 간소한 텐트 타입이 아니라 기둥을 확실히 세운 게르 타입의 것이었다.

푸른 긍지는 숙소를 잡지 않고 스스로 야영지를 만든 모양이다. 수많은 단원 전원이 숙소에 묵으면 상당한 비용이 들고, 용병단이라면 천막을 짓는 건 식은 죽 먹기일 것이다.

다만, 이 몇 개나 있는 텐트 중에서 어떻게 제프메트를 부를까. 다른 단원에게 발견되면 성가셔질 것 같다.

내가 분신으로 불러올까?

고민하고 있는데 우리에게서 가장 가까운 천막에서 누군가가 나왔다.

"아, 너는!"

10대 후반 정도의 소녀였다. 그 소녀는 프란을 본 순간 분노가 담긴 소리를 질렀다.

눈을 부릅뜨고 프란을 가리키는 소녀는 낯이 익었다. 오렐의 저택 앞에서 푸른 긍지를 거느리고 으스대던 소녀다.

프란의 위압에 겁을 집어먹었고, 그 뒤에는 엘자에게 쫓겨났을 터였다.

"누구야?"

프란은 당연히 기억하지 못했다. 정말 싫어하는 청묘족에, 강하지도 않으니 어쩔 수 없나.

"흥! 나는 세렌. 푸른 긍지의 부단장이야!"

아니, 이 소녀가 부단장이었던 거냐!

스테이터스는 상당히 낮지만 화술이나 공감 스킬을 가지고 있었다. 참모 같은 위치일지도 모른다. 아니, 그런 것치고는 머리가 좋아 보이지도 않는데…….

"나는 프란."

지금까지는 청묘족을 보면 혐오감을 숨기려고도 하지 않던 프란이었지만, 제프메트를 만남으로써 조금 변화가 있었던 모양이다. 느닷없이 시비조로 대하지 않고 상대를 보고 나서 대응하려고 하는 마음이 희미하게 생긴 듯했다.

세렌에게도 일단 평범하게 얘기했다.

"알고 있어! 우리 용병단을 어지간히 바보 취급 했겠다! 대체 뭘 하러 온 거야!"

뭐, 이번에는 상대가 처음부터 프란에게 시비조로 나왔지만 말이다.

"이걸 돌려주러 왔어."

"이건…… 오라버니의 검이잖아! 도둑!"

적의를 드러내서 대화하기 어렵군.

그건 그렇고 오라버니라면 제프메트의 동생인 건가. 단장의 동생이라면 능력을 무시하고 간부 대접을 해도 이상하지 않는 건가?

"애초에 어째서 너 같은 흑묘족 계집애가 오라버니에게 이긴 거야!"

"응? 실력이야."

"거짓말! 흑묘족은 잔챙이로 유명하잖아! 오라버니에게 이길 리가 없어! 어차피 비겁한 짓을 했겠지!"

"안 했어."

"당연히 했어! 그렇지 않으면 오라버니가 흑묘족 따위에게 질 리가 없어!"

발을 동동 구르며 분해하는 세렌은 나이 이상으로 어린애처럼 보였다. 오렐의 저택 앞에서도 생각했는데, 어지간히 흑묘족을 싫어한다. 청묘족으로서는 이상하지 않지만 제프메트의 동생으로서는 위화감이 들었다.

"됐어, 비겁한 수를 써서 이겼다고 운영진에 보고하고 2회전 진출을 오라버니에게 양보해. 그러면 특별히 용서해줄게!"

감사하라고 말하는 듯한 그 말투에 프란의 눈이 가늘어졌다.

"……거절할게."

프란의 기분이 점점 나빠지기 시작했다.

모처럼 제프메트 덕분에 청묘족에 대한 혐오감이 누그러들었는데, 이 멍청한 동생 덕분에 부활한 모양이다.

"뭐어? 놀리는 거야? 비겁자인 너를 특별히 용서해주겠다고 하는데? 고맙다고 해야 하잖아!"

진짜 제프메트의 동생인가? 이상할 만큼 성격이 너무 다른데.

프란은 이제 떠들 가치도 없다고 판단한 듯했다.

입을 다물고 차갑기 그지없는 눈으로 세렌을 응시하고 있었다.

"…………."

"이러니까 바보 묘족은! 분수를 모른다고 하는 거야!"

"…………."

"뭐야, 그 눈은. 만약 사퇴 안 한다면 용서 안 할 거야. 어떻게 될지 알겠어?"

"……몰라."

프란도 상당히 짜증 났지만 제프메트의 동생이기 때문인지 어떻게든 참고 있군. 장하다. 다만 얼마나 오래 갈지는 모르지만.

"흥. 너희 잔챙이 묘족이 살아 있는 건 말이지, 우리 청묘족이 허가해주고 있기 때문이야."

"……큭."

"만약 사퇴 안 한다면 너뿐만이 아니야. 다른 흑묘족도 모두 붙잡아 노예로 삼을 거야!"

아, 금구를……. 프란의 인내를 사정없이 짓밟아버리는군.

흑묘족의 지위를 향상시켜 노예로 취급받는 현 상황을 어떻게든 하고 싶다고 생각하는 프란. 그 프란에게 천적인 청묘족 아가

씨가 그런 말을 하면──.

"힉!"

프란의 살기가 전에 없을 만큼 높아졌다. 키아라 얘기를 디아스에게 들었을 때 이상이다. 이제 모르겠다. 이 계집애는 어쩔 수 없고, 최악의 경우 푸른 긍지를 없애게 될지도 모르겠다.

제프메트에게는 미안하지만, 단원들은 전형적인 청묘족 같으니 여기서는 뒤탈 없이 철저하게 박살 내는 편이 좋을지도 모른다. 괜히 부흥 같은 걸 생각해도 성가시고.

프란의 살기를 고스란히 받은 세렌은 창백한 얼굴로 비명을 질렀다. 그 자리에 주저앉아 몸을 떨었다. 자신의 허벅지 사이에서 흘러나온 액체가 땅바닥을 적시고 있는 것도 모르는 듯했다.

"아, 아아……!"

탁한 목소리로 무슨 말인지 모를 신음소리를 내고 있었다. 가련한 모습이다.

그러나 프란에게는 아무런 감흥도 주지 않았던 모양이다.

아무 말도 하지 않고 그저 말없이 나를 뽑아 소녀에게 내리쳤다.

눈에 거슬리는 벌레를 때려잡을 때처럼 짜증과 분노가 담긴, 그런데도 불구하고 조잡한 일격이었다. 뭐, 이 소녀의 목숨을 빼앗기에는 충분한 일격이었다.

다만, 그 공격이 소녀에게 닿는 일은 없었다.

무시무시한 속도로 끼어든 인영이 몸을 던져 소녀를 지킨 것이다.

"커흑……!"

"오, 오라버니!"

제프메트였다. 칼날이 왼쪽 쇄골을 베고 폐까지 이르렀다. 몸을 던져 동생의 목숨을 지킨 거겠지.

세렌은 중상을 입은 오빠를 보고 프란에게 증오가 담긴 시선을 보냈다.

하지만 제프메트는 프란에게 책망하는 말을 하지 않았다. 그뿐만이 아니라 동생을 엄격한 얼굴로 노려보고 있었다.

"너는…… 무슨 말을…… 입에…… 큭!"

"오라버니! 괜찮으세요?! 너! 절대 용서 안 해, 흑묘족은 우리 손으로──."

"그만둬…… 큭!"

"꺅.

프란에게 격분하는 세렌을 제프메트가 뺨을 때려 말렸다.

부상 탓에 힘이 실리지 않았다고는 하나 전사인 제프메트의 따귀다. 세렌은 날아가 깜짝 놀란 표정으로 새빨갛게 부은 뺨을 누르고 있었다. 어째서 오빠가 그런 행동을 했는지 이해할 수 없을 것이다.

제프메트는 그대로 부상을 치료하지 않고 무릎과 양손을 땅바닥에 대고, 더 나아가 이마를 땅바닥에 비비며 사죄의 말을 입에 담았다. 아직도 흘러 떨어지는 피가 순식간에 그 몸 아래로 고였다.

"어리석은 동생이라 미안, 하다. 내가 이렇게, 고개를 숙이겠다……."

"……미안."

그러나 프란이 입에 담은 것은 거절의 말. 그 살의는, 증오는 이미 이 정도로는 멈출 수 없을 만큼 높아져 있었다.

"두 번 다시. 이런 말은 하지 않게 하겠다! 다시 한번 단의 기강을 세우고……, 어리석은 자들은 추방…… 아니, 노예로 만들겠다!"

추방으로는 미지근하다고 생각했는지, 제프메트는 친동생을 노예로 만든다는 말까지 입에 담았다. 그렇게라도 말하지 않으면 프란이 멈추지 않는다고 이해한 거겠지.

제프메트는 프란과 싸워서 그 힘이 자신보다 압도적으로 위라는 것을 이해하고 있었다. 여기서 프란의 분노를 풀지 않으면 몰살당할 수도 있다는 사실을 알고 있는 것이다.

"오라버니? 무슨 말씀이세요? 어째서 저런 계집애한테 머리를 숙이——앗!"

"닥, 쳐."

제프메트가 달라붙는 세렌을 후려쳤다. 꽤 힘을 실었군. 세렌의 생명력이 반감될 정도의 위력이었다.

세렌은 정신을 잃고 땅에 축 늘어졌다.

"정말 미안하다……."

사과하고 있지만 이대로라면 제프메트가 죽는다. 이미 생명력이 아슬아슬하다.

그러고 있는데 야영지에서 여러 사람이 움직이는 기척이 느껴졌다.

청묘족들이 바깥의 이변을 눈치챈 거겠지.

『프란, 어떡할래? 바로 다른 녀석들이 올 거야.』

"미안, 하다."

"…………큭."

『하고 싶은 대로 해. 할 거라면 나도 제대로 해줄게.』

"……그레이터 힐."

잠시 망설인 후, 프란이 제프메트의 상처를 치료했다. 청묘족에 대한 불신과 혐오는 있지만, 호감 가는 성격을 가진 제프메트를 여기서 죽이기는 아깝다고 생각했을 것이다.

"오늘은 돌아갈게. 다음에 왔을 때 달라지지 않았으면, 그때는 각오해."

"고맙다!"

억누른 프란의 격정을 느꼈는지 제프메트는 다시 땅바닥에 머리를 조아리고 사죄의 말을 입에 담았다.

그러나 프란은 그 말에 대답도 하지 않고 발뒤꿈치를 돌려 달려나갔다.

그 얼굴은 온갖 감정이 뒤섞여 성대하게 찡그려져 있었다.

『용서해도 괜찮겠어?』

"용서 안 해. 유예를 줬을 뿐이야."

『뭐, 프란이 하고 싶은 대로 하면 돼.』

의미 없이 그저 정리되지 않은 감정을 발산하듯이 마을을 달리는 프란.

무시무시한 속도로 달려나가는 프란은 엄청나게 눈에 띄었지만, 지금은 어쩔 수 없다. 오히려 이 정도로 프란의 기분이 조금이라도 풀린다면 얼마든지 달려야 한다.

그리고 어둠 속에서 달리기를 수 분.

겨우 진정됐을 것이다.

여전히 괴로운 표정으로 뒷골목을 걸었다.

실은 그 프란을 보고 시비를 걸려고 한 불량배가 있었지만, 내가 염동으로 의식을 끊어서 먼저 처리했다. 그도 그럴 게, 지금의 프란은 상대를 죽일 수도 있기 때문이다.

뭐, 프란이 풍기는 위험한 분위기 덕분인지 그 뒤로 말을 거는 바보는 없었다.

"…………."

기분이 나쁜 것 같다. 뭐, 어쩔 수 없는 일이기는 하다.

청묘족인데도 불구하고 제르메트와는 사이가 좋아질 수 있을 거 같았다. 그리고 청묘족 중에도 올바른 녀석이 있다는 사실을 알 수 있었다. 그럴 터였지만…….

결국 청묘족은 청묘족이었다. 그가 특별할 뿐이었다.

제프메트와의 사이는 회복될 수 있을지 알 수 없다. 프란도 마음속으로는 제프메트와 잘 지내고 싶다고 생각하고 있다. 그러나 앞으로의 전개에 따라서는 또다시 싸울지도 모른다. 최악의 경우 그를 죽이게 될 가능성도 있었다.

프란에게 제프메트의 동생이 한 말은 그만큼 용서할 수 없었을 것이다. 나 역시 상당히 화가 났다. 타인을 파는 게 당연하다고 생각하는 녀석들, 제프메트가 없으면 그 자리에서 섬멸했을 것이다.

프란의 마음속에서 온갖 어두운 감정이 소용돌이치고 있을 것이다.

그대로 20분 정도 걸었을 무렵. 프란이 발걸음을 멈추고 뒤를 휙 돌아봤다.

『이 기척은…….』

"……수왕?"

떨어진 곳에서도 느껴질 만큼 엄청나게 강력한 마력과 투기가 피어오르고 있었다.

푸른 긍지의 야영지가 있던 방향이다.

"……!"

황급히 온 길을 달리기 시작하는 프란.

이 마력은 수왕의 것이다. 보통 사태는 아닐 것이다. 단순한 훈련일 리는 없다.

어떻게 할지 생각하지는 않았을 것이다. 하지만 프란은 전력으로 달렸다.

제프메트에게 느꼈던 우정, 수왕에 대한 공포. 그리고 그 두 명에게 무슨 일이 있었던 걸까.

『프란, 수왕이 있을 거야! 괜찮겠어?!』

"……응!"

각오를 했는지 안 했는지는 알 수 없다. 그러나 돌아가지 않을 수는 없을 것이다.

프란이 전력으로 달리니 야영지까지는 5분도 걸리지 않았다.

"헉…… 헉……!"

『역시 수왕인가!』

숨 가쁘게 야영지에 도착한 프란의 눈에 날아든 것은 태양처럼 불타오르는 황금빛 불꽃이었다.

온몸에 금색 불꽃을 두르고 야영지 중앙에 여유 있게 서 있는 수왕. 맹위를 체현하는 그 모습에는 그야말로 패왕의 관록이 있었다.

그저 그 자리에 서 있는 것만으로 주위에 무시무시한 압박감을 뿌리고 있었다.

그리고 그 앞에 온몸이 새까맣게 타서 쓰러진 제프메트의 모습이 있었다. 갑옷 등은 달궈진 설탕 공예처럼 녹았고, 피부는 넓은 범위가 탄화돼 있었다.

빈사 상태인 것은 일목요연했다.

그런데 수왕의 스테이터스가 전에 봤을 때보다 이상할 정도로 상승해 있었다. 그뿐만이 아니라 외모도 약간 변화해 있었다. 머리카락이 크게 거꾸로 서서 진짜 사자 갈기처럼 보였다. 눈 주위가 검게 물들고 날카롭게 돋아난 어금니가 입가에서 보이는 모습은 그야말로 사자였다.

『진화 상태인 건가…….』

제프메트과 프란의 싸움에서 보였던 각성 스킬로 진화했을 것이다.

"멍청한 놈…… 이 몸에게 거역하다니."

"……큭…….."

"이제 됐다, 죽어라."

수왕이 불에 둘러싸인 오른손을 치켜들었다.

그 광경을 본 프란은 망설임 없이 행동했다.

"스승, 갈게!"

프란이 내 대답도 기다리지 않고 뛰쳐나갔다.

오른손에 나를, 왼손에는 즉사 효과가 있는 데스게이즈를 꺼내 장비하고 망설임 없는 눈으로 수왕을 응시했다.

마술과 스킬로 초가속해 총알처럼 달렸다.

그러면서도 목소리를 내기는커녕 살기와 기척도 완전히 죽였다. 단순한 분노 때문에 폭주한 것이 아니라 뜨거운 마음과 차가운 머리로 수왕의 목숨을 노리고 있는 것이다.

그리고 수왕의 뒤에서 힘껏 참격을 날렸다.

수왕 리그디스의 찰지 계열 스킬은 레벨이 그렇게까지 높지 않았다. 아니, 높지만 랭크 S에 상응하느냐고 묻는다면, 그렇지도 않았다.

프란의 기습을 수왕이 감지하기는 어려울 것이다.

제프메트를 구하는 것뿐이라면 공격을 그만두게 하면 될 것이다. 그러나 말을 걸어 제지하는 것은 악수다. 그래서 막지 못한 경우, 제프메트는 확실하게 목숨을 잃는다.

그리고 수왕의 빈틈도 사라진다.

대미지를 줘 물리적으로 공격을 막을 수 있는 기회는 지금밖에 없었다. 그렇다면 선제공격을 할 수 있는 이 기회를 살려야 한다.

수왕과 완전히 적대하는 부담을 고려해야 하지만 말이다.

뭐, 프란은 이미 수왕과 싸울 결심을 했기에 그 행동에 망설임은 없었다.

목표는 일격필살. 즉, 수왕의 목이다. 지금의 프란은 수인국을 적으로 돌릴지도 모른다든가 국제 문제가 된다든가 하는 생각은 전혀 하지 않았다. 그저 제프메트를 수왕의 마수에서 구하려면 어떻게 해야 좋을까, 그것밖에 생각하지 않았다.

그리고 수왕은 대신의 팔찌를 장비하고 있으므로 죽을 우려도 없었다. 역시 수왕을 죽이면 여러모로 위험한 일이 일어나니 말이다. 국제 문제라든가. 아니, 공격하는 것만으로 충분히 문제지만 죽이는 것보다는 몇 배나 낫다. 어떤 의미에서 대신의 팔찌 덕분에 전력으로 공격할 수 있다고도 말할 수 있다.

그리고 대신의 팔찌가 발동하는 사태가 되면 아무리 수왕이라 해도 움직임을 멈출 터다. 그사이에 제프메트를 구해 이탈하면 된다.

정말로 프란의 신변의 안전만을 생각한다면 여기서 전이라도 해서 제프메트를 죽게 내버려두고 수왕에게서 도망 다니는 게 최선일 것이다. 그것은 알고 있다.

다만 그래서는 프란은 납득하지 못한다.

애초에 프란의 안전만을 생각한다면 훨씬 전에 모험가를 그만두라고 설득했을 것이다. 그것을 하지 않는 건 내가 프란과 모험을 하고 싶다는 이유도 있지만, 그 이상으로 프란이 모험가가 되고 싶다고 바랐기 때문이다.

나는 프란의 보호자이자 프란의 검. 그 몸을 지키며 그 바람을 이루어주는 것이 내 역할이다. 그 앞이 절벽이라 해도 뛰어들고 싶다고 프란이 말한다면 같이 뛰어든다. 그리고 그 몸을 지켜 보일 것이다.

즉 무슨 말을 하고 싶냐면, 프란은 하고 싶은 대로 하면 된다.

나는 그저 전력으로 도와줄 뿐이다.

순식간에 수왕의 등에 다가간 프란은 쌍검을 든 손을 몸 앞에서 교차시켜 동시에 좌우로 휘둘렀다.

설령 상대의 방어력이 높다 해도 마력을 두른 두 검의 한 점 집중이라면 돌파할 수 있다고 생각했을 것이다. 쌍검은 마치 거대한 가위처럼 수왕의 목을 날리지——못했다.

"?!"

프란은 아무런 저항도 없이 쌍검을 휘두른 데에 놀란 표정을 띠었다. 그리고 검을 휘둘렀는데 아직껏 멀쩡한 수왕을 곤혹스럽게 응시했다.

그 후, 내게 시선을 돌리고 경악스러운 표정을 띠었다.

"큭!"

"아앙? 뭐냐 네놈은."

제프메트에게 날아갈 공격을 멈추는 데는 성공했다. 하지만 수왕에게 들키고 말았다.

그러나 프란에게는 수왕의 물음에 대답할 여유는 없었다.

그저 창백한 얼굴로 나를 응시하고 있었다. 놀랍게도 나와 데스게이즈의 도신이 완전히 사라진 것이다. 프란이 지금 손에 들고 있는 자루와 날밑 밖에 존재하지 않았다.

프란은 무슨 일이 일어났는지 모를 것이다.

하지만 당사자인 나는 모두 이해할 수 있었다.

수왕이 몸에 두른 금색 불꽃이다. 나도 데스게이즈도 그 불꽃에 닿은 순간 엄청난 열량에 녹아 도신이 증발된 것이다. 그 정도로 무시무시한 열량이었다.

검의 도신을 순식간에 증발시킬 정도의 열량을 가지고 있는데 주위에 눈에 띄는 피해가 없는 것은 스킬로 발생시킨 불꽃이기 때문일 것이다.

"스승!"

"뭐라고? 스승?"

자신도 모르게 외친 프란을 보고 수왕이 고개를 갸웃거렸다.

『프란, 진정해. 나는 멀쩡해. 일단 염화로 얘기해.』

'다행이다…….'

다행히 도신이 당했을 뿐이다. 이 정도라면 재생할 수 있다. 다만, 마력이 담긴 불꽃에 녹았기 때문인지 마력까지 몽땅 줄어들었다. 보유 마력이 많고 자기 수복 기능 가진 나이기 때문에 이 정도로 그쳤을 것이다.

실제로 데스게이즈는 이제 고칠 수 없다는 생각이 들었다. 마력을 완전히 잃었기 때문이다. 그것뿐만이 아니다. 흑묘의 외투에 희미하게 탄 자국도 수복될 기미가 전혀 없었다. 아니, 미묘하기는 하지만 수복은 되고 있나? 다만 평소에 비하면 매우 느렸다.

『저 불꽃은 너무 위험해…….』

위험한 건 그 공격력뿐만이 아니었다.

수왕은 베인 뒤에 이쪽을 눈치챘다. 즉, 저 불꽃은 자동적으로 수왕을 보호했다는 뜻이다.

자동 수비인데 저렇게 무시무시하다. 만약 수왕이 의지를 가지고 불꽃을 움직여 공격해온다면?

막을 자신도, 끝까지 지킬 자신도 없었다.

"이봐, 너 이 청묘족의 제자냐?"

"………….'

"입 다물지 말고 대답해, 계집."

"……제프메트한테 무슨 짓을 했어?"

자신을 노려보는 프란에게 어깨를 으쓱하며 과장되게 코웃음을 치는 수왕.

하지만 그 불쾌해 보이는 말과는 반대로 그 눈은 웃고 있는 듯했다. 그 눈은 알고 있었다. 프란이 싸울 보람이 있는 적을 발견

했을 때와 똑같은──아니, 그 이상으로 호전적인 눈이었다.

"흥. 질문에 질문으로 대답하다니. 가정교육도 못 받았냐, 흑묘족?"

야유하는 듯한 말에 프란이 어금니를 악물었다.

하지만 분노를 억누르고 수왕에게 물었다.

"……어째서 제프메트를 죽이려 했어?"

"귀 안 달려 있냐? 뭐 됐다, 부하에 대한 제재다."

부하에 대한 제제로군. 즉, 푸른 긍지는 수왕의 부하라는 뜻인가. 그리고 제프메트가 뭔가 명령을 위반했다? 제프메트로 말하자면 친흑묘족. 수왕은 반흑묘족. 다시 말해 그게 이유인가?

"아무튼 넌 이 녀석들을 편든다고 보면 되겠지? 흑묘족인 주제에?"

"……응."

"호오. 순간적으로 재생할 줄이야, 재미있는 검이로군."

순간 재생으로 도신을 회복시켰지만 솔직히 나를 사용한 공격은 효과를 그다지 기대할 수 없다. 마술을 중심으로 공격하게 되겠지.

상대는 불꽃. 물이나 빙설인가. 여기서는 스킬 포인트를 그대로 두는 것보다 스킬의 레벨을 올리는 편이 나으려나.

"……프란…… 관, 둬……."

"제프메트, 지금 구해줄게."

"하하하, 흑묘족과 청묘족의 아름다운 우정이로군! 너무 웃겨서 딱하기 그지없구나!"

"닥, 쳐……."

비웃음을 다분히 섞은 수왕의 말에 제프메트가 글자 그대로 피를 토하며 대꾸했다. 그것을 듣고 수왕의 얼굴이 참으로 즐거운 듯한 웃음으로 물들어졌다.

"그 상태로 아직 그 입을 놀릴 수 있는 거냐. 아쉽구나. 너는 장래성이 있었는데. 계집, 가르쳐주마. 수왕 리그디스 나라심하의 진정한 무서움을 말이다. 내게 거역한 어리석음을 한탄해라!"

수왕에게 달라붙은 불꽃이 흔들거리며 보다 맹렬하게 그 기세를 늘려갔다.

나는 언제든지 전이를 시전할 수 있도록 준비를 갖췄다.

프란과 수왕의 투기가 부딪히고 양자의 살기가 높아져갔다.

"······하아아아압!"

먼저 움직인 것은 프란이었다. 놀랍게도 거리를 벌리기는커녕 수왕을 향해 전진했다.

"흐하하하하하! 내 위압감을 받으며 앞으로 나오는 거냐! 재미있군!"

"야아압!"

프란이 날린 것은 속성검·물을 두른 오러 블레이드였다.

분노를 품고 있어도 느닷없이 나로 공격할 만큼 제정신을 잃지는 않은 듯했다.

속성검이 통할지 통하지 않을지 시험해보려는 거겠지.

하지만 역시 통할 리가 없었다.

프란에 의해 쏘아진 기의 칼날이 수왕이 두른 불꽃에 닿은 순간 감쪽같이 사라졌다.

게다가 그 불꽃은 공격을 막기만 한 것이 아니었다. 프란을 향해 팔을 뻗듯이 불꽃이 덤벼든 것이다.

"웃!"

"호오, 지금 걸 피했나!"

프란은 즉시 몸을 굽혀 불꽃의 포옹을 피하고 단숨에 뒤로 날아 거리를 벌렸다.

위험했다. 상당히 빠른 일격이었다.

『수왕이 스스로 조종하면 역시 위험도가 확 올라갈 거야!』

"응!"

"크크크. 다음에는 어떡할 거지? 위험을 각오하고 달려들 거냐?"

"……스턴 볼트!"

희푸른 전격이 수왕의 옆에서 파직하고 튀었다.

하지만 그것뿐이었다. 수왕은 히죽거리며 프란의 행동을 관찰하고 있었다.

"호오? 마술도 쓰는 건가! 하지만 그 정도 마술은 견제조차 안 돼."

"큭!"

원래 마술 내성 스킬을 가지고 있는 데다 고밀도 마력으로 뭉쳐진 금염(金炎) 그 자체가 마술을 막았을 것이다.

"그러면 이거! 헥사고나 토네이도!"

다음으로 프란이 날린 것은 최고난도의 바람 마술이었다.

가느다란 회오리 여섯 개가 수왕을 둘러싸듯이 떠올랐다.

안에 붙잡힌 자는 바람의 칼날에 전신이 다져지고 여섯 방향에서 덮쳐오는 다른 벡터의 힘의 흐름으로 인해 사지가 찢기는 흉악한 술법이다. 고블린 정도라면 순식간에 조각조각 찢길 것이다.

하지만 그 술법 안에 붙잡혀도 수왕은 기분 나쁘게 웃고 있었다.

자신에게 다가오는 여섯 줄기의 회오리를 가볍게 바라본 후 오른손을 가볍게 흔들었다.

휘익!

"!"

"영창한 채로 지연시켜둔 거냐? 아니면 영창 파기냐? 뭐, 꽤 재미있지만 그것뿐이야. 이 정도로는 이 몸에게 찰과상 하나 못 입힌다."

근접 전투도 안 되고 마술도 안 된다. 어떻게 하면 좋냐고!

"그럼, 다음에는 이쪽에서 간다."

수왕이 그렇게 말하고 오른손을 치켜든 직후, 나는 모아둔 염동을 전방을 향해 날렸다. 뭔가 명확한 의도가 있었던 건 아니다. 내 마음을 지배하는 정체 알 수 없는 공포와 위기감에서 도망치기 위해서 그렇게 할 수밖에 없었다.

몸서리가 쳐진다는 말은 그야말로 이런 상황일 것이다.

프란도 같은 마음이었는지 공기 발도술을 날리기 위해 준비했던 고속 이동용 마술을 사용해 그 자리에서 물러났다.

그 얼굴에는 대량의 식은땀이 솟아올라 있었다.

하지만 결과적으로 우리의 행동은 옳았을 것이다.

직전까지 프란이 서 있던 장소를 금색 불꽃이 파도처럼 뒤덮었다.

염동으로 잠시나마 막고, 프란이 그 순간에 뒤로 날지 않았다면 우리는 그 불꽃에 휩쓸렸을 것이다.

"좋은 감이야! 그러면 이건 어떠냐. 으랴압!"

수왕이 다시 손을 휘둘렀다. 그러자 불꽃이 머리가 여럿인 뱀처럼 꿈틀대며 사방에서 달려들었다. 크게 움직이는 것뿐만 아니라 정밀한 조작까지 가능한 거냐!

"크읔!"

스치지 않아도 피부 가까이에 불꽃이 통과한 것만으로 프란의 하얀 피부가 물집이 잡혀 부어올랐다. 무시무시한 열량이다.

"호오? 꽤나 날렵하잖아!! 그럼 이거다!"

"큭⋯⋯."

프란에게 날아오는 불꽃이 더욱 심하게 꿈틀대며 속도를 높였다.

그래도 프란은 아슬아슬하게 피하고 물 마법으로 요격하며 계속 도망쳤다.

"좋다 좋아! 그러면 하나 더 추가다! 으랴아압!"

다시 고함친 수왕의 전의에 반응해 불꽃 뱀이 숫자를 더욱 늘렸다. 지금은 아직 피할 수 있지만, 이대로 가면 머지않아 궁지에 몰릴 것이다.

본래라면 수왕의 움직임을 견제하며 제프메트를 치료해 도망치는 게 최선이지만⋯⋯. 우리의 공격은 애초에 견제조차 되지 않았다.

그뿐 아니라 수왕은 그 자리에서 한 걸음도 움직이지 않았다. 그런데도 우리를 몰아붙이고 있었다. 양자의 사이에 있는 압도적인 힘의 차이. 그것을 싫어도 실감할 수 있었다.

도망칠지 비기를 쓸지 결단해야 하는 사태였다.

『프란!』

'……스승, 그걸 쓸게!'

뭐, 프란이 제프메트를 남기고 도망칠 리도 없다.

『……이렇게 되면 할 수 없지! 오의였지만 말이야!』

'그거라면 분명 수왕한테도 통할 거야!'

『그래. 그럴 거야.』

자세를 잡은 프란을 보고 수왕의 얼굴에 띤 야성적인 웃음이 짙어졌다.

"호오? 뭔가 각오를 다진 거 같은데?"

"하아아압——."

수왕이 처음으로 자세를 잡았다.

프란의 존재감이 급속히 늘어가는 것을 감지했을 것이다.

마주 선 두 사람의 살기가 높아지고——.

"잠시만요, 뭘 하고 계신 겁니까! 폐하!"

순식간에 사라졌다.

일반적이라면 다가가는 것조차 주저할 프란과 수왕 사이에 아무렇지 않게 끼어든 인영이 있었다. 약간의 노기는 있지만 전의나 살기 종류는 전혀 느껴지지 않았다.

그 탓일까. 프란도 수왕도 독기가 빠진 얼굴로 움직임을 멈췄다.

"웃, 로슈……."

혼자 나타난 로슈라는 백발의 마른 남자는 그대로 수왕에게 설교하기 시작했다.

"하여간에, 눈을 잠시 떼면 이런다니까요!"

본 기억이 있었다. 수왕의 마차를 몰던 남자다.

이름 : 로슈　나이 : 37세

종족 : 수인 · 백유족(白鼬族) · 백주유(白呪鼬)

직업 : 엽마사(獵魔師)

Lv : 62/99

생명 : 556　마력 : 758　완력 : 251　민첩 : 539

스킬 : 발바닥 감각 4, 굴파기 6, 은밀 8, 바람 마술 4, 궁기 9, 궁술 10, 궁성술 1, 마부 7, 경계 8, 기척 감지 10, 기척 차단 7, 유연 4, 순발 8, 소음 행동 5, 상태 이상 내성 4, 생활 마술 3, 정신 이상 내성 5, 단검기 4, 단검술 5, 조향 8, 도약 6, 등반 5, 독 지식 8, 독 마술 5, 흙 마술 7, 흙 속 잠행 5, 불 마술 5, 마술 내성 3, 마력 감지 7, 야간 행동 7, 함정 해제 6, 함정 감지 8, 함정 작성 4, 기력 조작, 후각 강화, 감각 강화, 마력 조작, 청각 강화

고유 스킬 : 각성, 주격(呪擊)

칭호 : 키메라 슬레이어, 던전 공략자

장비 : 명계수의 활, 차원의 활통, 흑영수(黑影獸)의 가죽 갑옷, 흑영수의 은밀화(隱密靴), 마영강 토시, 은밀 흑거미의 외투, 손재주의 반지, 수납의 팔찌

　사냥꾼인가. 하지만 척후도 맡고 전투도 하며 마술도 부릴 수 있는 만능 타입이다. 게다가 이 녀석도 상당히 강하다. 랭크 A 모험가라도 이상하지는 않은 능력이었다.

　그런 남자가 허리에 손을 대고 수왕을 노려보고 있었다. 나이에 비해 조금 어린애 같은 행동이지만 로슈에게는 묘하게 어울려서 신기했다.

　로슈는 허리의 파우치에서 포션을 꺼내 제프메트에게 콸콸 부었다. 상당히 고가의 포션이었는지 빈사 상태였던 제프메트의 부

상이 어지간히 나왔다. 빈사 상태에서 반죽음 상태 정도는 됐을 것이다.

"애초에 상대가 흑묘족이라니⋯⋯. 이번 목적을 완전히 잊으셨군요!"

"아니, 하지만 저 계집이 푸른 긍지를 편들어서⋯⋯."

"그렇다고 해서 굳이 싸울 필요가 있습니까? 붙잡으면 되잖아요? 지금 완전히 살기를 섞으셨죠? 정말 뇌에 근육만 있으시다니까요!"

"자자, 그쯤 해둬 로슈. 리그 님, 푸른 긍지 내에서 노예 판매에 관련되어 있던 자들의 포박을 전부 완료했습니다. 거역한 자들은 처분했습니다."

더욱이 로이스까지 나타났다. 그런데 노예 판매에 관련돼 있던 놈들을 포박했다고 했지? 어? 수왕 일행의 목적은 대체 뭐지?

수왕에게서는 이미 전의가 사라져 있었다. 프란은 자세를 잡은 채 경계를 풀지 않았지만 더 이상 살기는 내지 않았다. 로이스가 제프메트의 부상을 치료하기 시작했기 때문이다. 로이스는 회복 마술을 거듭 걸었다.

아무래도 우리의 상상은 미묘하게 틀린 듯했다.

프란은 곤혹스러운 얼굴로 수왕 일행에게 물었다.

"대체 어떻게 된 거야?"

"폐하, 설명하지 않으신 겁니까?"

"아, 그게."

로이스에게 질문받은 수왕은 시선을 슬쩍 돌리며 볼을 긁적였다.

"하여간에…… 어차피 중요한 사실은 안 가르쳐주고 거만한 태도로 도발하셨죠?"

"으…… ."

로슈에게 추궁당하자 거북한 기색으로 입을 다무는 수왕. 완전히 혼나는 어린애 같은 광경이다.

"아가씨, 다친 데는 있나요?"

"……없어."

"그거 대단하군. 과연 상당한 실력이야. 당신은 푸른 긍지와 어떤 관계죠?"

로슈가 정중한 태도로 질문하자, 프란은 여전히 곤혹스러워하면서도 확실하게 대답했다.

"제프메트와는…… 친구야. 다른 녀석들은 싫어."

"아, 그렇군요. 폐하?"

"흐음. 이것 참."

로슈와 로이스가 눈을 게슴츠레하게 뜨고 노려보자, 수왕은 항복이라는 듯이 양손을 들었다.

"알았어! 내가 나쁘다고!"

"그래서, 왜 제프메트를 죽이려고 하셨죠?"

"그 녀석이 다른 단원을 감쌌기 때문이야."

"휴우우……, 제가 대신 설명하죠."

로슈가 지금 일어나고 있는 일을 자세히 설명해줬다.

"우선 오해를 풀어두고 싶은데, 수왕 폐하는 청묘족을 단속하고 흑묘족을 보호하고 있습니다."

"어?"

"역시 모르고 있나요…….."

놀랍게도 현 수왕 리그디스는 노예 매매를 인정하지 않고 오히려 흑묘족 노예를 해방시키고 있다고 한다. 그 탓에 선대 수왕과는 생각이 맞지 않아서 폐적당할 뻔했기 때문에 반대로 쿠데타를 일으켜 부왕을 살해해 왕좌를 찬탈했다고 한다.

"흥, 망할 아버지는 음모만 꾸미고 단련은 안 했으니까. 낙승이었지."

"뭐, 그분은 문관 타입이었으니까요."

로이스를 비롯한 부하들도 그 찬탈극에 관해서는 특별히 이론은 없는지, 수왕의 말에 태연하게 고개를 끄덕였다.

실은 옛날부터 쿠데타를 생각하여 모험가로서 단련하고 동료를 은밀히 모아왔다고 한다. 수왕국에 있는 랭크 A 이상의 모험가는 모두 리그디스의 부하이니까 쿠데타도 간단히 성공했을 것이다.

더욱이 선대가 키우던 노예상인이나 스파이도 숙청하고, 지금은 국외에서 활동하는 노예상인들을 찾아 없애며 흑묘족을 보호하고 있다나.

그 말에 거짓은 없었다.

수왕은 정말로 흑묘족을 보호하고 싶다고 생각했고, 청묘족에게 노예 매매를 그만두게 하려고 생각했다.

프란에게 그것을 전했지만, 그래도 믿을 수 없는 듯했다. 불신의 표정 그대로 프란이 질문을 더욱 던졌다.

"그럼 왜 제프메트랑 싸웠어?"

오히려 이 수왕이라면 제프메트와는 마음이 맞을 것 같은데.

처음에는 수왕도 제프메트는 살려줄 생각이었던 듯했다.

수왕의 명령을 무시하고 지금도 노예 매매를 계속하는 청묘족들을 넘기면 제프메트나 죄가 가벼운 단원들은 살려준다고 말했다고 한다.

하지만 푸른 긍지를 가족처럼 생각하는 제프메트는 설령 배신자라도 목숨을 빼앗는 데에 찬성할 수 없었다고 한다. 그리고 갱생시킬 테니 처벌을 기다려달라고 수왕에게 간청했다.

뭐, 성미 급한 수왕이 그것을 받아들일 리도 없어서 제프메트와 전투가 벌어졌다.

그 후 프란이 난입했던 것이다.

잘 들어보면 수왕의 말은 난폭할 뿐, 흑묘족을 모욕하지 않았다.

돌이켜 생각해보면 "아무튼 넌 이 녀석들을 편든다고 보면 되겠지? 흑묘족인 주제에?"라는 발언은 말 그대로의 의미였다. 흑묘족을 해방시켜준다는데 흑묘족인 프란이 노예 상인들을 편드는 거냐고 물었던 것뿐이다.

"하하하, 흑묘족과 청묘족의 아름다운 우정이로군! 너무 웃겨서 딱하기 그지없구나!"라는 말도 비슷한 의미였다. 도발로도 들리지만 수왕에게는 그런 마음조차 없었던 모양이다.

그리고 우리가 수왕과 싸우는 동안 도망친 푸른 긍지의 단원들이 수왕의 부하들에게 포박됐다.

"젠장……."

무릎을 꿇은 상태의 제프메트가 땅바닥을 쥐어뜯으며 분한 듯이 신음했다.

"원망하려면 원망해라. 하지만 나는 노예 매매를 그만두라는 통지를 모든 청묘족에게 보냈을 거다. 그 통지를 무시하고 노예 매매를 몰래 하던 건 네 동생과 부하들이다. 그리고 그럴싸한 말만 늘어놓으며 녀석들의 행동을 눈치채지 못했던 네 책임이기도 해."

"……알고 있습니다."

알고 있기 때문에 분한 거겠지. 자신이 부하 단속을 제대로 해서 부하의 죄를 눈치챘다면 이런 사태는 되지 않았을 터다.

"몇 명이 살아남았습니까……?"

"스무 명 정도로군요."

"그렇, 습니까……."

제프메트가 힘을 잃은 듯이 그 자리에 주저앉았다.

상당히 인원이 많았을 푸른 긍지의 생존자가 스무 명 정도? 제프메트가 탄식하는 것도 당연했다.

"리그 님, 주모자를 데려왔습니다."

거기로 고드다르파가 청묘족 두 명을 끌고 나타났다. 글자 그대로 줄에 묶여 땅바닥에 쓰러진 상태의 청묘족을 끌고 연행해온 것이다.

"이 두 명이 선대 수왕과 이어져 있던 노예 신디케이트의 일원입니다."

고드다르파에게 내동댕이쳐진 노인들을 보고 제프메트가 믿을 수 없다는 표정을 지었다. 아무래도 신뢰를 보냈던 상대였던 모양이다.

"세넥 공, 토르도 공…… 두 분이 모두를 꼬드긴 거요?"

제프메트는 그들이 부정하기를 바랐을 것이다. 그러나 이미 이마당에 와서 변명을 할 기력도 여유도 남아 있지 않은지, 노인들은 제프메트가 기대했던 말과는 정반대의 말을 내뱉었다.

"……흥. 흑묘족 따위는 진화도 못 하는 반편이 아닌가. 그걸 판 정도로 어째서 이런 꼴을 당해야 하는 겐지!"

"그래! 도움 안 되는 놈들을 우리의 도움이 될 수 있게 해주는 것뿐이야!"

아무런 염치도 없이 그렇게 내뱉는 청묘족 노인들.

"할아버지 대부터 우리를 지지해준 여러분이 어째서……."

그들은 푸른 긍지의 전신이 되는 소규모 용병단의 설립 때부터 참가한 장로들이라고 한다. 청묘족이 주체인 여러 용병단이 통합 돼 하나가 됐을 때 상담역 같은 대우를 받았다나.

하지만 이 모습으로 봐서 뒤에서는 그 힘을 이용해 상당히 악랄한 짓을 해온 듯했다.

역대 단장이나 그 복심들을 방패 삼아 그늘에서 노예 매매를 주도해온 것도 그중 하나일 것이다.

제프메트 등은 그들에 의해 오히려 노예 매매를 혐오하도록 길러졌다고 한다. 단장 등은 청렴결백한 인물인 편이 세간의 눈을 속이기 쉽기 때문이다. 그렇기 때문에 제프메트는 다른 청묘족과 는 다른 성격으로 길러졌고, 머지않아 오빠의 뒤에서 활약할 동 생은 세뇌와도 비슷한 교육을 받아 쓰레기로 자랐다.

자신의 용병단에서 부정이 일어났다면 알아차릴 법도 하지만, 장로들 쪽이 제프메트보다 우수했을 것이다. 또한, 제프메트가 순수해서 동료를 의심한 적도 없었으리라는 짐작이 갔다.

"다만 조금 지나쳤을 뿐이야. 시시한 정의감 같은 걸 함부로 내 세우는 데는 질렸네."

제프메트를 깔보듯이 세넥이 코웃음을 치자 리그디스가 더 무시하듯이 되받아쳤다.

"무미가 잘도 떠드는군."

"그 말은 하지 마!"

『무미?』

'꼬리가 없는 녀석을 말해.'

수인 중에서도 꼬리가 긴 종족에 있어서 꼬리는 중요한 부위라고 한다. 그리고 그 꼬리를 잃는 것은 등을 보이고 도망갈 때가 많아서 꼬리가 없으면 무미라 불리며 무시당한다나.

바로 포션이나 회복 마술로 회복시키면 되지만, 중상일 경우에는 손발부터 회복시키기 때문에 회복 수단이 부족한 경우에는 꼬리가 낫지 않는 경우도 있다고 한다.

세넥이라는 노인은 확실히 꼬리가 없었다. 바지 안에 넣고 있다고 생각했지만, 꼬리가 있는 수인이 꼬리를 숨기는 일은 있을 수 없는 모양이다. 나는 알 수 없는 고집이 있구나.

수왕에게 꼬리를 지적당한 세넥은 어째선지 프란을 노려보고 있었다.

"너희 흑묘족만 없으면…… 내 꼬리는……!"

"응?"

"젠장! 그 지긋지긋한 계집과 똑같은 얼굴로 날 내려다보지 마!"

"계집?"

"그래! 내 꼬리를 빼앗은 키아라는 빌어먹을 꼬맹이와 똑 닮았단 말이다 너는!"

"키아라를 알아?"

"그래! 정말 열 받는 계집이었어!"

놀랍게도 이 녀석들은 키아라를 알고 있다고 한다.

50년 전, 이 울무토에서 유명했던 모험가이자 진화의 수수께끼를 풀었다고 짐작되는 소녀다. 그리고 전 수왕의 명령을 받은 청묘족에 의해 끌려간 것으로 보인다.

그 키아라와 뭔가 트러블을 일으켰을 것이다. 당시의 원한 때문에 흑묘족을 싫어하는 듯했다. 이 녀석에게 길러지면 당연히 흑묘족을 깔보는 인간으로 자라겠지.

"뭐, 수왕님의 심복에게 끌려갔으니 말이야! 어차피 노예가 돼 비참한 인생을 보냈겠지! 캬하하하하하! 꼴좋다!"

크게 웃는 세넥에게 프란이 훌쩍 다가갔다.

그리고 나를 잡았다.

동족을 노예로 전락시켰다고 웃는 이 노인들을 보며 인내심이 한계에 달했을 것이다. 살기를 억누르지 못할 만큼 화내고 있었다.

『프란, 기다려!』

다른 노예상인의 정보도 가지고 있을 테고, 수왕 일행의 분노를 살지도 모른다.

『여기서 이 녀석을 죽이는 건 위험해!』

"으……."

『목숨만은 빼앗지 마!』

'……알았어.'

내 말에 어떻게든 멈춘 프란이었지만 제재를 그만두지는 않았다. 나도 말릴 수 있다고는 생각하지 않았다.

프란은 우선 세넥에게 올라타 얼굴을 구타하기 시작했다. 프란이 힘을 조절하고 있다는 것을 알고 있는지 수왕 일행도 굳이 말리지는 않았다.

흑묘족인 프란이 청묘족 장로들에게 원한을 품는 건 당연하기 때문일 것이다.

"히익! 캬악! 쿠엑!"

"힐."

"어? 캬아악! 쿠억!"

"힐."

"이히익! 이, 이제 용서──쿠헥!"

묶여 있는 세넉은 도망치지도 못하고 그저 비명과 신음소리를 내고 있었다. 의식이 몽롱해지기 시작한 즈음에서 회복되기 때문에 꿈의 세계로 도망치지도 못했다. 그대로 서른 방은 얻어맞았을까? 세넉이 흐느껴 울기 시작한 시점에서 다소 후련해졌나 보다. 프란은 때리던 것을 멈추고 일어섰다.

다음은 토르도였다. 동료의 얼굴이 처참하게 변형되고 뜻 모를 소리를 내며 흐느끼는 모습을 보고 처음부터 있는 대로 사죄의 말을 계속 흘리고 있었다. 그러나 그것으로 프란이 납득할 리도 없었다.

"흥."

"커흑! 케헥! 카학!"

"힐."

결국 이쪽도 서른 방 정도 구타하고 프란은 겨우 일어났다.

제프메트가 안쓰럽게 노인들을 보고 있었다.

그들이 한 짓은 용서할 수 없는 일이지만, 눈앞에서 일방적으

로 얻어맞는 모습을 보면 연민의 정이 샘솟을 것이다. 프란이 주
먹을 거둔 것을 보고 희미하게 안심한 표정을 띠었다.

"……힐."

"어?"

하지만 말이지, 프란은 아직 전혀 만족하지 않았어.

"다음은 너."

놀랍게도 프란은 다시 세넥을 치료하고 그 위에 걸터앉았다.
아마 앞으로 몇 번쯤 반복할 거라고 생각한다. 그러자 저도 모르
게 제프메트가 소리를 높였다.

"기, 기다려! 어째서 그렇게까지…… 아니, 아무것도 아냐…….
그들은 그만한 짓을 했어……."

자신의 부하들이 해온 일이 떠올랐을 것이다.

이것이 아무런 죄도 없는 청묘족에 대한 제재라면 제프메트도
말릴 터다. 그러나 노인들은 당사자. 그것도 뒤에서 지시했던 흑
막이다. 말하는 도중에 프란이 멈출 리 없다고 이해한 듯했다.

하지만 다시 세넥을 구타하려 했던 프란을 말린 것은 의외의 인
물이었다.

"뭐, 기다려라 소녀. 조금 쓰다듬어주는 정도라면 상관없지만,
망가지면 이쪽도 곤란해. 그리고 물어보고 싶은 것도 좀 생겼고
말이야."

그때까지 조용히 지켜보던 수왕이 프란을 제지한 것이다. 프란
도 수왕의 말은 무시하지 못하고 주먹을 일단 멈췄다. 언제든지
재개할 수 있도록 치켜들고 있었지만.

수왕은 세넥의 옆에서 가볍게 허리를 굽히고 그에게 질문을 던

졌다.

"어이, 영감. 하나 묻겠는데, 키아라라는 건 흑묘족의 키아라 할멈을 말하는 건가?"

수왕이 던진 물음에 청묘족 노인 세넉이 수상쩍다는 듯이 되물었다.

"키아라 할멈이라고?"

"그래, 실력 뛰어난 검사에 말수 적고 붙임성 없는 데다 오만불손한 흑묘족 할멈이야. 나이는…… 몇 살이었더라, 로이스?"

"스승의 나이를 묻다니, 자살행위입니다, 리그 님."

"고드?"

"몇 년인가 전에 예순이 됐다고 들은 적이 있습니다. 지금은 60대 후반 아닐까요?"

고드다르파가 그렇게 대답했다.

"그래서? 키아라라는 사람이 내 망할 아버지한테 납치당한 건 언제지?"

"50년 전."

세넉 대신 프란이 대답했다.

"그때 나이는 아나?"

"아마 열다섯일 거야."

즉, 지금도 살아 있다면 예순여덟 살이다.

"그렇군……. 너희가 말한 키아라가 우리의 스승인 키아라 할멈이 틀림없는 것 같군."

지금 잘못 들은 게 아니라면 스승이라고 말한 건가?

프란이 세넉을 놓고 수왕에게 다가갔다.

"무슨 소리야? 가르쳐줘."

수왕에 대한 공포는 날아간 모양이다. 수왕의 눈앞에 서서 그 얼굴을 올려다보며 말을 걸었다.

"너 말이야~. 나는 일단 수왕이야. 말 좀 가려서 해."

"가르쳐줘."

"하여간에! 알았다! 그러니까 좀 떨어져."

"응."

의외로 생떼에 약할지도 모르겠다.

수왕은 머리를 북북 긁고 자신의 스승에 대해 말하기 시작했다.

수왕이 어릴 적, 궁정의 오물 처리 담당으로 한 흑묘족 노예가 일하고 있었다. 당시의 리그디스는 장난꾸러기이기는 하지만 부친과의 불화도 아직 없었고, 다른 수인들과 마찬가지로 흑묘족을 깔보고 있었다고 한다.

하지만 리그디스가 일곱 살일 때 그 인상을 정반대로 바꾸는 사건이 일어났다.

수인국의 왕궁에 적국의 소환술사가 보낸 마수가 침입해 수많은 병사와 전사가 죽은 것이다.

막 병사가 된 고드다르파도 죽을 뻔했고, 아직 하급 마술사였던 로이스도 빈사 상태에 빠지는 중상을 입었다. 리그디스도 좀 더 있었으면 공격받을 뻔했다고 한다.

당시 인접국과 전쟁을 벌이느라 실력 뛰어난 사람이 전선에 나가 있던 것도 화근이 됐다. 그 마수, 타이런트 사벨 타이거를 막을 자가 없어서 왕궁을 버리고 도망치느냐 마느냐의 고비까지 몰린 그때였다.

"그야 기절초풍했지. 내 눈이 너무 무서운 나머지 이상해졌다고 생각했을 정도야."

놀랍게도 흑묘족 노예 여성이 그 마수를 순식간에 쓰러뜨렸다.

아직 어리고 성체에 비하면 약한 개체였다고는 하나 위협도 C의 마수다. 그런 괴물을 상대로 흑묘족 여성은 대걸레를 무기로 싸워 쉽게 죽인 것이다.

그야 놀랄 것이다. 잔챙이라고 깔봤던 흑묘족 노예가 자신보다 훨씬 강했으니까.

그날부터였다. 리그디스가 그 여성에게 흥미를 느끼게 된 건.

그 힘에도 놀랐지만, 그 여성이 노예의 업무 중에서도 최하층에 위치하는 오물 처리 시설의 허드레꾼이라는 사실을 알았을 때는 더 놀랐다고 한다. 그 힘이 있다면 장관 노예라도 이상하지 않기 때문이다.

장관 노예란 그 힘이나 견식을 인정받아 노예이면서 군의 장교급 대우를 받는 노예를 말한다.

그러나 현실은 오물 처리 시설에서 육체노동을 하고 있었다. 다만, 그래서 리그디스는 키아라에게 더 흥미를 느꼈다고 한다. 어째서 그렇게 강한 건지, 그리고 그렇게 강한데 어째서 오물 처리 시설에서 일하고 있는 건지.

말을 걸기까지 그리 시간은 걸리지 않았다.

키아라라고 밝힌 흑묘족은 얘기해보니 가식이 없어서 리그디스는 그녀가 더욱 마음에 들었다. 그 신분 탓에 친구가 없었던 리그디스에게 태어나서 처음 자신의 신분을 신경 쓰지 않는 상대였던 것이다.

그리고 리그디스는 결심했다. 여성의 제자로 들어가 싸우는 법을 배우자고.

처음에는 난색을 보이던 키아라도 몇 번이고 부탁하자 조건을 걸고 승낙했다고 한다.

엄격했지만 여성의 가르침은 정확해서 리그디스는 순식간에 실력을 성장시켜갔다. 그 무렵에는 고드다르파나 로디스도 키아라에게 입문해 남몰래 가르침을 받고 있었다.

이것은 리그디스가 권유한 것이 아니라, 역시 마수 소동 때 키아라의 실력을 직접 본 그들이 자발적으로 가르침을 청하러 왔다고 한다. 한 사람을 가르치든, 두 사람을 가르치든 차이는 없기 때문에 키아라는 로이스와 고드다르파도 제자로 받아들였다고 했다.

단, 대놓고 할 수는 없기 때문에 숨어서 했지만.

애초에 키아라가 제시한 입문 조건은 입문한 것을 누구에게 말하지 않는 것이었다. 특히 귀족들에게. 노예 신분의 키아라가 리그디스에게 무술을 가르치고 있다는 사실이 알려지면 반드시 말썽의 불씨가 되기 때문이다.

코가 비뚤어질 것 같은 오물 처리 시설에서 했던 단련을 그리운 듯이 얘기하는 수왕과 부하들.

"몇 번이고 죽을 뻔했지."

"그러네요. 키아라 스승님은 가차 없었으니까요."

"그 덕분에 지옥이라고 불리는 군 훈련이 미지근하게 느껴져서 혼났죠."

그 후 리그디스는 키아라를 노예에서 해방시키려고도 했다.

그러나 그것은 다름 아닌 키아라가 거부했다.

그녀는 리그디스의 아버지인 당시의 수왕에게서 도망치면 다른 흑묘족을 죽이겠다는 협박을 받고 있었다고 했다.

애초에 잡혀 온 키아라가 선대 수왕에게 죽지 않은 것은 그녀의 힘이나 소지 스킬의 유용성에 주목해 어딘가에 쓸 수 있을지도 모른다고 생각했기 때문이지, 결코 자비를 베푼 것이 아니었다. 만약 키아라가 유해하다고 판단하면 그녀도 그녀의 인질로 확보됐던 수많은 흑묘족들도 즉시 죽었을 것이다.

결국 키아라를 해방시키지는 못했지만, 그녀와 접촉함으로써 리그디스의 사고방식은 확실히 변했다. 당시의 수왕에게는 흑묘족에게 오염됐다는 말을 들었을지도 모른다.

리그디스는 수인족에 만연한 흑묘족 경시 풍조를 의문스럽게 생각해서 흑묘족의 입장을 지키듯이 활동하기 시작했다. 또한 그 원인의 근본이기도 한 흑묘족의 진화에 담긴 비밀에 대해서도 조사하기 시작했다. 뭐, 아무리 조사하려 해도 정보는 거의 얻을 수 없었다고 하지만 말이다.

하지만 어느 날 갑자기 그 비밀을 알게 됐다.

성인이 된 리그디스는 왕족에게만 은밀하게 전해지는 어떤 비밀을 배웠기 때문이다.

그것은 현 수왕가와 흑묘족의 불화의 역사와 그 불화를 만든 흑묘족이 진화할 수 없게 된 이유였다.

"아버지는 그걸 가르쳐주고 내 눈을 뜨게 하려는 생각이었던 모양이야. 흑묘족을 옹호하는 바보 같은 짓을 그만두라고 말이야."

하지만 리그디스의 생각은 오히려 정반대로 향했다. 권력은 둘째 치고 흑묘족을 얕보는 것은 잘못됐다고 확신한 것이다. 그리고 불화가 깊어진 수왕과 리그디스는 오랫동안 싸우게 되고, 결국은 쿠데타로 리그디스가 승리했다.

'스승?'

『거짓말이 아니야.』

수왕의 말은 거의 거짓이 없었다. 거의라고 말한 건 때때로 섞이는 "빌어먹을 할망구"라든가 "그 귀신 할멈"과 같은 키아라에 대한 험담이 거짓이었기 때문이다.

뭐, 수왕이 츤데레라는 건 알았다.

"키아라는 지금 뭐하고 있어?"

"스승이라면 성에서 은거하고 있다. 이제 그런 나이라서 말이야, 최근에는 자리에 눕는 일도 많아. 가끔 상태 좋은 날은 우리 병사들을 담당하고 있지."

"수인국의 왕궁에서 흑묘족을 업신여기는 사람은 한 명도 없답니다."

"그래."

수왕과 로이스에게서는 뭐든지 시원시원한 대답이 돌아왔다.

프란은 어떻게 반응해야 좋을지 알 수 없는 듯했다. 멍하니 서 있었다.

그보다 격렬한 반응을 보인 것은 청묘족인 세넥이었다.

"말도 안 돼! 흑묘족은 열등족이야! 오랫동안 애써온 청묘족을 배제하고 흑묘족을 중용하려 하는 거냐!"

"흥. 종족 따위는 아무래도 좋아. 중요한 건 쓸 수 있느냐 없느냐다. 음, 지금까지 고생시킨 만큼 흑묘족을 약간 우대하는 건 확실하겠지만."

"애초에 자신들의 최근 평판을 모르는 겁니까?"

로이스 왈, 청묘족은 한때의 흑묘족처럼 다른 수인족에게서 버림받고 있다나. 특히 큰 이유는 두 가지.

하나는 예의 장사 때문에. 동종인 흑묘족을 노예로 팔아치우는 녀석들이 신용받을 리가 없다. 애초에 다른 종족은 흑묘족을 내려다보기는 해도 노예로 부릴 만큼 업신여기지는 않는다. 그 때문에 가혹한 청묘족에게는 아무래도 비정하고 방심할 수 없는 종족이라는 이미지를 품게 된다고 했다.

지금은 믿을 수 없는 일이지만, 흑묘족은 원래 수인족에서도 유력한 종족이었다고 한다. 반대로 청묘족은 그 아래에서 일했다고 한다. 그렇기 때문일 것이다. 입장이 역전된 다음부터는 반응이 가혹해졌다고 했다.

또 한 가지 이유가 능력의 현저한 저하다. 청묘족은 노예장사를 벌인 다음부터 형편이 좋아졌지만, 편하게 돈을 벌 수 있는 장사에 지나치게 빠져서 전사가 줄어들었다.

특히 진화한 자가 눈에 보이게 줄었다고 한다. 제프메트처럼 목숨을 걸고 자신을 혹독하게 단련하는 청묘족은 희귀한 듯했다.

또한 현재의 청묘족은 과거의 수왕에게 노예상인으로서 보호받은 자들의 자손이 태반이다. 수왕에게 거역한 자들은 숙청당했다고 한다. 그것은 즉, 원래 전사로서의 소양이 낮고 노예상인이었던 자의 혈통만이 남았다는 뜻도 된다.

수인이면서 싸움을 싫어하고 비겁한 방법으로 상대를 함정에 빠뜨리는 더러운 자들. 그것이 현재의 청묘족에 대한 수인들의 평가였다.

다만 프란은 그런 건 아무래도 좋은 듯했다. 프란은 청묘족을 내려다보고 싶은 것이 아니라 흑묘족의 지위를 향상시키고 싶을 뿐이니 말이다.

떠들어대는 세넥의 얼굴에 발차기를 한 방 먹여 입을 다물게 한 후 수왕에게 다시 질문했다.

"키아라가 살아 있다면 됐어. 이 얘기, 남한테 해도 돼?"

"남은 누굴 말하는 거냐."

"디아스랑 오렐. 키아라의 지인이야. 수왕에게 끌려가서 어떻게 됐는지 모른다고 계속 걱정하고 있었어."

그러자 수왕은 뭔가 납득한 듯이 고개를 끄덕였다.

"아하. 그래서 나에게 미묘하게 적의가 있는 건가. 그렇군. 상관없다. 오히려 지금부터 만나러 가야 하니 내가 알려주지."

"응. 그렇게 해."

"이래저래 묻고 싶은 것도 있지만 이래 봬도 꽤 바빠서 말이야. 자세한 얘기는 무투 대회가 끝난 뒤에 들어주마. 대회가 끝나고 나한테 와라."

"알았어."

"그래, 또 보자. 열심히 해서 날 즐겁게 해줘. 그렇지, 3회전 정도는 돌파해라. 그 정도 실력도 없으면 얘기를 들을 가치도 없으니까."

수왕은 그렇게 말하고 히죽 웃었지만 프란은 동요하지도 않고 오히려 의욕 가득한 목소리로 대답했다.

"원래 우승할 생각이었어."

"하하하! 그렇다는데, 고드, 로이스?"

수왕의 말에 로이스는 시원스레, 고드다르파는 무인답게 진중하게 반응했다.

"젊은이의 의욕은 보기만 해도 기분이 좋군요."

"그래. 하지만 만나면 봐주지는 않겠다."

"바라는 바야."

"푸하하하하하하! 이 두 사람에게 그렇게까지 대답할 줄이야! 마음에 들었다! 꼭 우승해서 날 만나러 와라. 그럼 또 보자, 프란."

호쾌하게 대답한 후 수왕은 제프메트를 데리고 청묘족을 붙잡아뒀다는 천막에 들어갔다. 뭔가 말하고 싶은 듯이 돌아보는 제프메트였지만 수왕에게 억지로 끌려갔다. 걱정스레 보고 있는 프란에게 로이스가 입을 열었다.

"여기부터는 국가도 얽힌 이야기가 됩니다. 당신은 이만 돌아가십시오."

그런 말을 들어도 반드시 확인해야 하는 일이 있었다.

"제프메트는 어떻게 돼?"

"글쎄요. 수왕에게 거역한 죄는 있지만, 리그 님은 그를 마음에 들어 하고 있는 것 같습니다. 나쁘게는 하지 않겠죠."

"……알았어."

수왕은 그 점에서는 대범한 성격인지 제프메트와 같은 타입은 마음에 들어 한다고 했다. 사형이나 투옥까지는 가지 않을 것이다.

청묘족의 야영지를 뒤로한 프란은 기합을 넣은 얼굴을 하고 있었다. 지금까지도 물론 의욕은 있었지만 지금은 절대로 지지 않겠다는 결의가 보였다.

『3회전까지는 반드시 돌파해야겠어.』

"응! 스승, 이제부터는 진짜 진지하게 할 거야."

단순한 시험만이 아니게 됐으니 말이다.

『응, 그래야지.』

"반드시 이길래!"

그렇게 중얼거리고 조용히 투지를 불태웠다.

제3장 얕볼 수 없는 강자

수왕 일행과 너무나도 의외인 만남을 마친 다음 날.

우리는 대기실에서 나갈 차례를 기다리고 있었다.

이미 결승 토너먼트 2회전의 제 1시합은 시작됐다. 앞으로 한시간도 지나지 않아서 프란의 차례가 올 것이다.

어제는 온갖 일이 있었지만 프란의 상태는 완벽한 듯했다. 오히려 무슨 일이 있어도 3회전까지 돌파해야 한다고 결의를 다져서 온몸에 의욕이 넘쳐흐르고 있었다.

요즘 청묘족과 만날 기회가 많았던 탓인지 프란 본인도 무의식적으로 날카로워져 있었지만……. 녀석들이 수왕에게 박살 나서 후련해졌는지 공격적인 분위기가 누그러들었다.

역시 청묘족과 관계되는 건 상대를 엉망으로 만들어줬다고 해도 스트레스였을 것이다. 뭐, 무투 대회에 출장해서 신경이 예민해지고 호전적이 된 점도 있겠지만.

부정적인 기분이 힘을 얻은 것도 있다.

하지만 토너먼트처럼 강적과 1대1로 연속해 싸워야 하는 경우 침착한 기분으로 냉정하게 싸우는 편이 유리할 것이다. 지금의 자연스러운 프란이라면 분명 3회전까지는 돌파할 수 있을 터였다.

"찻! 하앗!"

"윙!"

"얍!"

프란은 준비운동 대신 나를 가볍게 휘둘렀고, 때때로 울시에게 달려들게 해서 그것을 피하는 훈련을 했다.

『이봐, 시합 전이니까 너무 과하게 하지 마.』

"응."

"윙."

순순히 고개를 끄덕이기는 하지만 프란과 울시의 술래잡기는 점점 더 격렬해졌다. 이미 일반인은 볼 수 없는 속도에 도달해 있었다. 뭐, 그래 봐야 프란에게는 가벼운 운동밖에 되지 않는 것을 알기 때문에 막지는 않았지만.

잠시 지켜보고 있는데 문에서 노크 소리가 났다.

"프란 님, 토너먼트 2회전 제2 시합이 종료됐습니다. 준비해주십시오."

상당히 이르군. 우리가 대기실에 들어오고 아직 30분 정도밖에 지나지 않았다.

담당자에게 얘기를 들어보니 고드다르파가 다시 순식간에 시합을 끝냈다고 한다. 역시 녀석에게 이기는 건 쉽지 않겠군.

이미 앞 시합이 끝났기 때문에 조금 서두르나 보다.

부리나케 걷는 담당자에게 이끌려 입구에 도착했다.

그리고 담당자는 그대로 앞으로 가라고 재촉했다.

"시합장으로 가주십시오."

상대는 라뒬 옹에게 승리한 크루스인가.

『프란, 제발 처음 만난다고 하지 마. 만난 적이 있으니까.』

"응?"

『알았지? 오랜만에 재회한 척하는 거야.』

"괜찮아."

으음. 걱정이다. 프란은 잊어버렸지만 랭크 C 모험가인 검사였을 터다.

전투력은 그렇게까지 높지 않은 리더 포지션의 남자였다. 단순한 전투력뿐만 아니라 모험가로서의 종합적인 능력을 인정받아 랭크 C가 됐을 것이다.

이전 인상은 잔걱정 많은 산뜻한 미남이려나?

하지만 투기장에서 기다리고 있던 상대는 내 인상을 뒤집는 남자였다.

용맹한 분위기의 남자가 조용히 프란을 노려보고 있던 것이다.

"설마 이 무대에서 다시 만날 줄이야."

"응."

『그건 그렇고 진짜 크루스인가? 왠지 묘하게 와일드한데.』

이름 : 크루스 뤼젤   나이 : 28세

종족 : 인간

직업 : 광검사

Lv : 37/99

생명 : 256   마력 : 175   완력 : 183   민첩 : 219

스킬 : 악의 감지 3, 은밀 4, 회피 6, 궁정 작법 2, 광화(狂化) 4, 기척 감지 5, 검기 6, 검술 8, 호신술 4, 지휘 2, 순발 8, 내한 4, 독 내성 7, 함정 감지 2, 통각 둔화, 기력 조작, 생명 자동 회복, 배수(背水)

칭호 : 자이언트 킬러, 정의한, 사지를 극복한 자

장비 : 폭아호의 장검, 미스릴 합금 전신 갑옷, 백각 거미의 외투, 대신의 팔찌, 회피의 반지

귀공자처럼 산뜻한 꽃미남이었던 얼굴에는 오른쪽 눈 위부터 볼까지 커다란 흉터가 나 있었다. 마수의 발톱에라도 당한 걸까. 실명은 하지 않은 듯하지만 흉터가 남을 만큼 깊은 부상이었을 것이다.

바뀐 건 외모뿐만이 아니었다. 직업도 순검사에서 광검사로 바뀌었다. 더욱이 완력과 민첩이 대폭 상승했다. 완전히 공격 중시로 바뀌어 있었다.

프란도 크루스의 얼굴을 보고 그가 생각난 모양이다. 다만, 분위기가 너무나도 바뀌어서 당황하고 있었다.

"왜 그렇게 됐어?"

"후후후. 왜 그렇게 됐다니 너무하는군요."

"분위기가 달라."

"당신이나 아만다 님의 싸움을 보고 여러모로 생각하는 바가 있어서 말이죠. 전법을 조금 바꿔봤습니다. 그리고 그 전법을 극한까지 익히기 위해 조금 무모한 수행을 했어요. 그것뿐입니다."

그러고 보니 프란과 아만다의 모의전을 보고 충격을 받았지. 그래서 자신의 실력에 의문을 가지고 시행착오를 거쳤을 것이다. 아니, 실제로 상당히 혹독한 수행을 쌓은 게 틀림없다.

너무 바뀌었다는 생각도 들지만 말이다.

"그때 싸움을 본 몸으로서는 따라잡았다고는 생각할 수 없지만……. 자신이 얼마나 강해졌는지 알기에는 최고의 상대이군요."

크루스가 검을 뽑았다. 얼핏 보기에도 강한 마력을 지닌 강력한 마검이라는 사실을 알 수 있었다.

타이런트 사벨 타이거의 이빨로 벼린 장검인 모양이다. 진동아 스킬이 부가돼 있었다. 저건 조심해야겠군.

"게다가 지금은 같은 랭크. 이러면 꼴사나운 시합은 할 수 없죠."

"이쪽도 질 수 없는 이유가 있어."

그렇게 말하고 프란이 나를 뽑아 자세를 잡았다.

이전의 크루스라면 위압감을 전개하는 지금의 프란 앞에 서면 압도됐을 터다.

그러나 지금은 대담하게 웃으며 검을 쥐고 있었다.

실력뿐만 아니라 정신면에서도 성장한 것 같다.

"자, 다음 시합은 화제의 검사끼리 벌이는 대결입니다! 이 마을에서도 유수의 실력자인 라듈 옹을 쓰러뜨린 다크호스, 랭크 C 모험가 크루스와 얼마 전 랭크 C가 된 대회 최연소 모험가! 마검소녀 프란! 1회전에서 한 수 위로 평가되는 상대를 쓰러뜨린 사람끼리! 대체 어떤 싸움을 보여줄까요!"

크루스에게 별명은 아직 없나 보다. 하지만 라듈을 쓰러뜨린 건 틀림없다.

그리고 중계자가 시합 개시를 선언했다.

"결승 토너먼트 2회전, 제 3시합──시작!"

"갑니다! 광화!"

갑자기 광화 스킬을 발동하는 건가. 공격력이 상승하는 대신 방어력이 저하되는 스킬이다. 또한 심한 흥분 작용도 있는 모양이다. 너무 흥분하는 탓에 상황 판단 능력이 저하된다고 한다.

방어를 버리고서라도 먼저 일격을 먹일 셈일 것이다. 프란의 공격력 앞에서는 약간의 방어는 무의미하니 말이다. 깔끔한 판단이었다.

"하아아아압! 다운 브레이크!"

멋진 파고들기로 거리를 좁히고 머리 위에서 내리쳐 상대를 베는 위력 중시의 검기를 날렸다. 전에 던전에서 봤을 때보다 훨씬 날카로운 공격이었다.

"하아압!"

"느려."

"큭!"

하지만 그 공격을 지켜본 프란은 크루스가 날린 검기를 받아넘기고 돌아오는 검으로 크루스의 팔을 노렸다. 주로 쓰는 팔을 베어 전력을 빼앗을 생각일 것이다.

혼신을 담은 검기의 힘이 다른 방향으로 흘러간 크루스는 빈틈투성이었다. 프란의 반격을 피할 여유는 없을 것이다.

그러나 크루스는 억지로 왼손을 검과 자신의 사이에 끼워 넣어 어떻게든 오른팔을 보호했다. 그 대신 왼팔이 희생됐지만, 팔꿈치부터 앞부분을 잃은 왼팔을 가볍게 흔드는 크루스는 여전히 대담한 웃음을 띠고 있었다.

"항복할래?"

"후후, 아직입니다. 왼팔은 잃어도 오른팔은 아직 움직여요."

"그렇겠지."

이번에는 프란 차례다.

"큭!"

한 번, 두 번 공격을 피한 건 역시 대단하지만 팔을 잃어 균형도 나빠졌다. 크루스는 프란이 날린 세 번째 공격을 피하지 못하고 옆구리를 깊게 베였다.

프란은 그래도 멈추지 않았다. 크루스의 투지가 아직 사라지지 않은 것을 알고 있는 것이다.

하지만 크루스의 스킬 발동이 한발 빨랐다.

"배수!"

외친 순간, 크루스의 몸이 희미하게 빛났다. 크루스를 감정해 보니 생명력이 얼마 남지 않은 대신 스테이터스가 일제히 상승해 있었다. 더욱이 통각 무효라는 스킬도 추가돼 있었다.

빈사 상태일 때만 쓸 수 있는 스테이터스 상승 스킬인가!

"크아아아!"

"읏!"

크루스는 프란의 공격을 피하기는커녕 직접 달려들었다.

오른팔을 노린 프란의 공격을 다시 왼팔을 내밀어 받았다. 드러난 신경이나 뼈를 베인 것이다. 그 격통은 상상을 초월할 것이다. 하지만 통각 무효를 얻은 크루스는 그런 건 개의치 않고 포효하며 검을 내질렀다.

그렇군, 대신의 팔찌가 있으면 상대의 공격을 한 방은 막을 수 있다. 여기에 통각 무효를 조합하면 어떤 상대라도 카운터를 노릴 수 있을 것이다.

이것이 크루스의 새로운 전법인가. 살을 주고 뼈를 친다.

죽지 않으면 회복할 수 있는 이 토너먼트라면 나쁘지 않은 전법이다. 실력이 떨어지는 자가 위인 자를 쓰러뜨릴 가능성이 있는 전법 중 하나이기도 했다.

"커헉!"

"역시 느려."

다만 프란에게는 통하지 않았다. 프란은 크루스의 검배에 손등을 대고 그 찌르기를 받아넘겼다. 이것은 완벽하게 검을 보지 못하면 할 수 없는 곡예다.

그렇다, 확실히 크루스는 강해졌을 것이다. 스테이터스를 성장시키고 수행 끝에 새로운 전법을 몸에 익혔다.

하지만 그것은 프란도 마찬가지——아니, 프란 쪽이 몇 배나 성장했다.

광화와 배수로 강화하고 자신이 공격을 받아도 승리를 거머쥐겠다는 각오를 가지고 시합에 임하는 크루스를 전혀 개의치 않을 정도다.

완벽하게 균형을 잃은 크루스가 프란의 발차기를 피하는 건 불가능했다.

"——!"

머리에 깨끗한 하이킥을 먹은 크루스는 소리 없는 비명을 지르며 날아갔다.

무대에서 떨어지는 건 면했지만, 아슬아슬한 장소까지 날아간 크루스는 그대로 일어서지 않았다. 고통을 느끼지 않아도 뇌가 흔들리면 뇌진탕을 일으킨다. 그것은 사람이라면 당연했다.

"시합 종료! 이긴 건 마검 소녀 프란! 1회전에 이어 2회전에서도 하마평을 뒤엎고 실력이 더 위인 상대에게 승리했습니다~!"

크루스 쪽이 위라고 생각했던 건가. 뭐, 할 수 없다. 저쪽이 랭크 C로 활동을 오래 했고, 라둘에게도 이겼다.

"1회전과 마찬가지로 목숨 건 공격으로 기사회생을 노린 크루스였지만 한 걸음이 부족했습니다~!"

크루스전 후, 나와 프란은 다시 객석에서 시합을 지켜보고 있었다.

『코르베르트의 싸움을 볼 수 있는 건 이게 마지막이야. 되도록 상대가 강하면 좋겠는데.』

"응."

주위의 시선이 굉장하다. 외투를 머리부터 뒤집어쓰고 있지만 알아본 모양이다.

다만 말을 거는 사람은 없었다.

"워후."

발밑에서 울시가 주위를 노려보고 있기 때문이다. 딱히 기분 나쁘지는 않지만 사람이 다가오지 않도록 맹견처럼 행동하라고 지시했던 것이다. 아니, 맹랑이라고 해야 하나? 아무튼 일반인은 울시가 무서워서 다가오지는 않았다.

"결승 토너먼트 2회전 제4 시합, 먼저 등장한 것은 창잡이 힐덴 스톤리버! 그 유명한 창 남작, 스톤 리버 남작의 장남으로서 젊지만 이미 몇 번의 전쟁을 경험했다는 실력파! 아버지로부터 물려받은 그 창놀림은 꼭 봐야 합니다!"

코르베르트의 상대는 모험가가 아니라 유명한 기사인가 보다.

긴 붉은 창을 메고 걸어오는 모습은 확실히 역전의 용사 같았다. 귀족이라지만 고귀한 요소는 갑옷 정도일까? 가로로도 세로로도 두꺼운 육체와 얼굴이나 팔에 아로새겨진 흉터. 그 눈은 사냥감을 노리는 곰처럼 날카로워서 귀족이라기보다는 산적 쪽이 훨씬 어울렸다.

저런데 스물두 살은 사기일 것이다. 어떻게 봐도 30대 후반으로밖에 보이지 않았다.

그 자신만만한 얼굴에서 자신이 진다고 조금도 생각하고 있지 않는다는 것을 알 수 있었다. 뭐, 이 나이에 이만큼 강하면 불패일 테고 전장에서도 활약했을 것이다. 그 탓에 다소 자신 과잉 상태가 된 듯했다.

힐덴은 나중에 등장한 코르베르트에게 거만한 눈빛으로 말을 던졌다.

"너, 유명한 모험가라며?"

"뭐, 그럭저럭."

"이봐, 비천한 모험가가 누구의 허락을 받고 이 몸에게 대등한 말투를 쓰는 거냐."

"아아, 이거 몰라뵀군요. 죄송합니다."

"쳇. 이래서 모험가는……."

내용물은 전형적인 귀족님인가. 코르베르트도 잘도 참는구나. 역시 랭크 B. 귀족 대접도 잘하는 모양이다.

"오늘 네놈을 내가 쓰러뜨려서 어차피 모험가 따위는 기사 앞에서 풋내기라는 걸 알게 해주마."

그에 대해 코르베르트는 아무 대답도 하지 않았다. 상대의 말을 듣고 재미있다는 듯이 어깨를 으쓱거렸다.

솔직히 말해서 스테이터스면에서는 코르베르트의 압승이다.

그런데도 불구하고 이 자신. 뭔가 비기라도 있는 건가? 기대되는군.

"내 창의 녹이 돼라!"

그렇게 외치고 여봐란듯이 창을 휘두르는 힐덴. 창이라 했지만 그 형상은 모(矛)에 가까울 것이다. 찌르기도 후려치기도 할 수 있는 중량 병기다. 과연, 상당한 위력이 있을 것 같군.

"으랴아아압!"

힐덴은 시합이 시작되는 것과 동시에 단숨에 코르베르트에게 돌진했다.

선수필승으로 일격에 결정지을 생각일 것이다.

확실히 코르베르트보다 힐덴 쪽이 리치는 길고, 보기에 받아내기 위한 무기도 들고 있지 않다. 그리고 소형 무기 정도라면 날려버릴 자신이 있을 것이다.

횡단 후려치기 일격이 코르베르트를 향해 날아갔다. 부웅 하는 소리가 객석까지 들릴 정도의 강렬한 일격이었다.

그러나 그 공격은 허무하게 허공을 갈랐다.

"쳇! 으라차차차차!"

"하하. 꽤나 날카로우십니다요."

"으리야압!"

"그래요, 조금만 더 하면 맞을 것 같습니다."

첫 공격이 코르베르트의 백스텝에 빗나간 힐덴은 더욱 파고들어 창을 계속 날렸다. 찌르고 후려치고 두드리고, 사나운 연속 공격이었다. 그야말로 이 공격이 모두 맞으면 오우거마저도 다진 고기가 될 것이다.

코르베르트가 종이 한 장 차이로 그 공격을 피할 때마다 관객에게서 환성이 나왔다. 코르베르트는 회피하는 게 고작이고 힐덴이 밀어붙이고 있는 것처럼 보이는 거겠지.

하지만 양자의 사정은 정반대였다.

코르베르트는 개시 전과 마찬가지로 깨끗한 얼굴 그대로였고, 힐덴의 얼굴에는 점점 초조한 빛이 보이기 시작했다.

자만에 빠져 있어도 코르베르트가 일부러 종이 한 장 차이로 피하고 있다는 것은 알 터였다. 명백한 힘의 차이가 없으면 이런 짓은 할 수 없었다.

그것을 이해한 힐덴은 울분을 풀 길 없는 표정으로 외쳤다.

"이러어어언! 모험가 따위가아!"

"훗."

"아니!"

초조한 나머지 조잡하고 크게 휘두른 일격을 코르베르트가 막았다. 머리 위에서 내리쳐진 창끝에 자신의 오른쪽 팔꿈치를 대고 바로 옆으로 튕긴 것이다.

종이 한 장 차이로 피하는 수준의 얘기가 아니다. 이미 양자 사이에 어른과 어린아이 정도의 실력 차가 없으면 불가능한 기술이었다.

창을 튕긴 움직임을 이용해 주먹을 쥐는 코르베르트. 공격이 완벽하게 빗나간 힐덴은 바로 움직일 수 없었다.

"기사라든가 모험가라든가, 시시해. 강한 녀석은 강해. 그것뿐이야."

코르베르트는 타이르듯이 중얼거리고 힐덴에게 정권 찌르기를 꽂았다.

"커흐헉!"

퍽! 하는 강렬한 소리가 울리고 힐덴의 몸이 수평으로 날아갔다. 압도적으로 덩치가 작은 코르베르트의 공격이 중갑옷을 껴입은 거구의 기사를 날리는 모습은 이상했다. 뭐, 우리가 할 말은 아니지만 말이다.

"다시 시작해라, 꼬마야."

"······끄으······."

장외&기절. 코르베르트의 완승이었다.

『으음, 역시 강해.』

'응. 빨라.'

『권투사로서는 오서독스한 방식으로 보였어.』

상대의 공격을 받지 않고 회피를 주체로 돌아다니다 틈을 봐서 주먹을 꽂아 넣는다.

어떻게 공격을 적중시킬까, 그것이 중요해질 것 같았다.

상당히 재미있는 시합이었지만 시합은 아직 계속됐다.

다음은 아만다의 시합이다.

"여기까지 일격에 대전 상대를 물리쳐온, 현 대회 우승 후보! 귀자모신 아만다에게 도전하는 것은 이 남자! 큽니다! 설명이 필요 없는 그 위압감! 크다는 것은 강하다는 뜻이라고 누가 말했던 가요! 그 말을 체현하는 남자가 등장했습니다! 랭크 C 모험가, 괴완(怪腕) 신! 전투력만이라면 랭크 B를 능가한다는 그 힘을 과시할 수 있을까요!"

시합장에 나타난 남성을 보고 일제히 커다란 환성이 나왔다.

나타난 남자는 확실히 컸다.

수왕의 호위인 고드다르파도 컸지만, 이 녀석은 더 컸다. 그 키는 3미터를 넘을 것이다. 게다가 온몸이 근육으로 뒤덮여 있어서 정말로 오우거나 뭔가로 보였다.

종족은 반수인. 부모가 고드다르파의 서족처럼 거구를 자랑하는 종족일 것이다.

괴완이라는 이명에 어울리게 팔은 통나무처럼 두꺼웠다.

"푸하하하, 가느다란 여자로군. 내 팔로 찌부러뜨려 주마."

"어머? 내게 손댈 생각이야?"

"푸하하하! 누구나 처음에는 그렇게 말하지! 덩치가 커도 둔한 상대라면 어떻게든 될 거라고! 하지만 나를 그저 크기만 한 녀석과 똑같이 생각하지 마라."

이건 단순한 자신감 과잉이 아니었다. 신은 경화와 재생 스킬, 더 나아가 돌진 스킬 가지고 있어서 여간해서는 그 전진을 멈추지 못할 것이다. 높은 생명력과 방어력, 그것을 살려 접근해서 그 두꺼운 팔에 들린 규격 외의 거대 망치로 일격을 먹인다. 그것이 신의 목표로 보였다.

저 망치, 도대체 얼마나 무거운 걸까. 재질은 강철인데, 질질 끈 흔적이 도랑이 돼 있었다. 배수구 정도 깊이는 되지 않을까?

설령 랭크 A 모험가라 해도 저 직격은 피해야 할 것이다.

그러나 아만다는 여유로운 미소를 거두지 않았다.

"흐응? 그거 기대되네."

"푸하! 넌 어떤 비명을 질러줄까? 좋은 목소리를 들려달라고. 1회전에서 찌부러뜨린 여자는 좋은 목소리로 울어줬거든."

"하아……. 내 상대는 이런 것만 나오네……."

아만다가 그렇게 중얼거리고 채찍을 꺼냈다. 말은 가볍지만 그 안에 소용돌이치는 짜증은 상당한 듯했다. 뭐, 그렇게 천박한 말로 도발당하고 가만히 있을 여자는 아닐 것이다.

"시합 개시!"

양자가 무대로 올라가 무기를 쥔 것을 확인하자 중계자가 시합 개시를 신호했다.

"쿠호호호호! 그 가느다란 채찍으로 때려보시지! 내 육체에 는——."

휘익——부우우우우우웅——쿵!

"아?"

신의 얼빠진 목소리. 그 손안에서 그 거대한 망치가 사라져 있었다. 거의 동시에 둔탁한 파쇄음과 관객의 비명이 났다.

아만다의 채찍 한 방에 어이없이 날아간 신의 거대 망치가 객석의 바로 아래 있는 벽에 꽂힌 것이다. 초초중량급 쇳덩어리를 채찍 한 방에 이 정도 거리를 날릴 줄이야……. 바닥을 알 수 없는 위력이다. 하지만 생각해보면 아만다의 채찍은 거인이 된 린포드를 뒤흔들 정도의 위력이 있었다. 오히려 이 정도는 전혀 진지하게 나선 게 아닐지도 모른다.

"……뭐, 뭐뭐……!"

"그럼 몇 방을 견딜 수 있을까?"

눈을 부릅뜨고 놀라는 신에게 아만다의 채찍이 덤벼들었다.

"큭! 쿠허억! 흐게엑! 크아아——."

"자자자자자!"

10초 후. 투기장 위에는 무대에 쓰러져 부들부들 경련하는 피투성이 거한의 모습이 있었다.

아만다는 그 자리에서 움직이지도 않았다. 한 걸음도 움직이지 않고 그저 오른손만이 잔상이 생길 정도의 속도로 계속 흔들려

초고속 채찍 폭풍을 날렸다.

모든 방향에서 덮쳐드는 채찍으로부터 도망칠 방법은 없어서 신 역시 그 자리에서 움직이지도 못한 채 채찍을 고스란히 받게 된 것이다.

"역시 크기만 한 멍청이였네."

강하다. 그것밖에 알 수 없는 싸움이었다.

'……역시 아만다는 굉장해!'

『그래..』

프란의 투쟁심에 불이 붙었——아니, 원래 불은 붙어 있었 다. 투쟁심에 기름이 부어진 듯하니 좋다고 치자.

그 후, 나름대로 볼만한 시합이 이어지고 오늘 마지막 시합이 찾아왔다.

『엘자와 자쿠쇼라는 녀석의 시합이야.』

저쪽 블록에서는 아만다가 이기고 올라온다고는 생각하지만, 엘자도 무시할 수 없다. 그 시합은 똑똑히 봐둬야 할 것이다.

"자, 등장한 것은 이국의 검사 자쿠쇼! 동쪽의 카플 대륙보다 더 동쪽에 있다는 하가네 영국 제도에서 무사 수행을 하러 온, 싸 움에 인생을 바친 남자입니다!"

하가네 영국? 들은 적은 없지만, 아무래도 극동에 있는 섬나라 인 모양이다. 게다가 그 차림새는 어떻게 생각해도 사무라이였 다. 이쪽 세계에 와서 키나가시풍의 옷은 몇 번 봤지만, 자쿠쇼의 모습은 완전한 키가나시를 입은 낭인 스타일이었다. 기장이 긴 하오리를 어깨에 걸치고 눈이 가는 데다 얼굴이 갸름한 사무라이 였다. 풀에서 채취한 염료로 염색한 연녹색 기모노에 검은 하오리가 꽤나 세련됐다.

『칼도 제대로 된 도잖아. 공격력 500은 무시할 수 없어.』

허리에 찬 장도는 마검은 아니지만 공격력이 상당했다. 도검장이가 만든 명검일 것이다.

"날카로움이 발군인 도를 다뤄 1회전에서 상대의 검을 가른 솜씨는 결코 우습게 볼 수 없습니다아! 그 도가 울무토의 유명인 광란노도 엘자마저 벨 수 있을까요!"

광란노도 엘자? 그게 이명인가? 우와, 딱 맞다고 해야 하나 뭐라 해야 하나, 잘 어울리는 이명이다. 특히 광란 부분이.

"어머낭? 꽤 멋진 남자분이시네?"

"……?"

"우후, 그 날카로운 눈빛으로 쳐다보니 그것만으로 몸이 화끈해졌어."

"시, 실례지만 귀하는…… 남자가 아니오?"

"어머, 실례야! 소녀에게 무슨 질문을 하는 거야?"

"아, 음. 이거 면목 없소……."

자쿠쇼는 나쁜 녀석은 아닌 듯했다. 다만, 그 탓에 엘자의 페이스에 완전히 말려들고 말았다. 가엽게도 집중력이 흐트러진 모양이다.

그러나 역시 역전의 사무라이.

시합 개시 신호를 들은 순간 그 몸에 감도는 분위기가 일변했다.

엘자에 대한 당혹감이나 곤혹스러움이 완전히 사라지고 그저 쓰러뜨려야 할 적으로 대하고 있는 거겠지. 칼집에서 뽑은 칼처럼 날카로운 투기를 피우며 도를 머리 위로 치켜들어 자세를 취했다.

"……가겠소!"

"아항! 좋아! 어디서든지 와봐!"

"큭!"

아아, 완전히 없어지지는 않았던 모양이다.

"……끼요오오오오오오오오옷!"

만화에서 얻은 지식이지만, 사츠마의 지겐류라는 검술이었던가? 아니, 물론 이쪽 세계에서는 다른 이름이겠지만 내가 가장 먼저 떠올린 것은 그 이름이었다.

자쿠쇼가 쿵 하는 소리가 울릴 만큼 힘 있게 발을 내디디며 도를 혼신의 힘으로 내리쳤다.

그야말로 전신전령의 일도. 엘자는 너무나도 빠른 속도에 반응할 수 없는 건지 전혀 움직이지 않았다.

자쿠쇼의 도가 엘자의 어깨에 꽂혔다. 관객 대부분이 승부가 났다고 생각했을 것이다.

그러나 엘자는 역시 보통내기가 아니었다.

그 무시무시한 참격이 엘자의 어깨에서 몸의 절반까지 갈랐다고 누구나 환상을 본 가운데, 도는 쇄골 도중에 멈추고 만 것이다.

"아니…….."

"우후후. 잡 · 았 · 다."

장벽 스킬이나 근육 강체 스킬 덕분만은 아니다. 참격이 닿는 순간 두꺼운 근육을 조이는 고등 기술도 구사해 참격을 어깨로 받아낸 것이다. 자쿠쇼는 황급히 도를 뽑으려 했지만 엘자의 근육에 꽉 물린 도를 뽑지 못했다.

그대로 엘자의 강철 같은 팔뚝에 붙들린 자쿠쇼는 관절기에 걸려 항복을 선언했다.

뭐, 어떻게 봐도 엘자가 바라던 그림이었지만.

정기를 빨린 듯한 자쿠쇼와 피부가 반들반들한 엘자의 대비가 너무 무시무시하다.

『……엘자와 할 때는 접근전만은 조심해야겠어.』

'응. 강해.'

『아니, 그것뿐만 아니라……. 뭐, 됐어. 아무튼 잡히는 것만은 피해.』

"응!"

크루스전으로부터 이틀. 순식간에 3회전 날을 맞이했다.

대전 상대는 당초의 예정대로 코르베르트다. 예상했지만 막상 대전하려니까 긴장되는군.

하지만 프란은 침착한 모습으로 내가 가르쳐준 좌선을 하며 정신통일을 하고 있었다. 아니, 나도 자세한 좌선 방법이나 하는 법을 아는 건 아니지만 말이다. 어떻게든 분위기를 잡는다고 해야 하나? 눈을 감고 조용히 집중하는 방법으로 좌선 같은 걸 가르쳐 주니 프란은 생각 외로 마음에 든 듯했다.

10분 이상 좌선의 형태로 눈을 감고 있었다. 곁에 있는 울시도 방해를 하지 않으려는 듯이 얌전히 엎드려 있었다.

"쿨……."

『자고 있는 거였냐!』

"헉!"

『프란, 잘 거면 눕는 게 나을 거 같은데?』

"깜빡했어."

뭐, 긴장을 하지 않는다는 건 알았다.

그건 그렇고 이번에는 고드다르파도 시간을 조금 들인 모양이다. 순식간에 끝냈으면 방에 들어온 직후에 호출됐을 텐데.

그로부터 5분이 더 지나고, 겨우 담당자가 프란을 부르러 왔다.

"프란 님, 시합 회장으로 가주십시오."

"응!"

프란은 소파 대신 기대고 있던 울시를 마지막으로 슥슥 쓰다듬고 힘차게 일어났다. 그리고 희미한 투기를 드러내며 씩 웃었다.

"가자."

지나치게 흥분하지도 않고 지나치게 가라앉지도 않았다. 만전의 상태다.

'스승, 오늘은 전력으로 할게.'

『처음부터 나도 갈까?』

'응. 시작부터 결정지을 생각으로 날릴 거야.'

프란치고는 별일이다. 탐색도 없이 시합이 개시되고 전력으로 할 생각인 모양이다.

다만, 나도 찬성이다. 평소의 프란도 그렇지만, 전투를 좋아하는 사람은 처음에 탐색을 하는 경향이 있다. 상대의 힘을 관찰하고 힘을 보일 가치가 있는 상대인지 확인하는 거겠지.

그것이 빈틈이기도 했다.

코르베르트도 예외가 아니어서 그 경향이 있었다.

수왕에게 얘기를 듣기 위해서 절대로 질 수 없는 이상 그 빈틈을 파고들어야 한다.

그리고 수왕에 대한 불안이 사라진 지금 진짜로 본 실력을 내도 상관없어졌다. 수왕의 이목을 끌어서 수왕을 적대할 우려는 한없이 낮아졌기 때문이다.

이미 걸어봐서 익숙한 통로를 지나가 시합장으로 나왔다 .

1회전 이상의 환성과 열기가 프란을 맞이했다. 관객들의 환영은 앞 시합 덕분에 최고조인 듯했다. 흔히 회장을 달군다는 말을 하는데, 그야말로 그 상태였다.

"자, 등장한 것은 1, 2회전에서 하마평을 뒤엎고 압도적인 힘으로 올라온 초신성, 흑묘족의 프란입니다! 그 쾌진격은 어디까지 계속될까요?!"

코르베르트는 아직 나타나지 않은 듯했다. 먼저 프란이 소개되자 오오오, 하는 환성이 투기장을 둘러쌌다.

이렇게 들어보니 여러 가지 성원이 있군. 1, 2회전에서 프란의 대전 상대에게 건 바람에 손해를 본 자들이 지르는 고함. 귀여운 프란을 응원하는 날카로운 성원. 더욱이 프란을 응원하는 모험가들의 목소리.

조금 놀랐지만 그 모습을 보고 납득했다. 엘자의 아우들이었기 때문이다. 아마 엘자에게 프란을 응원하라는 명령을 받았을 것이다. 아무튼 모험가 집단이 소녀인 프란을 걸걸한 목소리로 응원하는 모습은 조금 이상하군. 주위 관객들도 슬쩍 질겁하고 있다고.

그런 귀여운 프란의 모습을 본 관객에게서 성원이 더욱 날아왔다. 그래그래, 우리 프란은 인기가 많구나.

직후, 프란이 등장한 때와 똑같은 커다란 성원이 객석에서 나왔다.

"자아! 이어서 나타난 것은 마검 소녀보다 나으면 낫지 못하지 않은 인기인! 유명한 호걸을 그 주먹으로 때려눕힌 랭크 B 모험가! 철조 코르베르트!"

코르베르트의 능력을 감정해보니 역시 전과 달랐다. 다만, 이 스테이터스는 데미트리스류에 전해지는 비보에 의해 일부가 위장되고 있을 터였다. 믿을 수 없다.

"여, 아가씨. 역시 올라왔군."

"응. 코르베르트도."

"하하하. 이래 봬도 랭크 B 모험가라서 말이야. 아랫줄한테는 안 져."

"나한테도?"

"나는 아가씨를 아랫줄이라고는 생각하지 않지만……. 체면이 있으니 말이야."

"나도 질 수 없는 이유가 있어."

"나도야."

서로의 시선이 빠직거리며 맞부딪쳤다. 불꽃은 튀지 않지만 두 사람의 투기가 맞부딪쳐서 강한 압박감이 시합장을 둘러쌌다.

어느새 관객의 소리도 잠잠해지고, 마른침을 삼키며 프란과 코르베르트를 바라보고 있었다.

"그러면——결승 토너먼트 3회전, 제2 시합 개시!"

"그럼 간다——."

예상대로 코르베르트는 탐색할 생각인지 가볍게 자세를 잡았다.

손을 빼지 않았지만, 이쪽 공격을 보고도 충분히 대응할 수 있다는 자신감이 있을 것이다.

하지만 우리는 처음부터 기어 맥스다. 순식간에 져도 원망하지 마!

『스톤 월! 파이어 월! 윈드 월!』

내가 동시에 세 가지 마술을 발동했다. 돌과 불과 바람의 벽에 의해 만들어진 것은 프란과 코르베르트를 연결하는 터널처럼 기다란 통로였다.

"쳇!"

코르베르트의 반응은 빨라서 순간적으로 천장을 부수고 탈출을 시도했지만, 우리 쪽이 빨랐다.

"인페르노 버스트."

『인페르노 버스트.』

화염 마술의 동시 발동. 도망칠 곳 없는 불꽃이 터널을 채우며 코르베르트에게 달려들었다. 돌벽은 그 무시무시한 열기에 줄줄 녹았지만, 안쪽에 생성된 불과 바람의 벽이 고열을 차단해준 덕분에 터널이 열에 붕괴되는 것을 몇 초 동안은 막았다.

코르베르트의 도주로를 차단하는 것과 함께 불길을 좁은 공간에 집중시켜 위력을 올리는 일석이조의 작전이다.

지금까지 코르베르트가 있었던 장소를 새빨간 화염의 분류가 집어삼켰다.

하지만 우리는 방심하지 않았다.

랭크 B 모험가인 코르베르트가 이 정도로 쓰러질 리가 없다고, 어떤 의미에서 그 힘을 신뢰하고 있었기 때문이다.

그렇기 때문에 추가타를 날렸다.

"윈드 블릿!"

『스톤 배럿!』

불길과 연기로 모습은 보이지 않지만 확실히 코르베르트의 기척은 남아 있었다. 거기를 향해 마술을 날렸다. 하지만 이 바람과 돌의 산탄은 움직임을 멈추기 위한 견제다.

진짜는 다음에 있었다.

"하아아아압!"

『가자!』

오랜만에 염동 캐터펄트를 펼쳤다.

좁은 무대 위에서는 거리가 지나치게 가까워서 최고 속도에 도달할 수 없지만, 그래도 충분히 빠르다. 코르베르트라 해도 무사히 피하기는 어려울 터다.

그렇게 생각했지만.

"으리야아아압!"

『우와앗!』

코르베르트의 몸통에 직격하기 직전, 나는 마력을 휘감은 주먹에 배를 얻어맞았다.

이대로라면 궤도가 비뚤어져 엉뚱한 방향으로 날아갈 것이다.

끝낼 생각으로 염동 캐터펄트를 날렸는데 설마 간단히 대응할 줄이야.

애초에 코르베르트는 의복이 약간 그을리기는 했지만, 그만한 마술을 맞았는데도 대미지는 크지 않은 듯했다.

역시 코르베르트는 위험하다. 정말로 본 실력을 발휘하기 전에 여기서 끝내야 한다.

나는 바람 마술과 염동으로 급제동을 걸고 형태 변형으로 도신을 고슴도치 같은 모습으로 변형시켰다. 동시에 속성검을 발동시켰다.

휘감은 것은 번개였다.

"아니이이!"

설마 검이 갑자기 그 자리에 멈춰서 형태를 바꾸리라고는 생각도 하지 못했을 것이다. 코르베르트는 놀란 목소리를 냈다.

이 녀석, 방어력이 뭐 이리 무지막지해! 쇠 정도는 간단히 뚫을 바늘이 코르베르트의 피부에 막히고 말았다. 하지만 속성검·뇌명의 효과로 인해 그 온몸을 뇌격이 덮쳤다.

"크아아아아아!"

온몸에서 번갯불을 내며 비명을 지르는 코르베르트.

좋아, 뇌명은 통하는군.

"스턴 볼트!"

그것을 본 프란이 뇌명 마술로 추가타를 날렸다. 잘했어!

한 번 더 날아온 전격에 코르베르트의 온몸이 스파크를 튀겼다.

"큭……!"

"끝이야! 게일 해저드!"

마지막으로 프란이 날린 것은 바람 마술이었다. 접근하지 않고 원거리에서 승리할 생각일 것이다.

크루스전에서도 느꼈지만, 어떤 상태에서든지 마지막 힘을 쥐어짜 일발 역전을 노리는 공격은 무섭기 때문이다.

바람 마술에 의해 20미터 이상 날아가 관객석을 향해 낙하하는 코르베르트.

프란은 경계를 풀지 않고 그 행방을 응시했다. 어떤 방법으로 만회했을 때 마술로 추가타를 날릴 수 있도록.

그렇게 경계하고 있었는데…….

"으."

『지금 건…… 전이의 깃털인가?』

갑자기 코르베르트의 모습이 사라졌다. 전이한 건 알겠는데 어디로 갔지?

황급히 무대를 둘러봤지만 코르베르트의 모습은 없었다.

"위야."

『하늘인가!』

한발 빨리 프란이 눈치챈 코르베르트의 전이 지점, 그것은 무대의 아득한 상공이었다. 낙하하는 것만 신경 쓰지 않으면 상대의 추격도 막을 수 있고 거리도 벌릴 수 있는 대피 장소일 것이다. 일회용 전이 아이템의 사용법으로는 좋은 선택이다.

물론 지면으로 내려오는 동안 상대의 표적이 되는 단점도 있지만.

그리고 프란은 원거리 공격 수단이 풍부하다.

"음!"

낙하하는 코르베르트를 향해 마술을 쏘기 위해 프란이 다시 겨냥했다.

높은 하늘에서 떨어지는 코르베르트에게 마술을 날렸다. 위력보다 비거리와 속도를 우선한 바람 마술이었다. 동시에 나는 화염 마술을 쐈다. 바람 마술의 눈속임이 되는 동시에 제대로 맞으면 그것으로 시합도 결정된다.

이것으로 끝낸다. 아니면 장외로 떨어뜨린다!

하지만 그것은 역시 지나치게 염치없는 생각이었나 보다.

우리의 마술은 코르베르트에게 맞기 직전, 그가 휘두른 주먹에 흔적도 없이 사라졌다.

『주먹에 마력을 집중시킨 건가!』

그리고 코르베르트는 갑자기 공중에서 가속해 프란에게 다가왔다. 기를 방출한 기세로 공중 도약에 가까운 기동을 가능하게 한 듯했다.

"하아아압! 으라차!"

직후, 코르베르트는 원거리에서 주먹을 몇 번 휘둘렀다. 그러자 그 주먹에서 무수한 기탄이 쏘아져 프란을 덮쳤다.

한 발 한 발의 위력은 별거 아니지만 수가 많다. 프란은 광범위 마술로 단숨에 대응했다.

화염의 파도가 벽처럼 공간을 태워 코르베르트의 기탄을 상쇄해갔다.

하지만 코르베르트는 여기까지 예상했을 것이다. 프란의 공격을 멈추고 무대에 내려서기 위한 틈을 만드는 게 목적이었던 모양이다.

코르베르트는 무사히 무대로 돌아오자 빈틈없는 자세로 프란을 쏘아봤다. 프란도 나를 잡은 채 코르베르트를 마주 노려봤다.

"후우. 느닷없이 결정지으러 올 줄이야. 성격 급하군."

"틈이 있어서 노렸을 뿐이야."

"말은 잘 하는군. 설마 이 정도 마법 전사였을 줄은 몰랐어. 솔직히 놀랐다고. 숨겼던 건가?"

155

"그쪽이야말로 갑자기 마력이 늘었는데?"

그렇다, 프란이 말한 대로 코르베르트가 휘감은 마력이 급격히 상승해 있었다.

이름 : 코르베르트　나이 : 38세

종족 : 인간

직업 : 강권사

Lv : 41/99

생명 : 381/508　마력 : 330/452　완력 : 299　민첩 : 253

스킬 : 해체 4, 격투기 6, 격투술 6, 위험 감지 3, 권성술 2, 권투기 9, 권투술 10, 경기공 4, 강력 8, 순발 9, 수영 4, 생활 마술 3, 대해 내성 2, 투척 4, 데미트리스류 무기 8, 데미트리스류 무술 8, 물리 장벽 4, 마력 방출 5, 졸음 내성 3, 마비 내성 4, 요리 3, 매의 눈, 비스트 킬러, 분할 사고, 기력 조작

고유 스킬 : 강권

칭호 : 곰잡이, 호랑이잡이

장비 : 수룡 가죽 글러브, 노수호의 권법복, 노수호의 권법화, 적두웅의 반다나, 적두웅의 외투, 통각 둔화 팔찌, 충격 내성 팔찌

이건 봉인을 해제한 건가? 스테이터스가 대폭 상승하고 데미트리스류, 물리 장벽, 마력 방출, 분할 사고라는 스킬이 늘었으며, 강력, 순발의 레벨이 올라갔다. 그건 그렇고 스테이터스 상승이 엄청나군. 생명, 마력은 100 이상, 완력, 민첩도 50씩 상승했다.

게다가 데미트리스류 스킬이 추가됐다. 이미 다른 사람이라고

생각하는 편이 나을지도 모른다.

『봉인을 풀었어. 조심해.』

"봉인을 풀었어?"

"……눈치챘어?"

아무래도 본의가 아니었나 보다. 표정을 일그러뜨리며 한숨을 내쉬었다. 뭐, 사욕을 위해 봉인을 해방하는 건 금지라고 했으니 말이다. 아마 파문이라고 하지 않았나? 이거 잠깐 찔러볼까.

『프란, 내가 말하는 대로 따라해.』

"응."

조금이라도 동요를 이끌어내면 된다.

"사욕을 위해 봉인을 해제하면 파문돼?"

"……그렇게 될 때도 있겠지?"

"그럼 코르베르트도 파문이야?"

"……그럴지도 몰라."

확연하게 얼굴을 경직시켰군.

"왜 봉인을 해제했어?"

프란의 말에 코르베르트는 얼굴을 찡그리며 뭔가를 갈등하는 듯했지만 바로 고개를 흔들고 프란을 마주 쳐다봤다.

"확실히 나는 파문될지도 몰라. 하지만 그런 시시한 것보다 중요한 일이 있어!"

코르베르트가 그렇게 외치고 다시 자세를 취했다.

"중요한 일?"

"간단한 거야. 데미트리스류의 긍지다."

각오를 다진 얼굴로 왠지 멋진 말을 하는군. 그런데 긍지라고?

"어린애를 상대로 인정사정없이 봉인을 풀어 본 실력을 발휘하는 건 긍지 있는 행동이야?"

"웃."

흐흥, 동요한다 동요해.

"긍지?"

"……그거 미안하다. 너무 폼을 잡았어."

"그렇지."

"큭…… 그렇군, 이 마당에 와서 번드르르한 말을 늘어놓는 느낌이야."

어라? 너무 건드렸나? 너무 정색했을지도 모른다.

"미안하군. 그래, 긍지도 뭐도 아니야. 내 개인적인 사정이야. 내가 줄곧 동경하던 데미트리스류가 랭크 C 모험가를 상대로 간단히 지는 걸 용납할 수 없어. 아니, 내가 용납 못 해. 왜냐하면 데미트리스류는 최강이거든."

코르베르트에게서 방출되던 마력이 방향성을 띠고 그의 온몸을 둘러싸기 시작했다. 농밀한 마력이 마치 갑옷 같다.

"나 때문에 데미트리스류가 약하다는 평판을 얻는 건 참을 수 없어! 설령 파문된다 해도 말이야!"

그만큼 애착이 있는 건가. 뭐, 이 전개도 상정이 끝났다. 프란도 동요는 하지 않았다.

"그렇구나."

오히려 즐거운 듯했다. 이겨야만 하는 시합이라는 것을 알고 있어도 역시 강자와의 싸움에는 가슴이 뛰는 뭔가가 있기 때문이다.

"게일 해저드!"

프란은 발을 묶기 위해 광범위 마술을 날리고 코르베르트에게 돌진했다. 강해졌다고 해도 권성술의 레벨은 변하지 않았다. 단순한 싸움이라면 프란이 아직 유리할 터였다.

주의해야 하는 것은 역시 데미트리스류일 것이다.

그렇게 경계했지만…….

"하아아압!"

"데미트리스류 무기 · 아수라!"

"윽!"

놀랍게도 코르베르트의 어깻죽지에서 나온 세 번째 팔이 프란의 공격을 받아냈다.

응축한 마력을 팔처럼 다루는 기술이 있는 듯했고, 지금의 코르베르트는 무기의 이름대로 아수라처럼 새로이 팔 네 개를 돋아나게 한 것처럼 보였다.

게다가 속성검을 두른 나를 별 탈 없이 받아낼 줄이야…….

상상 이상의 강도였다.

"으랴!"

"큭!"

카운터로 날아온 주먹이 프란을 날려버렸다.

공격을 받고 나서 카운터. 2회전의 크루스와 비슷한 전법이지만 코르베르트 쪽이 훨씬 성가셨다.

방어력도 공격력도 아득히 위이니 말이다.

어떻게든 나로 받은 덕분에 직격은 당하지 않았지만 내구도가 꽤나 떨어졌다. 직격하면 상당한 대미지를 입을 것이다.

"간다아!"

"하아압!"

무술의 실력으로 말하자면 프란이 위지만, 코르베르트의 수단은 이상할 만큼 다양했다.

기민하게 반응하는 여섯 개의 팔을 잇달아 만들어 프란의 공격을 처리했다. 게다가 마력의 팔이 다쳐도 코르베르트 본인에게 대미지는 없고 마력을 쏟으면 바로 수복되기 때문에 방패로 우수했다.

또한 그 우수한 방패는 우수한 무기이기도 했다. 마치 팔처럼 보이지만 관절을 무시한 움직임을 취하는 데다 갑자기 늘어나기도 했다. 게다가 그것을 조종하는 것이 권성술을 보유한 코르베르트였다.

원래 다양한 수단으로 공격하는 격투술이지만, 팔이 늘어남으로서 그 공격의 물량은 배 이상이 됐다.

"으라얍!"

"흐윽!"

마침내 날아온 주먹이 직격해 프란의 폐부를 찔렀다.

『그레이터 힐!』

대미지는 바로 회복시켰지만 둔해진 움직임이 순식간에 회복될 리도 없었다.

그 한순간 탓에 코르베르트의 공격이 기세를 더했다. 격렬한 쇄도가 시작됐다.

그런 공방 중에 생긴 한순간의 틈이었다.

"잡았다아아아!"

『뭐야!』

마력팔이 내 도신을 잡았다. 게다가 잡은 뒤에 도신을 뒤덮듯이 휘감아서 내가 꽉 끼고 말았다.

염동을 써서 바로 탈출할 수 있었지만 잠깐 움직임을 봉쇄당한 것은 확실하다. 이런 작은 축적에 의해 공방의 저울이 코르베르트에게 기울고 있었다.

그래도 프란은 연속으로 직격을 당하지 않으며 응전하고 있었지만, 그 얼굴은 미묘하게 일그러져 있었다.

전에 엘자가 말했던 기를 상대에게 흘려 넣어 내부부터 파괴하는 침투경과 비슷한 공격. 놀랍게도 코르베르트의 공격은 전부 다 그 침투경이었던 것이다.

나로 막아도 도신을 통한 충격에 손이 아프고, 스치기만 해도 내부로 대미지가 흘러들었다. 장벽을 전개하고 있지만 그것조차 관통하는 형편이었다.

프란이 참을성이 많다 해도 이 이상은 위험하다.

『프란, 코르베르트의 공격은 평범하게 막을 수 없어. 역시 자기 진화 포인트를 물리 내성에 쏟자.』

'응. 알았어!'

사전에 얘기 나눴던 작전을 최종 확인했다. 그리고 나는 물리 공격 내성에 18 포인트를 할당했다.

그렇다, 우리는 이 무투 대회를 위해 최대한 준비를 해왔다.

상당히 무모했지만 나는 랭크업에 성공했다. 포인트를 상당히 남겼다. 이게 있으면 상대에 맞춰 다양한 스킬을 레벨업시킬 수 있을 것이다. 뭐, 최강의 가위바위보 늦게 내기다.

〈물리 공격 내성이 레벨 Max에 도달했습니다. 물리 공격 무효

로 진화합니다〉

　으음. 예상대로 무효화 스킬을 얻었나…….　뭐, 어쩔 수 없지.

그리고 이로써 이 시합에서 압도적으로 유리해진 건 확실하다.

『가, 프란!』

"응!"

"뭐야 갑자기!"

　자신의 공격에 전혀 통하지 않는 듯이 갑자기 앞으로 나온 프란을 보고 코르베르트가 눈을 크게 떴다. 당연히 코르베르트는 공격을 계속 날렸다. 하지만 프란은 느닷없이 방어를 그만두고 그 공격을 작은 몸으로 정면에서 전부 받았다.

　순간 필사적인 행동에 나선 것처럼 보였지만, 프란에게는 대미지가 전혀 쌓이지 않았다. 물리 공격 무효 덕분이다.

　얼핏 이로써 무적이 된 것처럼 보였다. 하지만 내 머릿속은 초조함이 지배하고 있었다.

『쳇, 루미나한테 경고받은 대로야! 무효 스킬은 소비가 너무 커!』

　물리 공격 무효 스킬을 얻고 나서 아주 잠깐의 공방으로 이미 마력을 1000 이상 소비하고 말았다. 무효화하는 것은 그만큼 소비가 컸다.

　이 점에 대해서는 대회 전 루미나를 만나러 갔을 때 충고받았다.

　그것은 며칠 전의 일이었다.

"스승이여. 그대의 스킬 흡수 능력은 강력하지만 조심해야 할 점도 있다."

『무슨 소리야?』

"예를 들어 무효화 스킬이다. 마수 중에 드물게 가진 자도 있는데, 그것을 얻었을 때는 충분히 주의해라."

"어째서?"

"무효화 스킬은 마력 소비가 극단적으로 크다. 게다가 자동으로 발동하기 때문에 소비를 줄이기도 어려워. 그렇기 때문에 장소나 적에 따라서는 순식간에 마력이 고갈된다."

그렇군. 예를 들어, 불에 둘러싸인 장소에서 화염 무효를 쓰면 바로 마력이 바닥날 것이다.

그런 가운데 루미나가 특히 조심하라고 말한 것이 물리 공격 무효였다. 이 스킬은 보통 영체나 기체 계열 몸을 가진 마수가 소지하는 스킬이라고 한다. 그것을 일반적인 육체를 가진 존재가 가졌을 때 어떤 일이 일어날지는 루미나도 상상할 수 없다나. 자칫하면 걸을 때마다 발동되는 경우가 생길 수도 있다.

무효화 스킬에 관한 주의는 하나 더 있었다. 그것은 무효화를 무효화하는 스킬의 존재다.

신이 정한 이 세계의 법칙에서 무효 스킬보다 상위의 법칙으로 움직이는 스킬이 있다. 관통 속성이 부가된 스킬이나 신염 등 신의 힘을 가진 스킬 등이 그에 해당한다고 했다.

루미나는 황염검 이그니스가 신염이라는 스킬로 화염 무효를 가진 상대를 태워 죽이는 것을 목격한 적이 있다고 했다. 그리고 수왕이 가진 고유 스킬 '금염절화'는 그런 상위 스킬에 가까운 성질이 있을 가능성이 있었다.

"내 시련을 넘어 프란은 더 강해졌다. 하지만 그래도 세상에는 강자가 넘쳐나지."

"응."

"무효 스킬이 있다고 해서 결코 방심하지 말아야 하는 이유다."

"알았어."

다만, 우리는 스킬을 넣었다 뺄 수 있으니 필요할 때만 넣으면 어떻게든 될 것이다. 무효 스킬은 그래도 충분히 강력하니 말이다.

『뭐, 코르베르트의 격렬한 공격을 받아내고 있는 지금 시점에서는 뺄 수가 없지!』

최소한의 대책으로 완전 장벽이라는 스킬을 발동했다. 이것은 사전에 물리 장벽 스킬에 포인트를 추가해 레벨을 끝까지 올림으로써 마력 장벽과 물리 장벽이 통합돼 생긴 상위 스킬이다. 완전 장벽이라는 이름을 보고 공격을 무효화해준다고 생각했지만, 물리와 마력 양쪽에 대응할 수 있다는 의미에서 완전이라는 이름이 붙은 듯했다.

이 스킬을 사용해서 코르베르트가 날리는 공격의 위력을 약화시키고 물리 공격 무효가 발동할 때의 마력을 최대한 줄이려고는 하고 있지만, 잘되고 있다고는 말하기 어려웠다.

『프란, 얼른 끝내자!』

"응!"

프란이 일격필살을 노리고 나를 머리 위로 치켜들어 자세를 잡았다. 그것이 큰 빈틈을 낳았다. 당연히 코르베르트가 놓칠 리 없었다.

"데미트리스류 비의 · 체붕부괴!"

마력이 실린 데다 강력한 비틀기가 추가된 정권찌르기가 프란의 몸통을 직격했다. 하지만 프란은 안색 하나 변하지 않았다.

"젠장! 통하지 않는 거냐!"

그렇다. 통하지 않았다. 다만, 지금의 일격만으로 1000 가까이 마력을 잃었다. 물리 공격 무효가 없었다면 얼마나 무시무시한 공격이었을까. 역시 코르베르트는 얕볼 수 없다.

그러나 이미 이쪽의 준비는 끝났다. 이번에는 이쪽이 공격할 차례야!

"응!"

프란은 크게 뛰어올랐다. 그리고 위에서 혼신의 일격을 날렸다.

나와 프란의 속성검 이중 발동. 그리고 진동검, 마독아, 중량 증가로 날린 공기 발도술이다. 검왕술로 인해 칼의 수발이 완벽해진 프란의 공기 발도술은 날카로움이 현격히 늘어났다.

물론 아무리 빨라도 이렇게 정면에서 날리는 공격은 코르베르트라면 간단히 피할 수 있을 것이다.

하지만 내가 놓치지 않는다. 염동과 바람 마술로 코르베르트의 몸을 좌우에서 눌러 움직임을 봉쇄했다. 물론 코르베르트라면 바로 뿌리치겠지만, 프란에게는 한순간의 틈이면 충분했다. 코르베르트는 그래도 마력 팔을 치켜들어 방패로 삼으려 했지만──.

"하아아아압!"

"크어어억!"

방패가 되듯이 앞으로 내밀어진 마력 팔 두 개를 전부 자르고 코르베르트의 왼쪽 어깨부터 허리 부근까지 깊숙이 세로로 베었다.

팔이 잘리지는 않았다. 하지만 내장──특히 폐가 입은 대미지는 심각할 것이다. 게다가 속성검·화염에 의해 상처가 문드러져서 고약한 냄새와 함께 연기를 내고 있었다. 당연히 베인 폐도 뜬 숯이 되어 있었다.

하지만 이로써 승부가 났다고 방심하기에는 경솔하다.

코르베르트 정도의 강자라면 이 상태에서도 기사회생의 한수를 쓸지도 모른다. 그리고 우리는 물리 공격 무효 때문에 마력이 한계에 이르려 했다.

『손을 쉬지 마!』

"응!"

나를 어림짐작으로 다시 잡은 프란이 이번에는 수평으로 후려쳤다.

단순한 수평베기가 아니라 공기 발도술의 예리한 일격이다.

놀란 것은 중상을 입은 상태로 코르베르트가 회피 행동을 취한 것이었다. 뒤로 물러나 발도술을 피하려 했다. 게다가 혼신의 마력을 실어 남은 마력 팔을 뻗었다.

손바닥에 마력이 모여 있는 게 느껴졌다. 명백하게 공격일 것이다.

이것을 무효화하면 마력이 정말 한계에 이른다.

이것으로 못 끝내면 위험해!

나는 즉시 내 도신을 변형시켜 뻗었다.

"피할 수──."

『닿아라아아아아!』

"크헉!"

마력 팔이 프란에게 닿는 것과 거의 동시에 뻗은 내 칼끝이 코르베르트의 몸통을 찔렀다. 코르베르트의 배가 찢겨 새빨간 피가 뿜어져 프란의 얼굴을 더럽혔다.

그 직후, 대미지로 인해 코르베르트의 집중이 흐트러진 탓인지 프란에게 닿았던 마력 팔이 사라졌다.

"젠——장——."

코르베르트는 분한 듯이 신음하고 무릎부터 허물어졌다. 그리고 그대로 앞으로 쓰러졌다.

온몸이 이완되고 조금도 움직이지 않았다.

세찬 출혈로 무대는 순식간에 피바다가 됐다. 게다가 배의 상처에서는 내장이 흘러나왔고, 마독 상태도 같이 발생했다.

이거 위험하군. 하지만 마지막에 코르베르트의 공격을 무력화한 탓에 우리에게는 힐을 사용할 마력도 남아 있지 않았다. 그러나 그 부분은 역시 길드가 협찬한 대회다웠다.

시합 종료가 선언된 직후에 치료술사가 달려와 코르베르트를 치료하기 시작했다.

해독과 치유를 반복할 뿐만 아니라 약도 동시에 처방하는 솜씨는 완전히 현인의 것이었다. 치유 전문 술사일 것이다.

그리고 다시 프란의 승리가 선언되자 회장이 대환성에 둘러싸였다.

"드디어 승부가 났습니다아아아! 놀랍게도 대반란이 일어났습니다아! 승자는 마검 소녀 프란! 이거 이번 대회 최대 다크호스가 될 것 같군요! 다음은 금강벽 고드다르파와의 대전인데, 다시 파란을 일으킬 수 있을까요! 이제 눈을 뗄 수가 없습니다아아!"

무대를 내려가며 프란이 코르베르트를 곁눈질하며 신경 썼다.

'괜찮을까?'

『저거라면 살 수 있을 거야. 문제없어.』

'응. 그럼 됐어. 또 싸우고 싶거든.'

아아, 그쪽 걱정이냐.

저래 봬도 랭크 B 모험가이니 일단 죽거나 후유증이 남지는 않을 것이다. 다만 그래도 우리는 일단 병문안을 가기로 했다.

담당자에게 장소를 물어서 코르베르트가 옮겨진 의무실로 향했다.

안에 들어가니 부드러워 보이는 질 좋은 침대에 코르베르트가 누워 있었다. 치유 마술사가 상처를 치료했지만 체력은 아직 회복되지 않아서 침대에서 일어날 수 없는 듯했다.

"코르베르트, 상태는 어때?"

"아가씨냐……. 죽을 뻔했던 것 같아."

"위험했어."

"하하, 졌어. 설마 봉인 해제까지 했는데 질 줄이야…… 큭!"

코르베르트가 머리를 누르고 신음했다.

"괜찮아?"

"그래……. 너무 무리했나 봐. 아수라를 쓴 뒤에는 늘 이래."

아수라란 마력의 팔을 생성한 그 기술이다. 아마 반응 속도나 시야도 넓어졌을 것이다. 검왕술을 얻은 프란과 맞상대할 수 있었던 것도 단순히 감각 계열이 강화된 덕분일 터다.

게다가 여섯 개의 팔을 완벽하게 조종했다. 뇌에 상당한 부담이 갔을 테다. 마술을 동시에 기동하다가 두통을 호소했던 프란과 같은 증상이다.

"강했어. 지금까지 싸운 상대 중에서 제일이야."

"고마워."

"다음 상대는 강적이지만 너라면 할 수 있어. 내 몫까지 이기고 올라가 줘."

"물론이야."

다음에 만나는 고드다르파에 대해 상상했을 것이다.

프란이 투기를 드러내며 싱긋 미소 지었다.

보통 사람이라면 여기에 놀라도 이상하지는 않지만, 코르베르트는 오히려 만족한 듯이 웃었다.

"좋은 기합이야."

"응!"

그 후로는 가볍게 잡담을 나누고 의무실을 뒤로했다. 코르베르트는 아직 원래 몸 상태로 돌아오지 않은 듯해서 이 이상은 부담이 될 것 같았기 때문이다.

프란이 의무실을 나오자 희미하게 코르베르트의 목소리가 들려왔다.

"아, 위험해! 너무 흥분했어! 파문이려나~! 파문이겠지~! 그 스승님이니 말이야~……!"

머리를 감싸 쥐고 있는 모습이 떠오르는 듯했다.

다만 프란이 사라질 때까지는 다부지게 행동했으니, 프란에게 한심한 모습을 보여주고 싶지 않았을 것이다. 무사의 자비다. 못 들은 것으로 해줄까.

『명복을 빈다.』

"응?"

『아니, 아무것도 아니야. 가자.』

의무실을 뒤로한 우리는 객석으로 왔다. 내일 이기면 그 뒤에 대전할 가능성도 있고, 그렇지 않더라도 공부가 되기 때문이다.

토너먼트가 진행돼서 오늘은 여덟 시합밖에 없다. 우리가 두 번째 시합이었으니 앞으로 여섯 시합이 남았다는 계산이 나온다.

시합장에서는 이미 제 3시합이 끝나려 하고 있었다. 아만다가 거의 순식간에 시합을 끝낸 모양이다.

"전혀 못 봤어."

『뭐, 어쩔 수 없지. 다음 시합은 엘자야.』

상대는 랭크 C 모험가라고 한다. 잔기술로 승부하는 기교파 창잡이라나. 이건 놓칠 수 없군.

다만, 만원사례이기 때문에 앉을 자리가 없었다. 어떻게 할까……. 흙 마술로 즉석 의자라도 만들까? 고민하고 있는데 갑자기 옆에서 소리가 들렸다.

"이봐, 당신 마검 소녀 프란이야?"

"응?"

말을 건 것은 의자에 앉아 시합을 관전하던 초로의 남성이었다. 한 손에는 꼬치구이, 한 손에는 와인 병을 들고 있었다. 팔자 좋군.

프란은 외투를 뒤집어쓰고 있지만, 얼굴을 전부 가린 것도 아니라서 역시 알아보는 듯했다. 게다가 이번에는 상대가 앉아 있는 탓에 아래쪽에서 외투 안을 올려다볼 수 있는 상황이고 말이다.

남성은 흥분한 기색으로 프란을 응시했다.

"여, 역시 그러네! 혹시 다른 선수 시합을 보러 온 거야?"

"응."

"그, 그럼 이 자리를 써줘."

"괜찮아?"

"그래, 당신 덕분에 예선부터 계속 크게 땄거든. 오늘은 일을 안 해도 괜찮을 정도야!"

그거 꽤 벌었겠는데. 게다가 예선부터 프란에게 계속 걸어준 모양이다. 응원 반, 대박 기원 반이겠지만 프란의 응원을 해준 건 확실하다. 고맙군.

"그 대신 악수해줘. 사람들한테 자랑할 테니까!"

"알았어."

"이야~, 내일도 응원할 테니까 열심히 해줘!"

"응."

그리하여 프란은 합법적으로 자리를 손에 넣었다. 남성은 프란과 악수하고 들뜬 얼굴로 떠나갔다. 어딘가에서 서서 본다나.

『운이 좋았어.』

'응.'

프란이 자리에 앉자 마침 엘자의 시합이 시작됐다.

사전의 평판대로 상대의 움직임은 나쁘지 않았다. 결코 엘자의 간격에 들어가지 않고 간격 밖에서 창으로 쿡쿡 공격했다. 하지만 가벼운 공격으로는 엘자의 방어를 돌파하기 어려울 것 같다. 전혀 개의치 않고 엘자는 창잡이에게 돌진했다.

그래도 속도에서 위인 창잡이는 엘자의 공격을 피하고 있지만, 한 방에 무대에 구멍을 뚫는 그 파괴력에 간담이 서늘해진 듯했다. 차츰 움직임에 생기를 잃기 시작했다. 체력보다 정신이 소모된 것 같군.

대미지도 입히지 못하고, 저쪽의 공격은 일격필살. 우리에게도 이런 경험은 있는데, 이게 어렵다. 어딘가에서 앞으로 나와 공격력 중시의 스타일로 바꾸지 않으면 승산이 없지만, 흉악한 메이스가 눈앞을 지나갈 때마다 남자가 주저하고 있는 것을 알 수 있었다.

하지만 뜻을 굳힌 창잡이가 오늘 최고 속도로 엘자에게 달려들었다.

아슬아슬한 상태로 메이스를 피한 직후, 자세가 무너진 듯한 엘자의 가슴에 혼신의 무기(武技)를 날렸다.

회전하는 창이 무방비한 엘자의 앞가슴을 꿰뚫는 것처럼 보인 그때, 회장에 커다란 함성이 일어났다.

놀랍게도 창이 엘자의 몸을 꿰뚫지 못하고 피부에서 멈춘 것이다. 요전의 자쿠쇼전에서도 그랬지만, 저 단단함은 반칙이다.

그 뒤로는 비참한 결말이 났다. 창잡이는 엘자에게 붙잡혀 끈적끈적한 굳히기에 서서히 체력이 깎여서 마지막에는 숨이 끊어질 듯한 상태로 항복을 선언했다. 자쿠쇼보다 이 창잡이 쪽이 취향이었던 모양이다.

『저렇게는 되고 싶지 않아.』

"하지만 접근해주면 기회가 돼."

『뭐, 그렇기는 한데…….』

엘자와 프란의 굳히기 승부? 없다. 아니, 내가 절대 그렇게 두지 않는다.

『역시 접근전. 특히 굳히기는 안 돼.』

"응, 위험해."

『여러 의미로 말이야.』

"?"

그 뒤에 열린 시합은 거의 볼 가치가 없었다. 대부분 순식간에 끝났기 때문이다.

제4전의 포룬드는 5초도 걸리지 않았을 것이다. 그 탓에 관객에게서 야유가 일어났을 정도다.

제5전인 필립 크라이스톤은 상당히 결렬한 싸움을 벌였지만, 그 싸우는 모습은 바르보라에서 본 싸움과 그렇게 다르지 않았다. 신선미는 전혀 없군. 뭐, 단단하고 빠르고 강하다. 틈이 없는 건 확실했다.

6, 7번째인 펠무스, 로이스는 1분도 싸우지 않았다. 어느 쪽이든 전력을 내지 않아서 힘의 편린조차 느끼지 못했을 것이다. 뭐, 강하다는 것만은 알 수 있었지만.

3회전까지 진행돼 출장자는 강자만 남았는데……. 역시 랭크 A 모험가는 격이 다르다고 해야 할까, 괴물만 모여 있었다.

『우리의 내일 상대도 그 괴물 중 한 명인데 말이야.』

"물론 이길 거야."

『응, 나 역시 그럴 생각이야.』

시합 관전을 마친 우리는 숙소로 돌아가지 않고 던전에 와 있었다.

새롭게 입수한 스킬의 테스트와 고드다르파전의 시뮬레이션을 하기 위해서다.

잔챙이 마수를 상대로 물리 공격 무효를 시험해봤다.

『역시 소비가 장난 아니야.』

잔챙이의 가벼운 공격이라도 아무렇지 않게 마력이 100에서 200은 줄었다.

아무리 그래도 걷는 정도로 발동하지는 않지만, 전투 중 등에는 공격을 받지 않아도 마력이 쭉쭉 소비됐다. 마수를 벴을 때의 반동이나 마수의 공격을 나로 받아낸 때의 충격 등에도 물리 공격 무효가 작동하는 듯했다. 정신을 차리고 보니 마력을 절반이나 잃었다.

하지만 강하다. 장벽 등과 다른 이점은 충격이나 관성조차 무효로 하는 것이었다. 아득히 거대한 오우거에게 얻어맞아도 프란은 그 자리에서 미동도 하지 않았다. 그 덕분에 상대의 견제도 완전히 무시할 수 있었다. 검으로 베이든, 망치에 얻어맞든 영향이 전혀 없었다.

평소에는 장벽, 여차할 때는 물리 공격 무효라는 식으로 할까.

『자, 스킬 확인은 이 정도면 돼. 다음은 고드다르파전의 대책이야.』

기본적으로는 물리 공격 무효를 주축으로 하게 될 것이다. 던전 등 언제까지 계속될지 알 수 없는 장기전에서는 그렇게 쓸 수 없지만, 일전 일전 회복할 수 있는 토너먼트라면 문제없이 이용할 수 있기 때문이다.

고드다르파는 도끼를 쓰는 전사다. 각성으로 어디까지 강해질지는 미지수지만, 어지간한 수단으로 그 전투 도끼를 막을 수 있을 것 같지 않았다.

그와 동시에 무서운 것이 그 강인함이었다. 생명이 1000을 넘는 데다 고속 재생과 피부 강화를 가지고 있을 터다. 자잘한 대미지로 쓰러뜨리기는 어려울 것이다.

"여차하면 비기를 쓸게."

『그렇지. 수왕전에서는 쓰지 못한 바람에, 고드다르파에게도 보여주지 않았지. 반드시 깜짝 놀랄 거야.』

"응!"

『그럼 시간이 상당히 지났으니 내일을 위해서도 빨리 돌아가 쉬자.』

"잠깐만. 루미나를 만나고 갈래."

이미 호칭이 루미나 님이 아니라 루미나가 됐다. 뭐, 저쪽도 전혀 신경 쓰지 않는 것 같으니 상관은 없다. 오히려 손녀와 할머니 같아서 서로 기뻐하고 있는 느낌이다.

『그러네, 돌아가기 전에 루미나한테 얼굴을 비출까.』

"응."

우리는 루미나가 만들어준 전이용 방으로 발을 들였다.

실은 차원 마술의 레벨을 올렸을 때 비콘이라는 특수한 술법을 취득했다. 이것은 차원 마술의 표식을 남김으로써 전이 거리를 몇 배나 늘릴 수 있는 술법이다. 단거리 전이라면 보통은 10미터 정도지만, 비콘이 있는 장소로 간다면 30미터는 떨어진 장소라도 전이가 가능해졌다.

비콘은 아무런 조치도 안 하면 며칠 만에 사라지지만, 새길 때 마력을 많이 쏟으면 유효 기한을 연장할 수 있다. 내가 최대한 마력을 쏟아부으면 연 단위로 비콘을 설치할 수 있다고 생각한다.

거기서 우리는 루미나의 방에 설치할 수 없을까 생각했다. 비콘이 있으면 디멘션 게이트로 간단히 루미나를 만나러 갈 수 있을지도 모른다.

그것이 며칠 전의 일이다. 나는 그때의 대화를 떠올렸다.

"잘 왔다. 오늘은 무슨 일이지?"

"부탁이 있어서 왔어."

『실은 말이야——.』

내가 비콘이라는 술법을 배운 것, 그 술법이 있으면 이 장소로 간단히 올 수 있을지도 모른다는 것을 설명하고 설치해도 되냐고 부탁했다.

아아, 참고로 이때는 이미 나의 정체가 들통나 있었다. 바로 며칠 전이지만 이런저런 일이 있었던 것이다. 그 덕분에 루미나에게 비밀이 줄어들어 프란은 기뻐했으니 결과적으로 좋았지만 말이다.

"그건 딱히 상관없다. 오히려 부탁하고 싶을 정도지만——."

『지만?』

"아니, 해보면 된다. 위험한 일은 없을 테니."

뭔가 속뜻이 있는 말투로군. 뭐, 위험하지 않다고 단언했으니 우선 시험해보자.

『비콘.』

일단 방구석 바닥에 비콘을 준비했다. 이로써 밖에서도 이 장소로 게이트를 열 수 있을 터다.

『그러면 일단 위로 돌아가자.』

"응."

우리는 일단 14층으로 돌아왔다. 그리고 디멘션 게이트를 발동하려고 했지만——되지 않았다. 아니, 발동은 했지만 게이트는 열리지 않고 마력은 사라졌다.

비콘의 기척은 느낄 수 있고 방금 전까지 있던 장소다. 기억도 선명하다. 조건으로는 절대로 실패할 리가 없다.

하지만 몇 번을 시도해도 마력만 소비할 뿐 게이트는 열리지 않았다.

"안 돼?"

『그래. 뭔가가 방해하고 있는 것 같아.』

아마 결계 같은 게 있을 것이다. 내가 실패했다기보다는 뭔가에 방해받아 사라지는 듯한 느낌이었다. 전에 린포드의 결계에 갇혔을 때의 감각에 가까웠다.

돌아가 루미나에게 물어보니 역시라는 느낌으로 고개를 끄덕였다.

"여신의 수호는 뚫지 못한 건가."

그 말로 왠지 이해했다. 생각해보면 결계 같은 건 당연히 있을 것이다.

던전을 공략하는 건 아주 큰일이다. 랭크 D 던전에서조차 사망자가 다수 나온다. 고위 모험가라 해도 까다로운 마수나 위험한 함정에 목숨을 잃는 경우도 있을 것이다.

그런 던전을 가장 편하게 공략할 수 있는 방법이란? 탐지 능력을 한계까지 올린다? 균형 좋은 파티를 짠다? 포션 등을 가져와 죽지 않도록 주의한다?

아니, 다 틀렸다. 가장 편한 방법은 외부에서 던전에 들어오지 않고 공략하는 것이다.

전이 마술 등으로 코어룸으로 날아와 코어를 파괴하거나 초절한 공격력을 가진 마술로 밖에서 코어룸을 공격하는 등 몇 가지 방법을 생각할 수 있을 것이다.

이것은 결코 비현실적인 수단이 아니다. 실제로 차원 마술을 레벨 끝까지 올리고 마도구의 보조도 있으면 코어룸으로 직접 전이하는 건 거리적으로 불가능하지 않을 것이다.

그리고 신검처럼 상식을 뛰어넘은 신기도 존재한다. 요전에 루미나가 보여준 신검 일람 중에 핵격검(核擊劍) 멜트다운이라는 이름이 있었다. 이제 존재하지는 않지만 이름을 보면 확실히 대량 파괴 병기일 것이다.

그런 위협으로부터 던전을 지키기 위해서 어떠한 방비가 존재해도 이상하지는 않았다. 던전은 신이 인류에게 부여한 시련이라고 하니 꾀를 부리지 못하게 구성돼 있을 것이다.

이만큼 감지해도 그 존재를 감지할 수 없는 것도 신이 펼친 결계 때문이라면 납득이 간다.

"요는 그대들의 마술을 저해하지 않으면 되는 거겠지?"

"응."

"그러면 잠시 기다려라."

그렇게 말하고 루미나가 왠지 안으로 들어갔다. 몇 분 후. 구구구구, 하는 진동음이 들려왔다. 그리고 우리의 눈앞에서 벽에 구멍이 뚫렸다. 구멍을 들여다보니 긴 통로가 앞까지 이어져 있었다.

"기다리게 했군. 이 통로 앞에 있는 방은 스승이라면 전이할 수 있도록 허가를 내려뒀다."

아무래도 루미나가 던전 마스터의 능력을 사용해 새로 방을 만들어준 모양이다. 와아, 잠시 기다리라 하고 방을 만들다니, 던전 마스터는 역시 스케일이 크구나. 게다가 자잘한 설정도 손댄 듯했다.

"고마워."

"아까도 말했지만, 이쪽에서 부탁하고 싶을 정도다. 신경 쓰지 않아도 돼."

다시 실험해보니 루미나가 말한 대로 문제없이 게이트를 열 수 있었다. 지금 숙소는 던전에서 가까우니 이 비콘이 있으면 몰래, 그리고 간단히 루미나를 만나러 올 수 있을 것이다. 프란도 만족한 듯이 고개를 끄덕이고 있었다.

"언제든지 와라. 환영하니까."

"응."

『또 올게.』

그 방을 이용해 이번에도 루미나를 만나러 왔다.

전이하는 것을 알 수 있는지 방을 나오니 루미나가 맞이해줬다.

"잘 왔다."

"응."

『여.』

"오늘도 이긴 것 같구나. 다음은 준준결승인가. 상대는 랭크 A 모험가였던가?"

『맞아, 수왕의 호위역이야.』

"진심으로 이기러 갈 생각인가? 수왕이 제시한 3회전 돌파 조건은 달성했을 텐데?"

"이길 거야. 우승해서 흑묘족이 강하다는 걸 모두에게 알릴 거야."

『이기기 위해서 모든 걸 쏟아부을 셈이야.』

"그런가……. 아니, 이제 아무 말도 안 하지. 이기고 와라."

"응!"

그 후, 루미나와 스킬이나 마술에 대한 얘기를 나누고 우리는 숙소로 돌아왔다. 내일은 제1 시합이라 아침 일찍 준비해야 하기 때문이다.

"힘내라!"

"고마워."

『꼭 이길게!』

제4장 **할 수 있는 일은 모두 다 했어**

『프란, 슬슬 시간 됐어.』

"응."

『상대는 랭크 A 모험가. 아만다와 동격의 괴물이야. 격렬한 싸움이 될 거야.』

"알고 있어. 하지만──."

『이기러 가자.』

"응! 반드시 이길 거야."

내 말에 프란이 힘차게 고개를 끄덕였다. 강자와의 싸움이 기대돼서 견딜 수 없는 거겠지.

"프란 님, 제 1시합의 입장 시각입니다. 준비는 다 되셨습니까?"

담당자가 부르러 왔군.

"응. 괜찮아."

"그러면 이쪽으로 오십시오."

좋아, 통로를 걷는 프란의 발걸음은 평소대로다. 아니, 고드다르파전의 전 시합보다 기합이 조금 들어갔으려나. 하지만 긴장은 보이지 않는다.

이미 3회전을 돌파해 수왕과의 약속은 지켰다. 즉, 어떤 굴레도 제한도 없이 고드다르파와 싸울 수 있다는 뜻이었다. 무의식적으로 그것을 기뻐하고 있는 거겠지.

여기서 어제 생각한 방법을 실행했다. 아니, 방법이라고 부를 만한 것도 아니기는 하지만.

처음에 걸 수 있는 보조 마술을 프란에게 사용해 스테이터스를 향상시켰다.

다음으로 프란이 내게 마력을 전도시키기 시작했다. 고갈되기 직전까지 마력을 쏟고 사둔 상급 마나 포션으로 마력을 회복시켜 다시 내게 마력을 쏟아부었다. 이렇게 해서 도신에 부담을 주지 않는 한계치인 1500 정도의 마력을 내게 주입했다. 지금의 내 공격력은 3700에 가깝다.

시합 전에 할 수 있는 일은 조금이라도 해야 하니 말이다. 다만, 도신에 두른 마력은 오랜 시간 유지할 수 없다. 그 전에 결착을 지어야 한다.

『프란, 마나 포션을 여덟 개나 마셨는데 괜찮아?』

"아무렇지 않아."

평온한 얼굴로 프란이 대답했다. 역시 문제없는 건가. 이건 대식가인 프란이기에 가능한 작전이었다. 평범한 사람이라면 배가 나와 출렁댈 것이다.

"가자."

『그래..』

프란이 무대에 모습을 드러내자 이미 익숙해진 대환성이 객석에서 쏟아져 내렸다. 프란도 이미 익숙해졌는지 얼굴을 찡그리지도 않았다.

"자, 동쪽 통로에서 모습을 드러낸 것은 이번 대회 태풍의 눈, 마검 소녀 프란입니다! 강호를 잇달아 쓰러뜨려 이변을 계속 일으켰습니다! 이 시합도 랭크 A 모험가를 쓰러뜨리고 다시 대이변을 일으킬 수 있을 것인가! 그 귀여움 덕분에 팬이 급증하고 있는 초신성이 제 1시합에 등장했습니다!"

오오, 호의적인 중계로군. 뭐, 이렇게 작은 어린아이가 필사적으로 싸우고 있다. 그 모습을 보고 응원하지 않는 건 청묘족과 돈을 걸었다 손해를 입은 인간 정도일 것이다.

"프란 씨! 힘내세요!"

"우리 지갑을 위해서도!"

"힘내요! 오늘 밤 반찬이 하나 늘어날지 말지가 달려 있으니까요!"

객석의 가장 앞에는 리디아를 비롯한 주홍 소녀 세 명의 모습도 있었다. 욕망에 지나치게 솔직한 느낌도 살짝 들지만 응원은 고맙다.

프란이 주홍 소녀에게 가볍게 손을 들어 답하자 최대라고 생각했던 환성이 더 폭발했다.

『엄청난 인기잖아, 프란.』

'그래?'

전혀 흥미가 없나 보다. 프란에게 관객의 성원은 시끄럽다 조용하다 정도의 차이밖에 없는 듯했다. 그 대성원에 묻히지 않으려는 듯이 중계자가 거의 고함을 지르며 선수 소개를 계속했다.

"서쪽에서 등장한 것은 지금까지 압도적인 힘으로 이기고 올라온 우승 후보, 금강벽 고드다르파! 모든 시합에서 다친 곳이 없다는, 랭크 A 모험가에 상응하는 무시무시한 전적을 자랑하는 중전사입니다아! 이 시합도 부상 없이 끝낼 수 있을 것인가?"

시합장에 나타난 고드다르파에게도 커다란 성원이 보내졌지만 동시에 야유도 있었다. 역시 프란 쪽이 인기가 있는 것 같다.

다만 투기장 안에는 고드다르파의 승리가 결정된 듯한 분위기가 있었다. 프란을 응원하는 사람들도 대부분이 어떻게 선전할까. 바로 당하지 않고 어디까지 버틸까. 그런 느낌의 기대였다.

뭐, 아무리 여기까지 이기고 올라왔다 해도 랭크 A와 C의 싸움이니 어쩔 수 없을 것이다.

하지만 프란은 그런 것에 위축되지 않았다.

『이 공기가 바뀌는 순간이 기대되네.』

"응!"

고드다르파는 전에 봤을 때와 장비가 전혀 달랐다.

불꽃 의장이 들어간 심홍색 전신 갑옷을 걸치고 새까매서 위압감 있는 전투 도끼를 메었다. 수왕의 호위를 할 때와는 전혀 달라서 상당히 화려하고 공격적인 인상이었다.

게다가 감정이 잘 통하지 않았다. 갑옷의 효과일까? 나는 천안을 가지고 있어서 전혀 안 보이지는 않았다. 스테이터스나 스킬은 일부를 확인할 수 있었다. 하지만 장비의 상세한 효과 등은 감정할 수 없었다.

성가신 능력이 없으면 좋겠는데……. 아니, 여기서 가지고 나왔을 정도다. 과소평가하기는 위험할 것이다.

무대 중앙에서 프란과 고드다르파가 마주 섰다.

2미터가 넘는 거한과 어린 소녀가 대치하는 모습을 본 관객 중에는 그 압도적인 차이에 숨을 삼키는 자도 있었다. 그토록 양자의 차이는 절망적으로 보였다.

"이기고 올라왔구나."

고드다르파도 역시 전투 스위치가 켜졌을 것이다. 위압감이 잔뜩 실린 낮은 목소리로 프란에게 말을 걸었다. 프란도 역시 투지를 간직한 눈으로 아득히 높은 곳에 있는 고드다르파의 얼굴을 쏘아봤다.

"오늘도 이길 거야."

"그 의기는 좋다. 하지만 내게 그렇게 간단히 이기지는 못할 거다. 진지하게 와라."

"당연해."

고드다르파에게 프란을 얕보는 기색은 전혀 없었다. 오히려 강적을 상대하듯이 날카로운 시선으로 프란으로 내려다보고 있었다.

여기서 중계자가 규칙 설명을 시작했다.

"이번 대회에서는 수왕님의 후의로 준준결승부터 '시간의 요람'이 사용됩니다!"

시간의 요람이란 일정 범위 안의 시간을 되감는 마도구다. 이 대회에서는 어느 쪽 출장자가 사망했을 때에 발동해 그 참가자의 시간이 사망 전으로 되감게 된다. 엄청나게 비싸서 예년에는 준결승부터 사용됐다고 한다. 하지만 올해는 수왕이 스폰서로 거금을 출자해서 준준결승부터 사용이 가능해진 듯했다.

즉, 아무리 요란하게 맞부딪치든, 설령 사망하든 시간을 되감아 없었던 일로 할 수 있는 것이다. 게다가 패전의 기억 등은 그대로 남는다고 한다. 그야말로 무투 대회를 위한 마도구였다.

또한 여기서부터는 장외패가 폐지돼서 사망이나 항복, 혹은 상대를 무력화할 때까지 전투는 끝나지 않는다.

더욱이 관객석과 투기장 사이에는 몇 겹으로 결계가 쳐져서 관객을 지키고 있었다. 용의 브레스조차 쉽게 막을 정도의 강도가

있다고 했다.

뭐, 마음껏 전력으로 맞부딪치라는 뜻이겠지.

"말해두겠는데, 나는 흑묘족이라고 해서 깔보지 않는다. 어쨌든 그 흑묘족에게 오랫동안 단련받아 왔으니까."

"바라던 바야."

프란이 그 의욕을 보이듯이 나를 뽑아 가볍게 휘둘렀다. 보는 것만으로 내 도신에 실린 마력을 감지했을 것이다. 고드다르파가 감탄한 듯이 중얼거렸다.

"호오? 그게 마검인가. 그렇군, 보통 검이 아니야."

"그쪽이야말로 갑옷이 멋있어."

"이거야말로 내 전장속(戰裝束). 즉 진지하다는 증거다. 감정 차단에 자동 회복 능력, 마술 내성까지 가진, 신급 대장장이의 손으로 만든 작품이지. 신검에는 미치지 못하지만 무시무시한 능력을 가진 마도 갑옷이다."

이봐, 그런 것까지 가지고 나온 거냐! 일단 나도 신급 대장장이가 만들었을지도 모른다는 말을 들은 적은 있지만, 상대는 진짜 신급 대장장이가 만든 갑옷이라고? 초일급 마도구잖아.

나도 나름대로 강한 자신이 있지만, 저 붉은 갑옷은 나와 동등한 특수 능력을 간직하고 있을 가능성이 있다는 소리다. 불길한 예감밖에 안 들잖아!

"처음부터 본 실력으로 간다! 각성!"

고드다르파가 그렇게 외치자 갑옷 틈으로 얼핏 보이던 피부가 회색으로 물들어가는 모습이 보였다. 그에 따라 존재감이 압도적으로 늘어났다.

"오오! 수인족의 비기, 각성입니다! 놀랍게도 시합 전부터 각성하는 것은 처음입니다! 그만큼 진심이라는 뜻일까요? 그러면 제1시합, 시작!"

처음부터 각성 상태인가! 제프메트가 진화한 때와 달리 스테이터스에 변화가 없다. 하지만 그 대신 스킬이 대폭 강화됐다. 고속 재생의 레벨이 8로 올라가고 근육 강체, 초반응, 피부 경화라는 성가셔 보이는 스킬이 추가됐다. 그뿐만이 아니라 온몸에서 고밀도 마력이 순환하고 있는 것을 알 수 있었다.

이름 : 고드다르파   나이 : 44세

종족 : 수인 · 백서족 · 흑철서

직업 : 단부투사

Lv : 72/99

생명 : 1256   마력 : 422   완력 : 654   민첩 : 267

스킬 : 위압 8, 괴력 8, 권투기 5, 권투술 5, 기척 감지 3, 고속 재생 8, 강력 10, 곤봉기 6, 곤봉술 6, 채굴 8, 재생 10, 상태 이상 내성 7, 순발 3, 정신 이상 내성 7, 속성검 8, 대지 내성 4, 돌진 7, 부기 10, 부술 10, 부성기 6, 부성술 7, 마력 감지 3, 기력 제어, 근육 강체, 고블린 킬러, 초반응, 통각 둔화, 드래곤 킬러, 피부 강화, 피부 경화

고유 스킬 : 각성, 충파

칭호 : 수호자, 태산 같은 자, 던전 공략자, 드래곤 킬러, 랭크 A 모험가

장비 : 지룡각의 큰 도끼, 지룡 비늘의 전신 갑옷, 염점정의 외투, 대역의 팔찌, 독 감지의 반지

"으으으으으읍!"

개막과 동시였다. 고드다르파가 그 자리에서 도끼를 휘둘렀다. 그러자 도끼에서 발생된 충격파 세 방이 프란에게 날아왔다.

견제할 생각으로 날린 거겠지만, 위협도 C 정도의 마수라면 이것만으로 소멸할 것이다. 그만한 위력이 실려 있었다.

『프란, 가자!』

"응."

『익스플로전!』

나는 공격을 위해 마술을 썼다.

불덩어리와 충격파가 맞부딪쳐 폭염과 흙먼지를 생성했다. 화려하게 피어난 불꽃이 무대 위를 붉게 물들였고, 그 연기와 폭풍에 뒤섞이듯이 나는 단거리 전이를 발동했다.

전이 지점은 고드다르파의 바로 뒤였다.

"차앗!"

전이와 동시에 프란이 공기 칼집에서 뽑은 참격으로 고드다르파의 목을 노렸다.

여기까지 전이를 숨겨온 보람이 있어서 완벽한 기습이었다. 당연히 속성검이나 진동아 등도 발동이 끝난, 필살을 기약한 일격이었다.

고드다르파는 전혀 반응하지 못했다. 그 목덜미로 내 칼끝이 빨려 들어갔다.

살과 뼈를 자르는 둔탁한 감촉이 도신에 전해지고 피보라가 일었다.

"크아악!"

『치잇!』

하지만 나는 기뻐할 수 없었다. 목을 가른 감촉 전에 마력의 벽과 두껍고 단단한 피부와 근육, 견고한 갑옷에 부딪쳐 위력이 줄어든 것을 알았기 때문이다.

목을 벨 생각으로 날린 공격은 고드다르파의 목을 반 정도 벴을 뿐이었다. 나는 고드다르파의 목에 절반쯤 박힌 형태로 멈췄다.

무시무시한 방어력이다. 하지만 이건 기회다.

『여기서 도신을 바늘 상태로 해서 결정타를 날려주자!』

지금이라면 녀석의 내부부터 공격할 수 있기 때문이다.

그러나 내가 변형하는 것보다 빠르게 고드다르파가 반응했다.

"충파!"

"크읔!"

고드다르파가 외치자 동시에 온몸에서 마력이 방출돼 우리는 단숨에 날아갔다.

검에 막 목이 절단됐는데? 그런데 이렇게 냉정하게 대응했다. 동요는 없는 거냐!

단순히 거리가 생긴 것뿐만이 아니었다. 지금의 충파를 먹은 것만으로 프란의 생명력이 크게 깎였다.

내 내구도도 그렇다. 아마 고드다르파가 처음에 날린 부기보다 위력이 높았을 것이다.

"으읍!"

"흐럇!"

피를 토하면서도 고드다르파가 쏜 추격의 충격파를 피하는 프란.

"커헉⋯⋯."

『그레이터 힐!』

"후우⋯⋯ 후우⋯⋯."

프란은 고드다르파에게서 거리를 벌려 폐를 공격당해 흐트러졌던 호흡을 정돈했다.

『괜찮아?』

"괜찮아."

알고 있었지만 고드다르파의 공격은 어느 것 하나 정통으로 받아서는 안 되겠다.

견제나 방어에 썼을 뿐인데도 위력이 무시무시했다.

『첫 일격으로 결정짓는 작전은 실패인가⋯⋯.』

'각성해서 방어력이 올라갔어.'

『그래, 녀석의 피부. 마치 또 하나의 갑옷을 입고 있는 거 같아.』

게다가 강철로 만든 질 좋은 갑옷이다.

『할 수 없지, 우선 녀석의 방어력을 걷어내자.』

"알았어."

나는 사전에 정했던 대로 남아 있는 포인트를 어떤 스킬에 쏟아부었다.

지구전이 되겠지만 할 수 없다.

『고드다르파의 초공격을 피하며 깎아내는 작업이야. 정신적으로 상당히 힘들겠지만 눌리지 마.』

'괜찮아.'

『그리고 녀석의 갑옷이 예상 밖 요소야. 어떤 위력을 가지고 있는지도 몰라. 그것도 주의해.』

191

"응!"

우리가 부상을 치료하는 사이에 고드다르파 역시 회복을 마친 듯했다.

"으랴아아아압!"

"쳇!"

『벌써 회복한 거냐!』

고드다르파가 거구에 어울리지 않는 도약력으로 덤벼들었다. 그만한 상처가 벌써 나은 건가. 무시무시한 재생력이다.

거기서부터는 일변해 격렬한 공격의 응수가 됐다.

잔기술의 프란과 일격의 고드다르파.

고드다르파가 날린 공격은 모두가 부기인지, 도끼를 휘두른 뒤에 충격파가 밀어닥쳤다. 시합장을 뒤덮는 결계에 막히고 있는데, 결계가 없었다면 관객에게서 백 명 규모로 사망자가 나왔을 것이다. 도저히 막지 못하는 건 아니지만 저것을 고스란히 받으면 내 내구도가 위험해진다. 따라서 프란은 모든 공격을 회피하거나 받아 흘렸다.

대조적으로 프란의 공격은 갑옷의 이음매나 빈틈을 노렸지만 생각한 대미지는 주지 못했다. 게다가 약간의 상처는 바로 재생했기 때문에 대미지가 전혀 쌓이지 않았다.

갑옷의 파괴를 노려도 봤지만 대미지가 바로 수복되고 말았다. 나나 프란의 흑묘 시리즈를 능가하는 자기 수복 속도였다. 역시 신급 대장장이가 만든 갑옷이구나! 너무 번거롭잖아!

때때로 마술도 날려봤지만, 갑옷에 마술 내성이 있다는 말도 진짜인 모양이다. 대부분이 효과를 발휘하지 못하고 사라졌다.

원래 물리적인 방어력이 높은 고드다르파가 이 갑옷을 장비하니 그야말로 요새였다.

"하아압, 충파아아아!"

고드다르파는 접근 상태에서 고유 스킬인 충파를 날렸다. 온몸에서 방출되는 고압력 마력과 충격의 파도. 단순하지만 정말 성가신 스킬이다.

접근전에서 쓰면 대미지를 주어 상대의 자세를 무너뜨릴 수 있다. 중, 원거리에서는 장벽 대신으로도 쓸 수 있을 것이다.

게다가 마력과 물리 복합 공격이기 때문에 물리 공격 무효로도 완전히 막지 못했다.

이번에는 순간 장벽으로 막았지만 대미지가 없지는 않았다.

이 교착이 고드다르파의 목적인 듯했다. 생명이 서로 줄어들면 체력에서 열세인 프란에게 불리하다. 그것을 알고 고드다르파는 지구전을 노린 것이다.

사자는 토끼를 사냥할 때도 전력을 다한다는 말이 있는데, 지금의 고드다르파가 그야말로 그 상태였다. 모든 면에서 아래일 프란에게 이기기 위해서 가장 확실한 전법을 선택했다.

실제로 생명력도 마력도 우리 쪽이 소모가 훨씬 빨랐다. 이대로 전투가 진행되면 우리의 작전이 결실을 맺기 전에 프란의 한계를 맞이할 것이다.

그렇게 둘까 보냐!

『울시!』

"카우!"

"웃! 소환 마술까지 쓰는 건가! 하지만 아무리 잔재주를 늘려봐야 보통 공격으로 내 수비를 무너뜨릴 수는 없다!"

그것은 알고 있다. 울시는 확실히 강하지만, 굳이 따지자면 잔기술과 허를 찔러 공격하는 타입이니 말이다. 하지만 우리의 목표는 다른 데 있었다.

『프란, 이대로 해! 작전대로 녀석의 마력을 흡수하고 있어!』

'응!'

그렇다, 내가 아까 레벨을 올린 스킬은 '마력 흡수' 스킬이었다. 포인트가 부족해서 레벨 9까지밖에 올리지 못했지만 그래도 충분한 효과를 발휘해줬다.

코르베르트전에서도 알았지만, 물리 공격 무효는 무적이 아니다. 마술이나 그와 유사한 공격은 무효화할 수 없고, 마력 소비가 지나치게 큰 것도 커다란 결점이다.

그 결점을 보충하는 스킬이 마력 흡수였다. 상대의 마력을 흡수해 소비를 조금이라도 억제하는 데다 마력에 의한 공격도 조금이나마 흡수해 약화시킬 수 있다.

코르베르트전에서 이 스킬의 레벨을 올리지 않았던 것은 레벨을 올려도 어디까지 흡수율이 올라갈지 알 수 없었기 때문이다. 그런 불확실한 도박에 귀중한 포인트를 사용할 수 없었다.

그리고 그 시점에서는 기사회생의 방법이 아직 남아 있었고 말이다. 그런 점도 있어서 마력 흡수의 레벨을 올리는 것을 망설였다.

그런 우리가 마력 흡수를 올릴 결심을 한 것은 디아스나 루미나의 조언이 있었기 때문이다. 그들에게 마력 흡수 스킬에 대해 묻자 고 레벨이 되면 상당히 성가시다는 얘기를 들었던 것이다.

루미나가 위험하게 볼 정도의 위력이다. 디아스도 젊을 때 괴로운 경험을 했다고 한다. 이건 기대가 됐다.

실제로 지금도 고드다르파의 마력을 서서히 흡수하고 있다. 울시를 불러내 공격시킨 것도 재생을 마구 쓰게 해서 고드다르파의 마력을 최대한 빨리 고갈시키기 위해서였다.

상대의 마력을 흡수하는 속성검·암흑도 써서 아무튼 마력을 줄이는 데 전력을 기울였다. 대미지는 거의 주지 못하지만, 그래도 상관없었다. 접촉해 마력을 빼앗는 게 목적이었다. 갑옷의 자동 마력 회복 효과보다 우리가 마력을 빼앗는 쪽이 약간 빠른 듯했다. 눈에 띄게 고드다르파의 마력이 감소하기 시작하는 것을 감지할 수 있었다.

이대로 마력을 고갈시켜서 각성이 풀려 스킬 방어가 되지 않게 된 순간, 필살의 일격을 날린다. 그것이 우리의 작전이었다.

"으음? 이건……!"

아무래도 고드다르파도 자신의 소모를 눈치챈 모양이다.

하지만 내게 마력을 흡수당하고 있다는 건 알아차리지 못한 듯했다.

다만 그래도 이 남자는 냉정함은 잃지 않았다. 현 상황을 파악하자 즉시 전략을 변경했다.

"으랴아아아아아아아아아압!"

고드다르파가 느닷없이 앞으로 발을 내디뎠다. 그리고 자포자기라도 했나 싶을 만큼 방어를 완전히 버리고 무기를 머리 위로 치켜들어 크게 내리찍었다. 정통으로 맞으면 프란은 한 방에 다진 고기가 되겠지만, 이런 큰 휘두르기를 피하지 못할 리도 없었다.

그러나 고드다르파는 처음부터 프란을 노린 게 아니었다.

"그랜드 셰이커!"

그 목적은 처음부터 무대였다.

콰아아아아아앙!

도끼가 박힌 무대 중앙 부근부터 무대 구석까지 방사형으로 금이 갔다.

그리고 도끼가 무대에 박힌 순간 커다란 진동이 발생해 프란과 울시의 발밑을 뒤흔들었다.

"웃!"

"워웡?"

국지적인 지진을 일으켜 상대의 발을 봉쇄하는 기술이었던 모양이다. 진도로 말하면 7은 확실하지 않을까? 프란과 울시도 저도 모르게 발을 멈출 수밖에 없는 위력이었다.

『무대를 노린 거냐!』

내가 그렇게 생각한 순간에는 지금까지 무대에 꽂혀 있었던 도끼가 프란의 몸통에 박히기 직전이었다.

지금까지 본 고드다르파로는 상상할 수 없는 속도였다. 초반응과 속도를 우선한 무기의 효과일 것이다. 시공 마술로 시간을 가속시키고 있는 나조차도 이런 꼴이다. 지진에 발을 멈춘 프란에게 대응할 여유는 없었다.

『쇼트 점프!』

나는 일단 전이를 사용해 도망쳤지만——.

"콜록……."

『그레이터 힐! 그레이터 힐! 그레이터 힐!』

3회전에서 코드베르트에게 승리했을 때와는 반대 구도였다. 즉 몸통이 절반이나 찢겨 상처에서 내장과 피가 흘러넘치고 있었다. 입으로는 대량의 피와 위액을 토해서 쇼크사하지 않는 게 신기할 정도였다.

『프란!』

"괜, 찮아! ……풋."

시간의 요람이 발동하기 전에 어떻게든 회복시킨 모양이다. 프란은 입안에 고여 있던 피를 토하고 비틀거리며 일어섰다.

하지만 움직이는 건 상대 쪽이 빨랐다.

"우랴아아아압!"

『목이 잘렸는데 영향이 없는 거냐!』

고드다르파가 목이 절단될 뻔했던 영향을 조금도 보이지 않고 그 거구를 흔들어 추격해왔다.

'이번에는 이쪽 차례야!'

다만 그건 프란도 마찬가지였다.

몸통이 절단당할 뻔했던 직후인데도 프란의 전의는 약해지지 않았다. 오히려 투지는 더 늘어났다.

달려든 고드다르파가 다시 도끼를 지면에 내리쳤다.

"그랜드 셰이커!"

또냐! 하지만 그건 한 번 봤다. 확실히 이 뒤의 공격은 신속(神速)이라 해도 좋을 만큼 빨랐지만, 그전에 날린 그랜드 셰이커 자체는 큰 휘두르기라서 그렇게까지 빠르지 않았다. 이 사이에 물리 공격 무효를 장비할 수 있을 만큼 말이다.

"이얍!"

그랜드 셰이커 직후에 다시 가로베기 공격이 날아왔다. 흐르듯이 단련의 흔적이 엿보이는 멋진 연격이다.

프란이 회피 행동을 취할 새도 없이 다시 전투 도끼가 프란의 몸통에 박힌 것처럼 보였을 것이다. 조금 전 광경이 재현된다고 생각한 관객석에서 비명이 나왔다.

하지만 바로 그 비명은 커다란 함성으로 변화했다.

"소용없어!"

"말도 안 돼!"

놀란 소리를 지른 것은 관객뿐만이 아니었다. 고드다르파도 눈을 부릅뜨고 자신이 날린 도끼를 응시하고 있었다.

속도를 중시한 기술이라고는 하나 거대한 전투 도끼가 직격했다. 무게만이라면 프란을 훨씬 압도할 것이다. 심지어 금속 덩어리다. 그러나 그 일격을 몸통으로 받아낸 프란은 다치기는커녕 흔들리지도 않고 평온한 얼굴로 서 있었다. 무게든 완력이든 크게 웃도는 고드다르파의 공격에 프란이 꿈쩍도 하지 않는 광경은 이상해 보였다.

장벽을 전개한 기색도, 무리해 버티고 있는 기색도 보이지 않았다. 도끼의 영향이 전혀 없는 듯이 그 자리에 그저 서 있었다.

있을 수 없었다.

놀라서 한순간 움직임을 멈춘 고드다르파에게 프란과 울시가 공세로 전환했다.

"하아아압!"

"크르르!"

"우옷!"

큰 기술을 맞고 후퇴한 고드다르파의 주위를 돌며 검과 마술을 날렸다. 더 이상 부주의하게 다가가지 않고 일정한 거리를 유지한 채 견실하게 공격을 계속했다.

고드다르파는 연속해 큰 기술을 시전한 탓에 마력이 크게 줄었다.

『조금만 버텨! 앞으로 1분도 안 돼 마력이 고갈될 거야!』

"차아아앗!"

"으랴아압!"

고드다르파도 작은 기술을 섞어 응전했지만 프란을 붙잡지는 못했다.

그리고 드디어 고드다르파의 마력이 바닥났다.

"큭! 마력이······!"

각성이 해제되고 그 몸을 지키고 있던 마력도 사라졌다. 갑옷의 효과로 마력이 회복되기 전에 결정지어야 돼!

『가자! 쇼트 점프!』

우리가 나타난 곳은 고드다르파의 등 뒤였다.

개막 때 일격을 다시 먹여줄 셈이었지만──.

"으랍!"

"큭!"

전이한 우리의 눈에 들어온 것은 고드다르파의 무방비한 등이 아니라 눈앞에 다가오는 전투 도끼의 위용이었다. 한순간이기는 하지만 전이하면 사라지고 나서 다시 나타나기까지 틈이 있다.

고드다르파는 초반응 스킬을 잃었는데도 불구하고 전이한 우리가 등 뒤로 나온다는 것을 읽고 그 한순간에 대응한 것이다. 전사로서의 경험인 걸까? 아니면 수인이 가진 야생의 감일까?

전이와 거의 동시에 고드다르파의 도끼에 통타당해 날아가고 말았다. 나를 방패로 삼아 어떻게든 직격은 피했지만, 프란은 온몸에 퍼지는 충격에 얼굴을 찡그렸다.

손이 저려서 즉시 움직일 수 없는 듯했다.

"으랍!"

추격해온 고드다르파의 내려치기를 뒹굴러 피했지만, 그 일격은 무시무시했다. 각성이 풀렸을 텐데도 무대가 부서질 정도의 위력이었다.

우리는 고드다르파의 빈틈을 노렸다. 하지만 정면에 틈은 없었다.

『역시 랭크 A 모험가야……!』

고드다르파의 마력이 회복하기 전에 결정지어야 하는데…….

하지만 어떻게 하지? 이번에는 머리 위를 노릴까? 아니면 좌우? 하지만 그래도 대응한다면? 물리 공격 무효를 상시 발동하고 할까? 하지만 우리 역시 마력에 여유가 있을 리가 없다.

내가 순간 망설이고 있는데 프란이 바로 결단을 전했다.

'스승, 위! 알아도 못 막는 걸 펼칠 거야.'

『알았어.』

그것도 괜찮다. 프란의 계획에 온 정신을 쏟자. 그것이 검으로서 내 사명이다.

'울시는 이대로 발을 묶어!'

'윙!'

『롱 점프!』

"음?"

"크르르!"

고드다르파는 갑자기 모습을 감춘 프란을 찾아 주위로 눈을 돌렸다. 역시 바로는 우리가 있는 곳을 알아차릴 수 없는 듯했다. 게다가 울시가 달려드는 바람에 그 이상 프란의 모습을 찾을 여유도 없어졌다.

당연히 관객이나 중계자도 알아차리지 못했다.

"이럴 수가! 느닷없이 프란 선수가 모습을 감췄습니다! 대체 어떻게 된 일일까요! 전이한 걸까요? 투명해지는 능력일까요? 혹은 그림자에라도 숨은 걸까요~!"

하늘입니다.

우리가 전이한 곳은 강풍이 휘몰아치는 아득한 상공이었다.

염동으로 나는 내 도신의 배에 서서 프란이 집중력을 높이며 복수의 스킬을 제어하고 있었다.

큰 기술을 준비하기 위해서다.

그리고 약간의 집중 뒤에 프란이 중얼거렸다.

"갈게."

『그래.』

단숨에 뛰어내린 프란이 달려나가는 형태로 내 자루를 잡고 그대로 바로 아래쪽을 향해 달렸다.

공기 압축과 마법 실 생성을 사용해 반동을 걸고 공중도약과 돌진 스킬, 바람 마술에 의해 가속한 프란이 하늘에서 아래를 향해 신속으로 돌진했다. 임팩트 순간에 중량 증가 스킬로 위력을 증가시킬 준비도 했고, 속성검은 불꽃과 번개를 이중 발동했다.

여기까지는 린포드전에서 보인 낙하하는 공기 발도술과 똑같았다. 하지만 오늘은 출발 지점의 고도가 더욱 높았다. 시공 마술도 써서 더 가속했다. 게다가 검왕술에 의해 발도술은 훨씬 예리해졌고, 기력 제어 덕분에 스킬의 효과도 상승했다.

"섬화신뢰!"

마지막으로 프란이 배운 지 얼마 안 된 고유 스킬을 발동시켰다.

프란의 온몸을 번개가 둘러싸 그 돌진을 더욱 가속시켰다.

한 줄기 빛의 창으로 변한 프란이 운석도 이럴까 싶은 기세로 바로 위에서 고드다르파에게 달려들었다.

"하아아아아아아아아압!"

"어디서——."

이제야 고속 낙하하는 프란의 존재를 눈치채고 고개를 든 고드다르파. 그 눈에 뛰어드는 것은 자신을 열심히 바라보는 프란의 눈동자와 이미 공기 칼집에서 뽑혀 자신에게 내리쳐지는 내 도신이었을 것이다.

그리고 눈부신 섬광과 함께 뼛속까지 들리는 굉음이 울려 퍼지며 투기장 전체를 뒤흔들 정도의 충격이 퍼졌다.

"크아아아아아아아아아아아아압!"

고드다르파의 비명으로도 고함으로도 볼 수 없는 포효가 들렸다.

『쇼트 점프!』

상공에서 돌진 공격을 날린 프란이 지면에 격돌하기 직전, 나는 전이를 써서 무대 구석으로 전이했다.

고드다르파가 서 있었던 장소는 크게 함몰돼 대량의 흙먼지가 피어오르고 있었다. 그 광경을 보고 다시금 이번 일격의 위력을 깨달았다.

'스승! 괜찮아?'

『응, 바로 수복했어! 하지만 저 갑옷의 방어력은 상상 이상이야! 설마 찢기지 않고 구부러질 줄이야…….』

나는 지금 공격으로 고드다르파의 왼쪽 어깨서부터 심장, 더 나아가 대퇴부 안쪽까지 양단할 생각이었다. 필살을 기대했던 것이다.

갑옷과 육체를 가른 감촉은 있었다. 하지만 심장에 꽂아 넣기 직전 내 도신의 중앙이 부러지고 말았다. 도신에 걸린 상상 이상의 부하와 갑옷의 예상 이상의 방어력을 견지지 못한 것이다.

『미안! 내가 한심했어!』

'스승 탓이 아냐. 그리고 반응은 있었어.'

『그건 그래. 요람이 기동하지 않는 이상 죽지는 않았겠지만 더 이상 제대로 움직이지는 못할──.』

우우웅!

움직일 수 있을 리가 없다고 말을 이으려 했던 나였지만, 아직도 피어오르고 있는 흙먼지 저편에서 팽창한 마력을 감지하고 할 말을 잃었다. 그리고 뿜어진 마력의 분류가 흙먼지를 흩어버렸다.

물리 공격 무효로 고드다르파와 관객을 놀라게 한 우리였지만, 이번에는 우리가 놀랄 차례였다.

『말도 안 돼! 마력이 없을 텐데! 어떻게 상처가 나은 거야!』

그 자리에서 한쪽 무릎을 꿇고 있는 고드다르파는 어떻게 봐도 빈사 상태였다. 왼팔은 잘려 떨어지고 몸통 부분도 붉은 갑옷이 우그러들었고, 그 틈에서 엄청난 양의 체액이 흘러나오고 있었다. 우반신도 무사하지는 않았다. 오른팔도 뭉개지고 오른 다리는 골절된 듯했다. 내장에도 상당한 대미지가 있었을 것이다.

참격은 막았지만 발생한 충격이 우리가 상상하는 이상의 대미지를 상대에게 줬을 것이다.

하지만 그 부상이 믿을 수 없는 속도로 순식간에 회복돼 갔다.

순간 재생 뺨치는 치유력이다. 게다가 크게 파손됐던 갑옷까지도 동시에 재생돼 갔다.

몇 초 뒤에는 공격을 받았던 사실이 없었던 것처럼 멀쩡한 고드다르파의 모습이 있었다.

"허억…… 허억…… 설마 바로 갑옷에 도움을 받게 될 줄이야……."

그렇게 말하고 고드다르파가 천천히 일어났다.

"이 갑옷의 이름은 불사조의 갑옷. 초회복 능력을 가지고 있다."

보면 알아! 저 부상을 순식간에 회복할 줄이야…… 그렇지 않아도 갑옷으로 방어력이 비약적으로 늘어난 고드다르파에게 초회복 능력이 더 추가됐다? 악몽이다.

저 능력은 몇 번이든 쓸 수 있을까? 무한대로 사용 가능하다고는 생각하지 않지만, 한 번밖에 못 쓸 것 같지도 않았다. 무엇보다 신급 대장장이가 만든 갑옷이다. 얼마나 되는 힘을 숨기고 있을지 상상도 할 수 없었다.

'스승! 한 번 더 하자!'

『안 돼. 이미 녀석에게 수가 드러났어. 같은 기술을 써도 반격당할 거야.』

'……알았어.'

이때까지 전이 마술을 여러 번 쓰지 않았던 건 한 번 보이면 상대가 대응할 우려가 있었기 때문이다.

실제로 프란도 악마와의 싸움에서 그림자 숨기에 대응했고 말이다. 그때의 프란보다 훨씬 강한 자들이라면 처음 보지 않는 한 반격할 것이다.

게다가 쇼트 점프로 하는 기습과 달리 낙하하며 펼치는 발도술은 표적이 될 우려가 있다. 쉽사리 연발할 수 없었다. 지금 공격이 최대이자 최후의 기회였던 것이다.

그리고 지금의 고드다르파는 부상이 회복된 것만이 아니었다.

우리는 경악하는 표정으로 그 모습을 응시했다.

"……각성 상태?"

『그래, 마력도 전부 회복됐어.』

기껏 프란이 생명력을 깎아 녀석의 마력을 줄여왔는데 그 고생이 모두 물거품이 됐어! 그뿐만이 아니라 우리의 소모가 너무 심했다.

남이 보기에 치트 장비인 내가 할 말은 아니지만 치사하다! 뭐야, 저 갑옷은!

시합 전과 완전히 똑같은 모습으로 조용히 자신을 노려보는 고드다르파를 보고 프란은 각오를 다진 듯했다.

'이렇게 되면 **그걸** 쓸 수밖에 없어.'

『……할 수 없지.』

마력 흡수로 다시 마력을 고갈시킨다고 해도 갑옷의 힘으로 회복되면 헛수고로 끝난다.

그리고 초회복이라 해도 발동하는 데는 한순간의 틈이 있었다. 그렇다면 발동하기 전에 생명력을 깎아 쓰러뜨린다. 간단하지만 그것밖에 없을 것이다.

　『다만 그것도 몸이 아직 익숙하지 않아. 알았지, 속공으로 간다. 오랜 시간은 네 몸이 못 버텨.』

　'알고 있어.'

　『물리 공격 무효는 기대하지 마. 그 속도 속에서 스킬 항목에 넣었다 빼는 건 무리야.』

　'처음부터 그럴 생각이었어.'

　각오를 다졌나. 좋다. 그렇다면 나도 그 각오에 동참해주지. 이렇게 말하면 멋없지만, 이건 죽지 않는 싸움이다. 그렇다면 평소에는 절대로 하지 않는 도박을 하는 것도 나쁘지 않다.

　"울시는 그림자 속에서 지원해."

　"웡!"

　"그럼 간다!"

　지금까지 이상으로 기합을 넣은 프란을 보고 도박에 나섰다는 것을 알았을 것이다. 고드다르파는 굳이 저지하려 하지 않고 그 자리에서 마력을 더욱 뭉치기 시작했다.

　"뭘 하려는지 모르지만 나는 쓰러지지 않는다! 막아내 분쇄한다!"

　"완전히 죽이겠어!"

　우리는 대회 전에 할 수 있는 일은 모두 해왔다.

　나는 던전 안에서 마석치를 쌓아 랭크업을 목표했다.

　그리고 프란은——.

"각성."

당연히 **진화**를.

고오오오오오오오오오오!

프란이 중얼거린 직후. 그 온몸에서 흉악할 정도의 마력과 칠흑의 번개가 피어올랐다.

프란의 주위에서는 검은 번개가 튀고, 사나운 마력의 분류가 엄청난 바람을 동반해 날뛰었다.

고드다르파는 태풍과도 같은 폭풍 속에서 우두커니 서 있었다.

"각, 성……?"

"응."

"흑묘족이……?"

고드다르파가 경악하는 것도 어쩔 수 없을 것이다.

진화할 수 없다고 알려진 흑묘족이 눈앞에서 진화해 보였기 때문이다.

그렇다, 이것이 우리의 최후 수단이었다. 루미나의 손을 빌려 도달한, 프란이 목표했던 수인으로서의 도달점.

프란의 외모에 변화는 거의 없었다. 털도 나지 않고 피부색도 변하지 않았다. 어째서인지 어른이 되지도 않고 고양이 수염이 나지도 않았다.

조금 있는 변화는 금색으로 물든 눈동자와 하늘을 가리키듯이 바짝 뻗은 꼬리뿐이다. 자세히 보면 꼬리에 검정색과 회흑색 줄무늬가 보이겠지만, 변화라 말할 수 있는 건 그 정도일 것이다. 엄청나게 수수하다.

하지만 그 안쪽에서는 엄청난 변화가 일어났다. 스테이터스는 민첩과 마력이 300 이상 상승하고 부상도 나은 데다 마력도 회복됐다.

게다가 그것뿐만이 아니다. 그 정도가 아닌 것이다.

가장 엄청난 것은 진화가 가져온 스킬이었다.

"섬화신뢰."

이 스킬은 루미나가 썼던 신뢰의 상위 스킬이다. 진화했을 때 같이 배웠다.

진화하지 않아도 사용할 수 있지만, 그 진가는 진화 때 발휘된다.

각성을 이룬 프란의 모습을 보고 중계자가 흥분한 기색으로 외쳤다.

"이럴 수가! 프란 선수가 각성했습니다아! 수인족으로서는 드물게 외적인 변화는 그다지 없는 건가요? 하지만 검은 번개를 두른 그 모습은 그야말로 위풍당당합니다!"

그렇다, 루미나의 번개는 희푸르렀지만, 프란이 몸에 두른 번개는 검게 물들어 있었다. 자연계에는 있을 수 없는, 수묵화에 그려진 듯한 칠흑의 번개다. 이 흑뢰야말로 프란이 단순히 진화한 것이 아니라 흑천호라는 전설의 존재로 진화를 이뤘다는 증거였다.

"그러나 흑묘족은 진화할 수 없다고 들었는데, 아무래도 엉터리 정보였던 것 같습니다!"

수인이 아닌 사람들에게는 그 정도 충격일 것이다. 진화했다는 사실보다 진화한 프란의 힘에 흥미가 있는 듯했다.

하지만 회장에 있는 수인들의 모습은 전혀 달랐다.

"…………."

고드다르파는 전투 중임에도 불구하고 아직도 입을 크게 벌리고 우두커니 서 있었다.

귀빈석으로 눈을 돌리니 여유 있게 앉아서 관전했을 수왕이 눈을 크게 뜨고 일어나 있었다. 난간에서 몸을 내밀고 무대를 응시하고 있었다. 수왕의 옆에 있던 로슈도 고드다르파와 같은 얼굴로 프란을 응시하고 있군.

"흑천호, 라고?"

고드다르파가 겨우 다시 움직였다. 하지만 그 목소리는 바짝 말라 쉬어 있었다.

"설마 전설의 종족을 만나게 될 줄이야……."

고드다르파는 그렇게 중얼거렸다.

"하지만 어째서 눈치채지 못했지……?"

아직도 여전히 경악에 사로잡힌 고드다르파. 이건 기회다.

프란도 그걸 알고 있을 것이다. 몸을 가볍게 앞으로 기울였다.

'갈게.'

『그래!』

그 빈틈투성이인 고드다르파에게 프란이 덤벼들었다.

"사라──컥!"

"찻!"

"컥! 커헉! 뭐가……!"

고드다르파에게는 프란이 사라진 듯이 보인 모양이다.

단순히 고속으로 이동해 칼을 내리쳤을 뿐이다.

전혀 자세를 잡지 않았던 상태로 공격을 받자 그토록 튼튼한 고드다르파도 신음소리를 냈다.

고드다르파에게 고통을 준 건 그 몸을 얕게 가른 참격 뿐만이 아니었다. 프란의 몸에 깃든 칠흑의 번개가 신급 대장장이가 만든 갑옷조차 뚫고 고드다르파의 몸을 태웠다.

이것이 각성의 힘이다. 초반응을 가진 고드다르파조차도 반응하지 못하는 신속과 고드다르파의 방어력을 상회해 대미지를 주는 흑뢰의 파괴력.

"킥! 큭!"

"하아아아압!"

프란은 신속으로 달려 공격을 계속 날렸다.

사실 이 스킬의 굉장한 점은 그 속도가 아니다. 이 속도로 대처를 할 수 있는 것이 대단했다. 아무래도 번개의 특성을 익혔는지, 일반적으로는 제어하기조차 어려운 초고속 기동을 하며 물리 법칙을 무시해 방향을 전환할 수 있었다.

하는 행동은 1회전에서 싸운 청묘족 제프메트와 똑같았다. 그 기동력을 이용해 적의 주위를 고속으로 이동하며 계속 공격했다.

하지만 속도, 민첩, 공격력, 무엇을 들어도 프란 쪽이 제프메트를 압도적으로 상회했다.

프란이 각성한 뒤에 문득 생각했는데, 청묘족이 흑묘족을 적대시한 건 이것 때문이 아닐까? 진화해 얻은 자신들의 힘을 압도적으로 능가하는 동종의 존재를 역겹게 생각하지 않을 리가 없기 때문이다.

"이, 이건~! 엄청난 광경입니다! 무슨 일이 일어나고 있는 걸까요! 프란 선수가 갑자기 모습을 감췄나 싶더니 고드다르파 선수의 주위를 검은빛의 띠가 몇 겹으로 뒤덮었습니다! 때때로 들리는 신음소리는 고드다르파 선수의 것인가요~!"

중계자가 외치고 있는 대로 검은 번개를 뻗으며 달리는 프란의 궤적이 고드다르파를 뒤덮어서 마치 검은 돔처럼 보이기도 했다.

카앙카앙카아아아아아아앙!

나와 불사조의 갑옷이 부딪쳐 날카로운 소리가 끊임없이 울렸다. 그때마다 불사조의 갑옷에 흠집이 났지만, 순식간에 수복됐다. 자동 수복의 속도만으로 말하자면 나를 훨씬 웃돌았다. 하지만 갑옷의 수복은 늦지 않아도 흑뢰로 인한 고드다르파의 대미지 회복은 따라오지 못했다.

프란의 공격이 날아올 때마다 고드다르파의 온몸을 검은 번개가 꿰뚫었다.

"으랴아아압!"

불과 몇 초 사이에 엄청난 대미지를 입은 고드다르파가 방어를 버리고 도끼를 크게 휘둘렀다. 기사회생을 노렸을 것이다.

등에 멜 듯한 자세로 잡은 전투 도끼를 마치 사이드스로 투수와 같은 폼으로 단숨에 휘둘렀다. 동시에 그 몸에서 충격파가 발산됐다.

넓은 범위를 후려치는 부기에 충파를 조합한 전 방위 공격이다.

하지만 몸을 낮춘 프란이 부기를 간단히 피했다.

충파는 프란이 전력으로 펼친 완전 장벽에 상쇄됐다. 한계를 넘은 마력을 주입한 탓에 한순간밖에 발동하지 못했지만, 지금의 프란에게는 그것으로 충분했다. 완벽한 타이밍에 장벽이 펼쳐져 충파를 막았다.

프란에게는 고드다르파의 움직임이 완벽하게 보였다. 그만큼 양자의 속도는 차이가 났다. 고드다르파가 결사의 각오로 날린 고속 공격조차 프란에게는 느리게 보였다.

고드다르파의 견제도 덧없이 프란의 공격은 한순간도 느슨해지지 않았다.

"하아아아아아압!"

"크……윽!"

어떻게 해도 프란을 붙잡을 수 없다고 깨달았을 것이다. 고드다르파는 팔을 구부려 온몸을 움츠렸다. 마치 머리를 감싸고 웅크린 듯한 모습이지만 전의를 상실하지는 않았다. 오히려 이기기 위한 선택이었다. 공격을 버리고 모든 힘을 방어로 돌린 것이다.

『역시 수왕을 모시는 부하답군! 이쪽 스킬의 약점을 이해했어!』

'응!'

각성 상태로 섬화신뢰를 발동시킨 프란은 생명력과 마력이 서서히 줄고 있었다.

이 스킬은 사용자에게 걸리는 부담이 아주 크다. 잠재 능력 해방만큼은 아니라도 위험 부담 없이 사용할 수는 없었다. 사용하는 동안에는 육체가 비명을 계속 지르고, 움직이면 그것만으로도 생명력이 깎이는 것이다.

루미나에게 얘기를 듣자 하니, 십시족의 스킬은 모두 그렇다고 했다. 원초적인 신수의 힘은 인간의 몸에는 지나치게 강대하다. 그렇기 때문에 너무 큰 힘에 자멸하지 않도록 스킬이라는 형태로 한정적으로 힘이 이어져 온 것이다.

고드다르파는 십시족인 수왕의 호위다. 그들이 사용하는 스킬은 자멸과 맞닿은 위험한 능력이라는 사실을 알고 있을 것이다.

그래서 이기기 위해 방어에 전력을 쏟아 프란이 힘이 다하기를 기다리는 작전으로 나온 것이다.

"하아아아아아아아아압!"

"크으으…………윽!"

고드다르파의 계획대로 프란의 생명력과 마력이 엄청난 기세로 줄어들었다.

그 작은 몸이 이만큼 버티고 있는 게 기적일 것이다. 보통은 이미 쓰러져도 이상하지 않았다.

하지만 프란이 스킬을 푸는 모습은 나타나지 않았고, 프란의 힘이 다해 멋대로 풀리는 모습도 보이지 않았다.

"크으으……윽?"

고드다르파의 놀란 감정이 전해져왔다.

확실히 이 섬화신뢰는 자신의 생명력을 깎는 위험한 스킬이다. 마력의 소모도 빨라서 장시간은 사용할 수 없다. 보통 이만한 시간 동안 스킬을 계속 발동해 신속의 공격을 연속으로 날렸다면 이미 자멸해도 이상하지 않았다.

평범한 수인이라면——하지만.

프란은 내 마력을 탱크 대신 쓸 수 있는 데다 생명력도 힐로 회복할 수 있다. 그렇기 때문에 고드다르파의 예상을 아득히 넘은 시간 동안 스킬을 계속 사용할 수 있었다.

"아직 계속되——컥!"

하지만 우리에게도 여유가 있을 리는 없었다. 여기에 와서 프란의 생명력이 줄어드는 속도가 가속했다. 이 스킬을 이렇게까지 오랜 시간 시험한 적이 없었는데, 시간이 지나면 지날수록 부하가 늘어나 프란의 육체를 괴롭히고 있는 듯했다.

고드다르파의 생명력은 10퍼센트 남았다. 앞으로 조금이다. 하지만 프란의 생명력이 줄어드는 속도도 위험한 영역에 이르렀다. 몇 초마다 힐이 필요한 수준이었다. 그것은 프란도 알고 있을 것이다.

'스승, 여기서 끝낼게!'

『그래!』

여기서 일단 스킬의 발동을 멈추고 평범하게 공격해도 이길 수 있을지도 모른다. 승리하기 위해서라면 그편이 확실할 것이다.

하지만 프란은 섬화신뢰의 발동을 멈추려 하지는 않았다.

흑묘족의 의지와 긍지를 관철하기 위해 흑천호의 힘을 써서 이긴다. 그것이 프란의 결단이었다.

'한 방, 큰 걸 먹여줄 거야.'

『큰 거라면 그걸 말하는 거야? 이 좁은 결계 안이면…….』

'괜찮아!'

『진짜 할 거야?』

'응!'

프란의 결의는 확고한 듯했다.

『……그럼 나는 방어에 전념할게.』

'부탁해.'

『울시는 한 방 날리고 도망쳐.』

'웡!'

지시대로 울시는 그림자에서 기습해 고드다르파를 괴롭히고 그림자로 가라앉아 다시 숨었다. 바로 관객석으로 전이한 모습이 보였다. 그렇다, 그러면 된다. 결계 안에 있으면 다음에 프란이 날릴 공격에 휩쓸리니까.

울시의 전이를 확인하자 프란이 힘이 담긴 말을 외쳤다.

"흑뢰초래!"

프란의 말에 응하듯이 프란이 그 몸에 휘감았던 흑뢰가 단숨에 빛을 늘렸다. 그리고 펼쳐진 그 손바닥에 급격하게 모여들었다. 직후, 드럼통 두께 정도 되는 엄청나게 두꺼운 검은 번개가 프란에게서 쏘아져 순식간에 고드다르파를 집어삼켰다. 사나운 검은 번갯불이 결계 안을 가득 채워 무시무시한 폭발을 일으켰다.

쿠우우우우우우우우우우우우우우우우우우우웅!

"으……극!"

나는 완전 장벽을 발동시켜 프란의 몸을 지켰다. 남은 마력을 거의 모두 쏟아부었다 해도 좋다. 하지만 밀어닥치는 무시무시한 폭풍을 완전히 막지는 못하고 프란의 몸이 나뭇잎처럼 날아가 결계에 부딪쳤다.

"컥……!"

날아오는 먼지와 총알을 능가하는 속도로 날아오는 수백 개의 파편. 그리고 무방비하게 맞으면 순식간에 온몸이 짓무를 정도의 열풍.

『장벽을 펴도 이러냐!』

"응!"

더욱이 무수한 번개가 몸부림치는 용처럼 결계 안을 날뛰었지만, 뇌명 공격 무효 덕분에 프란에게 대미지는 없었다. 나는 내게 편 장벽 덕분에 어떻게든 경미한 대미지로 끝났다.

'조금 지나쳤나⋯⋯?'

조금이라고? 하지만 이래도 고드다르파를 쓰러뜨렸는지 어떤지 알 수 없다⋯⋯. 상대는 그만한 괴물이다.

우리에게는 이상하리만치 길게 느껴지는 몇 초가 지나고 폭풍과 먼지가 걷혔다.

겨우 결계 안이 보이게 됐을 때, 내부의 광경을 본 객석에서 웅성거림과 비명이 나왔다. 고드다르파가 서 있던 장소에 깊고 거대한 크레이터가 뚫려 있었기 때문이다.

이미 프란과 고드다르파의 격투로 인해 엉망인 무대였지만, 프란이 날린 흑뢰에 70퍼센트 이상이 소멸했다.

그 크레이터의 중심에 고드다르파의 잔해가 있었다.

두 무릎을 꿇고 고개를 숙이듯이 자세를 취하며 꿈쩍도 하지 않았다.

고온에 물들어 유리화한 지면과 피어오르는 불꽃이 흑뢰가 일으킨 열량을 이야기하고 있었다. 불사조의 갑옷은 절반 이상이 부서졌고, 지금도 너덜너덜하게 떨어져 내리고 있었다. 대미지 양이 엄청나서 자동 수복이 제대로 작동하지 않는 거겠지.

갑옷의 틈에서 보이는 고드다르파의 육체도 완전히 탄화해 살아 있는 것처럼 보이지는 않았다.

"끝났어?"

『아, 안 돼, 프란! 그건 부활 플래그야!』

"응?"

하지만 내 바보 같은 걱정을 비웃듯이 투기장 주위에 설치돼 있던 흰 기둥이 눈부시게 빛나고, 붉은빛이 고드다르파를 뒤덮었다.

십여 초 후. 그곳에는 직전의 상처가 없었던 듯이 우뚝 선 고드다르파의 모습이 있었다.

이건 혹시——?

"시간의 요람이 발동됐습니다~! 그렇다면 고드다르파 선수에게 사망 판정이 내려졌다는 거군요! 즉, 마검 소녀 프란의 승리입니다아~아!"

제5장 그녀들의 비원

무투 대회 며칠 전. 우리는 던전에서 수행을 계속하고 있었다.

『프란, 슬슬 쉬자.』

"조금만 더 하고."

『하지만 집중력도 떨어지기 시작했어.』

무리한 전투를 계속해온 탓에 프란의 정신은 상당히 피폐해지기 시작했다. 전투만이 아니라 함정의 판정이나 해제에서도 실수가 늘어나고 대미지도 늘어났다.

하지만 프란은 입술을 앙다문 채 엄격한 표정으로 다음 사냥감을 찾고 있었다.

"……조금만 더."

『하아. 알았어.』

앞으로 조금만 있으면 예선이 시작된다. 가능하면 완벽한 상태로 임하고 싶은데.

하지만 그렇기 때문에 초조한 것이다.

프란은 수왕과 싸우게 되기 전에 진화를 달성하고 싶다고 생각했다. 그 괴물들에게 조금이라도 대항할 수 있는 가능성이 있다면 한다면 진화밖에 없을 것이다.

그러나 진화의 조짐은 전혀 보이지 않았다. 따라서 자신을 더욱 몰아붙여 갔다.

거기서 나는 비장의 카드를 쓰기로 했다.

『프란, 일단 루미나를 만나러 안 갈래?』

“루미나를?”

『응. 던전에 마수가 줄어든 이유를 듣고 싶어.』

“알았어.”

좋았어. 역시 루미나를 만나러 가자고 말하면 동의하는군.

이용당하는 루미나에게는 미안하지만, 잠시 쉬게 하지 않으면 완전히 오버 워크가 된다.

우리는 그대로 던전을 나아가 루미나의 방으로 향했다. 방 안으로 들어가자 루미나가 의자에 앉아 멍하니 있는 모습이 보였는데──.

『큭!』

“……!”

나나 프란은 긴장하지 않을 수 없었다. 루미나에게서 나오는 기세가 저번과는 전혀 달랐기 때문이다. 아니, 모습도 달라져 있었다. 프란과 마찬가지로 피부가 하얬는데, 어째선지 그 색이 갈색으로 변화해 있었다.

하지만 외견의 변화는 사소한 것밖에 되지 않았다. 나와 프란의 경계심을 자극하는 최대 변화. 그것은 루미나의 안에 소용돌이치는 강한 사기였다.

고블린이나 오크 등과 같은 사인이라도 된 듯이 루미나에게서 사기가 발산되고 있었다.

그 사기의 크기는 바르보라에서 싸운 린포드에게는 미치지 못했지만, 고블린 킹 정도는 아득히 뛰어넘었다.

“루미나……?”

프란이 말을 걸자 겨우 고개를 이쪽으로 돌렸다.

"프란인가……."

혹시 몰랐던 건가? 역시 상태가 이상하다.

던전만이 아니라 던전 마스터인 루미나 본인에게도 뭔가 이변이 일어난 듯했다.

전에 사인은 타 종족을 혐오하고 죽이는 게 삶의 보람이라고 들은 적이 있다. 그들에게는 파괴와 살육이야말로 본능이라고.

혹시 루미나가 달려든다면? 이기기는 어려울 것이다.

나는 언제든지 공격과 도주로 전환할 수 있도록 루미나의 기척에 신경을 쏟았다.

그러나 루미나에게는 내가 걱정한 것과 같은 이성의 끈이 끊어져 날뛸 듯한 기색은 없었다. 오히려 프란을 보자 희미하게 얼굴을 풀었다. 하지만 바로 엄격한 얼굴로 돌아갔다.

"응. 왔어."

"그런가."

왠지 냉담하군. 전에는 보기만 해도 환영해줬는데 오늘은 의자를 권하지도 않았다. 사인화의 영향일까.

"던전에 마수가 없어."

"그런가."

프란이 화제를 펼쳐도 역시 냉담했다. 마치 프란을 환영하지 않는 것을 보면 알 수 있었다.

"저기──."

"프란이여. 오늘은 그만 돌아가라."

"어?"

"나도 여러모로 바쁘다. 너를 상대하고 있을 틈이 없다."

그건 명확한 거절의 말이었다.

"돌아가라. 방해된다……."

루미나는 넋이 나간 프란의 어깨를 쥐고 입구로 떠밀었다.

루미나는 대체 왜 이러지? 요전과는 태도가 크게 다르다. 뭔가 이유가 있는 건 확실하지만 역시 납득할 수 없다.

"……저기!"

"그리고 여기에는 두 번 다시 오지 마라. 오면 안 된다."

프란은 크게 당황하며 놀랐다. 역시 루미나의 태도가 갑자기 변한 이유를 알 수 없어서 혼란스러운 듯했다.

나는 즉시 허언의 이치를 썼지만 루미나의 말에 거짓은 없었다. 아니, 잠깐만. 바쁘다는 것도 상대하고 있을 틈이 없다는 것도 사실일지도 모르지만 매몰찬 태도가 본심인지는 알 수 없다.

허언의 이치는 말의 진위를 가르는 것밖에 할 수 없기 때문이다. 말 뒤에 숨은 본심까지는 알 수 없다. 그건 이 던전에서 만난 소러스에 의해 증명이 끝났다.

이유를 제대로 들어야 한다. 프란을 위해서도.

여기서 말을 들은 대로 던전을 뒤로하면, 정말로 미움받으면 어쩌냐는 우려가 생겨나 루미나를 만나러 가기 어려워진다.

적어도 본심이냐 아니냐를 들어야 한다.

만약 사인이 돼서 타 종족에게 혐오감을 품었다는 이유라면 어쩔 수 없다. 하지만 프란이 직접 물을 수는 없을 것이다.

"……루미나."

초연한 모습의 프란이지만 마음 깊은 곳에서 두려움을 품고 있는 것을 알 수 있었다. 수왕의 힘에 겁먹은 것과는 다르다. 호의를 가진 상대에게 미움받을지도 모른다, 혹은 미움받았을지도 모른다는 두려움이다.

겉으로는 드러나지 않았지만, 프란의 마음속에는 온갖 생각이 소용돌이치고 있을 것이다.

양친을 잃고 노예로 전락해 혼자서 살아온 프란이 겨우 만난 동족. 그것도 프란에게 호의적이고 존경할 수 있는 상대.

사인이 됐다? 그런 건 관계없다. 중요한 건 프란이 루미나에게 호의를 품고 있다는 것이다.

그런 루미나에게 느닷없이 거절당한 프란은 얼마나 큰 충격을 받았을까.

이니냐를 잃고 여기서 또 루미나에게 미움받으면⋯⋯. 프란은 다시 일어서지 못할 것이다.

그런 프란이 루미나에게 정말 자신을 싫어하느냐고 묻는 것은 무리다.

그렇다면 여기서는 내가 물을 수밖에 없을 것이다. 내 정체가 드러난다? 그런 것보다 프란과 루미나의 사이 쪽이 몇백 배 중요하다. 나는 그렇게 결심하고 루미나에게 물었다.

『이봐, 프란을 정말 멀리하는 거야?』

"⋯⋯? 지금 목소리는 뭐지?"

내 염화에 반응한 루미나가 놀란 얼굴로 주위를 둘러봤다.

『나야!』

염동으로 프란의 등에서 떠올라 존재를 주장했다.

"검이 혼자서⋯⋯! 그리고 이 목소리⋯⋯. 호, 혹시 인텔리전스 웨폰인가?"

『그래.』

"놀랍게도…… 존재하고 있었을 줄이야."

"스승, 괜찮아?"

『안 괜찮아! 하지만 이제 어쩔 수 없잖아!』

스스로 정체를 드러낸 건 처음 있는 일이다. 솔직히 스스로도 바보 같은 짓을 했다는 후회는 하고 있다. 하지만 지금은 프란의 일이 우선이다. 여기서 루미나와 인연을 끊는 짓을 하게 내버려 두고 싶지 않았다.

그리고 프란이 나에 대해 루미나에게 숨기는 것을 괴로워하고 있다는 것은 느끼고 있었다. 루미나에게 숨기는 게 싫었을 것이다. 지금도 조금은 안심하고 있다는 것을 알 수 있었다.

『내 이름은 스승이야.』

"스승? 그게 이름인가?"

『응, 맞아. 프란이 준 최고의 이름이야. 나는 인텔리전스 웨폰인 스승. 프란의 파트너야!』

그렇게 말한 순간, 루미나의 얼굴이 울다 웃는 듯이 일그러졌다.

"그런가, 파트너인가……. 혼자가 아니었나…… 다행이다."

"응?"

"으, 아니, 아무것도 아니다."

아니, 지금 완전히 프란을 걱정해줬잖아. 다행이라고 중얼거렸고.

역시 프란을 멀리하려 한 건 연기인가?"그, 그보다! 그 검은 혹시 신검인 건가?"

노골적으로 화제를 바꿨군. 뭐, 프란을 정말 싫어하는 게 아닌 듯하니 지금은 어울려주자.

『유감이지만 아니야. 조금 신기한 힘이 있는 검일 뿐이야. 유감
이지만.』

"신기한 힘이란 뭐지?"

으음. 어쩌지. 나도 모르게 신기한 힘이 있다고 말해버렸는데,
어디까지 가르쳐줄까.

『프란, 어쩌지? 나는 공중에 뜨고 말만 할 수 있다고 하는 게 좋
다고 생각하는데.』

'……전부 가르쳐줘도 돼?'

역시 그렇게 나오는군. 호의를 품고 있는 루미나에게 숨기고
싶지 않을 것이다. 루미나에게서 정보가 샌다면 유일하게 만날
기회가 있는 디아스이겠지만, 디아스에게는 인텔리전스 웨폰이
라는 사실이 들통났으니 크게 상관없다.

그보다 프란이 생각하는 대로 하게 두고 싶다. 특히 루미나에
대해서는 애착이 남다르고 말이다.

『……알았어, 마음대로 해.』

'고마워.'

그리고 프란은 루미나에게 나에 대해 이야기했다.

마석을 흡수해 스킬을 얻는 것, 원래 인간이라는 것, 어째선지
마랑의 평원에 꽂혀 있었다는 것. 만나고 나서부터 생긴 일을 서
투른 말로 필사적으로 전했다.

루미나는 그 얘기를 다정한 표정으로 들었다. 연기를 완전히
잊고 있었다. 사기가 어떻다든가는 상관없었다. 프란을 걱정하는
흑묘족 루미나다.

실은 나로서도 조금 기대하고 있는 게 있다. 상대는 500년 동안 살아온 던전 마스터다. 어쩌면 내 기원에 대해서 뭔가 알지도 모른다고 생각했다.

다만 루미나가 관심을 보인 부분은 마랑 평원에 대한 부분이 아니라 마석에서 스킬을 얻는 능력이었다.

"마석에서 스킬을 얻는다? 그런 힘이 존재할 줄이야! 그, 그건 어떤 스킬이라도 가능한가? 유니크 스킬이나 엑스퍼트 스킬이라도?"

『지금까지 마석에서 흡수하지 못했던 스킬은 없었어.』

"어떤 스킬이라도 손에 넣을 수 있는 능력…….."

『아니, 마석에서라면 말이야.』

하지만 루미나는 뭔가 생각에 잠겼다.

"그런가…… 그런가! 하하하하하!"

"왜 그래?"

"아니, 아무것도 아니다! 하지만 그런가!"

루미나가 갑자기 웃음을 터뜨렸다. 조금 놀랐지만, 그 밝은 얼굴을 보니 정신이 나가지 않았다는 것을 알 수 있었다. 이거 지금이라면 여러 가지를 대답해주지 않을까?

『하나 묻고 싶어. 어째서 프란을 멀리한 거지?』

"……내게도 여러 사정이 있다."

『여러 사정이라면?』

"미안하다──말할 수 없다. 하지만 모두 프란을 위해서였다. 그건 믿어주기를 바란다."

말할 수 없다. 그건 즉 진화에 관계된 얘기란 뜻인가? 어쩌면

225

프란이 진화할 수 있도록 뭔가 하려고 했던 걸까. 아니, 아무리 그래도 그건 아닌가?

『프란을 멀리하려 했던 이유는?』

"프란을 상처 입히고 싶지 않았다."

『상처 입히고 싶지 않아?』

즉, 멀리하는 것 이상으로. 사이좋게 지내서 상처를 입었다는 소린가?

"하지만 그 탓에 괜히 프란을 상처 준 듯하군…… 프란이여."

"응?"

"미안했다!"

루미나가 프란에게 고개를 숙였다. 웃기 시작했다 싶더니 직후에 이렇게 행동했다. 나도 프란도 의미를 알 수 없었다.

"바보 같은 짓을 해서 너를 상처 입혔다. 정말 미안하다. 조금 경솔했던 것 같다."

"아니야. 이제 괜찮아. 루미나는 내가 싫어진 게 아니지?"

"물론이다! 내가 너를 싫어하는 일은 있을 수 없다!"

"다행이야."

다행이지만──역시 의문이다. 루미나는 뭔가 이유가 있어서 프란을 멀리하려 했다. 하지만 내 능력을 알고 그 필요가 없어진 건가? 으음. 하지만 진화에 관련된 일이라면 멀리한 이유를 묻는 건 무리겠지.

『자세한 건 가르쳐줄 수 없다는 거겠지?』

"미안하다. 사실은 모든 것을 이야기하고 싶지만……."

『아니, 무리라면 어쩔 수 없지.』

"으음. 정말로 사람과 이야기하고 있는 것 같군. 게다가 강력한 능력까지 보유하고 있어. 신검이라 해도 믿을 것 같다."

『그건 기쁘지만 신검치고는 너무 약하다고 그랬어.』

전에 가르스에게 들은 말을 전하자 루미나에게 돌아온 것은 의외의 말이었다.

"신검이 모두 전투력이 뛰어난 건 아니다."

『뭐? 그래?』

"으음. 잠깐 기다려라."

루미나는 그렇게 말하고 방 안쪽으로 모습을 감췄다. 그리고 갈색 막대 형태의 물체를 들고 돌아왔다.

아무래도 두루마리인 듯했다.

"기다리게 했군. 이걸 봐라."

『이게 뭔데?』

"먼 옛날 입수한 신검 일람이다. 불완전하지만."

『뭐? 진짜야?!』

"이게 신검의 이름이야?"

엄청나게 흥미진진하군. 두루마리를 들여다보니 그곳에는 확실히 뭔가의 이름이 순서대로 보였다.

시신검(始神劍) 알파   울머

광신검(狂神劍) 베르세르크   디오니스

×지혜검 케루빔   에르메라

전기검(戰騎劍) 채리엇   포르칸

마왕검 디아볼루스   디오니스

탐신검(探神劍) 익스플로러	에르메라
×광신검(狂信劍) 파나틱스	디오니스
대지검 가이아	울머
×성령검 홀리오더	울머
옥문검(獄門劍) 헬	포르칸
황염검 이그니스	울머
×단죄검 저지먼트	울머
사제검(蛇帝劍) 요르문간드	파고
수령검 크리스타로스	울머
폭룡검 린드부름	파고
×핵격검 멜트다운	포르칸
월영검 문라이트	크르세르카
마도검 네크로노미콘	에르메라
성담검(聖譚劍) 오라토리오	크르세르카
위선검 파시피스트	디오니스
홍익검(虹翼劍) 케찰──	

아마 상단에 쓰인 것이 신검의 이름일 것이다.

전에도 들은 적이 있는 이그니스 등의 이름이 있었다. 하지만 ×가 붙어 있는 것도 있었고, 마지막에 적혀 있는 것은 쓰다 말았다.

그리고 신검 이름 뒤에 있는 사람 이름 같은 건 뭘까. 제작자일까.

"너희는 신탁 서기라는 엑스트라 스킬을 알고 있나?"

"몰라."

『못 들어봤어.』

"마력을 대가로 하는 대신 신이 질문에 대답해준다는 스킬이다. 그 스킬의 사용자를 매개로 모든 의문에 대한 대답을 신이 적어준다. 뭐, 그 정보의 가치에 따라 대가가 변화하는 모양이지만. 이건 그 스킬로 신검의 소재를 찾으려 했던 때에 만들어진 두루마리다."

그런데 적다 말았다. 도중에 스킬을 해제한 건가?

"아무래도 신검의 정보를 알기에는 술자의 마력이 부족했던 것 같다. 거기까지 적고 숨이 끊어지고 말았어. 마력이 떨어진 뒤에는 생명력을 흡수당했겠지. 결국 소재는커녕 이름과 제작자의 이름조차 전부 알지 못했지."

『×가 붙은 건?』

"아무래도 어떤 이유로 소멸한 신검인 듯해. 신검을 파괴할 수 있는 존재가 있는지는 의문이지만."

즉, 케루빔과 파나틱스, 저지먼트, 멜트다운은 이미 존재하지 않는다는 뜻인가. 꽤나 파괴당했군.

"그리고 이것이 만들어진 건 500년 이상 전이야. 또 교체가 일어났을 가능성도 있어."

"그렇구나."

"그래서 본론인데, 여기에 익스플로라는 이름이 있지?"

루미나가 두루마리의 한 곳을 가리켰다.

"탐신검?"

"그래. 이것도 신탁 계열 스킬인데, 명칭 색인이라는 스킬이 있어. 이름만 알면 그것에 대한 상세 사항을 알 수 있다는 스킬이야. 대가는 마력이지.”

『불길한 예감이 드는데.』

마력을 대가로 신검에 대한 정보를 얻는다. 어디선가 들은 얘기다.

“뭐, 너희의 상상대로야. 익스플로러에 대해 알려고 하다 술자는 목숨을 잃었어.”

『역시 그랬구나!』

“하지만 죽기 직전에 상세 사항을 적어 남겼지. 이 익스플로러라는 신검은 장비자에게 강력한 탐지 스킬과 찰지 스킬을 얻게 하지만 검의 전투력 자체는 그 정도는 아닌 모양이야. 그야말로 그런저런 마검과 같지.”

『진짜야?』

“그래. 그러니 신검이라고는 하나 전투력이 없는 것도 존재해.”

어, 그러면 혹시 나도——.

“다만 네 경우에는 신검이 아니라고 생각한다.”

네, 알고 있었습니다요!

“네게는 이름이 없었던 거지? 신검이라면 신에게 받은 이름이 있을 터다. 그것이 없었으니 신검이 아니라고 생각한다.”

그렇겠죠. 뭐, 나도 이 신검 일람을 보고 그러지 않을까 생각했다. 다만 지금에 와서는 프란이 붙여준 스승이라는 이름에 긍지가 있다. 오히려 다른 이름은 사양이다.

“낙심하지 마라. 신검이 아닌 단순한 인텔리전스 웨폰이라 해도 전설급 무기다. 충분히 대단해.”

“응. 스승은 대단해.”

위로해주는 건 기쁘지만 왠지 낯간지럽군.

『루미나는 내 제작자에 대해서 뭔가 아는 건 없어?』

"모른다. 인텔리전스 웨폰을 본 것도 처음이니까. 마랑의 평원에 있는 제단에 대해서도 자세히는 모른다. 하지만 한 가지 확실한 게 있다."

『뭔데?』

"너 같은 존재를 만들 수 있는 건 신급 대장장이뿐이다."

『하지만 난 신검이 아닌데?』

신급 대장장이가 만들었다면 신검 아닌가?

"신급 대장장이라고 신검만 만든 건 아니다."

듣고 보니 그렇다. 신검의 존재가 너무 커서 그 제작자밖에 인식하지 않았지만, 대장장이라면 온갖 무구나 도구를 만들었을 것이다.

어쩌면 식칼 등도 만들었을지도 모른다. 신급 대장장이가 만든 식칼……. 왠지 엄청날 것 같다. 자르기만 해도 식재료의 맛이 향상되거나 신선도가 돌아갈 것 같다.

"애초에 신검은 이 세상에 스물여섯 자루만 존재할 것을 신에게 허락받은 초병기다. 그렇게 쑥쑥 만들 수는 없을 터다. 이건 도시 전설 종류의 이야기인데, 신검을 만드는 데는 준비에 10년 이상이 걸린다고 한다."

『준비에 10년? 뭘 하는데?』

"글쎄? 말했잖아. 도시 전설이라고. 나도 자세한 이야기는 모른다."

『그러십니까. 뭐, 나는 신검을 만드는 사이에 만든 심심풀이 같은 작품이란 거야?』

"그 가능성이 있다는 거다."

신급 대장장이 같은 대단한 존재에게 만들어진 것을 자랑스러워해야 좋은 건지, 신검이 아닌 것을 한탄해야 좋은 건지 모르겠다.

하지만 신급 대장장이에 대해 조사하면 내 기원에 대해서도 알 수 있을지도 모른다. 그것을 안 것만으로도 됐다고 치자. 이참에 신경 쓰였던 것도 묻기로 했다.

『루미나. 그, 사기가 굉장한데 대체 무슨 일이 있었던 거지?』

"응. 피부도 까매."

"아, 이거 말인가……. 말할 수 없다. 하지만 며칠만 있으면 원래대로 돌아간다. 안심해라. 그리고 이것 덕분에 편하게 힘도 쌓았고."

이것도 제한이 걸려 있는 건가. 뒤에 한 말은 무슨 소린지 잘 모르겠지만, 원래대로 돌아간다고 했으니 그것으로 됐다고 칠까. 프란도 안도한 기색으로 가슴을 쓸어내렸다.

사인이 돼도 루미나인 것에 변함은 없지만 역시 마음 어딘가에서는 약간의 응어리가 있었던 거겠지.

『이봐, 흑묘족이 진화할 수 없게 된 이유는 신벌이야?』

"그렇다."

『어째서 신벌을 받았지?』

"그건——말할 수 없다."

역시 안 되나. 하지만 신벌이란 건 알았다. 오렐의 추측은 정답이었던 모양이다.

『십시족 얘기를 들었어. 흑묘족은 십시족이야?』

"말할 수 없다."

거기서 거꾸로 추측하면, 말할 수 없다는 건 오히려 긍정으로도 받아들일 수 있지 않을까? 뭐, 내가 묻고 싶은 건 거기보다 더 앞에 있는 것이다.

『전에 흑천호의 망토라는 장비를 본 적이 있는데, 흑묘족과는 관계없는 거야?』

필리어스 왕국의 왕족인 플루토 왕자와 사티아 왕녀. 그 호위인 척을 했던 레이도스 왕국의 스파이 살트가 장비했던 망토를 떠올렸다. 거기에는 확실히 흑천호라는 이름이 붙어 있었다. 최악의 상상을 하자면 진화한 흑묘족을 어떻게 했다는 건가? 평범하게 생각하면 인간을 소재로 무구를 만드는 일은 있을 수 없다고 생각하지만, 레이도스 왕국이라면 할지도 모른다는 우려가 있다. 나쁜 소문만 들리는 나라이기 때문이다.

"흐음. 그러면 백설랑으로 설명하겠는데, 십시족인 백설랑과는 별개로 백설랑이라는 마수가 존재한다. 어느 쪽이든 아득히 먼 옛날 존재했던 신수 백설랑의 자손이지. 백설랑과 사람이 교분을 맺어 수인 백설랑이 태어나고, 짐승과 교분을 맺어 마수 백설랑이 됐다."

뭐, 지구의 신화에서도 신은 다양한 모습으로 변해 다양한 상대와 자손을 남겼으니 그런 경우도 있을지도 모르겠다.

"근본은 같지만 지금은 다른 종이다. 사람과 마수이니. 먹느냐 먹히느냐의 관계밖에 없어. 애초에 마수인 백설랑은 지금 선조와는 전혀 다르다. 그야말로 모습이 비슷할 뿐인 마수로 전락했다.

그걸 신수로 받들 마음은 안 드는군. 따라서 백설랑을 사냥한다고 해서 백견족이 적이 될 일도 없어. 다른 십시족도 마찬가지야. 안심해도 된다."

그럼 괜찮나. 나 역시 원숭이가 죽었다고 해서 같은 선조를 가진 자로서 원수를 갚겠다고 생각하지 않으니 말이다. 그것이 단순히 마수 소재를 사용한 장비라는 사실을 알고 안심했다.

"그러고 보니 울무토에 수왕이 나타난 모양이야. 그다지 좋은 소문을 듣지 못했으니 조심해라."

"…………."

수왕의 이름을 듣고 프란이 얼굴을 찌푸렸다. 아직 떨쳐내지 못한 것 같군.

『벌써 만났어.』

"뭐라고! 괘, 괜찮았나? 잔혹한 일은 당하지 않았나?"

『일단은 조금 위압당했을 뿐이야.』

상대에게는 프란의 마음을 꺾을 생각 따위가 없었다고 생각하지만 말이다.

"이제 괜찮아."

"저, 정말인가?"

"응."

"하, 하지만 상대는 수왕이야. 조심해야 한다. 녀석들은 무슨 짓을 할지 알 수 없으니 말이다!"

루미나도 수왕에게 적의를 가지고 있는 듯했다. 53년 전 일의 영향이 남아 있는 거겠지.

그녀에게도 키아라라는 소녀에 대해 질문을 해봤지만 디아스,

오렐에게 들은 이상의 정보는 얻지 못했다. 오히려 이런저런 제한에 저촉되는 바람에 말할 수 없는 얘기 쪽이 많은 듯했다.

"수왕가는 신용할 수 없다!"

"알았어."

"애초에 현 수왕가는 나쁜 소문이 끊이질 않아. 당대의 수왕은 아버지를 죽였고. 지나칠 만큼 주의하는 게 딱 좋다."

루미나가 무서운 얼굴로 충고했다. 그건 그렇고 어지간히 수왕을 싫어하는군. 혹시 개인적으로 수왕에게 원한이라도 있는 건가? 그러고 보니 흑묘족을 노예로 삼은 흑막은 수왕이라는 소문이 있었다. 어쩌면 사실일지도 모른다. 루미나라면 자세한 사정을 알고 있을 것 같지만 말할 수는 없을 것이다.

"정말 조심해야 한다?"

『알고 있어.』

"응."

나의 정체가 루미나에게 들통난 다음 날. 우리는 루미나에게 호출받아 다시 그녀를 찾아갔다. 최근 설치해준 전이방에서 나오니 루미나가 웃으며 맞이해줬다.

그 모습을 보고 프란도 안심했다.

"다행이다."

"흐음? 왜 그러지?"

"루미나, 원래대로 돌아왔어."

피부색도 원래대로에 몸에서 발산되던 사기도 깨끗하게 사라졌다. 무슨 일이 일어났는지는 알 수 없지만 이전의 루미나로 돌아온 모양이다.

다만 안색이 상당히 나쁜 것처럼 보였다. 기운차게 행동하고 있지만 어떻게 봐도 허세였다.

최상의 컨디션과는 거리가 먼 모양이다.

"내게도 이런저런 사정이 있다."

쓴웃음을 짓는 루미나를 바라보며 프란이 고개를 갸웃거리고 있는데 우리의 방문에 맞춘 듯한 타이밍에 방 안쪽에서 사역마가 나타났다.

요전에도 프란의 시중을 들어준 인형 타입의 사역마. 말없이 뭔가 제스처를 취했다.

"아무래도 준비가 다 된 것 같군."

『준비?』

"그래. 이쪽으로 와라."

루미나는 인사도 하는 둥 마는 둥 사역마가 나온 통로로 걷기 시작했다.

우리도 황급히 그 뒤를 쫓았다.

"뭔가 있는 거야?"

"조금은……."

어째선지 말을 흐리는 루미나. 그 안색은 역시 나빴다. 아니, 이 짧은 시간에 핏기가 사라지고 급격히 몸 상태가 나빠지고 있는 것처럼도 보였다.

말을 흐린 것도 대답하는 게 귀찮기 때문일지도 모른다. 그리고 루미나의 발놀림이 불안해지기 시작했을 무렵, 우리는 낯익은 방에 도착했다.

전에 프란과 루미나가 모의전을 한 방이다.

하지만 그 양상은 일변해 있었다. 방에 들어가고 그 광경에 압도되고 말았다.

『이건 마법진인가?』

"커."

직경 100미터 정도 방의 바닥 전체에 빼곡하게 무늬가 그려져 있었다. 자세히 보니 중앙에서 법칙을 가지고 방사형으로 그려져 하나의 거대한 무늬를 형성하고 있는 것을 알 수 있었다.

마법진이라고 불리는 것과 비슷하지만 이렇게까지 거대한 마법진은 처음 봤다. 대체 뭐에 쓰는 거지?

"후우……."

"루미나, 괜찮아?"

『진짜 괜찮아?』

"미안하군, 하지만 괜찮다. 신경 쓰지 않아도 된다."

신경 쓰지 말라고 말해도 말이다. 사역마가 준비한 의자에 쓰러지듯이 앉은 그 모습은 정말 몸 상태가 나빠 보였다. 하지만 루미나는 억지로 그러는 건지 괴로운 표정과는 정반대인 담담한 말투로 얘기를 계속했다.

"그보다 너희에게 한 가지 시련을 준비했다. 받아주지 않겠나?"

『시련?』

"그래. 어떤가……?"

느닷없이 시련이라고 해도 말이야…….

하지만 이렇게 괴로워 보이는 루미나가 부탁하면 거절하기 어렵다. 그건 프란도 마찬가지인 듯했다.

"응."

바로 고개를 끄덕였다. 뭐, 루미나에게 부탁받고 거절할 리가 없겠지.

『프란! 내용도 안 듣고…….』

"루미나가 나를 위해 준비해준 시련. 받을게."

"고맙다. 하지만 시련은 위험을 동반한다. 너희의 힘이 미치지 못하면 목숨을 잃을지도 몰라. 거절하려면 지금이다."

『잠깐만, 목숨을 잃어? 기다려봐!』

"괜찮아. 받을게."

『프란!』

"스승, 부탁해."

『큭…….』

그렇게 간청하는 눈으로 보면 강하기 말할 수 없잖아! 하지만 그래도 나는 말하지 않을 수 없었다.

『프란, 진짜 받을 거야?』

"물론이야."

『루미나가 위험하다고 말할 정도야. 진짜 위험할 거라고.』

"상관없어."

의지는 확고한 듯하군.

『하아…… 알았어.』

"스승, 고마워."

이렇게 되면 모든 힘을 써서 시련 어쩌고를 돌파할 뿐이다.

그리고 루미나가 아무런 의미도 없이 시련이라고 말할 리가 없다.

"시련을 받는 것으로 봐도 되겠나?"

"응!"

『루미나. 그 시련 어쩌고는 프란에게 필요한 거겠지?』

"그래."

이것만은 허언의 이치를 썼다. 그리고 그 말에 거짓이 없다고 이해했다.

그렇다면 받을 수밖에 없을 것이다.

『울시는 같이 해도 돼?』

"상관없다."

"크릉!"

그건 고맙다. 울시도 의욕 가득한 표정이어서 이미 싸울 준비는 끝난 듯했다.

"지금부터 어떤 마수를 소환한다. 멋지게 쓰러뜨려 봐라!"

"응. 알았어."

"웡!"

마수 토벌이란 말이지. 그게 시련인가. 하지만 이제 와서 마수 토벌에 무슨 의미가 있는 거지? 싸워서 뭔가 얻는 게 있다는 뜻이겠지만…….

"그러면 간다!"

루미나의 말에 맞춰 마법진이 눈부시게 빛나고 중앙에 무시무시한 양의 마력이 집중돼갔다.

소용돌이치는 마력에 의해 방 안에 강풍이 휘몰아쳐 프란의 머리를 세차게 농락했다. 프란은 눈을 가늘게 뜨고 마력 덩어리를 쏘아봤다. 그리고 빛이 잦아든 때, 한 마리 마수가 소환돼 있었다.

"······허억 허억······."

이 소환에 힘을 쓴 걸까. 아까 이상으로 거친 루미나의 숨만이 들려왔다.

『루미나, 괜찮아?』

"······괜찮다······, 신경, 쓰지 마라······."

아니, 전혀 괜찮게 들리지 않는데 말이야. 하지만 지금은 마수에 집중해야 할 것이다. 무엇보다 루미나가 시련이라고 할 정도의 상대다.

실제로 프란이 심각한 표정으로 그 마수를 쏘아보고 있었다. 루미나를 걱정할 여유가 없을 만큼 그 존재감이 두드러졌다.

나타난 마물은 머리 꼭대기부터 발끝까지 모두 칠흑으로 칠해진 사람형 마수였다.

검은 장기(瘴氣)와 같은 마력을 몸에 둘러서 그 온몸은 잘 보이지 않았다. 하지만 머리에 털이 무척 많아서 얼핏 코볼트처럼도 보였다.

하지만 그 힘은 코볼트와는 비교가 되지 않을 만큼 흉악했다.

볼버그보다도 확연하게 강했다. 아직 본 실력을 내지 않았을 텐데도 그 몸에서 발산되는 위압감만으로 프란의 호흡이 빨라졌다.

"우오오오오오오오오오오오오오오오오오!"

"······큭!"

강한 살의와 적의가 담긴, 칠흑의 마수가 내지른 포효에 프란의 온몸에 난 털이 곤추섰다.

그 반응은 수왕을 만났을 때와 아주 비슷했다.

실제로 녀석에게서 발산되는 압력은 무시무시했다. 만약 수왕을 만나지 않고 이 상대와 대면했다면 지금의 포효로 공황 상태에 빠졌을지도 모른다. 그 정도 상대였다.

하지만 프란은 물리적인 압력마저 동반한 듯한 강렬한 압박을 받아내고 정면에서 마수를 마주 노려봤다.

"……스승, 울시, 가자!"

『그래!』

"윙!"

"카오오오오오오오오오오!"

"하아아압!"

나를 쥔 프란이 마수가 내쏘는 살의의 파도를 헤치고 달렸다.

시련을 쳐부수고 승리를 거머쥐기 위해서.

이름 : 이블 맨비스트

종족 : 사인 · 마수

Lv : 50

생명 : 822   마력 : 927   완력 : 335   민첩 : 1028

스킬 : 회피 9, 아투기 8, 아투술 8, 기척 감지 9, 순간 재생 8, 순발 8, 마술 내성 5, 체모 강화

고유 스킬 : 각성

설명 : 불명

이건…… 각성을 가졌어?

놀라고 있는데 루미나의 중얼거림이 귀에 들어왔다.

"멋지게 쓰러뜨리고 마석을 흡수해봐라……."

역시! 프란을 진화시키기 위해 준비해준 건가!

그렇다 치더라도 루미나의 소모가 장난 아니다. 던전 마스터로서도 이 수준의 마수를 소환하는 건 어렵다는 뜻일까? 핏기가 완전히 사라져 얼굴이 새하얗다. 볼이 홀쭉하고 피부는 윤기를 잃어서 확연하게 위험한 상태였다.

그렇게까지 해서 프란을 위해 시련을 준비해준 것이다.

프란도 그것을 이해했는지 얼굴에 전에 없는 결의를 띠고 있었다.

"스승, 할게!"

『그래!』

프란이 나를 뽑아 즉시 마수에게 달려들었다.

"크아우오오오오!"

"웃!"

"크아아!"

"큭!"

빠르다! 압도적인 속도와 약간의 상처는 치유하는 재생력. 프란의 공격은 빗나가고 반대로 카운터를 당하는 처지였다.

"크오오오오오아아아!"

마수가 고막을 뒤흔드는 듯한 강렬한 포효를 지르자 그 전신이 급격히 비대화했다.

"웃."

『각성했어!』

엄니나 손톱도 두 배 이상 길어지고 스테이터스는 더욱 강화됐다. 특히 민첩은 더욱 상승해서 더 손을 댈 수 없게 됐다.

"빨, 라!"

『젠장! 너무 빨라!』

그 속도로 말하자면, 움직일 때마다 사라지는 것처럼 보일 지경이었다.

기척 감지를 최대한 이용해 어떻게든 공격을 막았지만, 반격할 여유는 없었다.

녀석의 손톱과 내 도신이 부딪치는 날카로운 소리가 연속으로 울려 퍼졌다.

"크윽!"

『힐!』

차츰 맞는 횟수가 늘기 시작했다. 급소는 막고 있지만, 반격의 실마리는 전혀 잡을 수 없었다.

지금까지 이 정도 속도를 자랑하는 상대와 싸운 경험은 없는데, 속도라는 건 이렇게 성가신 거였나!

전투 기술에 차이가 나는 덕분에 어떻게든 싸울 수 있지만, 그 압도적인 속도 차는 어찌하기 어려웠다.

『이래선 결말이 안 나! 전이로 기습하자!』

"응!"

마수의 돌진에 맞춰 전이로 배후를 친다! 그럴 생각이었지만——.

"크아아!"

"크앗!"

기척 감지와 회피 스킬 때문에 전이해 펼친 기습조차 반응했다. 그뿐 아니라 전이 직후의 틈을 파악당해 중상을 입었다.

물리 공격으로 완벽하게 잡는 것보다 마술 쪽이 맞히기 쉬울지도 몰랐다. 하지만 마술 내성이 있는 상대에게 평범한 마술이 통할 것 같지도 않았다.

『이거다! 받아라!』

나는 마수가 프란의 공격을 회피한 직후의 틈을 노려 인페르노 버스트를 날렸다.

프란의 호흡을 읽어 움직임을 예측하고 있었던 마수는 별개의 기습에 완전히 허를 찔렸다.

"크라아!"

내가 날린 화염 띠가 마수를 집어삼켰다. 하지만 그 안에서 나타난 마수는 빈사 상태와는 거리가 멀었다.

쳇, 틀렸나! 확실히 통하기는 했지만, 마술 내성을 가지고 있는 데다 원래 마력과 생명력이 높은 마수라서 확실히 죽이지는 못했다. 한 방에 쓰러뜨리지 못하니 바로 재생했다.

"성가셔."

『그래. 일격필살로 끝낼 수밖에 없어.』

"응."

재생이 무의미한, 즉 일격에 목숨을 빼앗는 필살의 공격을 노린다.

그리고 우리는 작전을 결행했다. 뭐, 내 염동과 울시의 기습으로 움직임을 묶고 프란이 전력으로 공격한다는 것뿐이지만 말이다.

프란은 카운터를 노리고 반동을 이용한 공기 발도술을 펼쳤다. 당연히 마수는 회피하려 했지만, 그림자에서 뛰쳐나온 울시에게

다리를 물려 움직임이 멈췄다. 더욱이 내가 풀파워 염동으로 움직임을 봉쇄했다.

『우오오오오오!』

"하아아압!"

내구치는 알 게 뭐야, 어차피 이 일격에 끝내야 해! 그렇다면 모든 마력을 다 쓸 생각으로 스킬에 쏟아부어주자. 전에 도신이 부서진 탓에 한동안 쓰지 못했던 속성검 다중 발동이다. 프란이 뇌명을, 내가 화염과 폭풍을 발동시켰다.

『가라아아아아!』

"차아아아앗!"

"크아오오오오오오오오오오!"

날뛰며 도망치려 하는 마수. 하지만 이미 늦었다.

프란이 내리친 내가 마수의 정수리부터 다리 사이까지 두 조각으로 갈랐다. 심장 위치에 있던 마석을 깨끗하게 자른 감촉이 있었다.

"크아아아아오오——."

속성검 다중 발동은 역시 부담이 컸다. 한 방에 내구도가 80퍼센트 가까이 깎였다. 도신에 금이 가고 후드득 부서져 떨어지기 시작했다.

그러나 해냈다.

좌우로 좌악 쓰러지는 마수의 시체.

만신창이지만 우리의 승리다.

하지만 지금은 내 상태는 아무래도 좋다. 그런 것보다도 지금은 스킬이다.

나는 지금 입수했을 스킬을 메모리에서 찾았다.

『어디에————있다!』

각성.

진화한 수인만이 가지고 있다는 진화의 증거.

나는 그 스킬을 확실히 손에 넣었다.

『프란……!』

"스승, 어때?"

내 부름에 프란이 살짝 불안한 표정으로 물었다. 그 질문에 나는 오히려 냉정하게 대답했다.

『해냈어.』

"응……! 진짜?"

"그래, 진짜야."

기쁘지 않을 리가 없다. 오히려 전에 없을 만큼 기뻐하고 있다. 하지만 그 이상으로 당혹과 불안 쪽이 컸다.

각성 스킬을 입수했는데, 이건 현실일까? 그리고 이걸 장비하면 프란은 어떻게 되지?

진화하는 건가? 이렇게 간단히……?

"스승?"

『이런, 미안해.』

장비해보면 알려나. 애초에 장비하지 않는다는 선택지는 없으니.

『각성, 장비할게.』

"부탁해."

프란이 오른손으로 나를 들어 올렸다.

무의식적으로 행동했겠지만, 마치 이야기의 한 장면 같은 상태다.

기대와 불안이 뒤섞인 표정을 짓는 프란의 시선을 받으며 나는 각성을 장비했다.

『……장비, 했어. 어때?』

이로써 프란도 각성을 쓸 수 있을 터다. 나는 의욕을 억누른 채 프란에게 물어봤다.

"응…… 쓸 수 있어. 알 것 같아."

『그래?』

진화한 수인이 얻는다는 스킬, 각성.

이것을 쓴 프란은 어떻게 될까…….

"후우…… 하아……."

프란이 스킬을 쓰기 위해 깊게 숨을 토하며 눈을 감고 의식을 집중시켰다.

나는 프란이 각성을 쓰는 순간을 조용히 기다렸다.

"응! 갈게! 각성!"

눈을 번쩍 뜬 프란이 스킬의 이름을 외쳤다.

『왔다!』

아무것도 하지 않아도 알 수 있다! 압도적인 양의 기력이 프란의 안에서 단숨에 넘쳐흘렀기 때문이다. 프란의 안에서 밖을 향해 용솟음친 마력의 분류는 기둥이 돼 솟아올랐다.

『우오오!』

"워웅!"

동시에 검은 번개가 프란의 몸에서 흘러나와 주위를 맴돌았다.

폭풍과 흑뢰가 방을 사납게 날뛰는 바람에 우리는 프란의 곁에서 물러날 수밖에 없었다. 나와 울시도 퍼지는 번갯불에 맞아 상당한 대미지를 입었다.

중심에 있는 프란은 괜찮은 건가?

『프란! 괜찮아?!』

"웡웡!"

불러도 반응이 없다. 혹시 폭주했나?

하지만 그 걱정은 기우였던 모양이다.

마력의 분류가 가라앉은 때, 그곳에는 귀와 꼬리를 곧추세운 용맹스러운 프란의 모습이 있었다. 자세히 보니 꼬리가 줄무늬로군. 뭐, 거의 검정색에 가까운 회흑색과 원래 있던 검정색의 얼룩무늬여서 마력의 빛에 비춰지고 겨우 판별할 정도의 미묘한 무늬밖에 안 되지만 말이다.

『프란?』

"⋯⋯으흑."

프란은 울고 있었다.

조용히 그 자리에서 커다란 눈물을 흘리고 있었다.

온갖 생각이, 기억이 프란의 마음속을 맴돌고 있을 것이다.

어찌 됐든 프란의 비원이었으니 말이다.

"⋯⋯흑⋯⋯."

나는 아무 말 없이, 흐느끼는 프란에게 가만히 다가가 염동으로 살며시 등을 쓰다듬어줬다.

프란은 그대로 내 자루를 양손으로 힘껏 움켜쥐고 나를 버팀목으로 삼듯이 그 자리에서 무릎을 꿇은 다음 더욱 펑펑 울기 시작

했다.

"흐흑…… 훌쩍……."

프란의 이마가 내 도신의 배에 눌려 열기와 고동이 흘러들어왔다. 떨리는 프란의 심장 박동이 똑똑히 들렸다.

왠지 검인 나마저 눈물이 나올 것 같았다.

실제로 프란에게 바싹 붙어 있던 울시의 눈동자는 전에 없을 만큼 촉촉했다.

"크웅."

"……훌쩍…… 으아앙……."

10분 후.

프란은 겨우 울음을 그치고 눈을 비비며 일어섰다. 수줍은 웃음을 띠며 울시의 머리를 슥슥 쓰다듬었다. 쑥스러움을 숨기는 거겠지.

나는 여전히 끌어안고 있지만 말이다.

"미안."

『사과할 건 없어. 그만한 일이니까.』

"고마워."

『자, 다시 확인해볼까.』

"응!"

프란은 마지막으로 코를 훌쩍이고 표정을 다잡았다.

왼손을 쥐었다 펼치며 변화를 확인하기 시작했다.

『프란, 어때?』

"음…… 힘이 넘치고 있어."

『자, 외견에 그다지 변화는 없는데, 스테이터스는…… 에에엥? 뭐야 이건!』

나는 다시 스테이터스를 보고 경악했다.

민첩과 마력이 300 이상이나 상승한 것이다. 더욱이 생명력도 마력도 회복했고, 고유 스킬에 섭화신뢰라는 스킬이 추가됐다.

이게 각성의 효과인가?

그건 그렇고 각성을 쓰면 진화하는 건가? 진화하면 각성을 얻는 거 아니었나?

『그나저나 진화라는 건 굉장하구나……. 응?』

나는 무심코 프란의 스테이터스를 두 번 보고 말았다. 루미나의 종족은 흑호였지? 프란도 흑호가 됐다고 생각했는데…….

『프란은…… 흑천호가 됐는데.』

흑천호라면 십시족이다. 수왕과 동격의 전설적인 존재였을 터다.

『어떻게 된 거지……?』

"…………."

『프란?』

"…………."

『어라? 프란? 울시?』

"…………."

"…………."

둘이 갑자기 입을 다물었다. 대체 무슨 일이지? 아니, 자세히 보니 미동도 하지 않고 있다. 마치 시간이 멈춘 듯이. 하지만 나는 시공 마술을 쓰지 않았다.

『무슨 일이 일어난 거지?』

내가 당황해하고 있는데, 느닷없이 주위가 어둠에 둘러싸였다. 정말 아무런 전조도 없이 시야가 블랙아웃된 것이다.

뭐, 뭐지? 무슨 일이 일어난 거지? 시각에 이상이 생긴 건가?

그리고 프란과 울시는 괜찮은 건가?

『무, 무슨 일이…….』

"안심해. 시간의 흐름을 조금 비틀었을 뿐이야. 너 외에는 그저 멈춰 있을 뿐이지."

『어? 어라?』

어디선가 여성의 목소리가 들렸다. 프란도 루미나도 아니다.

뭐라고 할까…… 더 깊다고 하면 될까? 묘하게 귀에 매끄럽게 들어왔다. 그렇게 큰 목소리는 아니었는데…….

"설마 이런 수단으로 진화를 이룰 줄이야……. 제법인데?"

『뭐어?』

누구지? 그리고 뭐지? 화내고 있는 건가?

"흑묘족 소녀와 네가 만난 것 자체가 기적이었는데, 설마 여기까지 도달하다니……."

불평으로도 들리는 그런 말 직후, 칠흑의 공간에 강렬한 빛이 들이비쳤다.

하늘에서 쏟아지는 빛의 띠가 약해지자, 그 자리에는 한 여성이 강림해 있었다. 천상에서 천녀가 내려왔다. 그렇게밖에 생각할 수 없는 광경이었다.

그 여성이 절세미녀인 점도 내가 그렇게 생각한 이유 중 하나일 것이다.

빛이 닿으면 무지개색으로 빛나는 신비한 은발. 요염함과 청초함을 함께 가진 갈색 피부. 아주 굴곡지고 여성스러운 풍만함이 있는 몸에 얇은 천을 겹쳐 선정적으로도 보이는 모습이었다. 그러나 음탕함을 전혀 느낄 수 없었다. 여성이 내뿜는 어딘가 침범하기 어려운 성스러움 때문일까.

『저, 저기~…… 누구세요?』

"글쎄. 세상의 이치를 관리하는 자. 뭐, 너희가 알기 쉽게 말하면 혼돈의 여신이라고 하면 되려나?"

『뭐……?』

나는 혼돈의 여신이라고 자칭한 여성을 멍하니 응시했다.

그도 그럴 게, 갑자기 믿을 수는 없을 것이다. 혼돈의 여신이라고 하면 던전 등을 만들어낸 굉장한 여신이었을 터다. 10대 신이라고 배웠다.

하지만 나 이외의 시간을 멈추는 일은 신밖에 할 수 없을 것 같은 큰 기술이다.

진짜 신인가?

미녀가 싱긋 미소 지었다. 하지만 그것을 봐도 전혀 기쁘지 않았다.

벌써 성가신 일의 냄새밖에 안 나잖아!

"성가시다니, 너무하네."

『어?』

서, 설마 마음을 읽는 건가?

"맞아."

『죄, 죄송합니다!』

이런, 신벌이 있는 세계에서 신을 화나게 하는 것만은 위험해! 아니, 죄송합니다! 위험하지 않습니다. 정말 존경하고 있습니다! 정말입니다! 여신님처럼 아름다운 분을 뵐 기회를 주셔서 감격스럽기 그지없습니다! 저희가 조금 지나치게 소란을 피운 것 같습니다! 부디 용서해주십시오! 몸이 있다면 머리를 조아렸을 겁니다! 그만큼 반성하고 있습니다!

"쿠후후후후. 아무리 미사여구를 늘어놓아도 혼을 볼 수 있는 신에게는 안 통해. 어차피 본심이 보이니까."

『저기, 그게.』

"신을 이렇게까지 존경하지 않는 자도 보기 드물겠어."

『아니, 존경하고 있습니다. 정말이에요!』

"딱히 신경 안 써. 그 정도로 화낼 만큼 그릇이 작지 않아."

『그, 그럼, 불경죄로 신벌을 주시는 일은…….』

"걱정 안 해도 돼."

다, 다행이다! 흑묘족에게 신벌을 내린 일도 있어서 멋대로 무서운 사람들이라고 믿고 있었어!

"뭐, 본래는 좀 더 위엄 있고 무서운 모습이지만, 강림할 때는 이렇게 자신의 일부만 사람과 비슷하게 보내. 그러니까 외견이 신으로 보이지 않는 건 어쩔 수 없어. 말투도 상대에게 맞추고 있고. 솔직히 이렇게 스스럼없는 말투를 쓰는 건 처음이야."

즉, 눈앞에 있는 여신님은 본체에서 갈라진 분신 같은 존재인 건가? 지구에서도 신을 보면 눈이 멀거나 제정신을 잃는다는 얘기도 있으니, 일부러 이쪽에 맞춰 사람의 모습을 취해준 듯했다. 감사합니다, 감사해요!

"하아. 그러니까 그건 됐어. 애초에 이세계에서 불려온 너한테 우리에게 신앙을 가지라고 요구하지 않아."

『어? 제가 원래 이세계인이란 걸 알고 있나요?』

"물론. 뭐, 그건 지금은 언급하지 말자. 그보다 얘기해야 할 사안이 있으니까."

여신님의 얼굴에서 웃음이 사라졌다. 그것만으로 이 수수께끼 공간에 긴장이 퍼졌다. 아니, 내가 긴장했다.

그녀가 나타난 이유를 알고 있기 때문이다.

『프란의 진화에 대해서……죠?』

"맞아."

일부러 신이 나타나다니, 역시 흑묘족이 진화할 수 없는 이유는 신벌이었던 건가?

"그 말대로야. 흑묘족은 큰 죄를 저질렀어. 그 벌로 진화에 족쇄가 달린 거지."

『그걸, 제가 특수한 방법으로 프란은 진화시켰으니까 그러시는 건가요?』

"애기가 빠르네. 맞아. 설마 그런 방법으로 흑묘족을 진화시키다니, 솔직히 예상 밖이었어. 그리고 문제이기도 해."

정규 수단이 아닌 건 알고 있었지만, 일부러 신님이 나오시다니……! 혹시 프란을──.

"안심해. 그 소녀를 어떻게 할 마음은 없어. 진화를 취소하지도 않을 거야."

그 말을 듣고 안심했다. 위기인 건 틀림없지만, 최악의 사태는 피한 듯했다.

"이번 일, 뭐가 문제인지 알겠어?"

『어, 저기, 비정규 수단으로 진화한 건가요?』

"아니. 그것만이 문제가 아니야."

『네? 그런가요?』

"그래. 그것만이라면 내가 내려오지도 않았어."

그렇다면 뭐가 문제지?

"물론. 네가 말하는 비정규 수단이 전혀 문제없다는 뜻은 아니야. 이 세상의 이치를 무시하는 일인걸."

『이 세상의 이치요?』

"그래. 지구식으로 말하면, 세계를 운행하는 시스템이나 프로그램이라고 해야 하나?"

혼돈의 여신님의 말을 바탕으로 상상하자면 그런 느낌의 관리 시스템이 있는 거구나. 알림도 그쪽에 관계된 사람? 일지도 모른다.

"보통 수인족의 진화는 레벨의 상한에 도달한 때에 각성 스킬을 습득. 그 각성을 사용하면 핏속에 잠자는 힘이 풀려나 결과적으로 진화한다는 흐름이야."

레벨 상한→각성 획득→각성 사용으로 잠자던 힘이 나온다→진화라는 느낌이려나.

"흑묘족의 경우에는 레벨만으로는 각성을 습득할 수 없도록 저주가 걸려 있어. 이건 너도 잘 알고 있지?"

『그야 프란이 그러니까요.』

"하지만 그 소녀는 그 이치를 무시하고 각성을 손에 넣어 진화했어. 게다가 흑묘족의 높은 잠재 능력 때문일까? 한 번 사용한 것만으로 각성을 저절로 습득했어. 그리고 앞으로 같은 일이 일어날 가능성이 생겼지."

『그렇구나. 나를 장비하면 누구든지 각성을 손에 넣어 진화할 수 있을지도 몰라……!』

"그래, 그 말대로야. 레벨도 종족도 무시하고 어떤 수인이든지 너만 장비하면 진화할 수 있어. 역시 몇 번이고 이치를 무시하는 일은 허용할 수 없어. 그리고 너를 장비한 것만으로 안락하게 진화해서는 흑묘족에게 내린 신벌의 의미도 없어지고 말아."

그렇게 말하고 여신님은 나를 빤히 바라봤다.

어라? 이건 내가 위기에 몰렸다는 얘기 아닐까? 존재 자체가 죄라는 느낌인데……. 아, 아니죠? 네? 아니라고 말해줘요!

긴장하며 여신님을 마주 바라보니, 여신님은 손가락을 세우고 얘기하기 시작했다.

"애초에 흑묘족에게는 신벌로 족쇄──저주가 걸려 있어. 이 저주를 푸는 조건은 크게 나눠 세 가지야."

세, 세이프인가? 산 건가? 아니면 저승길 선물인가? 어느 쪽이야아아!

"하아. 안심해. 널 없앨 생각도 없으니까."

다행이다! 진짜 다행이야!

"얘기 계속한다? 하나는 개인이 저주를 풀기 위한 조건. 사인을 천 마리, 아니면 위협도 A 이상의 사인을 한 마리 쓰러뜨리는 거야. 이걸 달성한 개체는 저주의 멍에에서 풀려나 진화가 가능해져."

어? 말해도 괜찮나? 그도 그럴 게, 루미나가 말하는 데 제한을 걸거나 일부러 사람들의 기억에서 지워서 그 정보를 간단히 알 수 없도록 여러모로 꾸미고 있는 거 아닌가?

"소녀는 이미 진화했잖아. 경위야 어떻든, 진화자에게 그 제한은 적용되지 않아. 어차피 나중에 루미나의 입으로 들을 거라면, 여기서 내가 말해도 마찬가지잖아?"

『그, 그렇습니까?』

하지만 나는 흑묘족이 아니고 울시도 있다. 우리에게 제한이 걸려 있으면 같이 다니는 프란에게도 결국 제한이 걸려 있는 것과 마찬가지 아닌가? 제한에 대해서 아무것도 모르는 상태로, 나와 울시가 일부러 자리를 비울 때 루미나에게 얘기를 듣는 상황은 애초에 없을 것이다.

뭐, 신님이 그걸 잊고 얘기해준다면 고맙게 듣겠지만 말이다.

"아아, 소환수는 애초에 대상 외야. 너는 내 권속이니 역시 제한의 대상 외고. 문제없어."

그랬다, 마음을 완전히 읽히고 있었다. 아니, 잠깐만? 지금 뭔가 굉장히 중요한 말을 들은 기분이 드는데.

『네? 저, 당신의 권속이에요?』

"뭐, 정확히는 내 권속이기도 해."

『그, 그 부분을 조금만 더 자세히 말씀해주세요!』

"안 돼. 지금은 진화 얘기를 해야 해."

큭, 그거 아주 지당하신 말씀이네요…….

"또 하나는 종족 전체에 걸린 저주를 풀기 위한 조건. 그건 흑묘족의 힘만으로 위협도 S 이상의 사인, 아니면 사신의 권속을 쓰러뜨릴 것. 이것을 달성했을 때, 모든 흑묘족은 죄를 용서받고 십시족으로 돌아갈 수 있어."

종족 전체의 해주는 엄청나게 어려울 것 같군. 위협도 S라면 세계를 멸망시킬 우려가 있는 초위험 상대다. 그것을 흑묘족만의 힘으로 토벌하라니……

"그만큼 큰 죄를 저질렀단 뜻이야."

『저기, 대체 그건 어떤 죄인가요?』

큰 죄, 큰 죄라고 해도 구체적인 내용은 모른다는 사실을 이제 와서 알아차렸다.

"당시 흑묘족의 족장. 뭐, 당시의 수왕가지. 그 녀석들이 사신의 봉인을 풀고 그 힘을 일족이 차지하려고 했어. 실제로 절반은 잘됐지."

차지하다니, 사인이 되려 했다는 것과 다른 건가?

"더 지독해. 심지어 일부 왕족은 반 사신 반 수인이라고 부를 수 있는 존재로 진화하기 시작했어. 흑묘족의 절반 정도는 힘을 늘리는 데 성공하기도 했지. 그리고 사인이 돼서 폭주한 바람에 동족에게 죽은 개체도 많았어. 우리 신들은 사신이라 해도 신의 힘을 사사로이 이용하는 걸 용서하지 않아. 결국 왕족이나 사신의 힘을 얻은 흑묘족은 신에 의해 사라지고, 남은 자들도 벌로 진화가 제한되는 저주에 걸렸어."

그건 또……. 생각보다 위험한 짓을 했잖아! 사신의 힘을 차지해 반신으로 진화하거나 신에게 싸움을 걸려고 했다는 생각밖에 들지 않는다.

"우리 신은 사신의 힘을 사사로이 이용한 경우에는 벌을 준다고 확실히 경고했건만."

당시 흑묘족 수왕가는 그 경고를 무시했다는 뜻이었다. 신들의 분노를 받아도 어쩔 수 없을 것이다.

『뭐, 중죄를 저지른 건 알았습니다.』

"그런데 네가 있으면 흑묘족은 쉽게 진화할 수 있어. 속죄하지도 않고."

노려보고 있지는 않겠지만, 그렇게 느낄 만큼 불쾌한 말투였다.

"흑묘족에게 진화는 비원일지도 몰라. 하지만 속죄도 하지 않고 비정규 방법으로 진화를 계속하면 그게 새로운 죄가 돼. 이번에는 진화의 정체와 비교가 안 되는 보다 큰 벌이 내려지겠지."

『보다 큰 벌이라니……. 예, 예를 들자면요?』

"종족의 단절."

여신님의 말투가 조용했기 때문에 진심이라는 것을 알 수 있었다.

『그, 그건──.』

"예로 든 거야. 하지만 이건 그만큼 큰 얘기란 걸 이해해."

『아, 알겠습니다.』

새삼 신이라는 존재가 얼마나 골치 아프고 무서운지 슬쩍 들여다본 느낌이 들었다. 이런 존재에게 직접 주의를 받고 있다니, 생각 이상으로 위험한 상태인 거 아닐까?

『저기! 저는 어떻게 하면 되나요? 물론 프란 외에 각성을 쓰게 하는 짓은 하지 않겠습니다! 맹세합니다!』

"네가 진심으로 그렇게 말하는 건 알아. 하지만 그래서는 부족해. 각성을 타인에게 줄 수 있는 마도구. 그 존재 자체가 허용되지 않아."

존재 자체가 허용되지 않아? 그건 즉──.

"안심해. 아까도 말했지만, 너를 소거하는 것과 같은 위험한 방법을 취할 생각은 없으니까."

『그, 그러시군요!』

나는 이 세계에 온 이후 최대 위기를 극복했어!

"그럼 즉시──."

딱.

『어? 무슨 일이……!』

혼돈의 여신님이 손가락을 울리자 내 도신이 한순간 빛을 내뿜었다. 뭘 당한 거지?

"네 장비자 등록을 고정했어."

『고정이요?』

"응. 앞으로 너는 현재의 장비자가 죽을 때까지 그 이외의 사람에게 장비될 수 없게 됐어. 만약 억지로 장비하려고 하는 자가 있으면 그자에게는 벌이 내릴 거야."

『벌이요?』

"아무것도 모른 채 우연히 입수해 장비를 시도할 뿐이라면 약한 번개가 몸을 내리칠 거야. 알고서 빼앗으려 하면──목숨으로 속죄하게 되겠지."

목숨으로 속죄한다는 부분이 무서운데요! 뭐, 하지만 나는 프란 이외의 존재에게 장비될 생각이 없으니 신님이 만드신 고성능 방범 장비가 달렸다고 생각하자.

"그리고 만약을 위해 네게서 각성도 빼둘게. 앞으로는 각성을 손에 넣을 수 없도록도 할 거야."

철저하시군. 하지만 신님에게 거역하는 행동을 할 생각도 없으니 그래도 상관없습니다. 나 자신이 각성을 쓸 수 없는 건 조금 아쉽지만.

"각성은 수인족의 피에 잠자는 힘을 해방하기 위한 스킬이니까 너 자신에게는 의미 없는 스킬이야."

『아, 그래요? 프란은 이미 각성을 얻은 거죠?』

"그래."

그러면 정말 필요 없구나. 그러면 얼마든지 가져가세요.

"루미나에게도 두 번 다시 각성을 가진 마수를 소환할 수 없도록 새로 제한을 걸었어. 다만, 제한을 걸지 않아도 저렇게 힘을 소모했으니 수백 년은 같은 짓을 못 할 거야."

『루미나의 상태가 이상했던 건 그 마수를 소환한 탓인가요?』

"그 말대로야. 내 권속인 루미나는 흑묘족을 지원할 때 온갖 제한이 걸리게 돼 있어. 진화의 조건을 말할 수 없는 것도 그렇지만, 그 외에도 여러 가지로. 예를 들어 각성 스킬을 부여하는 아이템을 생성하는 게 불가능하다거나, 자신의 던전을 이용해 흑묘족에게 조건을 달성하게 한 경우에는 대신해 자신이 소멸하게 설정돼 있거나 말이야."

『네?』

진짜요? 그렇다면 루미나의 그 소모는——.

"안심해. 루미나는 소멸하지 않아."

『하지만 프란을 진화시켰는데요?』

"간접적으로 말이지. 직접 그 소녀를 진화시키지 않고, 그 소녀가 소지한 마검——즉 네게 힘을 주도록 만들었을 뿐이야. 그 탓에 루미나는 힘을 크게 잃었지만, 소멸은 하지 않았어."

그건 진심으로 다행이다. 자신이 진화했다 해도 루미나가 대신 소멸했다는 사실을 알면 프란은 자신을 책망할 테니 말이다.

"다만 앞으로 같은 일은 용서하지 않아. 그래서 제한을 새로 설정했어."

루미나도 상당히 무리한 듯했다. 전에 농담처럼 했던, 루미나를 죽이면 진화할 수 있다면 어떻게 하겠느냐는 질문. 그것도 진심이었던 게 틀림없다.

사기를 몸에 두른 모습. 그 루미나는 위협도로 말하면 A는 되지 않았을까? 진화한 흑묘족에 던전 마스터인 사인이다. 그 가능성은 높다.

그리고 그런 자신을 프란에게 죽이게 하려 했던 것은 아닐까? 프란을 멀리하려 했던 것도 자신을 죽인 뒤에 비관하지 않도록 했던 거라면?

"그러네. 루미나는 네가 있는 덕분에 목숨을 건졌어."

내 생각은 맞았던 모양이다.

"감사 인사라도 해. 그건 그렇고, 빼앗기만 하면 네가 가엽지. 대신에 한 가지 스킬을 줄게."

그렇게 말하고 여신님이 다시 손가락을 울렸다. 도신이 빛난 것도 똑같았다.

하지만 뭐가 바뀐 거지? 내 스테이터스를 보니──.

『저기…… 진화 은폐인가요?』

"그 이름대로야. 진화한 걸 숨길 수 있는 스킬이지. 주로 다른 수인들에게."

그렇군, 이건 좋은 스킬이다. 흑묘족이 진화한 사실이 드러나면 수인에게는 그것만으로도 소동이 일어날 것 같으니 말이다. 게다가 엑스트라 스킬이다.

다만 신경 쓰이는 게 하나 있었다.

『저기, 조금 남아 있던 자기 진화 포인트가 전부 줄었는데요?』

"일단 너는 문제를 일으켰고, 나는 그 문제를 바로잡으러 왔어. 단순히 은혜를 베풀 수는 없지. 그래도 서비스했잖아."

『죄, 죄송합니다.』

유용해 보이는 스킬이니까 여기서는 타협하자. 어차피 불평을 부려봐야 어떻게 되는 것도 아니고.

그러자 여신님은 만족스럽게 고개를 끄덕이고 둥실 떠오르기 시작했다. 그대로 모습이 점점 투명해져갔다.

"목적도 달성했으니 나는 돌아갈게. 아아, 그렇지. 진화의 조건에 대해서는 발설을 허가할게. 원래 진화한 자가 한 명이라도 나타나면 허용되게 돼 있었어. 설령 정규 방법이 아니어도 말이지."

아! 여신님이 가버려! 그렇게 생각하자 갑자기 질문이 나도 모르게 나왔다.

『저기요! 묻고 싶은 게 있어요! 나는 누구인가요! 당신의 권속이라면 알고 있는 거 아닌가요?』

그만 묻고 말았다. 아무래도 처음 나타난, 나 자신의 수수께끼에 대해 명확한 답을 알고 있을 법한 상대였기 때문이다.

하지만 여신님은 뭔가 생각에 잠겨 있었다.

"글쎄……. 네게 그런 걸 가르치는 건 내 역할이 아니거든……. 한 가지 지침을 줄게. 수인국에 있는 신급 대장장이를 만나."

『수인국에 신급 대장장이가 있어요?』

흑묘 장비를 만들어준 가르스 영감이 신급 대장장이는 행방을
알 수 없다고 했는데…….

수왕이 은밀하게 숨겨두고 있는 건가? 하지만 수인국에 가는
건 어려울 것 같다. 다른 대륙에 있는 데다 적국이니 말이다. 나
를 위해 프란을 위험에 빠뜨릴 수는 없다.

"하지만 이야기를 들으면 뭔가 알 수 있을지도 몰라. 뭐, 안 될
지도 모르지만 말이야."

『당신도 어떻게 될지 모르는 건가요?』

"그야 그렇지. 신도 미래는 모르는걸."

『하지만 신님이잖아요? 미래를 아는 거 아닌가요?』

"무리야. 사람은 미래에 일어날 사건──즉 운명을 내다보는
힘이 신에게는 있다고 착각하는 것 같은데. 아니, 그 정도가 아니
라, 좋은 일이든 나쁜 일이든 신이 정한 운명이라고 말하는 사람
도 있잖아?"

그런 사람은 있다. 나 역시 프란을 만났을 때는 운명적이라고
생각했다.

"미래는 모두 신에 의해 결정되어 있고, 세상은 그대로 움직이
고 있다고 말이야."

『뭐, 그렇게까지 과장하지는 않지만, 거기에 가깝게 믿는 사람
은 있죠.』

운명론자들이 그럴 것이다.

"하지만 정말로 신이 세상의 운행을 모두 결정하고 그대로 세
상이 움직이고 있다면, 애초에 이런 식으로 내가 나타나 불규칙
을 바로잡으려고 할까? 안 하겠지?"

『듣고 보니 그럴지도 모르겠네요.』

"이 세상에 운명 따위는 없어. 모두가 우연의 축적이야. 나쁜 일은 자신의 책임, 좋은 일은 자신의 공적. 그런 거야."

즉, 나와 프란의 만남도 우연이라는 뜻이군.

"그래. 너와 흑묘족 소녀가 만난 것도 우연이야. 너희의 상성이 최고였던 것도 우연이고. 아니, 이렇게까지 상대가 필요한 존재끼리 만난 건 기적이라고 해야 할지도 모르겠네."

신님에게 그런 말을 들으니 왠지 부끄럽다.

"이번에는 이래저래 지적했지만, 혼돈의 여신으로서는 너희를 기대하고 있어."

그건 기뻐해도 좋은 걸까?

"후후후후. 글쎄? 뭐, 신급 대장장이를 만나든 만나지 않든 네 자유야. 그야 만나러 가는 편이 재미있어질 것 같으니까 나로서는 추천했지만 말이야."

『아, 잠깐만요!』

"그러면, 좋은 혼돈을 겪기를——."

여신님은 불길한 말을 남기고 허공으로 사라져갔다.

『마지막에 한 건 완전히 저주의 말 아냐?』

"저주? 뭐가?"

『이런, 돌아왔나……. 아니, 이런저런 일이 있었거든.』

지금 있었던 일을 설명하려고 생각했지만, 그 전에 루미나가 프란에게 말을 걸었다.

"무사히 진화한 것 같구나……."

진화한 프란의 모습을 보고 루미나가 눈시울을 붉히고 있었다.

그만큼 기뻐하고 있는 거겠지.

"고마워."

"그건 그렇고 이건──."

루미나가 갑자기 입을 다물었다. 그 눈은 프란의 귀 끝에서 손톱 끝까지 빤히 관찰하고 있는 듯했다.

"설마──설마 흑천호에 도달할 줄이야!"

그렇지, 프란은 흑천호로 진화했다. 나는 그다지 실감 나지 않지만, 수인에게는 전설적인 종족이었을 터다. 루미나조차 흑호니 말이다.

루미나는 얌전한 얼굴로 프란을 응시하고 있었다. 그 얼굴에는 프란에 대한 경의 같은 것이 떠 있었다. 내가 생각하는 것 이상으로 흑천호가 되는 건 중대한 일인 듯했다.

『흑천호에 이르기 위한 조건은 뭐지?』

"으음? 아무래도 프란이 진화함으로써 제한이 적용되지 않게 된 듯하군. 말할 수 있어."

여신님도 그런 말을 했지.

"뇌명 마술을 쓸 수 있는 것과 일정 이상의 민첩, 마력을 보유할 것. 이것이 흑천호로 진화하기 위한 조건이다."

프란은 충족시키고 있다. 나를 장비하고 있으면, 이라는 조건이 붙지만. 아니, 스킬 공유는 그 이름대로 프란과 같이 쓰는 스킬이니까, 내 스킬은 프란의 스킬이라는 취급일 것이다.

"설마 조건을 채울 줄은 몰랐다. 아니, 스승의 능력은 들었지만, 그것으로 조건을 충족한 대우를 받는다고는 생각하지 않았다. 왕족 이외에 흑천호에 이른 것은 처음이지 않을까?"

『그렇게나 대단한 거야?』

"그렇다. 프란에게 있어서 너를 만난 건 그야말로 기적이야."

『여신에게도 비슷한 소리를 들었어.』

내 말을 들은 루미나의 반응은 극적이었다. 어쩌면 프란이 흑천호인 것을 확인했을 때보다도 격렬했을지도 모른다.

"들었다고? 혹시 여신님을 만나 뵌 건가!"

루미나가 경악하는 표정으로 프란에게 다가섰다. 이것도 나로서는 실감이 잘 안 나지만, 루미나를 비롯한 사람들에게 신들은 신앙의 대상이다. 게다가 루미나는 던전 마스터. 그야말로 혼돈의 여신의 권속이다.

"스승, 어떻게 된 거야?"

프란에게도 아직 자세히 설명하지 않았지.

"스, 스승이여! 어떻게 된 거지?"

프란과 루미나에게 재촉을 받고 나는 모든 것을 들려줬다.

특히 루미나의 흥분은 엄청났다. 하지만 의외로 그 얼굴에서는 악감정이 느껴지지 않았다.

내 입장에서 보면 신은 흑묘족에게 저주를 건 증오스러운 상대인데……. 죄를 저지른 왕족 이외의 사람들도 연대 책임으로 휘말려 500년 이상이나 지위가 떨어지는 계기를 만든 존재일 터다.

그것을 물어보니 루미나는 복잡한 얼굴로 말을 꺼냈다.

"생각이 없는 건 아니지만……. 사람이 아니라 신이 결정한 일이니까."

신 중에는 자연신처럼 개개의 사정을 전혀 참작하지 않는, 사람과는 기본적으로 다른 신도 존재한다고 한다. 그런 신들이 내리는 벌은 자칫 인간에게는 불합리하게 보인다나.

지구 역시 비슷한 신화는 얼마든지 있다. 하물며 신이 실제로 존재하는 세계다. 그 밖에도 비슷한 얘기를 알고 있을 것이다. 그리고 신이라는 것은 인간의 이해가 미치지 못하는 지독하게 불합리한 존재라고 이해하고 있기 때문에 단념한 듯했다.

"그리고 혼돈의 여신님은 인간 친화적인 신님이다."

무슨 뜻이지?

"흑묘족의 진화에 관한 기록을 지우고 다른 종족에게서 그 기억을 빼앗은 건 혼돈의 여신님이다."

『그건 신님의 괴롭힘으로밖에 보이지 않는데?』

"아니, 반대다."

기억이나 기록의 박탈은 모든 흑묘족을 없애자고 주장하는 신들에게 혼돈의 여신 등 인신이 꺼낸 양보의 결과라고 한다. 엄격한 시련을 줌으로써 종족의 단절만은 막아준 것이다.

"그리고 착각하는 경향이 있는데, 신이 기억을 빼앗은 건 타 종족뿐이다. 조금 있던, 신벌을 면한 흑묘족이나 다른 수인족은 진화하기 위한 조건을 당연히 알고 있었어. 그리고 흑묘족에게는 문헌 등도 남아 있었지."

『그럼 지금의 흑묘족에게 그게 전혀 전해지지 않고 있는 건?』

"새로 대두한 신 수왕가나 청묘족에게 남아 있던 기록이나 문헌을 빼앗기고 말소당해 대부분의 흑묘족은 노예가 됐어. 그리고 진화하기 위한 조건을 이야기하는 것조차 금지됐지. 결과적으로 새로운 세대에 진화의 조건은 전해지지 않았고, 어느덧 진화할 수 없다는 것조차도 잊히게 되고 만 거야."

그렇군. 계기는 신이지만, 그 뒤에 흑묘족을 더욱 몰아붙인 건 현재의 수왕가와 청묘족이라는 뜻인가.

『하지만 원래 신벌이 계기잖아? 흑묘족은 500년 동안이나 노예로 살아왔어. 신을 정말 원망하지 않는 거야?』

내 말에 프란은 고개를 숙이며 중얼거렸다.

"나는 몰라."

프란으로서는 진화할 수 없었던 이유를 막 알았을 뿐이다. 혼란스럽기도 할 테고, 신을 원망한다는 감각도 그다지 이해할 수 없는 모양이다. 애초에 흑묘족이 커다란 죄를 저질렀다는 전제도 있고 말이다. 하지만 죄에 대한 벌이라 해도, 설령 적반하장이라 해도 부정적인 감정을 품는 게 인간이라는 존재이지 않을까?

그러나 루미나는 조용히 고개를 가로저었다.

"신이 봉인한 사신을 멋대로 해방해 다른 종족을 위험에 빠뜨린 흑묘족의 종족이 단절되지 않았던 것이 기적이다. 사신을 해방시킨다는 건 세계를 멸망시킬 뻔했다고 말해도 좋은 행동이야. 오히려 겨우 500년이라 해야 할 것이야."

세계를 멸망시킬 뻔했다는 말을 들으니 죄의 무게가 바로 잘 이해됐다. 뭐, 엘프 등도 있는 세계이니 500년이라는 세월은 내가 생각하는 것 이상으로 짧은 듯했다.

"그리고 흑묘족이 노예가 된 것도 왕좌를 빼앗긴 것도 어떤 의미에서 그때까지 저지른 횡포의 업보다. 선정을 베풀어 백성에게 사랑받았다면 다른 종족이 구해줬을 테니 말이야. 우리의 죄업을 아이들에게 지운 건 면목 없다고 생각하지만……. 내게 신을 원망할 마음은 거의 없다."

전혀 없다고는 하지 않았지만, 내가 생각하는 것보다 신에 대한 원망은 적은 듯했다. 그리고 종족의 단절을 막아준 혼돈의 여신에게는 은혜마저 느끼고 있는 듯했다.

그 뒤로도 나는 여신님과 나눈 대화에 대해 프란과 루미나에게 설명을 계속했다.

다만 이야기의 절반 정도는 루미나도 알고 있는 정보였기 때문에 여신님이 각성을 거둬들인 때의 애기가 주가 됐다. 그리고 나머지는 진화에 대한 얘기였다.

『그런데 우리는 전에 위협도 A 상당의 사인을 쓰러뜨린 적이 있는데 말이야…….』

린포드는 확실히 위협도 A를 능가했다고 생각한다. 어째서 녀석을 쓰러뜨려도 진화하지 않았던 거지?

"그건 너희의 힘만으로 쓰러뜨린 건가?"

"다른 모험가와 함께였어."

"그러면 그 탓이다. 위협도 A의 사인을 쓰러뜨려 저주가 풀리는 건 개인으로 쓰러뜨린 경우만 해당하니 말이다."

그런가, 개인적인 저주를 푸는 조건은 개인으로──즉, 솔로로 충족해야 한다는 건가.

그리고 그 직후, 흑묘족이 저지른 죄의 이야기로 방향이 바뀌었을 때, 루미나가 느닷없이 프란에게 고개를 숙였다.

"미안하다."

"응?"

"나는 왕족의 상담역 같은 직분을 맡고 있었다. 하지만 결국 왕들을 멈추지 못한 채 노여움을 사서 해임됐다. 그리고 그런 끝에 모험가로 전락해 찾아온 이 땅에서 던전 마스터가 돼 그저 혼자 살아남았다."

"하지만 루미나의 책임이 아니야."

"어쩌면 막을 수 있었을지도 모르는 입장에 있었단 말이다!"

아마 500년 동안 계속 마음에 두고 있었을 것이다. 자신이 왕족을 막을 수 있었다면 흑묘족이 곤경에 처할 일도 없었을지도 모른다며. 신보다 자신이나 당시의 왕족 쪽을 책망하고 있었을지도 모른다.

그렇기 때문에 자신의 몸을 축내서라도 프란의 진화를 도운 것이다. 프란을 마음에 들어 했을 뿐만 아니라 속죄의 의미도 있는 게 틀림없다.

"그리고…… 너희도 위험에 빠뜨리고 말았다."

내 얘기를 듣고 경우에 따라서는 프란이나 나도 신의 노여움을 살 뻔했다고 생각한 듯했다. 루미나는 창백한 얼굴로 다시 깊숙이 고개를 숙였다.

"루미나는 하나도 안 나빠."

"아니, 생각이 부족했다."

그 얼굴은 무서울 만큼 진지했다.

"내가 소멸할 뿐이라면 상관없다. 하지만 너희까지 말려든다면 죽으려야 죽을 수 없어!"

"루미나. 죽는 건 안 돼."

프란이 안타까운 얼굴로 루미나를 올려다봤다. 루미나가 사라졌을 때를 생각하고 슬픈 기분이 든 듯했다.

"하지만 내가 너희에게 할 수 있는 건 그 정도밖에……."

"아무것도 안 해줘도 돼."

"하지만……."

"있어주기만 하면 돼."

프란이 작은 목소리로 하지만 또렷하게 그리 중얼거리고 루미나에게 푹 안겼다. 양손으로 루미나의 몸을 꽉 안고 가슴골에 얼굴을 묻는 형태다.

정면에서 프란에게 안긴 루미나는 곤란한 얼굴로 내려다보고 있었다. 하지만 가만히 프란의 등에 손을 두르고 가볍게 쓰다듬어줬다.

"키아라에게도 같은 말을 들었다. 그때가 떠올랐어."

"응."

"나는 50년이 지나도 아무것도 변하지 않았구나."

한동안 그러자 서로 진정됐나 보다. 약간 부끄러운 기색으로 둘 다 수줍어하고 있었다. 프란은 어리광 부리는 데 익숙하지 않고, 루미나는 어리광을 받는 데 익숙하지 않는 느낌이다.

루미나는 지친 기색으로 의자 등받이에 등을 깊숙이 기댔다.

『그러고 보니 루미나, 몸은 괜찮아?』

여신도 루미나의 소모가 심하다고 했다. 혹시 무리하고 있는 거 아닐까?

"나 자신의 피로는 바로 풀린다. 던전 마스터로서 쌓아둔 힘의 대부분을 다 써버렸지만…… 어떻게든 되겠지."

던전의 난이도는 내려간다고 하지만, 디아스의 조언이 있는 한 이용 가치가 낮아졌다고 토벌당할 우려도 없다고 했다.

"오히려 너희 쪽이 걱정이다. 진화한 건 여신님께 받은 스킬 덕분에 숨길 수 있겠지만……."

『또 뭐가 걱정이야? 신과 관련된 거야?』

"아니, 문제는 신들보다 다른 수인들이야. 진화의 조건이 퍼지게 되면 수왕이나 청묘족에게 주목받을 우려가 있어."

그건 그럴지도 모른다. 그렇다면 누구에게나 가르쳐주는 건 위험할 것이다. 가능하면 흑묘족에게만 몰래 가르쳐주고 싶다. 아니면 흑묘족에게 연결점이 있는 인물에게 가르쳐주고 싶다.

『흑묘족 커뮤니티 같은 건 있어?』

"수인국에 가면 있을 것이다. 빈민굴이나 노예촌에 가깝겠지만……."

수인국인가. 신급 대장장이도 만나고 싶으니 한 번 가보고 싶지만……. 수왕을 생각하면 위험이 너무 크다.

"수인국의 신급 대장장이를 만나라고 했지? 갈 생각인가?"

『아니, 위험을 무릅쓰면서까지 만나러 가지는 않을 거야.』

"하지만 스승에 대해서 알 수 있을지도 몰라."

『그거 역시 단순히 가능성이 있을 뿐이야. 반드시 그런 게 아니야. 그런 불확실한 정보 때문에 프란을 위험에 노출시키는 짓은 못 해.』

"하지만!"

『괜찮아. 딱히 그것밖에 단서가 없는 것도 아니야. 흑묘족의 진화 조건을 퍼뜨리는 방법도 달리 있을 거고.』

"응……."

뭐, 전혀 미련이 없지는 않지만, 역시 수인국에 가는 건 위험이 너무 크니 말이야…….

그렇게 생각했지만 상황은 바로 호전됐다.

본선 1회전 후, 수왕은 흑묘족의 적이 아니었다는 사실이 판명된 것이다.

오히려 친흑묘족이라고 해도 좋을 것이다. 청묘족을 숙청하고 노예 해방을 하고 있을 정도니까.

키아라가 살아 있다는 소식을 루미나에게 전해주자 루미나는 한동안 쓰러져 울며 움직이지 않았다. 그만큼 후회하고 있었을 것이다.

어깨를 톡톡 두드리는 프란에게 후다닥 안겨 그 빨래판 같은 가슴에 얼굴을 누르고 소리를 죽인 채 울고 있었다.

새빨간 얼굴로 일어날 때까지 몇 분은 울었을 것이다.

"미안하다. 너무 감동해서 말이야."

『아냐, 기뻐한 것 같아서 나도 기뻐.』

"최고의 정보야. 고맙다."

흑묘족 전체에 대한 500년 치의 후회는 여전히 남아 있겠지만, 키아라에 대한 후회는 사라진 듯했다. 루미나는 후련한 얼굴로 웃고 있었다.

"그런데 이로써 진화를 위한 조건을 퍼뜨리는 것도 가능해진 게 아닌가?"

"응."

사실 이미 오렐에게는 가르쳐줬다. 그리고 수인 네트워크를 통해 흑묘족 이야기를 퍼뜨린다고 약속해줬다. 이로써 이 대륙의 수인에게는 퍼진다고 생각해도 좋을 것이다.

"그리고 이로써 수인국에 당당하게 갈 수 있겠군."

『그러게 말이야. 남은 건 그 신급 대장장이에 대해서 수왕 일행이 아느냐 마느냐야.』

일반적으로 생각하면 모를 리는 없겠지만, 상대는 전설의 존재다. 어딘가에 숨어서 살고 있을 가능성도 제로는 아닐 것이다.

"무슨 일이 있어도 3회전을 돌파해야 하게 됐구나."

"맡겨줘. 우승해서 키아라 얘기도, 흑묘족 얘기도 잔뜩 들을게. 그리고 수인국에 가는 허가를 받을 거야."

"갈 때는 키아라에게 선물이라도 가져가 주겠어?"

"맡겨줘."

『쉬운 일이야.』

이로써 완전히 수인국을 목표로 하는 게 결정됐다. 뭐, 일단 3회전에서 이겨야 하지만 말이다.

하지만 이길 자신은 있다.

진화한 프란의 힘이라면 수왕이 상대라도 싸울 수 있을 것이기 때문이다.

특히 진화하고 배운 고유 스킬, 섬화신뢰는 이상했다.

몸에 부하가 지나치게 걸려서 사용 중에는 생명력과 마력을 계속 소모하는 위험천만한 스킬이지만, 그 효과는 무시무시했다. 적어도 속도만이라면 랭크 A와 싸울 수 있을 것이다.

그리고 흑뢰의 위력도 상당했다. 사용 중에는 의식해 중지하지 않는 한 펼쳐지는 공격 전체에 자동적으로 흑뢰가 부여되기 때문에 그 파괴력과 관통력이 무시무시해졌다.

번개의 특성 때문에 금속 갑옷 등을 무시하는 건 당연하거니와 마수의 단단한 피부나 등딱지 등에도 위력이 거의 줄지 않는 것이다. 그리고 그 위력은 하이 오우거를 일격에 빈사 상태에 빠뜨리는 수준이었다.

흑뢰 부여 상태로 날리는 프란의 연속 공격을 완전히 막을 수 있는 그다지 있을 것 같지 않았다.

"최저 목표는 3회전 돌파야."

『하지만 당연히 목표하는 건───.』

"물론 우승!"

『그래! 이왕이면 우승해서 당당하게 키아라 씨에 대해 가르쳐 달라고 하자.』

"응!"

새로운 힘을 얻은 프란은 새로운 결의를 가슴에 품고 조용히 투지를 불태웠다.

제6장 **가로막는 벽**

고드다르파전이 끝난 후, 우리는 수왕이 있는 귀빈실에 불려와 있었다.

거절해도 상관없었지만 프란이 사탕발림에 넘어갔기 때문이다.

프란을 부르러 온 시종 같은 녀석이 "성찬을 준비했습니다"라고 말한 시점에서 승부는 났다.

어째서 프란의 약점을 알고 있을까 생각해봤는데, 프란 개인이 아니라 수인의 성질을 잘 알고 있다는 추론이 나왔다.

시종에게 안내받은 곳은 투기장의 최상층에 있는 호화로운 방이었다.

소파 등의 가구는 명백히 최고급품일 것이다. 이 이상 없을 만큼 화려하고 호화로웠다. 융단이나 커튼에까지 자수가 수놓아져 있어서 역시 귀빈실다웠다.

방에서 한 걸음 나가면 발코니가 있었고, 그곳에서는 무대를 내려다볼 수 있었다.

"여. 왔구나."

프란의 모습을 확인한 수왕이 친근하게 말을 걸었다.

"응. 무슨 볼일이야?"

"그야 넌 전설의 흑천호잖아? 만나보고 싶었어."

역시 그렇군. 실제로 프란을 부르러 온 시종이나 도중에 엇갈려 지나친 수인들도 뭐라 말할 수 없는 눈으로 프란을 보고 있었다.

수왕은 프란을 유심히 관찰하고 미간을 찌푸렸다.

"역시 모르겠어⋯⋯. 떨어져 있어서 그런 게 아닌가?"

"저도 그래요. 평범한 흑묘족으로 보입니다."

"하지만 봤잖아?"

"확실히 봤습니다."

진화 은폐의 효과가 제대로 먹히고 있는 듯했다.

수왕과 그 옆에 있는 로슈는 프란이 진화했는지 하지 못했는지를 판별할 수 없는 데 당혹해했다.

"어떤 이치인지 가르쳐달라고 해도 소용없나?"

"폐하! 그건 매너 위반입니다."

"하, 하지만 말이야."

프란은 진화했지만, 여신님에게 받은 진화 은폐 스킬 덕분에 수인들은 그 일을 알 수 없게 됐다. 그들에게는 믿을 수 없는 사태일 것이다.

하지만 가르쳐주면 귀찮은 일이 생길지도 모르니 여기서는 비밀로 해두는 편이 나을 것 같다.

그렇게 생각했지만――.

"알려줄 수 있어."

『이, 이봐! 프란!』

'생각이 있어.'

내가 다급히 말을 걸자, 프란이 자신 있는 태도로 나왔다.

『무슨 소리야?』

'나한테 맡겨.'

『아니, 하지만 말이야.』

'괜찮아.'

으음. 그렇게까지 말한다면 맡겨볼까.

"다만 조건이 있어."

"호오? 어떤 조건이지?"

"나는 신급 대장장이를 찾고 있어. 거처를 알아?"

그런가. 신급 대장장이는 보통 국가 기밀 수준으로 은폐하고 있을 가능성이 있으니까, 아무리 흑묘족을 보호하고 있는 수왕이라도 간단히는 가르쳐준다고 할 수 없다.

뭐, 이 녀석의 성격이라면 아무렇지 않게 가르쳐줄 것 같지만.

'스승, 허언의 이치를 준비해.'

『알았어.』

과연, 이거라면 무리 없이 신급 대장장이의 거처를 들을 수 있다. 거짓이든 진실이든 어느 정도의 정보는 얻을 수 있겠지.

"어쩔래?"

"……폐하가 결정하세요."

"아, 치사해! 너도 생각해봐. 괜한 짓 했다간 나중에 로이스한테 혼난다고."

"저는 호위잖아요."

"호위는 주로 뇌에 근육이 들어찼다든가 바보라든가 하는 폭언 내뱉지 말라고!"

로슈는 호위 겸 감시역일 것이다. 그 상사가 무투 대회에도 출장하고 있는 토끼 수인 로이스인가 보다.

한동안 수왕과 로슈가 대화를 나누더니, 아무래도 결론이 나온 모양이다.

"……귀를 빌려줘."

"응."

수왕이 손가락으로 프란에게 다가오라는 듯이 까닥까닥 지시했다.

그 말에 따라 프란이 그 고양이 귀를 가까이하자 수왕이 소곤소곤 귓속말을 했다.

"일단 우리나라에 있어."

정보를 가르쳐주는 건 좋지만 너무 가까운 거 아냐? 그대로 입술이 조금이라도 프란의 복슬복슬한 고양이 귀에 닿으면 그 더러운 입술을 잘라버린다?

내가 어두운 결의를 다지고 있는 동안에 수왕이 알고 있는 것을 더 가르쳐줬다.

"진짜?"

"그래. 하지만 까다로운 사람이라서 말이야. 만나줄지는 몰라."

"거처만 알면 돼."

"왕을 왕이라고도 생각 안 하는 사람이야. 우리나라에 왔을 때 소개장 정도는 써주지."

역시 신급 대장장이. 국왕이 신경 쓰는 상대인 듯했다.

"괜찮아?"

"그 대신 네 비밀도 가르쳐줘라."

"응. 알았어. 이건 스킬 덕분이야."

프란이 진화 은폐 스킬에 대해 가르쳐주자, 수왕과 로슈는 뭔가 생각에 잠겼다.

"진화 은폐…… 들은 적이 없군."

"하지만 그거라면 설명이 됩니다."

스킬 자체를 처음 들은 것 같다.

수왕과 로슈는 흑천호라면 진화 은폐 스킬을 터득할 수 있느냐 없느냐에 대해서 얘기하고 있었다.

흑천호라는 종족 자체를 처음 들은 듯하니 여러모로 곤혹스러워하고 있을 것이다.

'스승?'

『그래, 거짓말은 안 했어. 정말로 거처를 알고 있고, 소개도 해 줄 셈이야.』

'그럼 역시 수인국으로 갈 필요가 있어.'

『그렇지.』

염화로 나와 의논하고 있는 프란을 보고 자신들이 방치한 탓에 입을 다문다는 착각한 듯했다. 로슈가 미안하다는 듯이 사과했다.

"아아, 죄송합니다. 여기까지 불렀는데."

"괜찮아. 이제 됐어?"

"네, 이쪽의 용건은 그것뿐입니다. 귀중한 정보를 주셔서 감사합니다."

"응."

"가능하면 사태가 진정한 이후에 한 번 말씀을 듣고 싶군요. 괜찮으시겠습니까?"

"괜찮아."

자세한 얘기는 무투 대회 뒤에 하자는 거겠지.

"감사합니다. 와주신 답례라고 하기는 뭣하지만, 이걸 받으십시오."

"이건 뭔데?"

로슈에게 받은 건 티켓 두 장이었다.

"그건 지정석 티켓입니다. 이 뒤에 무투 대회를 관전하실 거죠?"

"하지만 넌 이미 유명인이야. 이 회장의 녀석이라면 온 순간 알아봐. 보통 관객석으로 가봐야 시달릴 뿐이야."

"그러니 이것을 쓰십시오. 지정석은 일반석과는 떨어져 있고, 촌스럽게 말을 거는 자도 없으니까요."

"고마워. 그런데 왜 두 장이야?"

"고드 녀석을 농락한 네 소환수 몫이다."

수왕이 어째선지 즐겁게 울시의 이름을 꺼냈다.

"폐하가 그 늑대 몫까지 준비하라고 갑자기 말을 꺼내서 고생 좀 했습니다요."

"미안해."

"아아, 당신 탓이 아닙니다. 횡포한 폐하 탓이죠."

"어이, 내가 잘못한 거 같잖아!"

"완전히 당신이 잘못한 건데요? 뭐, 누구도 손해 보지 않았으니 상관없습니다만. 하지만 솔버드 님의 상대는 해주셔야 합니다."

"알고 있어."

보아하니 이 티켓, 수왕 일행과는 상관없이 개인적으로 관전하러 왔던 수인국 귀족에게 억지로 사들인 모양이다.

원한을 살지도 모른다고 걱정했지만, 그 귀족은 귀빈실에서 같이 관전하니 괜찮다나. 그 귀족은 수왕과 교분을 쌓을 기회라서 기뻐하고 있는 것 같았다.

"당신은 여기서 관전하기를 원하지 않을 것 같아서 티켓을 준비했습니다."

"응."

거북스럽고 수왕 일행에게 진심으로 마음을 놓을 수도 없으니 말이다.

귀족이 찾아와서 프란은 귀빈실에서 물러나기로 했다.

티켓과 귀빈실용 성찬을 담은 큰 접시를 확실히 받고.

그 발걸음으로 향한 지정석은 귀족이나 부유층 전용 자리인지 널찍하게 설계돼 있었다. 주위의 손님도 이쪽을 보고는 있지만 말을 거는 짓은 하지 않았다.

울시를 무서워하고 있을 뿐일지도 모르겠다. 격렬한 전투가 여운을 남겼는지, 얼굴이 약간 야성적이랄까, 솔직히 말해서 무서웠기 때문이다.

프란도 아직 약간 흥분 상태인지 희미하게 위압감이 배어 나오고 있었다. 지금의 프란과 울시에게는 전사가 아니면 말을 걸기 어려울 것이다.

하지만 덕분에 느긋하게 관전할 수 있으니까 울시에게는 이대로 잠시 무서운 얼굴을 유지하게 하자.

『시합은 아직 시작 안 했군.』

"응."

"웡."

우리가 무대를 파괴한 탓에 새로운 무대를 준비하고 있는 모양이다.

근육이 울끈불끈한 지난해 챔피언이 옆 투기장에서 옮겨오는 것이 아니라 흙 마술 사용자가 단숨에 만드는 듯했다. 그 사전 준비로 지금은 마법진을 그리고 있는 차였다.

20분 후.

흙 마술에 의해 새로운 무대가 만들어지고 선수가 입장했다.

프란도 마침 요리를 다 먹어서 관전할 준비는 완벽했다.

오늘의 두 번째 시합은 아만다 대 엘자의 시합이다.

"오랜만이네, 엘자."

"우훙. 여전히 아름다워……."

사납게 웃는 아만다에 비해 엘자는 황홀한 얼굴로 아만다를 바라보고 있었다. 그 눈은 완전히 사랑에 빠진 소녀의 눈이었다. 그러고 보니 엘자는 남자뿐만 아니라 여자도 사랑할 수 있다고 디아스가 말했지.

"크으. 그쪽도 여전한 것 같네."

"아하앙. 그 차가운 눈도 좋아아!"

저 다부진 아만다가 시합 전부터 압도당하고 있다. 별일이 다 있군.

두 사람은 아는 사이라고 했고, 서로 간에 이런저런 일이 있는 모양이다.

그건 그렇고 이건 어느 쪽을 응원하면 좋을까?

내가 고민하는 동안 두 사람의 싸움이 시작됐다.

"하아압!"

"이야아아아아압!"

"느려!"

"여전히 빠르네."

이리저리 움직이며 채찍으로 공격하는 아만다와 그 자리에서 그다지 움직이지 않고 카운터를 노리는 엘자.

결계 안을 용처럼 격렬하게 돌아다니는 채찍과 휘둘러질 때마다 무대에 거대한 구멍을 뚫는 메이스. 볼만한 가치가 있는 좋은 시합이지만…….

"아흐윽!"

"아하아아앙!"

"아흐읭!"

채찍에 맞을 때마다 교성을 지르는 근육남은 교육에 나쁘지 않을까? 프란에게 이 시합을 보이는 게 올바른지 모르겠다는 생각이 들었다.

내일 대전 상대의 시합이 아니라면 절대 못 보게 할 텐데!

엘자는 방어력이 높고 통각 변환까지 가지고 있다. 이 시합은 오래 가겠다고 생각했지만, 아만다는 역시 강했다.

"이제 그만 사라져!"

연타가 아닌 강타여야만 엘자를 쓰러뜨릴 수 있다고 이해했을 것이다.

순식간이 굉장한 마력이 아만다에게서 방출됐나 싶더니, 팔을 크게 한 번 휘둘렀다. 고작 그 정도 움직임인데, 채찍이 사냥감에게 달려드는 큰 뱀 같은 움직임으로 엘자에게 달려들었다.

너무나 빠른 공격에 엘자가 반응하지 못했다. 저 타이밍에 공격을 받으면 대미지 경감 계열의 스킬 발동은 늦을 터다.

"아하아앙!"

이미 채찍보다 통나무에 찔렸다고 해야 할 것이다. 그 위력은 어설프게 망치에 맞은 것보다 커보였다.

배를 채찍 끝으로 구타당한 엘자가 분홍빛 비명을 지르며 날아갔다. 하지만 그 긴장감 없는 비명과는 정반대로 대미지는 상상 이상이었던 모양이다.

근육이 울끈불끈한 엘자의 사지가 축 늘어져 조금도 움직이지 않았다. 아무래도 정신을 잃은 듯했다. 아무리 통증을 경감한다고 해도 일정 이상의 대미지를 받으면 뇌가 의식을 끊을 것이다.

"믿을 수 없습니다! 울무토의 영웅이 간단히 패배했습니다! 역시 랭크 A 모험가! 승자는 귀자모신 아만다입니다아!"

저것을 영웅이라고 말하는 해설자가 대단하다. 울무토 사람들은 내가 생각한 것 이상으로 그릇이 크구나.

『마지막 공격…… 보였어?』

"살짝?"

『나도야.』

멀리서 보고 있는데도 아만다가 휘두르는 채찍의 끝이 거의 사라져 보였다. 만약 저 채찍에 연격당한다면? 피할 자신이 없다. 그건 프란도 마찬가지인 듯했다.

『힘든 싸움이 되겠어.』

"응!"

아만다와 엘자의 시합이 끝난 후.

무대가 수복되는 동안 프란은 차원 수납에서 꺼낸 꼬치구이를 입 한가득 먹으며 토너먼트 표를 보고 있었다.

"다음은 포룬드 대 필립이야."

『이건 평범하게 생각하면 포룬드의 승리겠어.』

두 사람 모두 싸우는 모습을 본 적이 있는데, 필립이 불리하다는 생각이 들었다.

무엇보다 포룬드는 아만다 수준의 괴물이니 말이다.

『필립이 버텨서 포룬드의 능력을 끌어내 주면 좋겠어.』

"응. 힘내, 필립."

그런 우리의 응원도 헛되이 필립은 순식간에 패배했다.

3분도 걸리지 않았다.

개시 직후부터 포룬드의 마검 투척에 꼼짝도 못 하고 접근조차 하지 못한 채 고슴도치 상태가 돼 죽었던 것이다.

다만, 그는 만족한 듯했다. 필립의 목적은 거의 달성했으니 말이다.

필립은 전투 개시 전, 관중을 향해 바르보라의 현 상황을 어필하고 지원을 호소했다. 준준결승부터는 귀족도 관전하러 많이 오기 때문에 그들에게 호소하는 것이 이 대회에 출장한 목적인 듯했다.

『바르보라도 아직 큰일인가 봐.』

"응……."

최종전은 용선옥의 오너 쉐프인 펠무스 대 수왕의 호위 로이스의 싸움이다.

전 랭크 A 모험가와 현 랭크 A 모험가라는, 준준결승에서도 특히 주목도가 높은 시합이다.

"잘 부탁드립니다."

"저야말로요."

서로 싱긋거리며 악수를 나누면서도 무시무시한 투기를 부딪치는 두 사람을 보고 관객도 격렬한 싸움이 벌어지겠다는 예감을 가졌을 것이다. 단숨에 긴장감 있는 표정이 됐다.

실제로 상상 이상의 격전이 됐다.

그게 참, 나도 프란도 정찰을 잊고 순수하게 관전을 즐기고 말았다. 그만큼 볼 가치가 있는 진검 승부였다.

로이스의 기본 전술은 차원문과 전이, 토끼 수인으로서 타고난 민첩력으로 상대를 교란하고 대지 마술로 공격하는 것이었다.

분하지만 전이의 운용은 나보다 능숙했다. 허를 찌른다는 건 바로 저 운용을 가리키는 게 틀림없다. 때때로 월광 마술에 의한 무효, 반사를 구사해 카운터를 노리기도 했다. 일부러 단조로운 공격을 시도해 카운터를 유도한 다음 그 카운터에 추가로 반사를 맞추는 전법은 흉악하기 그지없었다.

하지만 펠무스는 로이스에게 한술 더 떠 놀라운 전법을 선보였다.

이름 : 펠무스　나이 : 63세

종족 : 인간

직업 : 조마사사(操魔絲士)

Lv : 68/99

생명 : 436　마력 : 669　완력 : 231　민첩 : 412

스킬 : 은밀 5, 해체 8, 화염 내성 8, 바람 마술 3, 위기 감지 8, 기척 감지 6, 강사기(鋼絲技) 10, 강사술 10, 구속 7, 채취 6, 소음 행동 6, 상태 이상 내성 6, 장사 5, 진동 감지 8, 진동충 6, 쌍검술 8, 조사(操絲) 10, 단검술 3, 투척 9, 올가미 4, 마법 실 생성 7, 마수학 3, 마술 내성 5, 마력 감지 5, 물 마술 6, 요리 8, 함정 해제 5, 함정 감지 5, 함정 작성 8, 실 강화, 오크 킬러,

기력 조작, 통각 무효, 분할 사고, 마력 조작

고유 스킬 : 사권(絲卷)

유니크 스킬 : 드래곤 제노사이더

칭호 : 비늘의 천적, 강사사, 오크 킬러, 던전 공략자, 드래곤 제노사이더, 마사사, 마수 섬멸자

장비 : 왕고래 수염의 전사(戰絲), 용잡이 거미의 전사, 뇌룡아의 단검, 용늘의 전의, 용 날개막의 외투, 독 무효의 팔찌, 소취(消臭)의 귀걸이

감정한 스테이터스를 보고 실을 사용해 싸운다고는 예상했지만⋯⋯. 실이 저렇게나 만능 무기일 줄은 꿈에도 몰랐다.

애초에 열 손가락으로 열 줄의 실을 다룬다고만 생각했는데, 보는 한 백 줄 이상을 동시에 조종했을 것이다.

펠무스가 조종하는 실 다발은 때로는 검이 되어, 때로는 벽이 되어, 때로는 그물이 되어 로이스를 몰아붙여 갔다.

또한 시합장에 둘러쳐진 실의 결계는 경보기 같은 역할도 완수하는지, 로이스가 아무리 전이해도 펠무스는 그 위치를 놓치지 않았다.

물론 펠무스도 대미지를 입고 있었다. 아무리 실이 강인하다고는 하나 고속으로 날아오는 거암을 완벽하게 막지는 못했고, 때로는 접근전에서 공격을 허용하기도 했다. 신체 능력으로는 로이스가 우위인 듯했다.

하지만 좁은 시합장 안에 종횡무진으로 둘러쳐진 실에서 끝까지 도망치기는 어려워서, 결국은 펠무스의 실이 로이스를 붙잡아 그 몸을 갈기갈기 찢어 시합은 종료됐다.

"승자, 용사냥꾼 펠무스~! 이미 모험가를 은퇴했다고 들었습니다만, 3연패하고 대회 전당에 들어간 그 실력은 녹슬지 않았습니다!"

펠무스가 관중에게 손을 흔들며 우아하게 인사했다. 그런 행위가 꼴사납게 보이지 않는 것은 그것이 그럴듯하기 때문일 것이다.

다만 펠무스가 단순히 댄디한 아저씨가 아니라는 것은 지금 전투로 증명됐다. 오히려 전법은 난폭하다고 해도 좋을 것이다.

『강하네.』

"응."

『좁은 결계 안에서 어떻게 싸울까…….』

"도망치는 건 무리야."

『그렇지.』

그러나 이로써 준결승 진출자가 모두 가려졌다.

내일 제1 시합은 프란 대 아만다. 제2 시합이 포룬드 대 펠무스다.

『뭐, 지금은 아만다에 대해서만 생각하자.』

"응."

어린아이를 좋아하는 아만다지만, 전에 한 모의전의 양상으로 봐서는 봐주지 않을 것이다. 오히려 프란을 존중해서 봐주는 것은 실례라고 생각할 타입이라고 생각한다.

『저 아만다와 진지하게 싸우는 날이 올 줄이야.』

동격인 고드다르파에게 승리했지만, 아만다에게 이길 자신이 있느냐고 묻는다면……. 역시 아직 약했던 시절에 그 힘을 본 경험이 영향을 끼치고 있는 걸까? 아만다는 압도적인 강자의 이미지가 강했다.

하지만 프란의 마음은 꺾이지 않았다.

"이길 거야."

『알고 있어. 목표는 우승이니 말이야.』

"응!"

"웡웡!"

"울시도 힘내."

울시가 자신도 잊지 말라는 듯이 소리를 냈다.

그렇게 내일 시합에 대해 생각하고 있는데 다른 관중이 돌아가기 시작했다.

『우리도 가자.』

"응. 엘자 병문안 갈래."

『그래야지.』

여러모로 잘해줬으니 말이다. 꽤나 요란하게 졌으니 병문안 정도는 가볼까.

담당자에게 물어보니 엘자는 의무실에 누워 있다고 했다.

의무실로 향하니 엘자는 아직 의식을 되찾지 못한 모양이다. 엘자도 푹 잘 수 있는 킹사이즈 침대에 누워 있었다.

가까이 가보니 어째선지 행복해 보이는 얼굴로 이불에 둘러싸여 있었다.

"아흐응."

요염한 얼굴로 몸을 뒤척이는 엘자.

"으흐응. 크흐흐흐."

칠칠맞은 웃음을 띠고 침을 흘리고 있었다. 패배한 비장감은 전혀 없군.

『프란, 괜찮아? 속 안 좋지는 않아?』

"어째서?"

『아냐, 괜찮으면 됐어.』

"어떡해? 깨울까?"

『괜찮아 보이니 가만히 내버려 두는 게 낫지 않을까?』

"알았어."

"푸흐흐흐······."

그리하여 우리는 엘자를 내버려 두고 그대로 귀로에 올랐다.

좋은 꿈 꿔라, 엘자.

다음 날.

"자아아! 대회도 준결승을 맞이했습니다! 오늘도 달아올라 봅시다! 제1 시합은 이 대회에서는 드문 여성끼리의 싸움입니다!"

익숙한 환성 가운데──아니, 평소 이상의 대환성 가운데 프란은 무대에 올랐다.

"이 시합에 이긴 쪽이 결승 진출! 지면 3위 결정전으로 가게 됩니다!"

『프란, 가볼까.』

"응!"

프란은 이미 각성&강화를 끝냈다. 각성은 섬화신뢰를 쓰지 않으면 한 시간 정도는 유지할 수 있다. 미리 각성해도 문제는 없었다.

"먼저 나타난 것은 이번 대회 태풍의 눈! 수많은 강적을 타도하고, 급기야 랭크 A 모험가까지 떨어뜨린 기적의 랭크 C 모험가!

마검 소녀, 새로이 흑뢰희 프란!"

오오, 마검 소녀, 새로이 흑뢰희? 멋진 이명이 생겼다! 중계자 양반, 고마워!

"상대는 여기까지 압도적인 힘을 보이며 올라온 랭크 A 모험가! 그 미모로 백검 포룬드와 인기를 양분하는, 우리나라에서도 톱클래스 지명도를 자랑하는 이 사람입니다! 귀자모신 아만다~!"

아만다에게 보내는 성원 쪽이 조금 컸다.

고드다르파전에서는 미소녀와 야수의 구도였으니까 프란을 응원해주는 사람 쪽이 많았다.

역시 하프 엘프의 미모는 무시할 수 없다. 그리고 여성에게서 나오는 새된 성원도 상당히 많았다. "언니"와 같은 성원이 들렸다. 으음, 인기인이로군.

아만다는 환성을 신경 쓰는 기색도 없이 침착한 얼굴로 입을 열었다.

"프란, 이 장소에서 너와 마주 보게 되다니, 생각도 못 했어."

"그건 나도 마찬가지야."

"봐주지는 않을 거야."

"응!"

대담하게 마주 웃는 두 사람. 서로 이미 무기를 뽑아 임전태세를 갖췄다.

얼핏 보기에 요염한 미녀와 가련한 미소녀가 마주 미소 짓고 있는 그림이지만, 그 실상은 육식동물끼리 서로 위협하고 있는 상황이었다.

"후후."

"응."

미소 지으면서 노려보는 재주를 부리는 프란과 아만다. 서로의 사이에서 투기가 높아져갔다.

나는 다시 아만다를 감정해봤다

이름 : 아만다   나이 : 58세

종족 : 하프 엘프

직업 : 신편사(神鞭士)

Lv : 72

생명 : 651   마력 : 808   완력 : 330   민첩 : 457

스킬 : 위압 7, 영창 단축 6, 은밀 8, 해체 8, 바람 마술 10, 강력 5, 순보 7, 상태 이상 내성, 전 방위 감지 6, 속성검 7, 투척 8, 편기 10, 편성기 6, 편술 10, 편성술 7, 폭풍 마술 4, 마술 내성 6, 마력 감지 6, 오크 킬러, 기력 조작, 드래곤 킬러, 폭풍 강화, 마력 조작, 채찍 강화

고유 스킬 : 편천기

유니크 스킬 : 정령의 총애

칭호 : 어린이의 수호자, 던전 공략자, 드래곤 킬러, 질풍 같은 자, 풍술사, 마수 섬멸자, 랭크 A 모험가

장비 : 천룡의 수염으로 만든 마편, 노다두사(老多頭蛇)의 전신 가죽 갑옷, 마독거미의 외투, 마안왕우의 신발, 대신의 천륜(天輪), 뇌정조의 깃털 장식, 방벽의 반지, 마비올빼미의 깃털 수리검×24

뭐든 할 수 있는 만능 타입이다. 게다가 모험가로서 쌓은 경험으로 따지면 이쪽은 크게 뒤질 것이다. 하지만 무기 스킬의 레벨

은 위였다. 예를 들어 야외에서 뭐든 있는 진검 승부가 되면 이길 확률은 낮아지겠지만, 이 무투 대회의 규칙 속에서라면 노릴 빈 틈이 반드시 있을 터다.

그리고 신경 쓰이는 점은 직업일 것이다. 전에 본 남투사에서 신편사로 바뀌었다. 이것은 무투 대회를 위한 전직일까? 고유 스킬도 본 적이 없는 스킬이었다.

편천기 : 소비를 늘리는 대신 편기의 발동을 앞당긴다

얼마나 빨라지는 거지? 신이라는 글자가 달린 상위직의 고유 스킬이다. 우습게 볼 수는 없다. 다만 소비를 늘리기도 한다. 연발은 할 수 없을 것이다. 거기가 파고들 틈이 될지도 모른다.

무기를 든 두 사람을 보고 준비가 끝났다고 판단한 듯했다.

중계자가 외쳤다.

"시합, 개시!"

그 말이 끝나는 것과 거의 동시에 우리는 이미 준비했던 마술을 펼쳤다.

"헥사고나 토네이도."

『선더 볼트!』

『선더 체인!』

『토네이도 랜스!』

회오리바람을 일으키는 바람 마술로 채찍을 휘감아 봉하고, 속도와 감전을 중시한 뇌명 마술로 아만다 자체의 움직임을 봉한다. 그런 작전이었다.

뇌명 마술은 레벨을 올려뒀다. 루미나에게 흑천호의 진면목은 뇌명 마술을 병용하는 전법에 있다는 조언을 받았기 때문이다.

새로 입수한 술법 중에서도 특히 쓰기 편한 술법 중 하나가 지금 사용한 선더 볼트일 것이다. 발동이 빠르고 감전 뒤에 전기를 더욱 띠어서 상대의 움직임을 막는 효과가 아주 높은 술법이다. 스턴 볼트의 상위 호환 술법이라고 할 수 있을 것이다. 선더 체인은 공격력이 더 낮지만 번개가 사슬처럼 상대에게 휘감겨 다중 감전시키는 구속용 술법이다.

이것으로 쓰러뜨릴 수 있다고는 조금도 생각하지 않는다. 왜냐하면 아만다에게는 최강의 갑옷, 유니크 스킬 정령의 총애가 있기 때문이다. 자동 발동해 적의 공격을 단 한 번 막는 방어 스킬이다.

우선 일격을 가해 그 갑옷을 벗기는 것부터 시작해야 했다.

이 마술은 발을 묶는 데다 정령의 총애를 쓰게 만들기 위한 공격이기도 했다. 그 후, 섬화신뢰를 써서 밀어붙인다. 헛되이 공격을 시도해 힘을 소모하기 전에 최강의 스킬로 승부를 결정짓는 작전이다. 민첩으로는 우리가 앞서니 말이다.

아무리 아만다의 채찍이 빠르다 해도, 접근하면 우리가 유리할 터다.

게다가 카운터를 경계해 물리 공격 무효도 장비를 마쳤다. 채찍은 연타성도 높지만, 아만다의 전법은 굳이 따지자면 일격필살이니까. 그 일격을 막고 공격하는 것이다.

마법을 쏜 직후, 프란은 마력을 집중시켰다.

『프란, 가자.』

"응! 섬화——."

프란이 섬화신뢰를 발동시키려 한 그때. 내게는 확실히 들렸다. 아만다의 힘찬 목소리가.

"절초 · 비사문 추락!"

"신뢰!"

직후, 우리가 쏜 마술이 모두 튕겨 날아갔다. 뇌명도 회오리도 아만다의 채찍에 눌려 순식간에 사라지고 말았다.

그리고 우리의 주위를 회오리와 같은 돌개바람이 덮쳤다.

프란의 주변에 있는 무대가 놀랄 만한 기세로 깎여서 모래와 자갈이 되어 날아올랐다.

동시에 우리의 마력도 엄청난 속도로 줄어갔다.

"웃!"

『쳇!』

너무나도 빨라서 시공 마술로 가속해도 그림자밖에 잡을 수 없었다.

그 공격의 정체는 초신속으로 계속 날린 아만다의 채찍이었다. 마치 몇십 개나 되는 채찍에 구타당하는 듯한 이상한 밀도와 속도였다.

위험하다, 물리 공격 무효가 계속해서 발동하고 있다. 게다가 한 방 한 방의 위력이 높은지, 마력이 줄어드는 상태가 이상했다.

이미 피할 수준의 공격이 아니었다. 채찍이 좁은 결계 속을 도망칠 곳이 없을 만큼 격렬하게 날뛰고 있었다. 더욱이 채찍에서 발산되는 충격파가 보이지 않는 칼날이 되어 날아들었다.

어렴풋한 기억이지만, 달인이 휘두르는 채찍의 끝은 음속을 넘

어서 소닉붐이 발생한다고 한다. 지구에서조차 그렇다. 마력이
있는 이 세계에서 아만다가 휘두르는 채찍은 속도가 얼마나 될지
상상도 할 수 없었다.

아만다도 프란의 속도가 자신을 웃돌 가능성이 있다는 것을 알
고 있을 것이다. 그래서 점으로 붙잡는 방법을 폐기하고 도망칠
곳 없는 공격을 펼치는 작전으로 나온 것이다.

이대로라면 우리의 마력은 순식간에 사라질 것이다.

'스승, 전이!'

『쇼트 점프!』

프란이 전이를 지시했다. 이대로 물리 공격 무효로 마력을 계속
소모하는 것보다 전이의 소비 쪽이 낫다고 생각했기 때문이다.

나는 프란의 몸에 부딪치는 채찍을 무시하며 황급히 단거리 전
이를 발동시켰다.

하지만 바로 뒤로 전이한 우리의 시야 앞에 아만다의 모습은 없
었다. 이미 무대 반대편으로 도망친 것이다.

우리는 전이 마술을 많은 사람 앞에서 쓰고 말았다. 아만다의
귀에도 들어갔을 것이다. 이 수준의 상대라면 전이를 파악하기만
하면 전이에 걸리는 한순간의 틈에 충분히 대처할 수 있다. 고드
다르파도 그러지 않았나.

"배니어어어!"

전이로 접근하는 것이 불가능하다고 이해한 프란은 아만다를
향해 단숨에 가속했다. 애초에 아직 정령의 총애조차 쓰게 만들
지 못했다. 여기서 흑뢰를 날리면 막히고 말 것이다. 우선은 일격
을 가한다!

"하아압!"

프란이 채찍의 폭풍 속을 일직선으로 돌진했다. 이 돌진 속도는 예상외였나 보다. 아만다는 프란의 공격을 피하지 못했다.

키이이이이이잉!

좋아, 겨우 닿았어! 정령의 총애에 검이 막혔지만, 이것으로 충분하다. 프란은 그대로 튕겨져 나오는 나를 치켜들었다. 이 거리라면 안 빗나간다!

"차앗!"

남은 마력도 전부 실어주지!

받아라아아!

아만다의 눈앞에 내가 다가가자 그 눈이 경악으로 크게 뜨였다.

『하아아아압!』

"우아아아아!"

Side 아만다

"아아아아아아!"

"으랴아압!"

프란과 고드다르파의 싸움을 보고 나는 경악했다.

강하다. 설마 저렇게 강해졌을 줄이야.

물론 만났을 때부터 프란은 아주 귀여웠고, 언젠가 더욱 강해질 거라는 사실은 알고 있었다.

하지만 그건 몇 년이나 뒷일일 터였다. 언젠가 따라잡힐 날이 온다고 해도 10년은 있어야 한다고 생각했는데…….

설마 고드다르파에게 이길 줄이야.

솔직히 프란은 준준결승에서 진다고 생각했다. 나조차도 이긴다고 장담할 수 없는 상대이니까.

이상하다고 할 수 있을 만큼 빠른 성장. 재능 있는 모험가는 몇 명이나 봐왔지만 프란만큼 빠르게 성장하는 모험가는 처음이었다.

분명 진화에 대한 갈망이 벌인 일일 것이다. 흑묘족이 가지고 이제 종족 특성이라고 해도 좋을, 진화로 나아가지 못하는 마음이 저 애를 싸움으로 몰아가고 있다.

그리고 스승. 저 신비한 검이 프란을 이끌고 있는 것이 틀림없다.

보기에 스승 자체도 상당히 강화됐다. 그 속에서 나오는 막대한 마력. 저것은 우습게 볼 수 없다. 그리고 스킬도 강화된 것이 틀림없다.

실제로 고드다르파전에서도 프란의 힘만으로는 생각할 수 없는 불가사의한 현상이 몇 번이나 보였다. 시공 마술에 뇌명 마술. 영창 파기에 마술의 연속 발동. 심지어 들은 적도 본 적도 없는 흑묘족의 진화가 나왔다.

특히 놀란 것은 물리 공격 무효를 쓴 것. 전에 물리 공격 무효를 가진 상대와 싸운 적이 없었다면 눈치채지 못했을 것이다.

고드다르파의 도끼를 간단히 받아낸 저 공방. 아무리 강력한 장벽을 펼쳤다 해도 저렇게 간단히 팔 하나로 받는 것은 무리다. 어떻게 생각해도 물리 공격 무효나 그것과 비슷한 스킬을 가지고 있다고 생각한다.

아주 강력해서 성가신 스킬이지만, 파고들 틈이 없지는 않다. 물리 무효가 발동됐을 때 프란의 마력이 크게 준 것을 알 수 있었다. 발동하는 데 상당한 마력이 필요한 것이다. 그곳을 찌르면 깨부수기는 어렵지 않을 터다.

"그렇다 해도 편하게는 못 이기겠지……."

어디까지가 프란의 힘이고 어디까지가 스승의 힘인지는 알 수 없지만, 저 두 사람을 상대하려면 상당한 각오가 필요할 것이다.

프란의 시합을 바라보던, 주위에 있는 귀족들이 웅성댔다.

"저 소녀, 굉장하구먼. 모험가인가?"

"아니, 수인이잖습니까. 수인국 소속이겠죠."

"하지만 저 힘. 꼭 우리나라에 필요해."

"새치기는 안 되지."

"저 미모, 용도는 얼마든지――."

"우효효. 꼭 내 아래에――.

무리도 아니지. 프란은 강하고 어리다. 보기만 해서는 어떻게든 구슬릴 수 있을 것 같다. 비열한 귀족들이 말하는 대로 할 수 있다고 생각하는 것도 어쩔 수 없다.

이건 뜨거운 맛을 좀 보여주는 편이 나으려나?

"부디 우리 근위사단에――."

"내 딸의 호위로――."

그중에는 제대로 된 권유도 있는 것 같은데 어떻게 하지? 그건 그렇고 저 작은 아이가 이렇게까지 성장할 줄이야…….

사실 나는 프란과 만난 적이 있다. 알레사에서 만났다는 이야기가 아니다. 더 오래 전. 10년 이상 전의 일이다.

그날 나는 흑묘족 부부의 방문을 받았다.

그들은 몇 년 전까지 내가 운영하는 고아원에서 살았고, 그 뒤로는 독립해 모험가를 하고 있었다. 그리고 아이가 태어나자 일부러 보이러 와줬다.

부부의 이름은 키난과 프라메어. 어릴 때부터 돌봐준 흑묘족 소년 소녀다.

키난 부부가 만나러 와준 것은 아주 기뻤다. 싸우고 헤어지는 형태로 두 사람이 고아원을 뛰쳐나가고 말았으니까.

하지만 그 일은 내가 잘못했다.

모험가가 되어 진화에 이르는 길을 찾고 싶다는 두 사람의 희망을 부정하고 말았다. 내 입장에서 봤을 때 두 사람에게는 모험가로서의 재능이 없었다.

마력도 낮고 무기 재능도 보통. 게다가 나처럼 강한 모험가를 어릴 때부터 봐온 탓에 어딘가 모험가 일을 가볍게 생각하는 구석도 있었다. 수인으로서 타고난 신체 능력만으로 해나갈 수 있을 만큼 모험가는 쉽지 않다. 내게는 두 사람이 던전에서 죽는 미래밖에 보이지 않았다. 하지만 거기서 무조건 밀어붙이기만 하지는 말았어야 했다.

다른 표현법과 접근법이 있었다고 생각한다. 그래서 막 태어난 프란이라는 이름의 아이를 보이러 와줬을 때는 무척 기뻤다.

그렇다, 두 사람 아이의 이름은 프란이었다. 나이도 일치한다.

하지만 나는 이미 죽었다고만 생각했다. 키난 부부가 사망했다는 이야기를 듣고 달려갔지만 프란의 모습은 이미 어디에도 없었기 때문이다.

그래서 알레사에서 프란과 만났을 때, 처음에는 전혀 알아차리지 못했다. 설마 그때 본 아기라고는 생각도 하지 못했다.

이름을 듣고 얼굴을 보니 바로 떠오르기는 했지만 말이다. 그야 프라메어의 어릴 적과 똑 닮았으니까.

처음에는 프란의 부모의 지인이라고 밝히고 나서서 보호할까 망설였다. 하지만 프란은 이미 모험가로서 확고하게 자립하고 있었고, 키난과 프라메어를 지키지 못했던 내게 그런 자격이 있다고도 생각할 수 없었다.

그래서 나서지 않고 다른 방향으로 프란을 지키자고 생각했다.

억지로 의뢰에 따라나선 것도, 모의전으로 프란을 단련시킨 것도 모두 그러기 위해서였다. 경우에 따라서는 스승이 되어 한동안 단련시킬 생각이었다. 뭐, 진짜 스승이 있었으니 나는 필요 없었겠지만.

그래도 나밖에 할 수 없는 일도 있다.

그것은 벽이 되는 것.

프란은 분명히 역사에 이름을 남길 모험가가 된다. 하지만 언젠가 자신의 힘을 과신해서 발목을 잡히는 날이 올지도 모른다.

그때가 왔을 때 아직 위가 있어, 프란은 아직 미숙해, 라고 말할 수 있도록 높은 벽으로 계속 있는 것. 그것이 내가 할 수 있는 일이다.

아, 오랜만에 단련하느라 죽는 줄 알았다. 하지만 그 덕분에 10년 만에 편기의 레벨이 올랐다. 하프 엘프인 내게 쉰 살은 아직 젊다고 할 수 있는 나이이지만, 계승한 엘프의 피 탓인지 최근에는 무리하는 경우가 줄기 시작했다. 당연히 스킬의 레벨도 한계에 다다라서, 상승하는 일도 없었다. 그랬는데 요 몇 개월 동안 몇 가지 스킬이 레벨업한 것이다.

역시 목표를 가지고 자신을 몰아붙이는 것이 가장 좋은 단련이구나.

오랫동안 목표였던 신편사도 됐으니, 이 힘으로 난 프란에게 이길 것이다. 그러기 위해서 단련했으니까.

그리고 오늘. 나는 무대에서 프란과 마주했다.

좋은 미소다. 나를 앞에 두고 겁도 없고 주눅도 들지 않는다. 그저 순수하게 이기는 것을 생각하고 있다.

"봐주지는 않을 거야."

"응!"

이거 정말 사력을 다하지 않으면 안 되겠네.

어제 전투를 보고 알았는데, 프란의 속도는 이미 나를 능가했다. 더욱이 고드다르파를 쓰러뜨린 그 검은 번개는 내 목숨도 일격에 빼앗을 것이다.

그만큼 진화한 지금의 프란은 강하다.

하지만 그렇기 때문에 나는 이겨야 한다. 프란의 벽이 되기 위해서. 그러기 위해서는 간신히 이겨서는 안 된다. 압도적인 승리가 필요했다.

여유작작한 상태로 승리해서 "아직 수업이 부족해!"라고 말해야 한다.

어느 정도 희생도 각오해야 할 것이다.

"시합, 개시!"

"헥사고나 토네이도."

개시 신호와 함께 프란 일행이 복수의 마법을 날렸다.

역시 스승이 마술을 날리고 있는 거겠지. 바람 마술의 영창밖에 들리지 않았는데 뇌명 마술도 동시에 날아오고 있다.

내게 달려드는 회오리와 뇌격. 아마 바람 마술로 채찍을 봉하고 뇌명 마술로 육체를 마비시키는 노림수일 것이다.

후후. 생각 좀 했구나. 하지만 이 정도로 지금의 나는 멈출 수 없다. 나는 집중시키고 있던 마력을 단숨에 해방해 내가 사용할 수 있는 최강의 편성기를 발동시켰다. 마력이 모두 흘러간 것을 알 수 있었다. 이 기술을 버틴다면 솔직히 패배도 각오해야 할 것이다.

"절초 · 비사문 추락!"

나 자신도 파악하지 못할 정도의 속도로 채찍이 시합장 안을 날뛰기 시작했다.

프란이 날린 마술은 이미 사라졌다.

채찍은 그대로 프란을 계속 구타했다. 너무 빨라서 프란도 채찍을 보지 못하는 듯했다.

역시 물리 공격 무효를 가지고 있다. 공격이 명중하는 감촉이 있는데 프란에게 대미지를 입히는 느낌 보이지 않았다. 일격에 하이 오우거를 다진 고기로 만드는 위력의 공격을 연타로 허용했는데 말이다.

그래도 나는 채찍을 계속 휘둘렀다. 프란의 마력이 눈에 띄게 줄어들었기 때문이다.

이대로 밀어붙이자!

다만 이 편성기는 아주 강하지만 결점이 하나 있었다. 그것은 채찍의 내구도를 현저하게 떨어뜨리는 것이다. 오랫동안 계속 사용하면, 내 채찍은 확실히 파괴될 것이다.

오랜 세월 함께 지낸 애편이지만 할 수 없다. 이 채찍을 잃는 한이 있더라도 나는 이겨야 한다. 결승에서 쓸 채찍을 어떻게 하면 좋을지는 나중에 생각하면 된다.

내 시선 끝에서 프란의 모습이 사라졌다.

"왔네."

시공 마술로 전이한 것이다. 하지만 사전에 알고 있으면 대처도 할 수 있다.

나는 그 자리에서 전속력으로 떠났다. 직후, 전이한 프란이 내 모습을 놓치고 놀라는 장면이 보였다.

하지만 프란은 포기하지 않았다. 그 눈동자에 깃든 투지는 조금도 흔들리지 않았다.

마술과 스킬을 병용했는지, 채찍 폭풍 속을 무시무시한 속도로 돌진해왔다.

빨라! 내 예측을 웃돌았다. 역시 프란이야!

"하아압!"

키이이이이이이잉!

칼끝을 피하지 못하고 정령의 총애를 쓰고 말았다. 이 거리는 프란의 범위 안이다. 위험해.

"차앗!"

큭! 눈앞에 프란과 똑같이 흑뢰를 두른 검이 다가오잖아! 피할 수 없어!

"으아아아아!"

*

앞으로 몇 센티미터. 내 칼날이 아만다의 눈앞에 다가서고――
튕겨 나갔다.

『커헉!』

"크윽?"

아만다가 무대 전역에 계속 펼친 광범위 무차별 공격. 그것을
물리 공격 무효로 계속 받아내는 바람에 마력이 지나치게 줄어들
었다.

마력이 없으면 물리 공격 무효는 당연히 발동하지 않는다.

『크흑!』

내 도신은 옆에서 갑자기 덮쳐온 충격을 무효화하지 못하고 중
간부터 부서졌다.

그리고 마찬가지로 채찍에 구타당한 프란과 함께 결계에 내동
댕이쳐졌다.

"크흑!"

도신의 재생――아니, 그런 것보다 지금은 프란이야!

내 도신에 미지근한 체액――프란의 피가 떨어지고 있는 것이
느껴졌다. 공격을 막은 건 한순간이었을 텐데, 대체 몇 방의 공격
을 받은 걸까? 프란의 온몸에 채찍을 맞았다고는 생각할 수 없는
깊은 열상이 나 있었다.

물리 공격 무효는 이제 쓸 수 없지만, 힐 몇 번 분의 마력이라
면 남아 있었다.

『힐!』

늦지 마! 즉사만 아니면 어떻게든 돼!

하지만 바람도 헛되이, 내 눈에는 시간의 요람에 의해 시간이

되감기는 프란의 모습이 들어왔다.

"시합 개시하고 고작 10초! 놀라운 결착입니다! 무슨 일이 일어난 걸까요?!"

침을 튀기며 절규하는 중계자의 말에 깨달았다. 아직 10초밖에 지나지 않았다는 것을.

"프란 선수가 마술을 날렸다 싶은 직후! 무시무시한 충격음이 울려 퍼지고 마술이 사라졌습니다! 그 뒤의 공방은 너무나도 빨라서 뭐가 뭔지 알 수 없었습니다!"

공격을 맞히면 이길 자신은 있었다. 하지만 아만다의 채찍은 우리의 상상을 아득히 뛰어넘어 빠르고 강했다.

"하지만 그 양자의 공방이 얼마나 무시무시했는지는 무대를 보면 일목요연합니다! 대부분이 산산조각 나 원형이 남아 있지 않습니다! 고작 10초 만에 이렇습니다!"

중계자의 말대로 무대는 차마 눈 뜨고 볼 수 없을 만큼 참혹했다. 절반 이상이 부서져 사라졌고, 남아 있는 부분도 흠집투성이였다. 아만다가 사용한 무기의 굉장함을 잘 알 수 있었다.

"……졌어?"

『그래.』

프란이 아직도 이해하지 못한 얼굴로 일어나 나를 주워들었다. 아무것도 하지 못했으니 실감도 전혀 나지 않을 것이다.

"벌써?"

그렇게 중얼거리고 주위를 둘러봤다.

『그래.』

멍하니 서 있는 프란에게 아만다가 다가왔다.

"프란! 괜찮아?"

숨이 상당히 거칠다. 랭크 A 모험가인 아만다가 고작 편기 한 발을 날린 것만으로 숨을 헐떡일까? 아마다에게서 느껴지는 마력이 절반 이하로 줄어 있었다.

하지만 아만다는 자신의 소모는 신경 쓰지 않고 프란의 온몸을 슥슥 문지르며 "다친 덴 없어?" "아무 데도 안 아파?"라고 물었다.

어린아이를 좋아하는 아만다. 프란을 죽일 뻔한 것은 당연히 본의가 아니었을 것이다. 그 얼굴에는 비장감마저 떠 있었다.

그런 아만다를 위로하기 위해서 프란이 라디오 체조와도 비슷한 움직임으로 무사를 어필했다. 그것을 보고 겨우 진정한 듯했다.

"프란도 강해졌구나. 상당히 위험했어. 하지만 아직 내 쪽이 강했네."

"응."

"그래도 채찍은 이렇게 됐지 뭐야."

아만다가 든 채찍이 중간부터 끊어져 날아가 있었다. 아만다 수준의 모험가가 쓰는 채찍이 이런 상태가 되다니. 그만한 기술을 썼다는 뜻인가.

뭐, 한 방에 무대에 커다란 구멍을 뚫는 공격을 몇십 방이나 날리는 기술이다. 나 역시 프란이 그런 기술을 썼다면 순식간에 내구도가 제로가 될 것이다.

이것은 어떻게 봐도 수복이 불가능하다. 죽은 프란은 시간의 요람 덕분에 만전의 상태다. 나도 방어구도 완전히 시합 전 상태로 수복됐다.

하지만 저것은 어디까지나 사망한 선수에게 발동되는 것이라서, 승자는 이긴 상태 그대로였다. 당연히 무구도 고쳐지는 일은 없었다.

프란에게 이기기 위해 애용하던 무기를 버린 것이다. 아만다는 그만큼 프란을 인정해줬다는 뜻일 것이다.

"준준결승전을 보고 알았어. 프란은 이미 나보다 무기 실력이 위야. 게다가 그 속도와 공격력. 평범하게 싸우는 건 상책이라고 할 수 없었어."

그 일전으로 거기까지 간파했다는 건가.

"그리고 또 하나. 이것도 준준결승을 보고 안 건데, 프란은 물리 공격 무효나 거기에 가까운 능력을 가지고 있지 않니?"

"그건——."

"아, 말 안 해도 돼. 하지만 그렇게 생각하면 고드다르파와의 싸움도 이해할 수 있어. 다만 그런 파격적인 능력을 계속 쓰는 건 불가능해. 계속 쓰게 만들면 반드시 파탄이 나지."

전부 파악했다는 건가. 접근전을 피하고 원거리에서 공격을 계속 가해 우리의 마력을 고갈시킨다. 처음부터 아만다의 작전대로였던 것이다.

전투력 자체가 뒤진 건 아니었다. 하지만 관찰안과 시합 운용에서는 압도적으로 뒤졌다.

젠장! 역시 경험이 풍부한 랭크 A 모험가란 건가.

"그렇게 실망하지 마."

"수행이 부족했어."

"프란……."

내 자루를 힘껏 쥐고 고개를 숙인 프란을 앞에 두고 아만다가 당황스러워했다. 아만다는 프란이 낙심하고 있다고 착각하고 있는 듯했다.

하지만 프란은 그런 사람이 아니다.

"하지만 다음번 3위 결정전은 반드시 이길 거야!"

아쉬운 마음은 있다. 낙담하기도 했다. 하지만 패배는 패배로 반성하고 낙담하기보다 다음 시합의 양식으로 삼는다.

긍정적이랄까, 적극적이랄까, 프란은 그런 의미에서는 전투가에 적합한 성격을 가지고 있었다.

그리고 나는 알 수 있는데, 프란은 어딘가 즐거워 보였다. 아만다가 딱히 스승이나 선생이지는 않지만, 선배가 변함없이 높은 벽으로 있다는 사실이 기뻤을 것이다. 그 마음은 모르는 바도 아니다. 목표로 삼아온 정상이 틀리지 않았다고 생각할 수 있기 때문이다.

"힘내!"

안심한 기색의 아만다가 격려했다. 그에 대해 프란도 마주 웃었다.

"아만다도 우승해."

아만다가 그 말에 싫다고 할 리가 없다.

"그래, 맹세할게!"

프란의 어깨에 손을 두르고 의욕 가득한 표정으로 고개를 끄덕였다.

"저기, 프란. 이 뒤에 볼일 있어? 나, 프란하고 격려 모임을 가지면 어떤 상대라도 이길 수 있을 것 같은데……?"

"다음 시합 보고 잘 거야."

"그래……. 아쉽지만 어쩔 수 없지."

아만다도 아쉬운 것 같지만 프란도 살짝 아쉬운 것 같다. 하지만 자신의 상태는 잘 알고 있을 것이다. 육체 피로는 없어도 정신적으로는 상당히 소모했다. 역시 휴식이 필요했다.

그래도 다음 대전 상대의 정보는 필요하다.

우리는 그대로 시합을 관전하기로 했다. 다만, 있는 곳은 객석이 아니라 호화로운 독실이었다.

실은 운영진에 부탁하니 관전용 독실을 준비해줬다.

아만다가 같이 오고 싶어 했지만, 내일 결승을 위한 회합이 있다며 운영진에 끌려갔다. 원래부터 격려 모임을 할 여유는 없었을 것이다. 명복을 빕니다.

방에서는 무대를 내려다볼 수 있었다.

"잘 보여."

『그러네.』

프란은 들뜬 상태로 포룬드 대 펠루스의 시합이 시작되기를 기다렸다. 강자끼리 벌이는 싸움이라서 나도 기대된다.

입장한 선수에게 보내는 성원은 프란과 아만다 때 이상일 것이다.

양쪽 다 인기인이지만, 현역인 포룬드 쪽이 인기가 조금 높지 않을까?

관객의 열기가 최고조에 달했을 때 시합 개시가 선언됐다.

제 2시합은 우리 시합과는 완전히 달리 장시간 격투가 됐다.

포룬드가 날리는 무수한 검을 펠무스가 피했고, 펠무스의 실을 검이 잘랐다.

검과 실이 결계 안을 날뛰는 요란한 전개가 계속되는 가운데, 공격 수단이 많은 펠무스가 차츰 밀어붙이기 시작한 것처럼 보였지만——.

포룬드가 동시에 소환한 백 자루에 가까운 마검이 시합장 안을 난무해 순식간에 형세를 뒤집었다.

펠무스도 실로 검을 옭아매며 어떻게든 역전의 길을 찾으려 했지만, 포룬드의 검이 내뿜는 압력이 조금이나마 위였던 모양이다.

『3위 결정전은 펠무스가 상대인가.』

어느 쪽이든 상대로서 강적이지만, 조금 안심한 것도 사실이다. 포룬드는 만진 마검을 복사할 수 있는 능력을 가지고 있다. 녀석이 만지면 나는 어떻게 될까 약간 걱정스러운 것도 사실이었다.

『뭐, 펠무스도 강적이기는 해.』

"실이 굉장해."

그렇게밖에 표현할 수 없는 게 안타깝다. 우리는 실에 관해서는 완전히 문외한이다. 굉장하다는 것은 알아도 뭘 하고 있는지까지는 이해하지 못했다.

"하지만 지지 않아."

『나 역시 질 생각은 없어. 오늘의 교훈을 살려서 반드시 이기자.』

"응!"

*

울무토의 뒷골목.

밤의 장막에 뒤덮인 그곳에서 궁지에 몰린 듯한 여성의 고함이 울려 퍼지고 있었다.

"젠장! 젠장젠장! 그 계집애만 없으면!"

원망이 담긴 욕설을 내뱉는 것은 마술사풍 차림을 한 젊은 여성이었다.

원래는 상당히 아름다울 것이다. 하지만 움푹 팬 볼과 눈 아래 생긴 짙은 다크서클이 모든 것을 무위로 돌리고 있었다.

어둠 속을 불안한 걸음걸이로 걷는 그 모습은 마치 방황하며 걷는 사령 같았다.

"……어쩌면……! 어쩌면 좋아……. 그분께 용서받으려면……."

여성은 초조함에 사로잡힌 표정으로 뭔가를 중얼거리고 있었다.

"끝나지 않아……! 나는 이런 곳에서 끝나지 않아……!"

그리고 여성의 눈에 결의가 깃들었다.

소극적인 각오를 다진 자 특유의, 어두운 결의의 색이었다.

"그 계집의 김이야! 그것만 있으면……!"

＊

"오늘도 쾌청! 무투 대회를 열기에 좋은 날씨입니다! 오늘의 제 1시합은 아쉽게도 준결승에서 패배한 자끼리의 3위 결정전입니다~!"

이 경쾌한 중계를 듣는 것도 오늘이 마지막인가. 그렇게 생각하니 조금 아쉬운 기분도 든다. 뭐랄까, 축제가 끝나기 직전 같은 기분이랄까?

'스승, 왜 그래?'

『아니, 오늘이 마지막이라고 생각했을 뿐이야.』

'모든 걸 다 쏟을 거야.'

『그래야지.』

'응!'

프란은 쓸쓸함 따위는 전혀 느껴지지 않는 의욕 가득한 얼굴로 고개를 끄덕였다. 나 같은 잡념은 전혀 없이 눈앞의 펠무스전만 보고 있었다.

으음, 든든하네.

"서쪽에서 나타난 것은 위협적인 랭크 C 모험가, 흑뢰희 프란! 이번 대회에서 가장 유명해진 출장자 중 한 명일 겁니다! 인기의 요인 중 하나인 저 작고 귀여운 외모에 넘어가서는 안 됩니다! 랭크 A 모험가를 쓰러뜨릴 정도의 날카로운 어금니를 숨기고 있습니다! 오늘은 그 검은 번개를 볼 수 있을까요~!"

이 대환성도 마지막이다. 관객의 목적은 결승전이라고 생각했는데, 프란에게 보내는 응원도 뜨겁다.

이쪽 시합에 대한 주목도도 높은 듯했다.

자, 펠무스의 상태는 어떻지? 요전에 재회했을 때, 준결승을 목표한다고 했었지? 그 목표는 달성했으니 맥이 풀리지 않았을까?

"웃, 왔어."

프란의 시선 끝에 투기장에 모습을 드러낸 호리호리한 남성이 있었다.

그것을 보고 싶어도 알고 말았다.

『아쉽지만 상태는 좋아 보이네.』

무대를 향해 천천히 걸어오던 펠무스가 자연스러운 웃음을 띠었다. 긴장감은 조금도 느껴지지 않았다. 하지만 맥이 풀리지 않았다는 것을 이해할 수 있었다.

펠무스를 앞에 둔 순간부터 무시무시한 위압감을 느꼈기 때문이다.

진부한 표현이 되겠지만, 예를 들어 도도하게 흐르는 대하 같았다. 깊고 격렬하고 느긋했다. 이것은 방심할 수 없는 상대다. 보기만 해도 그런 생각이 들었다.

역시 대회 3연패 기록을 가진 경험 풍부한 전 랭크 A 모험가로군.

'안 아쉬워.'

『뭐, 프란은 그렇겠지.』

오히려 펠무스가 완벽한 상태가 아닌 쪽을 아쉬워할 것이다.

"동쪽에서는 용사냥꾼 펠무스가 등장했습니다! 현역을 은퇴했다고는 하나 그 실력에 쇠퇴는 보이지 않는군요! 아쉽게도 준결승에서 패배했지만 왕년의 힘은 건재합니다!"

펠무스는 여전히 경장이었다. 흰 셔츠와 검은 슬랙스로밖에 보이지 않는 위아래 옷이었다. 재킷을 벗은 격식 없는 차림의 집사 같다고 하면 되려나? 뭐, 멀리에서 그렇게 보이는 것뿐이지, 소재는 용 계열의 것이고 가까이서 보니 안감을 비늘로 보강했다는 사실을 알 수 있었지만 말이다.

"여. 오랜만이군요."

"응."

"당신과 이곳에서 마주 설 줄은 생각도 못 했다고 말하면 화를 낼 건가요?"

"그건 이쪽도 그래."

"하하하, 서로 마찬가지로군요."

로이스가 이기고 올라온다고 생각했으니까. 하지만 시합을 보아 그 힘은 진짜다.

무엇보다 무서운 것이 실을 조종하는 미지의 기술을 쓰는 점이다. 본 적도 없는 기술, 상상도 할 수 없는 전술을 구사할 것이다.

더구나 전투 경험에서도 크게 밀렸다.

스테이터스에서 상회할 우리가 진다면, 상대가 그 부분을 파고들었기 때문일 것이다. 실제로 아만다전에서도 개막하자 필사의 최강 기술을 느닷없이 날리는 비상식적인 전법에 졌다. 그것 역시 우리가 경험이 더 풍부했다면 막을 수 있었을지도 모른다.

"아직 성장 중인 젊은 유망주와 경험 풍부한 전 랭크 A 모험가! 과연 이기는 것은 어느 쪽일까요!"

"나."

"아니요, 접니다."

프란이 검을 쥐자 펠무스가 가볍게 양손으로 자세를 잡았다. 얼핏 맨손으로 보이지만, 실잡이니까 이 자세에서 실을 던져 조종해 공격할 터다.

펠무스가 양손에 낀 장갑을 감정해봤다. 지금까지 싸움을 보고 알았는데, 저 가죽 장갑에 실이 장치돼 있었다.

이름 : 왕고래 수염의 전사

공격력 : 100~489　보유 마력 : 500　내구도 : 500

마력 전도율 · C~A

스킬 : 시공 속성, 섬광 속성, 대해 속성, 빙설 속성

이름 : 용잡이 거미의 전사
공격력 : 55~455   보유 마력 : 300   내구도 : 700
마력 전도율 · D~B+
스킬 : 화염 속성, 사진(沙塵) 속성, 대지 속성, 폭풍 속성, 용철 속성, 뇌명
속성

속성이 엄청나게 붙어 있었다. 실에 따라 속성을 바꿀 수 있는 건
가? 그리고 공격력은 실의 길이나 굵기 등에 따라서 바뀔 것이다.

"자, 양자의 준비가 끝난 것 같습니다!"

프란과 펠무스의 시선이 뒤얽혔다.

"그러면 3위 결정전, 시자아아악!"

시합 개시 순간, 우리는 준비하고 있던 마술을 날렸다.

"선더 볼트."

『게일 해저드.』

『블레이즈 웨이브.』

『애시드 베놈.』

아만다전에서는 실패한 개막하자마자 마술 전개. 하지만 우리
는 펠무스에게는 유효하다고 생각했다.

뇌명 마술은 실을 통해 감전시키는 것을 노렸다. 바람 마술은 단
순히 실을 날려버릴 것 같았고, 화염 마술로 실을 태워버릴 수 있
을지도 모른다. 부식 효과가 있는 독 마술도 당연히 실을 노렸다.

실제로 우리가 날린 마술은 개막과 동시에 던져진 실을 없애서

공격을 막는 데 성공했다.

하지만 이어서 쏘아진 실이 순식간에 우리의 마술을 흐트러뜨렸다.

실에 농밀한 마력이 흐르고 있는 것을 알 수 있었다.

역시 마술만으로 밀어붙이는 건 무리인 듯했다.

『역시 접근하지 않으면 안 되나.』

"응."

견제 마술을 아랑곳하지 않는 이상, 거리를 벌리는 싸움은 펠무스에게 유리하다.

반대로 거리가 몇백 미터나 떨어져 있으면 원거리 마술 포격이 유리할 것이다. 하지만 무대 정도의 거리에서, 게다가 결계로 막혀 있는 전장에서는 오히려 모든 방향에서 변화무쌍한 공격이 가능한 실 쪽이 몇 배나 성가셨다.

그렇다면 실의 조작이 어려울 접근전에서 승부한다.

그것이 우리의 결단이었다.

물리 공격 무효를 장비하지 않았다. 작정하고 공격해 오는 상대에게는 위험하다는 것을 아만다전에서 깨달았기 때문이다.

'우선 접근할게.'

『그래.』

그러기 위해서는 실을 재빨리 빠져나갈 필요가 있었다. 즉, 펠무스의 실을 웃도는 속도가 필요했다.

"섬화신뢰!"

"읏!"

흑뢰를 두른 프란은 단숨에 가속해 펠무스에게 다가갔다.

급격하게 가속한 프란을 보고 펠무스가 희미하게 소리를 냈다.

펠무스도 고드다르파전을 봤을 터다. 거기서 보인 섬화신뢰도 머리에 들어 있었을 것이다. 하지만 객석에서 보는 것과 눈앞에서 체감하는 것은 전혀 다를 테다.

그만큼 지금의 프란을 빨랐다.

펠무스가 지금까지 이상으로 대량의 실을 조종해 공격하려 했지만, 우리는 멈추지 않았다.

게다가 실을 피하는 방법은 신속으로 회피하는 것밖에 없었다.

'스승, 작전 결행!'

『그래! 디멘션 시프트!』

『쇼트 점프.』

전이하는 곳은 읽히고 있다는 전제를 깔았다.

그것을 예측하고 전이 뒤의 틈을 없애기 위해 디멘션 시프트를 병용했다. 모든 공격을 투과해 막는 시공 마술이다. 발동 시간은 몇 초지만 전이 뒤의 틈을 커버하기에는 충분했다.

예상대로 펠무스의 바로 위로 전이한 우리를 향해 마치 알고 있었다는 양 사방에서 실 다발이 달려들었다.

하지만 그 실들은 프란을 통과해 붙잡지 못했다.

"아니! 역시 시공 마술……! 디멘션 시프트인가요!"

단번에 간파했어! 시공 마술에 대한 지식도 가지고 있나 보다. 역시 숙련된 모험가는 성가셔!

"하아아압!"

프란이 상단 자세에서 나를 내리쳤다.

하지만 펠무스도 접근당했을 때의 상황을 시뮬레이션한 듯했다.

나는 노인의 주위에 둘러쳐진 실의 결계에 걸려 멈추고 말았다. 한 줄 한 줄의 강도는 약해도 마력으로 강화된 실이 몇십 줄 합쳐짐으로써 충격을 완화하고 검조차 막아내는 거겠지.

『하지만 우리의 공격은 여기서부터야!』

섬화신뢰로 프란이 몸에 두른 흑뢰는 내 도신에도 이어져 있었다. 내리치면 그것만으로 흑뢰가 상대에게 전도되어 대미지를 줄 것이다.

당연히 나와 접촉한 실을 통해 흑뢰가 퍼졌다. 그대로 실을 타고 흑뢰가 펠무스에게 적중할──터였지만.

"소용없어요."

"읏!"

놀랍게도 실로 흘러들어 갔을 터인 흑뢰는 펠무스에게 도달하지 않고 위력이 감쇄돼 사라졌다. 아무래도 대량의 실에 흑뢰를 분산해 흘러버린 듯했다.

카운터로 날아온 실을 물리치며 프란은 더욱 달려들었다. 하지만 역시 실의 결계에 참격은 막혔고, 흑뢰도 분산돼 공중이나 지면으로 흘러갔다.

설마 이렇게까지 완벽하게 대응할 줄이야!

'다시 한 번!'

『디멘션 시프트.』

『쇼트 점프.』

『복수 분신 창조!』

다시 전이해 달려들었다.

하지만 일단 분신을 생성해 교란을 시도하기로 했다. 분신은 순식간이 쓰러지겠지만, 그래도 상관없다. 환영과 달리 실체가 있는 분신이라면 펠무스도 무시는 하지 못할 것이다.

전에는 내 분신이 쓰러지는 모습을 보면 기분이 그다지 좋지 않았지만, 최근에는 익숙해졌는지 아무런 생각도 들지 않았다. 던전에서 시험했을 때도 그랬다.

하지만 생성된 세 분신은 우리의 예상 밖의 모습을 하고 있었다.

"응?"

『어?』

이름 : 분신

공격력 : 100   보유 마력 : 50   내구도 : 100

마력 전도율 · C

내 생전의 모습을 한 분신이 생성되겠다고 생각했는데, 지금의 나와 똑같은 검이 생성된 것이 아닌가. 완전히 나와 똑같아서 복제품이라는 느낌이 들었다.

하지만 예상과는 달랐지만 펠무스의 경계를 그쪽으로 쏠리게 만드는 데는 성공한 모양이다.

주위에 갑자기 나타난 검에 그 시선이 향해 있는 것을 알 수 있었다.

지금은 분신이 어째서 검의 모습을 하고 있는지는 아무래도 좋다. 검증은 나중에 하자.

『가라!』

나는 염동을 사용해 복제품들을 펠무스에게 돌진시켰다. 대미지를 주는 것이 목적이 아니기 때문에 돌진이라기보다는 낙하라고 표현하는 편이 올바를지도 모르겠다.

경계하던 펠무스가 실로 복제품들을 후려쳤다.

순식간에 내구도가 깎여서 소실되는 검. 하지만 펠무스의 주위를 끄는 목적은 달성했다.

펠무스가 검을 조종하는 포룬드와 싸워서 진 것도 우리에게는 행운이었다. 필요 이상으로 복제품들을 경계한 듯했다. 펠무스의 의식이 우리보다 복제품에게 강하게 쏠린 순간이 있었다.

"에잇!"

『받아라!』

섬화신뢰에 복수의 마술을 병용한 오늘 가장 빠른 공격이다. 디멘션 시프트를 사용해 펠무스의 실의 결계를 지나쳐 최단거리를 직진하는 프란.

그토록 침착한 펠무스도 반응하지 못했다. 우리는 그 순간을 놓치지 않고 공격을 시도했다.

"아니!"

펠무스가 몸을 뒤틀어 직격은 빗나갔지만, 그 팔에서는 희미하게 피가 흩날렸다. 대단한 상처는 아니지만 마독아를 발동했다. 뭐, 펠무스는 상태 이상 내성을 가지고 있으니까 대미지를 기대하지는 않지만.

이 마독아는 대미지가 아니라 펠무스의 집중을 조금이라도 흐트러뜨리는 것이 목표였다. 이만큼 대량의 실을 조종하려면 상당한 집중력이 필요할 테니 말이다.

"하아압!"

프란은 그 호기를 놓치지 않고 더욱 공격했다. 역시 이 거리에서는 프란에게 유리했다. 내 칼날이 번뜩일 때마다 펠무스의 몸에는 얕지 않은 상처가 새겨졌다. 펠무스가 거리를 벌리기 위해서인지 뒤로 뛰었다. 접근전을 싫어하는 건가?

역시 이 거리에 활로가──.

『기다려, 프란!』

"웃!"

직후, 펠무스를 쫓아 전진하려 한 프란의 발밑에서 분수처럼 실이 뿜어져 나왔다. 튀어나온 실이 촉수처럼 꿈틀대며 프란을 옭아매려고 달려들었다. 특정한 실에 닿으면 발동하는 함정 같은 것을 실로 만들어 설치했던 모양이다. 접근전에 대비했겠지. 감쪽같이 그쪽으로 유도한 것이다.

함정 감지로 직전에 눈치채서 직격은 피할 수 있었다. 하지만 다음에는 경계가 더 필요할 것이다. 펠무스의 함정 설치는 고 레벨에 발동용 실이 가늘어서 알아차리기가 힘들다.

게다가 회피했을 때 다시 거리가 벌어지고 말았다.

생명을 깎는 섬화신뢰에 마력을 소모하는 시공 마술을 여러 번 써봐야 결국 미약한 대미지를 줬을 뿐인 거냐!

실이라는 건 상상 이상으로 성가시잖아!

"다시 한 번!"

『그래!』

디멘션 시프트를 여러 번 쓰는 고속 돌진. 당연히 펠무스는 거리를 벌리려 했다. 하지만 그것을 막는 존재가 있었다.

『울시!』

"크르르!"

"아니!"

울시가 펠무스의 그림자에서 얼굴을 내밀고 그 발목을 물어뜯
은 것이다.

아무리 울시라도 무수한 실을 계속 피할 수 있을 리가 없다.
그래서 이번에는 그림자 속에 계속 숨어 있다 이때다 싶을 때만
공격시키는 작전을 세웠다. 펠무스도 울시의 정보를 가지고 있
었겠지만, 지금까지 숨을 죽이고 있던 탓에 머릿속에서 지웠을
것이다.

거기로 프란이 공격하려 했지만, 펠무스의 방어는 상상 이상으
로 성가셨다.

"깨앵!"

"울시!"

놀랍게도 울시의 얼굴에 몇 개나 되는 상처가 순식간에 나고 대
량의 피가 흩날렸다. 보이지 않는 실이 장치되어 있다가 울시를
난도질한 모양이다. 어지간한 울시도 눈이 뭉개지는 고통으로 인
해 입을 떼고 말았다.

『울시! 그림자 속으로 도망쳐!』

"끄응……."

회피력은 높아도 방어가 낮은 울시는 펠무스를 상대하기 힘들
었다. 또한 실 한 줄에 저만한 대미지를 입었다. 다음에는 직접
공격을 아예 시키지 않는 편이 나을 듯했다.

"흠!"

그래도 근접하는 프란의 접근을 막으려는지 펠무스가 오른손을 크게 흔들었다. 그러자 실의 벽이 단숨에 다가왔다.

　'스승!'

　『알았어!』

　실의 공격을 즉시 전이해 지나친 우리는 그대로 펠무스에게 돌진하려다가──황급히 그 자리에서 물러났다.

　"큭!"

　『어느새 함정을!』

　아까와 완전히 똑같다. 지면에 어느새 실이 설치되어 있었고, 거기에 닿은 순간에 프란에게 달려들었다.

　공격에 쓰지 않는 왼손은 아무 일도 하지 않는 게 아니었던 것이다.

　자세히 보니 크게 휘둘러지는 오른손과 달리 손가락만이 미세하게 계속 움직이고 있었다. 모든 것을 이해하지는 못했지만, 함정 감지가 요란하게 반응하고 있는 것을 보아 왼손은 함정 등을 만들고 있는 듯했다.

　『성가시게……! 실과 함께 공격하자!』

　'응!'

　피하지 말고 실도 함께 태워버리면 된다.

　"인페르노 버스트."

　『인페르노 버스트!』

　『인페르노 버스트!』

　『인페르노 버스트!』

　우리는 화염 마술을 한 점에 집중시켜 날렸다. 밀도 높은 불꽃

기둥이 서로 뒤엉켜 한 줄기 지옥의 불꽃이 되어 펠무스에게 달려들었다.

리치전에서 알림이 보여준, 마술의 한 점 집중 운용을 흉내 내봤다. 아직 완벽하게 구사한다고는 할 수 없지만, 상승효과로 관통력을 상승시키는 정도의 위력은 낼 수 있게 됐다.

흉악한 불꽃 뱀이 우리가 겨냥하는 대로 도중에 있는 실을 태우며 돌진했다.

이대로 가면 직격이다!

"후오옷!"

하지만 펠무스는 놀라운 방법으로 막아냈다. 실 다발을 연속으로 부딪쳐 불꽃의 기세를 약화시키려 하는 것까지는 예상대로였다. 하지만 놀랍게도 그 후, 불꽃을 향해 스스로 돌입했다.

"하아아아압!"

그리고 오른손을 힘껏 내밀었다.

위력이 다소 약해졌다고는 해도 화염 마술 네 발이 뒤얽힌 초고위력의 화염이야! 팔을 희생해 상쇄할 셈인가?

하지만 놀라는 우리를 내버려 두고, 불꽃은 펠무스의 주먹에 간단히 사라지고 말았다.

자세히 보니 그 손에는 실이 몇 겹으로 둘러쳐져서 장갑이 마치 건틀릿처럼 돼 있었다. 원래 고레벨 화염 내성을 가진 펠무스가 화염에 더 강한 내성을 부여한 마법 실을 두름으로써 상상 이상의 화염 내성을 가졌을 것이다.

"제 이명은 용사냥꾼입니다. 용의 브레스에 대한 대책은 완벽하죠."

그렇군. 듣고 보니 지금의 마술은 용의 브레스와 똑같았다. 용과 싸우는 데 익숙한 펠무스에게는 쉽게 대처할 수 있는 공격이라는 건가.

그렇다면 바람이다. 그렇게 생각하고 우리는 바람 마술을 펼쳤다.

"윈드 커터."

『토네이도 랜스.』

『게일 해저드.』

『헥사고나 토네이도.』

하지만 역시 펠무스가 간단히 대응했다. 둘러쳐진 실을 그물 형상으로 변화시켜 바람을 약하게 하며 실 벽으로 펠무스에게서 멀어지는 궤도로 유도한 것이다.

생각해보면 날개로 돌풍을 일으키거나 바람의 브레스를 토하는 용도 있다. 이것 또한 펠무스에게는 익숙한 공격이겠지.

불꽃과 바람은 막히고 말았다. 남은 마술 중 펠무스에게 통할 만한 레벨에 오른 것은 뇌명 마술과 시공 마술뿐이다.

『우선 시공 마술이야.』

하지만 시공 마술은 공격 술법이 거의 없다. 유일하게 통할 법한 술법이 디멘션 소드라는 술법이었다. 문제는 이 술법의 사정거리가 아주 짧아서 근접 전용이라는 점이었다.

디멘션 소드는 물체를 투과해 목표 지점만을 가르는 술법이다. 어떤 방어도 관통하지만 범위가 지극히 좁고 사정거리가 매우 짧으며, 쏜 뒤에는 설정한 범위를 변경하지 못하는 탓에 상대가 조금이라도 움직이면 빗나가는, 쓰기가 상당히 까다로운 술법이다.

하지만 펠무스는 움직이지 않고 반격하는 타입이니 충분히 맞힐 수 있다고 생각하는데…….

"그건 본 적 있어요."

"칫!"

『어스 디거!』

"그것도 예상 안이군요."

역시 경험 풍부한 전 모험가. 본 순간에 디멘션 소드를 간파한 모양이다. 간단히 피했다.

어떻게든 움직임을 방해하고자 뛰어 물러난 펠무스의 착지점에 흙 마술로 구멍을 팠지만, 발밑에 실을 펼쳐 발판을 만들어 구멍 위에 유유히 섰다.

"다음은 제 차례입니다!"

『위험해!』

"큭, 실 성가셔!"

무대 위에 둘러쳐져 있던 실이 일제히 머리를 쳐들고 달려들었다. 가느다란 실이 뒤엉켜 창이 되어 사방에서 날아왔다. 맞으면 철갑옷 정도는 관통하는 위력이 있을 것이다.

하지만 성가신 건 위력 높은 실 창보다도 그 창에 섞여 살며시 다가오는 가느다란 실이었다. 가느다래도 펠무스의 마력을 띤 실이다. 팔 하나나 두 개는 쉽사리 자를 수 있을 것이다. 그럼에도 불구하고 은밀성이 이상하게 높았다.

지금은 장벽으로 막을 수 있지만 한시도 방심할 수 없었다.

『프란, 오래 끌면 끌수록 불리해. 녀석의 실은 전혀 줄지 않았어. 아마 마력이 이어지는 한 계속 생성할 수 있다고 생각하는 편이 좋아..』

 '응! 알았어.'

 우리는 상당한 양의 실을 태우고 자르고 파괴했지만, 펠무스가 다루는 실이 줄어든 기미는 없었다. 마법 실 생성인지 장비하고 있는 실의 효과인지는 알 수 없지만 실을 새로 생성할 수 있는 것이다. 또한 분리한 실도 조종할 수 있는지, 결계 안에 펼쳐진 실의 양이 늘어나면 늘어날수록 펠무스의 공격에 다채로움이 늘어가는 것 같았다.

 '스승, 뇌명 마술을 쓰자.'

『그래..』

 뇌명 마술은 튕겨 나가겠지만, 그래도 저 실에 한계는 있을 터다. 선더 볼트 등과 비교가 되지 않을 정도의 전격을 날려서 실의 방어와 함께 눌러버린다.

 흑뢰초래로도 대미지를 줄 가능성은 있지만, 그 기술은 사용 후에 각성이 풀리는 최후의 수단이다. 그리고 위력이 한 점에 집중되는 만큼 공격 범위는 그렇게 넓지 않았다.

 여기서는 도망칠 수 없는, 범위가 넓은 공격이 유효할 것이다.

『토르 해머!』

 레벨 8 뇌명 마술, 토르 해머. 높은 위력의 중범위 마술이다. 범위가 넓다고는 말하기 어렵지만, 이 정도 넓이의 무대라면 충분히 전역을 커버할 수 있었다.

 "웃!"

『실과 함께 날려버려주마!』

 무대 상공에 그려진 거대한 마법진에서 무대를 뒤덮을 만큼 두꺼운 번개가 떨어졌다. 그것은 뇌신이 휘두르는 쇠망치처럼 모든 것을 짓누를 것이다.

프란은 뇌명 내성이 있고, 나는 디멘션 시프트가 있다. 뇌명에 타는 것은 펠무스뿐. 그럴 터였는데…….

"……!"

『진짜야?!』

우리가 본 것은 믿기 힘든 광경이었다. 오늘 몇 번째인지 모를 경악의 소리를 질렀다.

초고밀도 번개가 좁은 실에 닿은 순간 단숨에 흩어져 순식간에 사라졌기 때문이다.

『고위 뇌명 마술이라고!』

"이건 대(對) 뇌룡을 상정한 결계입니다. 쉽사리 무너지지는 않아요."

뇌명 마술 대책도 완벽하다는 거냐! 뇌룡을 예로 들어봐야 얼마나 강한지 모른다고!

하지만 용에는 전부 속성이 있을 터다. 즉, 마술은 거의 통하지 않는다는 건가?

"천 갈래 실의 해일!"

공격 수단을 잃고 한순간 발을 멈춘 프란. 그곳으로 펠무스가 조종하는 실이 마치 해일처럼 벽이 되어 뒤덮어왔다.

전이로 도망칠까? 아니면 마술이나 검기로 뚫어?

'돌파할 거야!'

『알았어. 디멘션 게이트!』

전혀 발을 멈추지 않고 시공 마술로 실의 벽을 빠져나온 우리를 보고 펠무스가 놀라는 표정을 짓고 있었다. 전이 이상으로 제어는 어렵지만, 이 술법이라면 빈틈은 없다.

펠무스는 갑자기 눈앞에 뚫린 구멍에서 뛰어나온 프란을 보고 거리를 벌리려 했지만, 이미 늦었다.

"하아아아압!"

프란이 수평베기가 펠무스의 몸통을 깊숙이 갈랐다.

하지만 나는 그 이상한 감촉에 무심코 소리를 질렀다. 전혀 인간을 벴다고는 생각할 수 없는 가볍고 건조한 반응이었던 것이다.

『이건……!』

"음?"

『바꿔치기인가!』

펠무스의 몸에서 대량의 피——가 아니라 무수한 실이 뿜어져 나왔다. 놀랍게도 우리가 벤 것은 실로 만들어진 인형이었다. 마력으로 기척까지 위장한 데다 환영 같은 것을 씌웠다. 실의 벽으로 우리의 시야를 가린 한순간에 이렇게까지 정교한 대역을 만들다니.

덮쳐드는 실을 베어버리고 기척을 찾았다. 펠무스는——뒤다!

피핑!

바로 뒤에서 솟아 나온 펠무스의 손에서 생성된 실이 프란의 목을 휘감았다. 고작 몇 가닥의 실이지만, 펠무스의 실이라면 사람의 목 정도는 간단히 떨어뜨릴 것이다.

"핫!"

프란은 돌아보지도 못하고 그 자리에서 웅크려 실을 피하며 바로 나를 거꾸로 고쳐 쥐었다. 그리고 물 흐르는 듯한 움직임으로 오른쪽 옆구리 아래를 통해 뒤로 찔렀다.

"아니!"

완전히 허를 찌른 카운터가 됐다고 생각했지만, 펠무스는 몸을 비틀어 회피했다. 반대로 그 기세대로 일회전한 다음 이권을 날리는 듯한 움직임으로 다시 프란에게 실을 던졌다.

"음!"

프란은 뒤로 몸을 돌리는 기세를 이용해 그 실을 후려치고 발을 더욱 내딛었다. 하지만 펠무스는 만만치 않았다. 놀랍게도 어느새 발밑에 실을 장치해놔서 실을 밟은 프란의 움직임이 한순간 방해받고 말았다. 장벽 덕분에 대미지는 없지만 일반적이라면 발뒤꿈치를 베였을 것이다.

프란은 한 손으로 나를 내질렀지만 펠무스는 림보 댄서처럼 상체를 뒤집어 간발의 차이로 피했다. 하지만 이 이상의 움직임은 취하지 못했다. 프란은 즉시 몸통을 노리고 나를 내리쳤다.

이대로 뒤로 쓰러지겠지만 이 공격은 피할 수 없다.

그러나 내가 그 몸통에 박힌 직후, 펠무스의 몸이 있을 수 없는 움직임을 펼쳤다. 상체를 뒤집은 자세 그대로 느닷없이 오른쪽으로 날아오른 것이다. 사지에 힘을 실은 기색도 없고 아무런 전조도 없이 그 자리에서 고속으로 옆으로 벗어났다.

자세히 보니 그 몸에는 실이 휘감겨 있었다. 실을 써서 자신을 오른쪽으로 끌어당긴 거겠지.

『하지만 확실히 한 방은 맞았어.』

"응!"

몸통을 절단하지는 못했지만, 내장에 닿을 만큼 베는 감촉이 있었다. 속성검·뇌명은 실에 무효화됐지만 참격은 통했을 것이다.

"커헉……. 백 갈래 실의 혈대(血帶)."

『참나, 실이란 건 어디까지 만능인 거야.』

펠무스는 실을 조종해 피가 끊임없이 뿜어져 나오는 몸통에 둘둘 감았다. 전투 중 그 자리에서 봉합하는 행위는 할 수 없는 듯하지만, 상처를 막아 지혈하는 정도는 가능한 듯했다.

펠무스는 통각 무효를 가지고 있다. 피만 멈추면 전투에 큰 영향은 없을 터다. 게다가 오늘의 펠무스는 독 무효의 팔찌가 아니라 생명력 회복의 팔찌를 장비하고 있었다. 조금 기다리면 상처도 막힐 것이다.

하지만 펠무스는 접근전의 위험성을 다시 인식했는지 크게 뛰어 거리를 벌렸다.

"역시 대단하군요."

"그쪽이야말로!"

프란이 다시 펠무스에게 접근하기 위해 양발에 힘을 실은 순간이었다.

"이 거리에서 확실히 소모시켜 가겠습니다."

펠무스가 양손의 손가락에 마력을 집중시켰다. 펠무스는 실을 통해 무대 전역에 마력을 얇게 두르는 듯한 운용이 많다. 이 정도로 마력을 한 점에 집중시키는 것은 오늘 처음이었다.

『큰 기술이 온다!』

"응!"

"만사조조! 사정의 진!"

펠무스가 가슴 앞에서 교차시키듯이 자세 잡은 팔을 좌우로 크게 휘둘렀다. 그러자 무대 위에 쳐져 있던 모든 실이 일제히 꿈틀대며 잇달아 프란에게 향했다. 그뿐만이 아니라 각각의 실에 땅, 물, 불, 바람의 속성 중 어느 것이 부여된 듯했다. 다양한 색의 마력을 휘감은 실은 마치 무지개색 물줄기처럼도 보였다.

일격 일격이 하급 마술 정도의 위력을 가진 실이 공간 가득히 난무했다.

우리는 오로지 그 공격을 계속 상대했지만, 웬만해서는 막을 수 없었다.

"크윽!"

『힐!』

"하아압!"

『쇼트 점프!』

때로는 마술로 태우고 검으로 베고 회복 마술과 전이를 써서 어떻게든 막았다. 치명상은 피하고 있지만, 우리의 마력은 시시각각 줄어들었다.

하지만 마력이 긴박한 건 우리뿐만이 아니었다.

이렇게나 큰 기술이다. 펠무스의 소모도 극심하다.

섬화신뢰를 풀고 장기전을 노릴까? 아무래도 일격의 위력은 그렇게까지 높지 않은 것 같으니 회복하며 공격을 계속 피하면, 먼저 힘이 다하는 것은 펠무스일 것이다.

그건 때였다.

"아윽!"

『아니! 그레이터 힐!』

느닷없이 프란의 다리가 깊숙이 베였다. 바로 회복시켰지만 이어서 팔이 떨어지기 직전의 부상을 입고 말았다.

"뭐가──우왓!"

『그, 그레이터 힐!』

무, 무슨 일이 일어난 거지? 애초에 장벽이 반응하지 않았다. 그렇다면 장벽을 무시한 공격인가?

그 구조는 잘 모르겠지만 이 의문의 공격은 위험해!

『디멘션 시프트!』

일단 이 자리를 떠나려고 시공 마술을 썼다. 하지만 믿을 수 없는 현상이 일어났다.

"으윽!"

『히, 힐!』

프란의 볼이 얕게 베인 것이다. 틀림없이 그 볼에는 베인 상처가 나 있었다. 디멘션 시프트 중인데? 장벽을 빠져나가고 어쩌고 할 때가 아니야!

나는 그 공격을 간파하고자 탐지 능력을 전개해 주위를 경계했다.

그러자 실 몇 가닥이 우리가 펼친 장벽이나 다른 실을 통과해 덮쳐드는 것을 감지할 수 있었다.

아무래도 그 실에는 내 디멘션 소드에 가까운 특성이 있는 모양이었다.

거기서 감정한 실의 능력을 떠올렸다.

왕고래 전사의 시공 속성인가! 실에 시공 속성을 부여해 물질 투과와 방어 무시의 효과를 얻을 수 있는 듯했다.

"장벽은 의미 없어."

『그러게.』

주위가 무수한 실에 둘러싸여 있는 상태로 시공 속성의 실을 계속 피하는 것은 불가능하다. 디멘션 시프트도 의미가 없다.

전이한 직후의 우리에게 구사하지 않았던 것을 보아, 순식간에 이 실을 생성하기는 어려울지도 모른다. 하지만 그러지 않을지도 모른다.

이대로 이 시공 속성 실에 주위를 둘러싸이게 되면? 방어 수단도 없이 잘게 다져지는 것을 기다리게 될 뿐일 것이다. 시공 속성 실이 상대라면 전이조차 의미가 없어질 가능성이 있기 때문이다.

이미 고민하고 있을 틈은 없었다.

'스승! 비기를 쓸게!'

『그래, 승부를 걸자고!』

시간을 끌면 끌수록 우리가 불리해진다면 다음 공격에 모든 것을 거는 것밖에 길은 없었다.

보다 격렬해진 펠무스의 공격을 어떻게든 견디며 우리는 오로지 마력을 모았다. 검왕술로 받아내는 기술을 향상시키고 던전에서 감지 스킬을 단련한 덕분에 어떻게든 치명상을 잇달아 피했다.

프란이 공격당하고 내 마력도 가차 없이 줄어들었다. 그래도 우리는 힘을 계속 모았다.

자잘한 공격을 아무리 날린다 한들 펠무스에게는 통하지 않는다. 실의 결계에 막힐 것이다. 펠무스의 실은 원래 고강도에 높은 마력 전도율을 자랑한다. 그 실이 서로 꼬여 강도를 더욱 높였다. 그리고 그런 실을 몇 겹으로 둘러쳐서 모든 공격에 대응하고 있는 것이다.

실의 결계, 혹은 장벽이라고 하면 좋을까.

그렇다면 어떤 방어라도 막을 수 없는, 펼쳐진 결계도 아랑곳하지 않는 엄청난 위력의 공격을 날릴 수밖에 없다.

『프란!』

'스승, 준비됐어?'

『그래, 기다렸지?』

내 말을 들은 프란은 온몸에 상처를 입으면서도 투쟁심으로 가득 찬 웃음을 띠었다. 지금의 프란은 펠무스가 살며시 자세를 잡을 만큼 위압감을 내뿜고 있었다.

이것으로 끝내지 못하면 패배는 확정이다. 하지만 그 이상으로 무자비한 공격을 날릴 수 있는 게 기쁜 거겠지. 그만한 상대와 싸우고 있는 행운과 자신의 모든 것을 내보일 수 있는 상쾌함과 고양감. 그것들이 일체가 되어 프란의 투지를 높이고 있었다.

『울시, 지금부터 도망쳐.』

'웡.'

'그럼 간다?'

『그래, 가자!』

그리고 나는 모아둔 마력을 해방해 그 마술을 발동했다.

『하아아아압! 칸나카무이!』

이 술법은 제어하기가 지나치게 어렵기 때문에 쏜 순간 달리 아무것도 할 수 없게 된다.

그래도 나열 사고 스킬을 전개해 모든 자원을 마술의 제어로 돌려서 어떻게든 폭주하지 않고 쏘는 것이 가능했다.

하지만 그것도 당연하다.

내가 쏘려고 하는 것은 최고의 뇌명 마술. 스킬 레벨을 끝까지 올려서 배운, 이 세상에서 최강의 뇌명 마술이니 말이다.

지나치게 팽창한 마력이 내 안에서 흘러나와 마술이 완성됐다.

쿠오오오오오오오오오오오오오오오오오——!

뇌룡이 하늘에서 지상으로 강림하듯이, 마치 용의 포효 같은 굉음과 함께 사나운 흰 번개가 무대로 쏟아져 내렸다.

마술의 범주에 넣어도 되냐는 생각이 들 만큼, 그야말로 자연재해를 능가하는 광경이었다.

이것이 칸나카무이. 뇌명 마술의 정점이었다.

마력의 소비도 막대해서, 설령 뇌명 마술이 한도에 이르렀다 해도 인류가 이 술법을 쓸 수 있을지는 의문이었다. 마력이 부족하거나 뇌가 타버리지 않을까? 적어도 프란에게는 이 술법을 구사하게 할 수 없었다. 마력은 내 것을 쓰면 되지만, 제어가 너무 불안정해서 출력을 제대로 발휘할 수 없었던 것이다. 게다가 엄청난 두통으로 인해 몸을 움직일 수조차 없어지는 덤이 딸려 있었다. 현 상황에서는 전투 중에 쓰는 건 무리일 것이다.

"크아아앗!"

펠무스의 목소리에 초조함이 섞였다. 쳐다보니 자랑하던 실의 결계가 순식간에 불타고, 흩어지지 않은 번개가 빠직거리며 방전 현상을 일으키고 있었다. 나로서는 이 마술을 한순간이라도 막은 펠무스의 실에 놀랐지만…….

"흑뢰초래!"

거기에 프란이 쏜 흑뢰가 떨어졌다. 실의 결계는 칸나카무이에 찢겨서 이미 너덜너덜했다. 이대로 칸나카무이만으로도 끝낼 수 있을 것이다. 흑뢰를 막을 여력은 전혀 남아 있지 않았다.

"으그아아아아아아아⋯⋯⋯⋯———."

흰 번개와 검은 번개가 뒤섞여 마침내 펠무스를 집어삼켰다.

고드다르파전에서 흑뢰를 쓴 직후의 몇 배나 되는 충격에 우리는 다시 날아갔다. 나뭇잎처럼 떠올라 결계에 내동댕이쳐져 온몸을 부딪힌 프란이 피를 토했다.

"커헉!"

『롱 점프!』

나는 어떻게든 의식을 집중시켜 장거리 전이를 발동했다.

전이 장소는 무대의 아득한 상공이다.

"⋯⋯큭⋯⋯ 힐!"

『괜찮아?』

"어떻, 게든."

자폭 대미지가 너무 심하다. 역시 저 좁은 결계 안에서 쓸 만한 공격이 아니었나.

자연낙하하며 무대를 내려다보니, 결계 안이 흰색과 검정색의 대리석 무늬로 빛나고 있는 모습이 보였다. 아직도 사납게 날뛰는 격렬한 번개 탓에 결계 안이 어떻게 되고 있는지 전혀 보이지 않았다.

'위험했어.'

『확실히. 결계 안에 있었으면 우리가 먼저 죽었을지도 모르겠어.』

고드다르파전 전부터 칸나카무이와 흑뢰초래를 합치는 기술을 쓸 수 없을까 생각했지만, 폐쇄된 공간에서는 우리도 위험해서 포기했다.

하지만 고드다르파전에서 울시가 결계 밖으로 피할 수 있었던 것을 보고 결계 밖으로 전이해 도망치는 방법을 떠올렸다. 그 후 규칙을 조사하여 지면에 닿지만 않으면 결계 밖으로 도망쳐도 장외패가 되지 않는다는 것을 알았다.

결계 밖으로 물러나면 반대로 결계 덕분에 우리가 휘말리는 경우도 막을 수 있을 것이다.

그렇게 생각했는데——.

"스승! 저기!"

『말도 안 돼! 결계가……!』

눈 아래에서 결계가 부풀어 오르는 모습이 보였다. 마치 한계 직전의 풍선을 보는 듯한 광경이었다. 결계 외부에 빠직거리며 전류가 흘렀다. 이거 위험한 거 아냐?

'스승, 어떻게든 못 하겠어?'

『어떻게든이라니……. 아니, 잠깐만. 디멘션 게이트!』

내가 이은 것은 결계 안과 밖이다. 내가 결계 상부에 뚫은 시공의 구멍으로 갈 곳을 잃어 결계 내부에서 날뛰던 번개와 폭풍이 무시무시한 기세로 방출됐다.

하지만 이래도 결계의 팽창은 멈추지 않았다. 팽창 속도가 약간 느려졌다고는 생각하는데……. 조금 늦은 모양이다.

그리고 우리의 우려가 적중하고 말았다.

<u>고고고고오오오오오오오오오오오오!</u>

결계가 내부에서 튕겨 날아간 것이다.

대기를 찢는 폭음과 함께 폭풍이 관객석을 덮쳤다.

"꺄아아아악!"

"히이이익!"

"사, 살려줘!"

아비규환이란 이런 상황일 것이다. 도망칠 새도 없었던 관객들은 그저 의자에 달라붙을 수밖에 없었다.

하지만 상부에서 구멍이 뚫리듯이 결계가 튕겨나간 덕분에 번개는 모두 상공으로 방출되어 객석에 피해가 없었던 것만은 다행이었다. 폭풍도 태반이 상공으로 날아갔기 때문에 객석을 덮친 바람은 기껏해야 태풍 같은 위력이었다. 뭐, 그래도 어린아이라면 날아갈 정도의 힘은 있지만 말이다.

나중에 들은 얘기로는, 이때 광경은 마치 투기장에서 거대한 빛의 나무가 자란 것처럼 보였다고 한다. 하늘로 솟아오르는 몇 줄기나 되는 번개가 그렇게 보였을 것이다.

일단 사라진 결계는 마도구의 효과에 의해 즉시 새로 쳐져서 파편 등에 맞는 큰 피해도 나오지 않은 듯했다. 이 정도라면 우리가 걱정했던, 사망자가 대량으로 나오는 참혹한 피해는 나오지 않을 것 같았다.

『위, 위험했어.』

"응. 반성해야겠어."

너무 지나쳤다는 뜻일 것이다.

『뭐, 지금은 어떻게 착지할지가 문제인데 말이야.』

"스승은 어때?"

『마력이 거의 안 남았어. 착지 직전에 염동으로 낙하의 위력을 죽이는 정도밖에 못 할 거야.』

"그거면 돼."

내 마력은 고갈 직전이라 이제 염동을 계속 써서 천천히 내려가는 것은 무리다. 프란도 각성이 풀리고 마력이 거의 남아 있지 않았다.

새로 펼쳐진 결계에 격돌하기 직전, 염동과 바람 마술로 한순간 기세를 죽인 후 프란은 어떻게든 결계 위에 내려섰다. 다행이다. 충격파가 약간 있었지만, 손발이 약간 아픈 정도에 그친 모양이다.

"후우우."

『그런데 펠무스는 어떻게 됐지?』

설마 살아 있지는 않겠지?

결계 위에서 아래를 내려다보니 지금까지 싸우던 무대는 흔적도 없이 소멸해 있었다. 그뿐만이 아니라 지면이 크게 소실되고 깊은 크레이터가 입을 벌리고 있었다.

마치 중장비를 이용해 결계 안의 지면을 크게 파낸 듯했다.

"이건, 이건이건이건~! 어떻게 된 일입니까?! 이것이 인간이 한 짓인가요? 저는 오랫동안 이 대회에 종사해왔지만 이렇게 놀라운 일은 처음 봅니다! 놀랍게도 잠깐이라고는 하나 결계가 안쪽에서 파괴되다니요~!"

오오, 중계자의 귀감! 관객이 아직 혼란스러워하고 있는 가운데 가장 빨리 일어나 중계를 시작했다.

"그리고 이렇게 처참한 광경도 처음 봤습니다! 이것을 고작 열두 살의 소녀가 이룬 일이라고 누가 생각할까요~!"

객석의 상황은 지독했다. 울고 있는 사람, 넋이 나간 사람, 상황을 이해하지 못하고 도망치려는 사람. 완전히 패닉 상태였다.

모두의 머리 모양이 바람에 쑥대밭이 된 건 똑같았지만.

하지만 중계자의 목소리를 듣고 겨우 현 상황을 떠올렸나 보다. 관객이 차츰 평정을 되찾기 시작했다.

그 시선은 일제히 무대를 향해 있었다.

냉정을 조금이나마 되찾으면 다음에는 무슨 일이 일어나고 어떤 결말을 맞이했는지가 신경 쓰일 것이다.

"와앗, 큰 구멍의 중앙을 보십시오! 펠무스 선수가 시간의 요람에 의해 부활했습니다~! 아무리 대단한 용사냥꾼도 그 번개는 이겨내지 못했군요! 3위 결정전은 그 이명대로 번개를 구사한 신예, 흑뢰희 프란의 승리입니다~!"

와아아아아아아!

승리 선언 직후, 관객석에서 축복하는 듯한 대환성이 일어났다.

관객들은 너무 튼튼한 거 아냐? 우리의 공격에 죽을 고비를 넘겼는데 프란에게 큰 갈채를 보내기 시작했다. 아니, 공포의 시선을 보내는 것보다는 낫겠지? 굉장히 스릴 있는 놀이기구 같은 감각일지도 모르겠다.

『일단 땅으로 내려갈까?』

"응. 울시."

"웡!"

싸움에서 활약하지 못했으니 적어도 여기서 도움이 되겠다고 생각했는지, 그림자에서 뛰쳐나온 울시는 의욕 가득하게 납작 엎드렸다. 프란은 그런 울시에 올라탔다.

거대한 늑대를 타고 하늘을 뛰는 프란을 보고 관객의 열기가 더욱 올라갔다. 게다가 환성에 우쭐해진 울시가 신이 나서 결계 주위를 도는 궤도를 타기 시작했다. 그러자 관객의 성원이 더욱 커져갔다.

뭐, 그림이 되니 말이다.

『프란, 손이라도 흔들어줘.』

"응? 이렇게?"

프란이 내게 들은 대로 손을 대충 흔든 순간, 와 하는 큰 환성이 일어났다. 마치 아이돌 콘서트 같았다.

"프란!"

"흑뢰희 님!"

"꼭 내 동생이 돼줘!"

정말 아이돌 같았다. 그렇지, 우리 프란은 진짜 귀여우니 말이야. 하지만 동생은 안 돼.

그보다 무대가 없는데, 어디에 내려야 할까? 뭐, 우리가 없앴기는 했지만.

『그건 그렇고, 이러면 결승전은 어떻게 될까?』

세 시간 후. 내 걱정은 적중했다.

프란 대 펠무스전 뒤, 결승전 개시에 예상외로 시간이 걸린 것이다.

본래는 한 시간 뒤에 결승전이 시작될 터였지만……. 우리가 뚫은 큰 구멍을 메우고 무대를 수복하느라 상당히 지연된 모양이다.

우리는 대지 마술사와 드워프 장인이 총동원돼 무대가 수복되어가는 모습을 위에서 내려다보고 있었다.

그렇다 해도 하늘을 난 것은 아니다.

"슬슬 시작되겠군."

"읍."

"아직도 먹고 있냐?"

"우물우물."

"아, 알았다 알았어. 마음껏 먹어."

우리는 다시 수왕의 귀빈실에 불려와 있었다. 사실은 인사만 하고 바로 쉬자고 생각했지만…….

프란은 음식에 낚인다는 사실을 들켰는지, 귀빈실에는 호화로운 식사가 뷔페 형식으로 준비돼 있었다. 그것을 마음껏 먹어도 좋다는 말을 듣고 프란이 저항할 수 있을 리가 없을 것이다.

수왕 일행의 간계에 홀랑 넘어간 프란은 귀빈실에서 함께 결승전을 보는 것을 승낙했다. 아니, 딱히 나쁜 일이 아니기는 하다. 수왕은 말이 통할 만한 상대에다 악인이 아니라는 사실도 알고 있기는 하니 말이다.

그리고 이번 일은 아무래도 프란의 사정을 생각해준 듯했다.

프란은 지금 화제의 인물이다. 특히 수인족에게는 단순히 강함 이상의 가치가 있었다.

이 회장에 있는 수인들 중 누구나 프란과 말을 나눠보고 싶다고 생각하고 있을 것이다. 요전까지는 아직 시합이 남아 있어서 다들 얌전했지만, 지금은 이미 순위가 결정됐다. 경우에 따라서는 수인들이 프란에게 우르르 몰려오는 일도 있을 법했다.

개중에는 귀족의 지위를 등에 업고 프란에게 실례되는 짓을 하는 녀석도 있을지도 모른다. 어떤 나라, 어떤 세계에나 멍청한 녀석은 일정 수 있는 법인 것이다.

거기서 수왕과 프란이 같이 있으면 어떻게 될까?

아무리 그래도 왕 앞에서 멍청한 짓을 저지를 사람은 없을 것이다. 권력을 내세우는 사람은 더 큰 권력에 약한 법이다.

수왕으로서도 단순히 프란이 마음에 드는 것만이 이유는 아닐 것이다. 진화를 달성한 흑묘족인 프란에게는 엄청난 이용 가치도 있다고 인정했을 터. 멍청한 귀족 탓에 프란이 수인국에 악감정을 품는 건 막고 싶겠지.

반대로 프란과 사이좋게 지내면 "역시 수왕님!"이 될 가능성도 있다. 뭐, 우리에게도 고마운 일이니까 여기서 다소 이용당하는 건 상관없다.

프란은 어디까지 생각하고 있을지 알 수 없지만, 세계에서 유일하게 진화할 수 있는 흑묘족이라는 점이 알려지면 주목을 받을 것이다. 경우에 따라서는 트러블에 휘말릴지도 모른다.

그래도 무투 대회에서 진화를 보이는 눈에 띄는 행동을 한 것은, 그것이 프란의 희망이었기 때문이다. 이 대회의 정보가 퍼지면 흑묘족에 대한 태도도 나아질지도 모른다.

그래서 눈에 띄는 것도 각오하고 각성을 사용했다. 흑묘족의 지위를 조금이라도 향상시키기 위해서. 국가나 귀족의 눈길을 끌 우려가 있지만, 수왕과 시이가 친밀하다는 것이 알려지면 각국에서 저지를 무모한 짓도 견제할 수 있을지도 몰랐다. 그러므로 여기서 수왕과 친분을 쌓아두는 것은 나쁘지 않았다.

"가져왔다."

"응. 고마워."

어째선지 고드다르파가 부지런히 시중을 들어줬다.

프란이 더 먹고 싶다고 말한 숯불구이를 주방에 가지러 가주거나 울시를 위해 생고기를 준비해주는 등, 마치 종자 같았다.

이유가 뭔지 물어보니, 십시족에 자신에게 승리한 프란을 함부로 대할 수 없다고 했다. 또한 스승인 흑묘족 키아라에게 훈련받은 기억 때문에 흑묘족에 대해 거북한 기억 같은 것도 있는 모양이다. 그 탓에 프란에게 부탁받으면 거부할 수 없는 듯했다.

그런 식으로 음식을 먹고 있는 프란과 울시에게 수왕이 말을 걸었다.

"이봐. 슬슬 입장한다."

"응."

프란은 큰 접시에 대량의 고기를 담아 그 접시를 들고 수왕의 옆에 준비된 소파에 앉았다. 이것도 프란을 위해 일부러 준비해준 듯했다. 몸집 작은 프란에게 제대로 맞는 작은 소파인 것이다.

수왕이 그런 배려를 할 수 있을 리가 없다고 생각했는데, 준비한 것은 로이스라고 한다. 울무토의 모든 가게를 뒤졌다는 말을 들었을 때는 면목이 없어졌다.

소파에 유유히 앉은 수왕과 프란이 지켜보는 가운데, 무대에 아만다와 포룬드가 동시에 등장했다. 시합 개시를 계속 기다렸을 것이다. 우리 때문에 미안하군.

와아아아아아아아아아아아아——!

역시 엄청난 인기다.

너무나도 큰 환성 탓에 돌로 지은 거대 투기장이 지진이 덮친 듯이 흔들렸다. 방음 마도구가 설비되어 있는 귀빈실에 있던 프란과 다른 사람들조차 저도 모르게 귀를 막는 폭음이었다.

프란이 고양이 귀를 누르는 모습은 귀엽지만 수왕 일행의 그런 모습은 물론 기분 나빴다.

그런 환성 가운데, 마지막이 될 중계자 특유의 목소리가 선수 소개를 하기 시작했다.

"자, 서쪽에서 등장한 것은 귀자모신 아만다! 준결승에서 무기를 잃었다는 정보가 있는데, 어떤 싸움을 보여줄까요! 그 얼굴에는 여전히 대담한 미소가 떠 있습니다! 남성 팬보다 여성 팬이 많은 것도 납득 가는 씩씩함입니다아!"

아만다의 채찍은 수복할 수 없었던 모양이다. 허리에는 준결승과는 다른 채찍을 차고 있었다. 충분히 강한 마법 무기겠지만 준결승에서 사용했던 채찍에 비하면 몇 단계 떨어질 것이다. 저것으로 포룬드와 싸워야 하는 건가…….

"자, 반대인 동쪽에서 모습을 드러낸 것은 백검 포룬드! S 랭크에 가장 가깝다고 하는 모험가입니다! 대전 상대인 아만다와는 대조적으로 그 얼굴에 감정이 전혀 보이지 않는군요. 이번에도 그 무표정은 흐트러지지 않고 끝날 수 있을까요오오!"

포룬드와 아만다가 천천히 무대 중앙으로 나왔다.

랭크 A 모험가끼리 친분이 있나 보다. 허물없는 기색으로 말을 나누고 있었다. 다만, 너무나도 큰 환성 탓에 중계 모니터로도 목소리를 잡아내지 못하는 듯했다.

둘 다 긴장을 늦춘 기색은 전혀 없었다.

설령 안면이 있다 해도 방심하는 녀석들은 아닐 것이다. 오히려 그 투지가 더 높아진 것처럼 보였다.

그리고 서로 개시선까지 나오자 마침내 결승전이 시작됐다.

"웃!"

"호오오! 제법인데!"

프란과 수왕이 식사를 하던 손을 멈추고 싸움을 주시했다. 그만큼 굉장한 격전이었다.

아만다는 거리를 벌리며 철저하게 원거리 공격을 가했다. 폭풍 마술이 날뛰고 채찍이 포룬드를 노렸다.

기껏 수복한 무대가 채찍과 마술에 깎여서 순식간에 잔해더미로 변해갔다.

아만다는 그 잔해를 바람 마술로 휘몰아 위력을 높이고 있는 듯했다. 역시 바람 마술 전문가답다.

반면에 포룬드는 생성한 검을 투척하며 거리를 좁힐 틈을 엿보고 있었다. 아무리 원거리전이 특기라 해도 아만다를 상대로는 역시 불리할 것이다.

시합이 크게 움직인 것은 개시하고 10분 정도 지난 뒤부터였다.

아만다가 갑자기 큰 기술로 승부를 결정지으려 한 것이다. 아무래도 포룬드가 투척하는 검과 몇 번이고 맞부딪치는 사이에 채찍의 내구도가 지나치게 줄어든 듯했다.

이대로는 계속 싸울 수 없다고 판단했을 것이다.

일발 역전을 노리고 편기를 날렸다.

"비전 · 위타천 살해!"

우리를 쓰러뜨린 그 기술이 아니다.

채찍을 허리춤으로 내리고 마치 거합술처럼 팔을 휘둘렀다.

기술을 발동했다고 생각한 순간에는 포룬드의 오른팔이 날아가 있었다. 멀리서 보고 있는데도 그림자조차 쫓지 못했다. 신속의 일격이었을 것이다. 그 결과를 보고 아만다가 뭔가를 했다고는 판단할 수 있었지만, 대체 어떤 공격이었는지는 알 수도 없었다.

하지만 아만다는 분한 듯했다.

"쳇…… 목을 노렸는데!"

"간발의 차군."

아무래도 목을 노렸는데 그것을 포룬드가 간신히 피한 듯했다.

저 공격에 반응할 수 있다는 것 자체가 우리와 힘의 차이를 느끼게 만들었다. 높은 공격력은 손에 넣었지만 아직 기초적인 부분에서는 저 영역에 미치지 못하는 것을 통감했다.

"가차 없군."

"무기가 없어도 싸울 수 있다는 것을 보여주겠어!"

그렇다, 아만다는 무기를 잃었다. 큰 기술을 쓴 직후에 채찍이 토막 나 날아간 것이다. 이것이 평소 쓰던 채찍이라면 전황은 바뀌었을지도 모른다.

하지만 예비 무기로는 전력을 낼 수 없었을 것이다.

채찍을 잃은 아만다는 선전했지만, 결국 마지막에는 포룬드의 앞에 무릎을 꿇고 말았다.

"큭…… 무표정 자식한테 지다니…….''

"다음에는 완벽한 상태로 붙어보지."

"천 명이 넘는 참가자의 정점에 선 것은 백검 포룬드! S 랭크에 가장 가깝다는 그 실력을 과시했습니다아!"

프란은 승자 선언을 받는 포룬드를 진지한 눈으로 보고 있었다.

『강해.』

'응! 하지만 언젠가는 넘어설 거야. 포룬드도 아만다도.'

『그래.』

옆에서는 수왕도 날카로운 시선으로 무대를 내려다보고 있었다. 완전히 사냥감을 노리는 육식동물의 눈이었다.

그 몸의 안쪽에서 살기와도 비슷한 투쟁심이 끓어오르고 있는 것을 알 수 있었다.

"우승은 포룬드인가……. 싸워보고 싶군."

"폐하, 자중하세요."

"리그 님, 갑자기 덮치거나 하지 마십시오."

"알고 있어! 날 뭐로 보는 거냐!"

"전투광?"

"배틀 마니아?"

"큭……."

방약무인해 보이는 수왕 리그디스도 감시역인 로슈와 로이스에게는 꼼짝 못 하는 모양이다. 그 꼼짝 못 하는 로슈와 로디스 두 사람에게 비난받고 불만스럽게 입을 다물었다.

"자, 잠시 후면 표창식입니다. 당신도 준비를 하는 편이 좋을 거예요."

로이스의 말을 듣고 떠올랐는데, 그런 게 있었다. 프란은 3위였으니 표창식에 나가야 한다.

지루한 표창식에서 프란을 어떻게 얌전하게 만들까, 그게 문제로군.

최악의 경우 내가 염동을 사용해 서 있는 것처럼 보이면 되려나.

『프란, 자도 좋지만 코는 골지 마.』

"응?"

『단상이 올라갈 때만큼은 일어나 있어주면 좋고.』

제7장 **신검의 의미**

이 무투 대회 기간에는 정말 얻은 것이 많았다.

첫째로 꼽자면, 프란이 진화할 수 있었던 일일 것이다. 여기에 오지 않았다면 진화의 단서조차 잡지 못했을 터다.

그리고 종족 전체의 저주를 풀기 위한 조건도 알아서 다른 흑묘족이 진화할 징조가 보이기 시작했다. 프란에게는 이것이 최대 수확일지도 모른다.

흑묘족의 지위를 향상시켜 무시당하지 않도록 한다. 그것이 프란의 최종적인 목적이기 때문이다.

그 밖에는 전투 면에서 다양한 경험도 쌓았다. 특히 목숨을 도외시하고 강자와 싸울 수 있었던 점이 클 것이다. 아만다에게 진 것은 분하지만, 그 이상으로 패전에서 귀중한 경험을 얻었다. 덕분에 우리의 약점, 강점, 새 전법 등 여러 가지 수확이 있었다.

요는 목숨을 건 진짜 중요한 싸움에서 지지 않으면 되는 것이다.

수왕과의 관계나 흑묘족의 사정을 들은 것도 수확이라고 할 수 있을 것이다.

또한 나로서 중요한 것은 프란의 이명이다. 흑뢰희라는 멋진 이명을 받은 것은 상당히 기쁘다. 마침내 마검 소녀라는 시시한 이명과 작별할 수 있게 됐다.

『이봐, 프란! 자지 마!』

"으…… 안 잤, 는데?"

『조금만 더 참으면 돼. 자, 프란 차례야.』

"응……."

위험하다, 프란은 이미 완전히 눈이 풀렸다. 그러나 아무리 그래도 표창대에 올라가서까지 염동 서포트는 할 수 없다. 애 좀 써줘!

『포상이 기다리고 있어!』

"응. 아직 먹은 적 없는 새 카레."

『끝나면 만들어줄 테니까 힘내.』

내가 포상이라는 말을 입에 담자 프란의 눈이 반짝 빛났다. 역시 졸음보다 식욕 쪽이 이긴 모양이었다. 게다가 가장 좋아하는 카레가 되니 그 효과는 절대적이었다. 뭐, 또 몇 분만 지나면 바로 졸음이 쏟아지겠지만, 표창받는 시간 정도는 버틸 것이다.

"저기, 프란 씨? 흑묘족 프란 씨! 단상으로 올라가 주십시오."

『자, 힘내.』

"응."

프란이 담당자의 재촉을 받아 단상으로 올라가자 울무토의 영주라는 귀족이 훈장을 수여했다. 이 마을의 영주는 처음 봤다.

들은 얘기로는, 이 마을의 운영은 실질적으로 디아스가 하고 있어서 영주는 거의 장식이라나. 주제넘게 나서지 않아서 오히려 평가가 좋다는, 기가 약해 보이는 마른 남성이었다.

훈장에는 울무토의 문장과 3위라는 글자가 새겨져 있었다. 상금인 10만 G는 나중에 받는다고 한다.

"훌륭한 시합이었어."

"응."

말투는 평소와 똑같지만 내 지시대로 우아하게 한 번 인사하는 프란. 프란이 궁정 작법 스킬 덕분에 아름다운 인사를 보이자 커다란 함성이 일어났다. 뭐, 평소에는 예의가 바르게 보이지 않으니 말이다.

　표창식이 끝난 후.

　우리는 다시 수왕을 찾아와 있었다. 장소는 수왕 일행이 묵고 있는 숙소다. 마을에서 제일가는 고급 숙소의 한 층 전체를 몽땅 빌리고 있었다.

　실은 모험가 길드의 호출을 받았지만, 프란이 무슨 일이 있어도 수왕을 만나러 간다며 응하지 않았다.

　수왕이 머물고 있는 숙소 앞에는 상당한 수의 수인들이 모여 있었다.

　귀를 기울여보니 아무래도 수왕을 만나러 온 수인국의 귀족이나 그 종자들인 듯했다. 하지만 수왕은 귀찮은 일이 싫어서 문전박대를 하고 있다나.

　그런 취급을 받아도 화내지 않는 건 처음부터 이런 상황을 예상했기 때문이라고 한다. 나라에서도 같은 태도라니 말이다. 어쩌면 만날 수 있을지도 모른다며 밑져야 본전 삼아 온 것 같았다. 그리고 자기 나라의 왕이 있는데 무시하면 그쪽의 체면이 말이 아니게 되니 형식상 만나러 왔을 것이다.

　그리고 수인답게 그들은 모두 프란을 알고 있었다.

　프란이 숙소 앞에 모습을 드러낸 것만으로 웅성거림이 일어났다. 그리고 모두가 프란을 주목하고 있는 것을 알 수 있었다. 순식간에 주위를 둘러싸였다.

　하지만 말을 거는 사람은 없었다. 대형 사이즈로 돌아온 울시가 주위를 위협했기 때문이다. 거대한 늑대가 희미하게 으르렁대는 소리를 내는 모습을 보니 역시 망설여지는 듯했다.

프란은 그 틈에 수인들의 사이를 빠져나가 숙소에 도착했다. 울시는 프란이 숙소 문을 들어간 것을 확인하자 그림자 숨기로 모습을 감췄다.

약속 없이 왔기 때문에 오늘은 수왕을 만나지 못하지 않을까 우려했지만, 이름을 밝히자 당연히 만날 수 있었다. 프란이 오면 알리라고 숙소 사람에게 당부해놓았다고 한다. 의외로 성실한 남자인 듯했다.

"여. 빨리 왔구나."

프란을 맞이한 수왕은 호화로운 가죽 소파에 품위 없이 엎드려 있었다. 밖에서 걸치고 있었던 듯한 방어구도 벗고 흰 셔츠와 바지라는 격식 없는 차림새를 하고 있었다. 뭐, 금실 자수가 들어가 있는 것을 보아 싸구려는 아닌 것 같지만.

그건 그렇고 그림이 되는 남자다. 이런 포즈라도, 수왕이 하고 있는 것만으로 마치 늠름한 수사자가 여유 있게 엎드려 있는 것처럼 보여서 신기했다. 이것도 수왕의 관록이 빚어낸 것이리라.

하지만 프란은 그런 미남자에게 전혀 흥미를 보이지 않고 그 눈앞으로 다가가 여느 때처럼 입을 열었다.

"키아라에 대해 들려줘."

그래, 프란은 그렇게 나와야지!

"알고 있어. 뭐, 앉아라."

"응."

프란이 수왕의 앞에 앉자 로슈가 즉시 차를 내왔다.

그 사이에 수왕은 몸을 일으켜 턱을 천천히 문지르며 뭔가를 생각하고 있었다. 아무래도 어디부터 얘기할까를 생각하고 있는 듯했다.

"우선 전 수왕, 즉 내 아버지에 대해 잠깐 얘기하마."

"알았어."

프란은 가볍게 앉은 자세를 고치고 수왕의 얘기에 귀를 기울였다.

전 수왕 베르서스 나라심하는 시기심이 강하고 가신에게 나쁜 의미로 두려움받는 왕이었다.

일단 금사자로 진화는 달성했지만, 다른 왕족의 힘을 빌려 간신히 조건을 채웠다고 한다. 전투 재능이 그다지 없고 군재도 부족했다. 그 개인 무력은 역대 수왕 중에서도 최저 수준이었다고 했다.

그 낮은 재능과 강한 시기심 때문일까, 그는 자신보다 강한 자를 무서워해서 차츰 동족과 신하를 배척해갔다.

리그디스가 왕이 되기 전에 수인국의 전력이 저하된 것은 선왕의 어리석은 행동 중 일부분이 있었던 게 틀림없으리라.

그리고 그 피해망상이라고도 할 수 있는 시기심은 결국 흑묘족에 대한 박해에 이르렀다. 사실 베르서스가 왕이 되기 전의 수왕들은 이미 흑묘족에 흥미가 사라져서 거의 방치하고 있었다고 한다.

하지만 베르서스는 청묘족에게 명령해 흑묘족의 노예화를 더욱 진행시키고 국외에 있는 흑묘족을 감시하도록 했다. 어째서 그런 짓을 시켰느냐고 하면, 언젠가 흑묘족이 진화를 달성해 자신의 지위를 위협하지 않을까 우려했기 때문이다.

같은 십시족에 고양잇과. 그것을 무시할 수 없었던 건가?

"하지만 아버지는 어차피 그릇이 작은 소인배였어. 흑묘족을 두려워하면서도 노예로 삼은 게 결정적이었지."

진정으로 두려워한다면 흑묘족을 몰살시키는 게 가장 좋을 것이다. 하지만 베르서스는 그렇게 하지 않았다.

신의 노여움을 사지 않을까? 아무리 그래도 같은 수인족을 모조리 없애는 행위를 용서받을 수 있을까? 만약 생존자가 복수하러 온다면? 그런 생각이 들어서 죽이는 데까지는 생각이 미치지 못했던 모양이다.

"뭐, 그 덕분에 키아라 할멈이 죽지 않았던 거지."

국외에 있던 청묘족이 키아라에 대해 베르서스 왕에게 보고한 결과, 그는 키아라를 잡아 오라고 부하에게 명령했다.

죽이기를 주저했던 게 가장 큰 이유이지만, 그 밖에도 키아라가 쓸모가 있었기 때문이기도 했다.

이용 방법 중 하나가 흑묘족에 대한 협박이었다. 아무리 강해도 흑묘족 따위가 수왕가에 거역해봐야 소용없다는 것을 과시해서 거스를 마음을 빼앗고 싶어 했다고 한다.

또 한 가지 이유가 흑묘족의 실력자를 복종시키고 있다고 다른 종족에게 어필하기 위해서다. 수왕가의 위엄을 보이고 싶었을 것이다.

나머지는 수왕이 전에 가르쳐준 것과도 중복되는 얘기였다.

"다른 흑묘족이 인질로 잡힌 키아라 할멈은 수왕에게 굴복해 노예가 됐어."

그 후, 오물 처리 시설에서 강제 노동을 하던 차에 타국의 소환 술사 침입 소동이 일어났고, 수왕이나 고드다르파, 로이스 등과 알게 됐다.

오랫동안 노예로 일했던 키아라였지만 본인의 마음은 전혀 꺾이지 않았던 모양이다. 오히려 냄새를 제외하면 던전 등에서 싸우는 것보다 단연코 편해서 그렇게 괴롭다고 생각하지는 않았다나.

흑묘족은 애초에 노예가 많은 종족이어서 여러 종족에 비해 괴롭다고 느끼는 선이 일반적인 기준보다 높을 것이다. 프란도 처음에 싸구려 숙소의 독실에 감동했으니 말이다.

"키아라 할멈과 만난 우리는 흑묘족의 처지에 의문을 가졌어. 애초에 어째서 같은 수인족이 그렇게까지 멸시당하고 노예가 된 건지……."

수왕 일행은 키아라의 힘을 알고 도저히 하등 종족이라고는 생각할 수 없게 됐다.

그리하여 수왕은 의문을 해소하기 위해 과거의 역사를 조사해서 흑묘족이 저지른 죄와 현 상황을 이해했다.

그 결과, 그는 흑묘족의 대우가 부당하다고 생각했다고 한다. 흑묘족은 확실히 죄를 저질렀지만 노예가 되는 것은 한참 잘못됐다. 죄는 죄로서 이미 신에게 심판받았으니까.

오히려 현 수왕가는 흑묘족을 도와 함께 속죄해야 했다고 생각했다.

그것을 현 수왕가의 사욕으로 망친 것이다. 과거의 기록을 폐기했다는 것을 알고 리그디스는 어처구니가 없었다고 한다.

"놀랍게도 우리 수왕가에조차 흑묘족의 저주를 풀 방법이 전해지고 있지 않았어. 아니, 전해지고 있었겠지만 멍청한 아버지는 그것들도 폐기한 모양이야."

"내가 알아."

"뭐? 정말이냐?!"

"응."

프란이 고개를 꾸벅이자 수왕이 갑자기 머리를 숙였다. 기세가 너무 지나쳐서 테이블에 머리를 부딪치는 둔탁한 소리가 났을 정도다.

"부탁한다! 그걸 가르쳐주지 않겠어? 보수는 얼마든지 준비하마!"

"보수는 필요 없어."

"괜찮겠어? 고생해 얻은 정보 아냐?"

"상관없어. 그 대신 흑묘족에게 알려줘."

프란도 리그디스에게 머리를 숙이며 부탁했다. 오히려 이쪽에서 부탁하고 싶을 정도였기 때문이다.

프란의 말을 들은 수왕은 믿음직스러운 표정으로 보증해줬다. 수인국은 물론 상인 등의 인편을 써서 전 세계에 퍼뜨릴 셈이라며 웃었다.

"모험가 길드도 움직이게 하지. 잘되면 전 세계에 정보가 퍼질 거야."

"진짜?"

"그래. 이래 봬도 랭크 S 모험가라고."

수왕이 그렇게 말하고 가슴을 폈다. 그것을 듣고 놀라겠다고 생각한 듯하지만, 프란의 입에서 나온 것은 의문의 말이었다.

"왜 왕이 모험가야?"

"엉? 그야 힘을 기르기 위해서지."

정치적인 힘이 아니라 단순히 전투력을 올릴 목적이 있었다고 한다.

"뭐, 아버지의 방식에도 염증이 났었거든. 키아라 할멈 밑에서 수련한 동료를 데리고 모험가로서 힘을 기르고 지지자를 늘려서 아버지를 물리치고 왕좌를 손에 넣었지."

나쁜 척 행동하는 리그디스는 인정하고 싶지 않겠지만, 그가 부친 살해의 오명을 뒤집어쓰면서까지 왕좌를 찬탈한 것은 어떻게 생각해도 키아라를, 흑묘족을 위해서일 것이다.

"고마워."

그것을 이해한 프란은 고개를 깊숙이 숙였다.

"관둬. 날 위해서 한 일이다. 인사 따위는 받아봐야 간지러울 뿐이야!"

"응. 알았어."

그렇게 말하며 프란은 고개를 숙이는 행동을 그만두지 않았다.

"쳇! 이제 그만 가! 나는 바쁘다고!"

프란이 방에 들어왔을 때의 모습을 보아 바쁜 것 같지는 않던데. 다만 이 이상은 확실히 방해가 될 것 같으니 물러나는 편이 좋을 것이다.

『프란, 가자.』

"응."

이 뒤에는 모험가 길드에 가야 하니 말이다.

"그럼 갈게."

"그래! 또 보자!"

가볍게 손을 드는 프란에게 여전히 소파에 앉아 있던 수왕이 손을 팔랑팔랑 흔들어 대답했다. 왕이라고는 생각할 수 없을 만큼 가볍지만, 그렇기 때문에 딱딱한 격식에 약한 수인들의 지지를 얻고 있는 것일지도 모른다.

그리고 수왕에게 이별을 고한 우리는 그 길로 모험가 길드를 목표했다.

여기에서 길드는 엎어지면 코 닿을 데다. 숙소에서 길드까지 걸린 시간보다 디아스와 면회하는 데 기다린 시간 쪽이 길었을 정도다.

"이거 프란 군. 3위 입상 축하하네."

"웃."

"큭큭큭. 아무래도 칭찬하는 말이 안 된 건가?"

길드 마스터의 집무실에 들어간 순간, 디아스가 놀리는 말투로 축하한다고 말했다. 이 영감, 알고 말한 거로군.

"……아만다한테 졌으니까."

"보통 랭크 C 모험가가 3위에 오르면 우쭐해져도 이상하지 않네만?"

어깨를 으쓱거리는 디아스지만, 그 얼굴에는 히죽대는 웃음이 떠 있었다. 프란이 우쭐해지지 않는다는 것을 알고 있었겠지.

평범하게 생각하면, 랭크 C 모험가가 랭크 A 모험가를 쓰러뜨리고 3위에 오르는 것이 기적이다. 성대하게 자만할 게 틀림없다. 그러나 프란은 평범하지 않았고, 디아스도 그것을 이해하고 있었다.

프란은 언짢은 표정으로 입을 열었다.

"수왕한테도 못 이겼어."

"그런 규격 외와 비교하지 않아도……. 아무리 나라도 엄두가 안 나네."

"언젠가 이길 거야."

"진심으로 말하는 것 같아서 무섭구먼."

프란은 진심인데? 뭐, 랭크 S에 이기기 전에 아만다나 포룬드에게 이길 수 있어야 하겠지만.

"실은 이번 결과를 받고 자네를 랭크 B로 올려야 하지 않을까 생각했는데…… 무리였어."

"막 C에 올랐는데 벌써 올라가?"

『아무리 그래도 너무 빠르지 않아?』

그리고 무투 대회의 결과가 평가되는 건가? 전사로서는 그렇다 쳐도 모험가로서 우수한지는 알 수 없다고 생각했는데.

"아니, 순수한 전투력으로 랭크 A 모험가를 이겼지 않나. 적어도 전투력만으로 말하면 랭크 C 수준은 아득히 넘지 않았을까?"

『뭐, 그야 그렇겠지만……. 참고로 왜 안 된 거지?』

디아스가 말한 대로 전투력에서 문제가 없다면 달리 부족한 부분이 있다는 뜻일 것이다.

"다른 지부장에게 이런저런 말을 들었어."

"다른 지부장?"

"그래, 원화(遠話) 마도구로 얘기를 했거든."

우선 문제가 된 건 프란의 나이였다고 한다.

"전례가 없다는 둥 시시한 걸 신경 쓰는 녀석이 많아서 곤란해.

그리고 많았던 건 무투 대회라서 모험가로서의 실력이 측정된 게 아니라는 주장이었어."

"그렇구나."

역시 그거로군. 규칙 있는 무투 대회에서 펼쳐지는 싸움에는 강하다 해도 모험가로서 우수한지는 알 수 없을 것이다. 거기에 관해서는 확실히 납득할 수 있었다.

모험가의 실력에는 단순한 전투력 이외의 요소가 중요하다고 생각한다. 솔직히 말해서 전투력이 다소 낮아도 모든 함정을 간파해 완벽하게 해제하고 마수나 마법에 관한 지식이 풍부해서 늘 냉정 침착하고 사고가 유연하다면 그 녀석은 틀림없이 우수한 모험가라고 할 수 있을 것이다.

하지만 랭크 A에게 이겼으니 랭크 B 정도는 줘도 될 것 같은데. 전투력이 가장 중요한 건 확실하니 말이다.

"그리고 프란 군은 특례로 랭크를 지나치게 올렸다는 의견도 있었어. 한 사람을 우대하면 다른 모험가에게서 불만의 목소리가 나오지 않겠냐며 말이지."

으음, 그것도 모르는 바는 아니다. 프란은 랭크 C에 올랐을 때 외에는 전부 특례로 승격했다. 게다가 C로 올랐을 때도 디아스가 의뢰를 선별해주기까지 했다.

"또한, 프란 군이 전투에서 리더 경험이 적지 않느냐는 의문도 나왔네."

"무슨 소리야?"

"랭크 B 모험가가 되면 유사시에는 다른 모험가를 통솔해 싸우는 일도 있어. 스탬피드, 재해, 상위 마수의 내습. 온갖 사태에서 지휘관으로서의 역할이 요구되는 경우도 많지."

『프란은 무리야.』

"응. 무리야. 귀찮아."

"그렇겠지. 그 의견만큼은 나도 동의했어."

성격을 봐도 절대 무리다. 경험도 없고 말수도 적은 리더. 최악이다.

"마지막으로 프란 군의 태도가 랭크 B에 걸맞지 않는다는 말도 나왔네. 랭크 B 모험가는 귀족의 의뢰를 받는 경우도 있으니 말이야."

"그래?"

"그래, 기본적으로 의뢰를 받는 것도 받지 않는 것도 모험가 마음이지만, 그 땅의 유력자가 하는 의뢰나 왕족의 의뢰는 거절할 수 없는 경우도 있어. 그런 때는 실패할 우려가 없는 확실한 실력자를 소개하는 거지."

『그게 랭크 B 모험가라는 건가.』

랭크 A 모험가는 수가 적고 최고 전력에 해당한다. 쉽사리 의뢰에 내보낼 수도 없을 것이다. 그렇다면 랭크 B 모험가를 파견하게 된다. 그런 모험가의 태도가 나쁘다? 귀족을 화나게 만들 가능성도 있다.

"표창식에서 보인 모습을 고려하면 그쪽은 문제없을 것 같네만."

궁정 작법 스킬이 있으니 말이다. 말투만은 어떻게 해도 안 되지만, 그쪽은 과묵한 캐릭터로 밀고 나가면 어떻게든 되지 않을까? 아니, 무리인가.

"그런고로 프란 군의 랭크는 C 그대로야. 미안하군."

"응. 상관없어."

『어쩔 수 없지.』

애초에 열두 살에 랭크 B는 이례 중의 이례일 것이다.

프란은 착실하게 포인트를 벌어서 랭크를 올리면 된다. 그것 역시 수련이다.

"사실은 자네의 은혜에 어떻게든 보답하기 위해서도 랭크를 올리고 싶었어."

"은혜?"

디아스가 드물게 진지한 얼굴로 프란을 응시했다.

"그래, 키아라의 행방을 알 수 있었던 건 틀림없이 자네 덕분이야. 자네가 수왕과의 중계역을 맡아주지 않았다면 나는 아직도 수왕가를 원망하고 의심하고 있었겠지."

디아스는 그렇게 말하고 고개를 깊숙이 숙였다.

"고맙네. 정말 감사하고 있어."

이렇게 진지한 태도의 디아스는 처음 봤을지도 모르겠다. 정말 감사하고 있다는 뜻이겠지.

"루미나 님과의 맹약도 완수해서 어깨의 짐이 내려갔어."

그 말에 생각났다. 루미나의 대우는 어떻게 되는 거지? 키아라의 무사는 알았고, 프란을 진화시키기 위해 힘을 크게 잃었다고 들었다. 그 소모가 회복될 때까지는 던전에 영향이 생긴다. 이용 가치가 없어졌다고 토벌하지는 않겠지?

『그러고 보니 던전은 어떻게 됐지?』

"글쎄. 루미나 님이 힘을 잃은 탓에 출현하는 마수가 크게 적어졌어. 이대로는 랭크가 하나 내려갈지도 모르지."

『그, 그렇구나.』

우리에게 루미나와의 만남은 행운이었지만, 던전을 중심으로 돌아가고 있는 울무토에는 큰 타격일 터다. 내가 디아스라면 원망의 말 한두 마디는 나올 것이다. 하지만 디아스는 웃으며 고개를 저었다.

"원래 계획으로는, 루미나 님은 자신의 목숨을 바칠 가능성도 생각하고 있었네."

언젠가 나타날 흑묘족 동포를 진화시키기 위해서 자신이 사인이 되어 토벌당할 셈이었던 루미나. 내용은 자세히 알리지 않았지만, 목숨을 건다는 것은 디아스에게도 가르쳐준 모양이다.

"그것을 생각하면 던전의 난이도가 내려가는 정도는 큰 문제도 아니야."

『하지만 던전에서 얻을 수 있는 소재나 마석도 줄잖아.』

"그쪽 수입은 확실히 줄겠지. 하지만 하위 모험가를 육성하기에는 보다 적합한 던전이 됐다고도 할 수 있어. 그들을 많이 불러들일 수 있다면 마을의 상업을 활성화시키는 것도 가능해지겠지."

그런 어려운 것까지 생각하고 있다니, 우스워 보여도 역시 길드 마스터다. 일단 영향이 적다면 다행이다. 이 일로 울무토가 쇠퇴해 마을이 쓸쓸해지면 프란도 걱정할 테니 말이다.

"자, 얘기를 오래 했네만 마지막으로 의뢰 얘기를 하지."

『랭크 C 모험가로 받는 지명 의뢰란 거야?』

"그렇지."

원래는 수왕의 마수에서 프란을 지키기 위한 의뢰였을 터다. 하지만 수왕이 적이 아니라는 사실을 알았다. 그 의뢰를 발주할 의미는 이제 없다고 생각했는데.

"실은 자네에게 의뢰한다는 소식을 이미 다른 길드에도 통지해서 말일세. 이제 와서 취소할 수는 없어."

『그럼 내용은 어떻게 할 건데?』

"그래서 생각했는데, 자네들 수인국에 가보지 않겠나? 길드의 의뢰라면 번거로운 출입국 심사도 간소하게 넘어가고, 저쪽에서 길드의 협력도 얻을 수 있는데."

"수인국에 가서 뭘 하는데?"

"행방불명된 모험가의 안부 확인이야. 그녀는 어느 날 갑자기 모습을 감췄지만 아직 찾고 있는 사람도 있거든. 현재의 상황을 알고 싶네."

즉, 디아스가 키아라의 상태를 알고 싶으니 수인국에 가라는 소리다. 타이밍 좋게 길드를 개인적 사정으로 움직이게 하는군.

"으음……."

『괜찮은 얘긴데.』

수인국은 그 이름대로 수인의 나라라고 한다. 즉, 짐승 귀 천국. 꼭 가보고 싶다.

"하지만 경매가 있어."

『왕국에서 개최된다는 그거 말이지? 하지만 그쪽은 반드시 참가해야 하는 게 아니니 수인국을 우선하는 게 어때?』

'경매에 가면 좋은 마석을 입수할지도 몰라.'

아무래도 나를 위해 경매에 가려고 했던 모양이다.

『하지만 입수 못 할지도 몰라. 그리고 수인국에서도 재미있는 마석을 입수할 가능성은 있어. 나는 신경 안 써도 돼.』

"하지만……."

그래도 프란이 망설이자 디아스가 그 기색을 알아차렸나 보다.

"왜 그러나? 뭔가 망설이는 것 같은데."

"6월에 있는 왕도의 경매에 참가하고 싶어."

"그렇구먼. 하지만 아직 한 달 이상 있으니 수인국에 가서 의뢰를 처리하고 돌아오는 것뿐이라면 3주 정도면 충분하다고 생각하네."

『그렇대.』

"──음. 그럼 수인국에 가자."

사실은 수인국에 가고 싶어서 어쩔 줄 몰랐던 프란은 걱정이 사라지자 기쁜 듯이 고개를 크게 끄덕였다.

"하하하. 자네가 승낙해줘서 기쁘군. 그리고──."

똑똑.

"실례할겡. 어머, 프란이잖아."

"엘자."

방에 들어온 것은 엘자였다. 아만다에게 쓰러졌지만 상태는 완벽한 듯했다. 오히려 피부가 약간 번들거리고 기운이 넘치고 있을 정도였다.

"수고 많군, 엘자 군. 그래서 뭔가 알아냈나?"

"응, 여러모로. 초췌해서 묻기 쉬웠어."

"무슨 소리야?"

"자네가 쓰러뜨려준 소르스의 부하와 세르디오의 동료. 엘자 군에게는 신문을 부탁했는데……."

엘자가 신문? 게다가 정기를 빨아들였다고 말하는 듯한 엘자의 이 미소. 그러고 보니 그 도적, 얼굴은 괜찮았던 거 같은데…….
쌤통이군.

"녀석들에게 재미있는 정보를 들었어."

던전 안에서 프란을 공격했던 세르디오와 소르스는 명백하게 누군가의 명령을 받았다. 게다가 등에 꽂혀 있던 의문의 마검에 탈옥을 실행할 수 있을 만한 조직력. 착실한 상대는 아닐 것이다.

"역시 아슈트너 후작가의 명령으로 움직였나 봐."

아슈트너 후작? 들은 적이 없군. 다만 세르디오는 후작가의 피를 이었다는 이야기가 있었을 터다. 그 후작가가 아슈트너라는 가문일 것이다.

"그들이 프란 군에게 검을 빼앗으려 했던 이유는 알았나?"

"그건 알아냈어."

"알고 싶어."

"시시한 이유야. 녀석들은 후작가에서 신검의 탐색을 명령받았나 봐. 썩어도 랭크 A 모험가라서 길드의 뒷정보까지 알 수 있는 입장에 있잖아. 하지만 세르디오는 망가졌잖아? 그 탓에 마검 같은 것에 엄청나게 집착하게 됐대. 자기네가 망가뜨리고 조종도 못 하다니, 뭐 이런 웃음거리가 다 있담?"

"자기네가 망가뜨려?"

"세르디오를 조종하기 위해서 마약 같은 위험한 약을 상당히 투여한 것 같아. 다름 아닌 아슈트너 후작의 지시로. 얼핏 보기에 세르디오가 이끌고 있는 파티였지만, 실제로는 도적 남자와 마술사 여자가 뒤에서 조종하고 있었던 거지. 뭐, 뜻대로 조종하지는 못하고 판단력을 둔하게 만들어서 조작하기 쉽게 하는 정도였던 것 같지만."

하지만 세르디오를 조종할 수 없었다는 뜻인가. 오히려 약 때문에 폭주 기미를 보이고 말았다. 그리고 신검을 찾으라는 명령을 어떻게 해석했는지 일반 마검에까지 손을 뻗치기 시작했다고 한다. 확실히 웃을 수밖에 없겠군.

게다가 이 마을에 온 것은 수중의 마약이 적어져서 보충하기 위해서라고 한다. 놀랍게도 이곳의 던전에서 출현하는 팬더믹 리치의 독주머니가 주 원료가 된다고 한다. 소러스는 그것을 매입하는 담당이었을 것이다. 거기서 붙잡혀 악행이 드러났으니, 얼빠진 데도 정도가 있다.

재차 세르디오의 종자를 신문하기 위해 엘자가 나간 후, 디아스가 다시 감사 인사를 했다.

"이거 정말 고마워. 이로써 여러가지가 마무리될 거야. 모험가 길드 안의 쓰레기들을 일소할 수 있을 것 같네!"

"무슨 소리야?"

"녀석들은 그야말로 크란젤 모험가 길드의 병소였어! 그걸 없애준 걸세! 당연히 고개를 숙이지!"

병소라니, 세르디오 미움받고 있구나.

"자네들은 세르디오를 감정해봤나?"

『해봤어.』

"그럼 그의 스킬을 봤나? 이성 호감, 이성 유인이라는 스킬이 있었지?"

그러고 보니……. 전투에서는 도움이 되지 않을 것 같고, 프란에게는 효과가 없는 듯해서 무시했지만.

"그 스킬로 여성 길드 마스터들을 홀려서 자신을 랭크 A로 올리도록 속삭인 거야. 녀석에게 얄팍한 사랑의 속삭임을 듣고 홀랑 넘어간 모양이더군."

『그래서 랭크 A로 인정받은 거야?』

"뭐, 공물 감각이었다더군. 40년이나 연하의 젊은이에게 돈을 탕진하다 길드가 기울어지게 만든 노파도 있었고."

그것참……. 하지만 그것만으로 랭크 A가 될 수 있는 건가?

"그리고 본가의 압력, 막대한 뇌물, 랭크 A가 된 다음부터 제공하는 편의 등 온갖 방법을 써서 많은 길드 마스터들을 구슬렸던 거지."

"길드는 괜찮아?"

『걱정되기 시작했는데?』

의외로 한심한 모험가 길드.

"그 부분은 면목 없다는 말밖에 할 수 없구먼. 길드 마스터도 역시 인간이라 그중에는 쓰레기도 섞여 있는 걸세."

『모르는 것도 아니기는 한데…….』

지구 역시 정치가나 경찰관이 범죄를 저지르는 경우도 있다. 오히려 권력을 가지고 있는 사람 쪽이 유혹은 많을 것이다.

"언젠가 랭크 A의 자리에서 끌어내리려고 녀석을 주시하며 불상사를 일으키기를 기다리고 있었지."

『하지만 공갈은 일상적으로 하지 않았어? 그건 불상사가 아니야?』

"이번에는 상대가 나빴지만, 평소라면 합법이야. 다소 억지이기는 하지만 돈은 제대로 건넸고, 그 후 모험가가 고발도 안 했어."

『어? 어째서? 다들 무기를 빼앗겨도 참고 넘어가는 거야?』

프란에게 했던 공갈 행위가 일상다반사라면 상당한 인원이 세르디오 패거리에게 마검을 빼앗겼을 텐데?

"그야 자네들은 강하고, 권력자라고? 올 테면 와보시지! 라는 느낌이지만. 보통 랭크 C 이하의 모험가가 랭크 A 모험가이자 자작, 배후에는 후작의 그림자, 나쁜 소문이 끊이지 않는 위험한 상대와 얼굴을 마주하고 맞설 수 있다고 생각하는 건가?"

뭐, 그야 그런가. 자칫하면 목숨이 위험하니 무기를 빼앗기는 정도로 끝나서 다행이라고 생각할지도 모르겠다.

"그리고 성가신 게 세르디오가 완전히 망가진 점이야. 죄인의 죄를 폭로하는 데 쓰는 마도구가 있는데, 죄를 저질렀다는 의식이 없어서 반응하지 않았네."

그렇군. 그 마도구는 세르디오에게 반응하지 않을 것이다. 녀석은 자신의 행동이 진심으로 정의라고 생각하고 있었던 것이다.

『고작 그 때문에 친아들에게 마약을 투여하도록 지시했다는 거야?』

"귀족이라면 불가능하지 않지. 그리고 랭크 A 모험가를 꼭두각시로 삼을 수 있는 건 아주 큰 이점이라고 생각하네만. 보통은 모험가 길드에 대한 명령권을 가지지 않는 후작가가 세르디오를 통해 모험가에게 명령할 수 있다는 뜻이 되니까. 그 전력은 헤아릴 수 없지."

아무리 상대를 싫어하는 사람이라도 랭크 A가 내리는 명령쯤 되면 따르는 모험가가 많다는 뜻일 것이다.

『그거라면 마약 중독에 빠뜨리지 않아도 세르디오에게 명령하면 되는 거 아냐?』

"세르디오가 랭크 A라는 지위를 손에 넣은 뒤에도 본가의 명령을 순순히 따른다고 생각할 수 없지. 그렇다면 마약으로 조종하는 편이 빠르다고 생각하지 않겠나?"

거무죽죽해! 새까맣다고! 역시 귀족의 세계는 엮일 만한 데가 아냐!

"애초에 세르디오는 첩출이야. 아슈트너 후작 입장에서 보면 장기말 하나밖에 되지 않겠지. 오히려 집안싸움의 화근을 내쫓을 수 있었다고도 할 수 있지."

으음, 납득은 가지 않지만 이해는 했다.

"이로써 아슈트너 후작가는 상당히 곤란한 입장에 몰릴지도 모르겠군."

"어째서?"

첩출의 자식이 소동을 일으켰으니 스캔들이야 될지도 모르지만, 후작가를 뒤흔들 정도인가?

객관적으로 보면 약을 먹고 평민을 부려먹고 던전 안에서 모험가를 상대로 소동을 일으켰을 뿐이다. 대귀족이라면 어떻게든 무마할 것 같았다.

"아니, 신검을 찾고 있었다는 점 말일세. 신검은 한 자루로 대군을 물리칠 정도의 병기야. 그것을 후작가에서 단독으로 찾고 있었다는 사실이 명확하게 드러나면 반역의 의심을 사는 것을 피할 방법이 없을 거야."

"그래?"

"고위 모험가가 신검을 찾는 건 당연하지 않겠나? 그것은 모험가라면 누구든지 꿈꾸는 일이야. 세르디오가 모험가로서 신검을 찾고 있었던 것은 그렇게까지 문제가 되지 않아."

말장난을 한다는 느낌도 들지만, 역시 입장차가 있을 것이다. 세르디오가 신검 찾기는 개인적인 일이고 후작가와는 상관없다고 주장하면 모험가 개인으로서의 의견이 된다는 뜻인가. 수상하다는 의심은 받겠지만 말이다.

하지만 그것이 아슈트너 후작가의 명령이었다는 경우가 되면 바로 수상해지는 셈이다.

"오? 이것 참."

엘자가 두고 간 서류를 가볍게 훑어보던 디아스가 갑자기 소리를 냈다. 그리고 그중 한 장을 꺼냈다. 다른 종이 서류와 달리 튼튼한 양피지였다.

"이것이 신검을 찾고 있었다는 한 가지 증거가 될 것 같군."

"그건 뭔데?"

"아슈트너 후작가가 파악하고 있는 신검의 정보가 적힌 양피지일세."

어? 진짜야? 꼭 보고 싶어!

프란에게 부탁해 디아스가 들고 있는 종이를 들여다볼 수 있는 위치로 이동하게 했다. 확실히 신검의 이름이 적혀 있었다. 물건에 따라서는 겉모습의 특징까지 적혀 있지 않은가.

다만, 루미나가 우리에게 보여준 일람과는 실려 있는 이름이 조금 달랐다. 이쪽이 새로운 정보일까? 시신검 알파, 광신검 베르세르크, 황염검 이그니스, 대지검 가이아, 마왕검 디아볼로스의 이름이 없었다.

"흐음……."

"왜 그러나, 프란 군?"

프란이 알파를 비롯한 다섯 자루가 적혀 있지 않은 점에 대해 디아스에게 물어보니, 그것들은 소재지가 판명돼 있기 때문에 탐색 대상에서 제외된 것이 아니겠냐는 대답이 돌아왔다.

그렇게 유명한 건가. 우리가 어렴풋이나마 아는 것은 마왕검 디아볼로스뿐이다.

시드런 해국 소동으로 사이가 좋아진 플루토 왕자와 사티아 왕녀의 나라, 필리어스 왕국에 있다는 신검이다. 악마를 사역한다는 능력밖에 모르지만, 작은 나라가 군사 대국인 레이도스 왕국의 침공을 계속 막을 만한 힘이 있는 모양이다.

디아스가 나머지 네 자루의 소재를 가르쳐줬다.

놀랍게도 황염검 이그니스와 대지검 가이아는 모두 랭크 S 모험가가 소유하고 있다고 한다. 본인이 무시무시하게 강한 데다 신검을 가지고 있으면 그야 랭크 S에도 도달하겠지?

이그니스의 소유주는 골디시아 대륙에서 계속 싸우고 있고, 영웅이라고 불리고 있다나.

가이아의 소유주는 방랑 중이어서 정확한 소재는 알 수 없다. 다만, 몇 개월에 한 번 가까운 길드에 불쑥 나타나 도중에 사냥한 고랭크 마수의 소재를 납품한다고 한다. 작년까지는 수인국이 있는 크롬 대륙에 있던 것이 확인됐다고 했다.

알파와 베르세르크는 북쪽의 브로딘 대륙을 양분하는 두 거대 왕국에 한 자루씩 있는 모양이다. 서로 으르렁대는 대국이지만 신검을 가진 것이 견제가 되어서 큰 전쟁은 수백 년 동안 일어나지 않았다고 한다.

　신검끼리 부딪치게 되면 각자의 나라에 심대한 피해가 나오기 때문이다.

　실제로 300년쯤 전에 당시의 신검 사용자끼리 전장에서 격돌해 대량의 사망자를 낸 사건이 있었다고 한다. 그 수는 2만. 더욱이 전장이 된 장소에는 당시 대삼림이 있었지만, 지금까지도 초목이 자라지 않는 황무지가 됐다나.

　『엄청나네. 어떤 능력이 있는 거야?』

　"알파의 능력은 유명하네. 장비자에게 반신화라는 스킬을 주지."

　"그 스킬의 효과는?"

　"사용자를 초월자로 만드는 힘이라고 하면 되려나?"

　"초월자?"

　『아무튼 강하게 들리기는 하는데…….』

　이미지가 딱히 떠오르지 않는다.

　"그렇구먼. 모든 스테이터스의 상승과 신체 능력의 강화, 소지 스킬의 레벨 상승, 그런 식이려나."

　『으음. 수수한데.』

　"별로 안 강하게 들려."

　병기라고 불릴 정도의 능력이라는 생각은 들지 않는다.

　"그렇지. 모든 신검 중에서 가장 수수할지도 몰라. 하지만 가장 두렵다고 하기도 한다네. 모든 스테이터스가 열 배. 눈은 만 리를 꿰뚫어봐서 어떤 은폐도 간파하는 감각을 가지지. 나라 전체의 이야기를 듣는 귀에, 스킬은 모두가 최고 레벨이 돼. 그런 말을 들으면 어떤가?"

어떠냐니…… 그야 엄청나잖아? 모든 스테이터스 열 배에 신과 같은 육체, 본인의 재능을 최대한 끌어낸다. 그야 신검에 어울린다.

"한 번 휘둘러 백 명의 병사를 베고, 두 번 휘둘러 성벽을 가르며, 세 번 휘둘러 산을 쓰러뜨렸다. 그런 일화가 남을 정도일세."

『거짓말 같지만 신검이라면 그 정도는 할 법도 하군.』

"그리고 알파의 무서운 점은 그 가동 시간이야. 사용자를 무적의 초인으로 바꾸는 터무니없는 힘을 반나절 이상 계속 쓸 수 있어. 적에게는 악몽이라고밖에 말할 길이 없지."

그런 괴물이 반나절 동안 날뛴다면? 나라 하나 정도는 사라지지 않을까? 적어도 대도시 하나나 두 개는 지워질 것이다.

그리고 그 시신검 알파와 대등한 광신검 베르세르크 어쩌고도 마찬가지로 무시무시하겠지.

"베르세르크의 능력은 알파와 비슷하네. 스테이터스 상승, 신체 기능 강화, 스킬 상승. 그 강화율은 알파 이상이라고 하지."

『어? 알파 이상? 그럼 베르세르크 쪽이 강한 거 아냐?』

"힘만 보면 그렇지. 하지만 베르세르크는 사용자를 반드시 폭주시켜. 베르세르크의 사용자는 피아를 가리지 않고 살육한다네. 게다가 사용자는 반드시 죽고 말아."

『우와, 그건 너무 위험하잖아. 하지만 장비자 한 사람만 적진으로 보내면 되지 않을까?』

비인도적인 사용법이지만 효율은 좋을 것이다. 인간 폭탄처럼 취급해 특공을 시도하면 된다.

"하하, 그렇게 잘될 리가 있겠나. 순조롭게 적을 전멸시키고,

그 뒤에는?"

『그 뒤? 검을 회수하면 끝나는 거 아냐?』

"어떻게 회수하지? 가까이 가면 공격받는데?"

『그야 폭주가 끝나면 남은 검을 회수하러 가면 되잖아.』

마지막에는 반드시 죽는다면 시체에서 신검을 회수하면 될 뿐이다.

"그래. 하지만 적국도 마찬가지로 생각하겠지. 그리고 적국보다 반드시 먼저 회수한다는 보장은 없어."

그렇군, 그야 그런가. 자칫하면 상대의 회수반이 먼저 신검을 입수할지도 모르겠다.

"그것뿐만이 아냐. 베르세르크도 반나절 이상 효과를 발휘한다고 하네. 먼 옛날, 적국의 수도를 괴멸시킨 베르세르크의 사용자가 자국을 덮쳐 대도시를 모조리 파괴한 사건이 있어. 쉽사리 발동할 수는 없을 거야. 그야말로 적과 함께 자폭할 만큼 몰리지 않으면 적극적으로 쓰려고 하지는 않지 않을까?"

베르세르크라는 신검은 정말로 핵병기 같은 취급이구나. 쓴다면 마지막에 써야 하고, 쓰면 자신들마저 위험해진다는 건가.

"그렇기 때문에 알파를 가지고 있는 나라 쪽도 상대를 몰아붙이지 못하는 거야."

신검끼리 적대하는 대륙인가. 되도록 가까이 가고 싶지 않다.

그건 그렇고 알파, 베르세르크, 디아볼로스, 가이아, 이그니스 다섯 자루가 회수할 후보에서 제외된 이유는 잘 알았다. 국가나 랭크 S 모험가가 소유하고 있다면 확실히 손댈 수 없을 것이다. 빼앗는 것도 돈으로 사는 것도 무리다.

『그래서 아직 발견되지 않은 신검을 찾는다는 거구나.』

"뭐, 어느 나라든 신검을 찾고 있는 건 확실해. 이만한 정보를 어떻게 손에 넣었는지는 모르겠네만……."

확실히 겉모습의 정보뿐만 아니라 능력에 관한 정보까지 실려 있는 검까지 있었다.

전기검 채리엇

외양은 지휘봉 형태라는 정보가 있다. 다양한 형태와 크기의 골렘을 생성해 조종하는 능력을 가졌다. 골렘은 금속제로, 하늘을 나는 능력이나 광선을 쏘는 능력을 가지고 있다. 갈레리아 전역에서 사람의 머리만큼 작은 골렘을 천 마리 소환했고, 일제 포격으로 선단 백 개를 한순간에 태워버렸다는 일화가 있다.

마지막으로 확인된 장소, 카풀 대륙.

지혜검 케루빔

이미 소실되었다고 알려졌지만 잔해를 회수할 수 있다면 회수하고 싶다. 상세한 능력은 불명.

스킬로 조사한 바에 따르면, 날개 네 개가 달린 천사의 의장이 새겨진 검이라고 한다. 또한 소멸한 것은 현재의 크란젤 왕국령일 가능성이 높다.

탐신검 익스플로러

모노클 형태를 띠고 있다. 일설에는 대륙 전체의 정보를 파악할 수 있을 정도의 탐사 탐지 능력을 가지고 있다고 하는데, 상세한 능력은 불명이다.

마지막으로 확인된 장소는 질버드 대륙.

옥문검 헬
상세 불명. 500년 전에 크롬 대륙에서 쓰인 사례가 단 한 번 보고되었다.
현재 그 장소는 생물이 전혀 살지 않는 불모지가 되었고, 독을 조종하는
힘이 있다고 알려져 있다.

폭룡검 린드부름
검의 형태를 띠고 있다는 것 외에 상세 불명.

월영검 문라이트
사용자는 모든 공격을 되받아치는 힘을 얻는다고 한다.

채리엇 외에는 상세한 사항을 거의 모르는군. 그 채리엇 역시
현재 장소는 불명 같고.
"흥미롭군. 나도 모르는 정보가 꽤나 있어. 그건 그렇고 파괴된
신검까지 회수하려 한다는 건 본격적으로 연구를 시작한다는 뜻
인가?"
『연구하면 어떻게든 되는 물건이야?』
"글쎄, 해볼 가치가 있다며 발을 디뎠겠지만 나라에 비밀이라
는 점은 여러모로 위험하지 않을까?"
위법하지는 않겠지만 역시 나라에 비밀리에 병기를 연구하는
행동은 반역을 의심받을 것이다.
"좋은 증거가 손에 들어왔어."
그렇게 말하고 빙긋 웃는 디아스. 사악한 얼굴을 하고 있군. 프
란의 교육에 나빠 보인다.

『디아스도 바쁜 것 같으니 슬슬 돌아가자.』

"알았어."

"아하하. 미안하군. 또 무슨 일이 있으면 알려주지."

"응."

디아스와 엘자에게 작별을 고하고 길드를 나왔다.

그러자 마치 기다리고 있었다는 듯이 이상한 녀석들이 다가왔다. 아니, 실제로 매복하고 있었을 것이다.

얼마나 이상하냐면, 네 명 전원이 재색 로브를 머리부터 푹 뒤집어쓰고 있어서 얼굴이 잘 보이지 않았다. 손에는 옹이가 울퉁불퉁한 나무 지팡이를 들어서 완전히 마술사로밖에 생각할 수 없는 차림을 하고 있었다.

게다가 옛날이야기에 나오는 타입의 고전적인 마술사다. 이렇게까지 완벽하니 마술이 있는 세계인데도 코스프레처럼 보였다.

"뭐야?"

프란이 가볍게 자세를 잡자 네 명이 좌우로 갈라져 지팡이를 하늘로 밀어 올리듯이 들었다. 그러자 마술사들 사이에서 한 남자가 나왔다.

수수한 다른 네 명과 달리 금 테두리가 둘러진 보라색 로브에 끝에 보석이 박힌 호화로운 지팡이를 들고 있었다. 얼굴도 드러나 있어서 확연하게 지위가 높아 보였다. 이목구비도 단정했다. 푸른 머리의 꽃미남 자식이다. 수상쩍다. 아니, 꽃미남이라서 수상쩍다고 한 건 아니다. 정말이다.

"기다리고 있었습니다, 프란 님!"

"응? 누구야?"

"제 이름은 그라크마. 에이와스 마술사 길드의 간부입니다."

그라크마는 연기 같은 동작으로 우아하게 인사했다. 그림이 되는군. 그런데 마술사 길드라. 처음 듣는다. 마술사로 결성된 길드라는 건가?

그리고 이 녀석들에게 프란 님이라고 불릴 만한 일은 한 적이 없는데…….

"훌륭한 시합을 여러 차례 봤습니다."

"응."

"시합 중에 쓰신 수많은 대마술! 이 그라크마, 저도 모르게 눈물을 흘릴 만큼 감동했습니다!"

뭐, 마술사의 입장에서 고위 마술을 팍팍 써대는 고도의 시합으로 보였으려나. 심지어 칸나카무이는 내가 쐈으니 무영창으로 쏜 것처럼 보였을 것이다.

하지만 그 말에 진심이 담기지 않은 것을 알 수 있었다. 연기로 얼버무리려 하지만 스스로 발하는 강한 악의나 적의를 숨기지 못하고 있었다.

"대마술사 프란 님."

"? 마술사 아냐."

존칭 같은 건가 보다. 그런데 생각해보니 직업 변경을 한동안 하지 않았다. 지금의 프란이라면 선택할 수 있는 직업이 상당히 늘어나지 않았을까.

그라크마는 프란의 중얼거림을 무시하고 작은 상자 같은 것을 품에서 꺼냈다. 그리고 작은 상자를 연 다음 프란의 앞에 한쪽 무릎을 꿇고 작은 상자의 내용물을 보이도록 들었다.

그 움직임에 맞춰 재색 로브 마술사들이 들고 있던 지팡이를 전방으로 기울이며 우리를 둘러싸듯이 이동했다. 뭔가 수상한 의식처럼 보이기도 했다. 마술을 쓰는 낌새는 없지만, 조금이라도 수상한 움직임을 보이면 염동으로 날려줘야겠다.

상자 안에는 메달 같은 것이 들어 있었는데, 이쪽은 상당히 강한 마력을 발산하고 있었다. 게다가 분위기가 불길했다.

"이것을 받으십시오."

"이건 뭔데?"

"저희 에이와스 마술사 길드에서 대마술사 프란 님께 드립니다. 제1 위계장입니다."

"위계?"

위계는 뭐지? 잘 모르겠지만 그라크마가 상자를 내밀어 권했다.

'스승?'

『절대 받지 마.』

여전히 마술을 쓰려는 기색은 없었다. 하지만 그라크마나 4인조에게서 발산되는 적의를 봐도 이것이 제대로 된 행동이라고는 생각할 수 없었다.

"자, 이것을 받아주십시오. 대마술사이신 당신께 어울리는 증표입니다."

"응. 필요 없어."

"어, 어째서입니까!"

"왠지 수상해."

"그렇게 말씀하지 마시고! 부디 손에 들어주십시오."

"됐어."

"아니요, 저희에게는——."

"자, 거기까지 하시지요."

"누, 누구냐!"

물러설 기색이 없는 그라크마를 힘으로 조용히 시킬까 망설이고 있는데, 프란과 그라크마 일행 사이로 끼어드는 인영이 있었다.

"에이와스는 여전하군요."

"펠무스?"

"네, 하루 만에 보는군요."

프란을 감싸듯이 가로막아 선 것은 프란과 격투를 펼쳤던 전 랭크 A 모험가, 실잡이 펠무스였다. 산뜻한 얼굴로 프란과 그라크마 사이에 서 있었다. 웃는 얼굴이지만 묘한 박력도 있어서 그라크마가 압도되고 있는 것을 알 수 있었다.

"무슨 짓을 하는 거냐! 모험가 따위가 주제넘게 나서지 마라! 지금은 한창 중요한 의식 중이다!"

"그 바보 같은 의식을 방해하기 위해 온 겁니다."

"무슨 소리야?"

"지금 건 말이죠, 이 녀석들의 상투수단이에요."

놀랍게도 지금 하고 있는 것은 에이와스 마술사 길드의 정식 입단 의식이라고 한다. 이 메달에는 상대와 강제적으로 계약을 맺도록 술법이 걸려 있고, 상대가 받은 뒤에 간단한 의식을 실시하는 것만으로 간이 계약이 맺어진다고 한다.

"마술적인 계약이 맺어져서 상당히 성가십니다. 노예까지는 아니지만 거기에 가까운 취급을 받겠죠."

"하지만 속아 넘어갈까?"

우리 역시 명백하게 이상하다고 판단했다. 다른 마술사 역시 거부할 것이다. 전투력으로 말하면 이 녀석들은 대단하지 않기 때문이다.

"그 점이 그들의 음흉한 부분이에요. 재능 있는 어린아이에게만 이런 수단을 씁니다. 프란 씨는 외모만은 어리니까 어떻게든 구슬릴 수 있다고 생각한 거겠죠."

그리고 평범한 아이라면 마술사 길드라는 조직과 적대하는 것을 두려워해서 있는 힘껏 대처하려고 하지 않는다. 즉, 의식을 마쳤다는 기정사실에 조직의 압력. 더 나아가 세 치 혀로 구슬려 아이를 조직에 종속시켰다는 건가. 질이 나쁜 데도 정도가 있다.

"여럿 있는 마술사 길드 중에서 이런 과격한 짓을 하는 것은 에이와스 마술사 길드뿐입니다. 그들은 지하 조직에 가까운 단체거든요. 프란 씨의 힘을 보고 조직에 끌어들이자며 노린 거겠죠."

프란이 빤히 바라보자, 그라크마가 초조한 기색으로 변명을 시작했다.

"프, 프란 님! 그런 야만스럽고 하등한 모험가 따위와 당신과 같이 선택받은 시인종(始人種)인 마술사인 저희! 어느 쪽을 신용하시겠습니까!"

"응? 펠무스인데? 너희는 기분 나빠."

"아니, 계, 계집애가……! 그딴 식으로 나오면…….."

우와, 좀생이! 너무 하찮아서 웃음이 나올 만큼 좀생이!

『일단 붙잡자.』

"응."

프란과 그런 의논을 한 직후였다.

"해치워!"

여성의 새된 목소리가 울려 퍼졌나 싶더니 주위의 마술사들이 일제히 움직이기 시작했다.

"웃."

제각기 단검을 꺼내 프란에게 달려들었다.

"뭐, 뭐 하는 거냐 너희들!"

그라크마의 놀란 모습을 보아 아무래도 이 녀석의 명령은 아닌 듯했다. 아마 혼자 움직이지 않는 마술사가 사령탑이겠지. 다른 세 명에게 공격을 지시하고 그사이에 마술을 영창하는 작전일 것이다.

다만 방식이 치졸한 데다 실력이 너무 허접했다. 마술 이외의 스킬이 낮고, 검술은 습득조차 하지 않았다. 정말 아마추어의 움직임이었다.

"핫! 챳! 홋!"

"윽!"

"엇!"

"윽!"

어지간한 프란도 이렇게까지 허접한 상대를 공격하는 것은 부끄러웠을 것이다. 칼을 쥔 손을 가볍게 후려쳐 무기를 떨어뜨리는 데 그쳤다. 그래도 남자들 쪽에서 보면 철봉으로 손을 얻어맞은 정도의 대미지는 있겠지만, 그 정도로 끝났으니 감사하라고 하고 싶을 정도였다.

"하압!"

"꺄악!

초조한 기색으로 영창을 계속하는 마지막 한 명도 앞차기를 맞고 요란하게 하늘을 날았다.

"제…… 젠장."

로브가 젖혀져 얼굴이 보였다.

"응? 어디서 봤더라?"

『세르디오의 동료야.』

로브 속에서 나타난 것은 세르디오의 동료인 여마술사였다. 이미 울무토를 도망쳤다고 생각했는데, 아직 포기하지 않고 프란을 노리고 있었던 모양이다.

"빌어먹을…… 계집애!"

마약을 했는지는 모르지만 그 눈은 정상으로 보이지 않았다. 상당히 궁지에 몰린 표정이었다. 차인 배를 누르고 비틀대며 일어나 불안한 발놀림으로 프란에게 다가왔다.

"네 검만……. 그것만 있으면……!"

역시 정상적인 판단력을 잃었나 보다.

"내 검이 목표야?"

"그래! 어차피 네가 강한 건 그 검 덕분이겠지! 그렇지 않으면 흑묘족 계집이 강할 리가 없어! 그것만, 그것만 있으면! 여기에서 도망치는 것도, 그분에게 용서를 구하는 것도 전부 잘 될 거야!"

프란은 뭐라 말할 수 없는 표정이었다. 자신을 노리는 여자에 대한 분노와 제정신을 잃은 자에 대한 동정, 양쪽 감정이 있을 것이다.

"그러니까, 그러니까 그 검을 내놔!"

내놓으라고 해도 넘길 리가──.

『아니, 잠깐만. 프란.』

'응? 왜?'

『나를 그 여자한테 넘겨.』

'무슨 소리야?'

나는 잠시 실험을 하고 싶다고 프란에게 말했다. 그리고 내 말에 납득한 프란이 입을 열었다.

"이 검은 자격이 없는 인간이 장비하면 저주로 죽어. 그래도 좋아?"

"아하하하하! 바보 같은 소리를! 내게 검을 넘기고 싶지 않은 거지? 거짓말이라면 더 그럴듯한 걸 해!"

실력으로 여자를 배제할 수 있는 프란에게는 거짓말을 할 이유도 없는데. 그것조차 이해할 여유도 없는 듯했다. 그저 인간미가 희박한 얼굴로 검을 내놓으라고 떠들고 있었다.

"알았어. 넘길게."

"처음부터 그러면 되잖아! 자! 얼른 내놔!"

프란이 칼집째 나를 여자에게 던졌다.

희색으로 가득한 표정으로 나를 받자 바로 뽑아보는 여자.

"키히히히히. 이로써 나도……."

아, 장비하려고 했군. 내가 장비될 뻔했다고 똑똑히 이해할 수 있었다.

그리고 내 안에서 뭔가가 꿈틀대는 것이 느껴졌다.

"아…… 으아아아……."

갑자기 여자 입에서 신음소리가 새어 나왔다. 대체 뭐가 보이고 있는지, 그 눈은 크게 뜨여 명백하게 공포의 빛을 띠고 있었다.

"아히아아아아아아아아아아아아······."

온몸이 경련하기 시작하고, 신음소리는 비명으로 바뀌어갔다. 단순한 통증이나 놀람을 느낀 것만으로는 절대로 낼 수 없을 것이다. 보통 비명과는 격이 다른, 듣는 이의 신경을 직격하듯이 정말 꺼림칙한 고함이었다.

"아아아아아아아아아아아아아아아──."

느닷없이 검을 쥔 채로 듣는 자의 등줄기를 선뜩하게 만드는 무시무시한 절규를 지르기 시작하는 여자에게 주위 사람들의 호기심 어린 시선이 향했다.

그러나 더 가까이 있던 사람들은 강한 공포를 느끼고 있는 듯했다. 프란이 여자에게 말한 죽음의 저주 얘기를 들었기 때문이리라. 지금 그야말로 그 저주가 펼쳐지고 있다고밖에 생각할 수 없는 광경이 전개되고 있었다. 일반인뿐만 아니라 모험가들도 창백한 얼굴로 여자를 지켜보고 있었다.

시간은 몇 초였을까?

"요, 용서해주세요! 용서해주──크오에엑!"

마지막에 그렇게 외친 여성은 직후에 눈과 귀와 입에서 대량의 피를 토하며 그 자리에서 앞으로 고꾸라졌다.

털썩.

"──."

주위에 귀가 아플 만큼 정숙이 내려앉았다.

"응. 자격이 없었어."

움직일 수 있는 건 프란뿐이었다. 프란이 여자에게 타박타박 다가가 자루를 몇 번이고 쓱쓱 문지른 뒤 나를 주워들었다.

그 직후, 비명으로도 들리는 웅성거림이 일제히 울렸다. 길에서 여자가 변사했다. 어쩔 수 없을 것이다.

그건 그렇고 신벌은 꽤나 아리네. 모르고 장비하려고 하면 번개가 몸에 내리친다고 했고, 알고 장비한 녀석은 목숨으로 속죄하게 된다는 말밖에 않았다. 여자의 저 모습을 보아 신님이 머릿속을 어떻게 한 건가? 내가 직접 한 건 아니지만 엄청나게 뒷맛이 나빴다.

『아아, 그러고 보니 다른 마술사들은 어떻게 됐지?』

완전히 잊고 있었다. 생각나서 주위를 둘러보니 펠무스가 빈틈없이 붙잡아줬다. 실에 휘감긴 남자들이 꼼짝 못 하고 있었다.

"그럼 이 사람들을 어떻게 할까요?"

"어쩌지?"

"저로서는 모험가 길드에 맡기는 게 좋을 것 같군요."

"그래?"

"네. 상대도 조직이고, 당신 정도로 실력을 가진 모험가를 위해서라면 길드도 수고를 아끼지 않을 거예요."

펠무스가 그렇게 말한다면 맡기는 게 좋을까? 이제부터 이 녀석들을 끌고 마술사 길드에 쳐들어가서 다른 마술사에게도 호된 맛을 보여주고, 거기서부터──같은 짓을 하면 시간이 아무리 있어도 부족하다.

"제가 길드에 데리고 갈까요?"

"그럼 맡길게."

"그러면 데리고 가지요."

펠무스가 아직도 위압적으로 얼른 풀라고 소리치는 그라크마와 돈에 고용됐을 뿐이라고 외치는 마술사들을 한데 묶어 끌고 갔다. 하지만 바로 프란이 불러 세웠다.

"아, 잠깐만."

"왜 그러시죠?"

"응. 벌은 필요해."

그리하여 마술사들의 배에 펀치 한 대씩 먹여 몸부림치게 만든 후 모험가 길드로 넘기게 했다.

디아스와 엘자에게 부탁하면 일이 나쁘게는 흘러가지 않겠다고 생각했는데, 프란과 펠무스의 얘기를 들은 디아스가 크게 기뻐했다.

"이것을 기회 삼아 그 기분 나쁜 마술사 길드를 당당히 없앨 수 있겠어! 모험가 길드에 정면으로 싸움을 건 응보를 받게 해주지!"

기뻐 날뛰는 디아스를 곁눈질하며 그의 부하에게 마술사들을 넘겼다.

프란은 펠무스에게 고개를 숙였다.

"펠무스, 고마워."

"아닙니다. 저도 비슷한 경험이 있거든요."

"마술사 길드에 속을 뻔했어?"

"그보다는 주목을 받아 이런저런 불쾌한 경험을 했던 적이 있습니다."

펠무스도 젊을 때 마찬가지로 무투 대회에서 우승해서 마찬가지로 다양한 사람들의 주목을 받은 적이 있다고 한다.

각지의 마술사 길드나 용병 길드, 귀족에 대상인에 뒷세계 조직. 펠무스도 온갖 세력의 권유를 받았고, 때로는 강제로 따르게 하려 하는 자도 있었다고 했다.

"남 일 같다는 생각이 안 들더군요."

"어떻게 대처했어?"

"저는 오로지 도망쳤어요. 말꼬리를 잡히지 않도록 각지를 방랑했죠."

어떤 의미에서 가장 좋은 수단이지 않을까? 흔적만 남기지 않으면 쫓길 일도 없을 테니.

"뭐, 마지막에는 디아스가 구해줬지요."

"디아스가?"

"네. 나이대가 가깝기도 해서 그와는 당시부터 친분이 있었거든요. 당시에 그는 이미 길드 마스터여서 여러모로 편의를 봐줬습니다. 그의 측근 대접을 받아 각 세력의 권유를 피한 거죠."

길드 마스터의 복심이면 말단 귀족 정도로는 무리한 권유를 할 수 없을 것이다. 적어도 개인이 대응하는 것보다는 편했을 터다.

"프란 씨의 경우에는 저 이상으로 주목받고 있을 테고, 상당히 성가신 무리도 접근할 겁니다. 돈을 노리는 범죄 조직 정도라면 눌러버리면 되지만, 귀족 등은 국제 문제로 발전할 우려도 있으니까 정말 성가셔요."

왠지 실감이 깃든 목소리다. 엄청나게 절실한 말투였다.

"경험담이야?"

"하하하, 그렇습니다. 타국의 귀족과 약간 시비가 붙어서요. 현상수배를 걸어서 그 나라에 쫓기는 사태가 됐지요."

"관직을 거절한 것만으로?"

그야 아무리 그래도 횡포 아닐까?

"뭐, 상대가 약간 위압적으로 말하거나 태도가 나빠서요. 말다툼 끝에 당주와 가신을 합쳐 50명쯤을……."

"죽였어?"

프란, 어째서 살짝 기대하는 눈빛을 보이는 거지?

"아니요, 병원 신세를 지게 만들었을 뿐입니다."

"에이."

"다만 그 인물이 왕족과 이어지는 혈통이었을 뿐이죠."

뿐은 무슨! 뿐으로 안 끝난다고! 그야 상대 나라도 화가 날 것이다. 체면을 위해서도 그냥 넘어가지는 않을 터다.

"어떻게 대처했어?"

"보내는 추격자를 모두 붙잡아 상대 국왕에게 직접 담판을 지으러 갔을 뿐이에요. 뭐, 밤중에 방문하게 됐습니다만."

그건 협박이라고 하지 않나? 아무리 강하다 해도 그런 짓이 가능한 건가?

"상대가 아주 작은 약소국의 왕이어서 가능한 수단이었죠. 나라에서 가장 강한 사람이라도 저보다 약했고요. 예를 들어 크란젤 왕국 급의 나라였다면 도망칠 수밖에 없었을 겁니다."

정말로 상대가 작은 나라였던 듯했다.

"프란 씨도 곤란하면 섣부른 행동을 하지 말고 남을 의지하세요. 길드나 아만다 님이라도 좋습니다. 사이가 좋죠?"

"응. 그런데 아만다를 왜?"

"어라, 모르나요? 그녀가 기른 전 고아 중에는 모험가로 두각을 나타내고 있는 자가 아주 많습니다. 그녀가 마음먹고 소집하면 작은 나라 정도는 멸망시킬 수 있는 전력이 모인다고들 한답니다.”

　우리가 상상했던 것 이상으로 아만다의 인맥이 굉장했구나!

　“아만다, 대단해.”

　“무력에 의지하지 않아도 그녀의 인맥만으로도 큰 힘이 될 겁니다. 아만다 님이 눈을 부라리고 있는 것만으로 레이도스 왕국이 크란젤 왕국에 손을 대지 못하고 있다는 말이 나올 정도니까요.”

　몇 십 년이나 각지에서 고아원을 열고 있다고 하니 말이다. 아만다가 어떤 교육을 시키고 있는지는 모르지만, 그녀를 동경하는 아이들이 모험가를 목표하는 건 당연할 것이다. 그리고 적어도 아만다의 단련을 받으면 기초는 확실하다. 그런 아이들이 모험가로서 대성할 가능성은 높을지도 모른다.

　“뭐, 당신은 수인국의 후원도 있으니 괜찮다고는 생각합니다.”

　“수인국의 후원?”

　“어라, 수인국을 섬기고 있는 거 아니었나요?”

　“안 섬겨.”

　“같이 결승전을 관전하고 있어서 완전히 수인국 소속인 줄 알았는데……. 하지만, 그렇군요. 수왕님의 마음에 들었군요.”

　“그래?”

　“네, 자신과 같이 있는 모습을 보여서 타국에 견제를 한 거겠죠. 그리고 지인인 수인의 반응을 봤는데, 수인 안에서 프란 씨의 인기는 상당히 높은 것 같습니다. 당신과 사이가 좋은 모습을 보이면 수인에게 어필도 되겠죠. 잘되면 수인국으로 거둬들이려고 생각하고 있는 거려나요.”

　그건 그럴지도 모른다. 여기서 프란에게 은혜를 입혀두면 마지막에 또 수왕을 의지할지도 모르고, 수인국에 소속되는 것은 그렇게 이상한 흐름도 아니다. 최종적으로 프란이 수인국에 올 확률이 올라가도록 여러모로 생각하고 있을 것이다.

수왕이 그런 자잘한 일을 생각할 수 있을 것 같지도 않으니, 이 것은 루이스나 로슈의 조언일지도 모르겠다.

결승전을 관전할 때도 생각했는데, 지금은 기브 앤드 테이크의 관계이니 이용할 수 있으면 이용하도록 하자.

"이런, 이야기가 조금 길어졌군요. 저는 이만 가보겠습니다."

"고마워."

"다시 바르보라에 왔을 때는 꼭 제 가게에 들러주세요. 카레를 넣은 새 레시피를 연구 중이니까요."

"기대하고 있을게."

"네, 기대하고 있으세요."

펠무스는 그렇게 말하고 우아하게 인사한 후 떠나갔다. 마지막까지 의지가 되는 데다 멋진 사나이였어! 이런, 펠무스가 너무 멋있어. 디아스는 저 사람의 손톱 때를 주식으로 삼아야 할 거야.

그런 내 생각을 읽은 건 아니겠지만, 디아스가 프란에게 말을 걸었다.

"이거 프란 군은 트러블에 사랑받고 있구먼. 뭐, 주목도 받았으니 앞으로도 이런저런 일이 있을 거야. 길드로서는 진짜 고맙지만 말일세."

『휘말리고 싶어서 휘말린 게 아닌데 말이야.』

"하하하, 그건 그렇지. 하지만 단언하지. 반드시 또 비슷한 일이 일어날 거야.

"어떻게 하면 돼?"

"음, 솔직해서 좋군. 아까도 말했지만, 자네가 수인국으로 갔으면 해. 그 여행을 서두르면 어떤가? 적어도 이 나라의 멍청이들은 손을 대지 못할 거야."

『아니, 그게 가능하면 좋겠지만, 그렇게 간단히 다른 대륙으로 넘어갈 수 있는 거야?』

배의 수배도 그렇고, 입국 허가나 출국하가가 필요하지 않을까?

"출입국에 관해서는 이미 길드에서 허가를 냈으니까 문제없어. 지명 의뢰를 받은 시점에서 길드 카드가 허가증을 대신하게 되네."

길드 카드에 그런 편리한 기능이 있는 건가.

"관문에서 마도구를 이용한 심사가 있는데, 길드 카드만 있으면 문제없어."

"고마워."

『그렇다면 남은 건 배의 수배네.』

"으음, 그게 어렵단 말이지. 바르보라에서 찾는 게 가장 좋다고 생각하는데, 정기선은 운행하지 않는다더군."

『그럼 수인국에 가는 녀석들은 어떻게 가는 거야?』

"평범한 모험가는 상선에 호위로 올라타는 형태가 많지."

『역시 그렇군.』

하지만 프란은 그 부분이 불리하다고 할까, 약하다. 아무래도 외모에서 얕보인다. 나 역시 어린이 모험가와 차분한 아저씨 모험가가 있으면 후자를 호위로 고용할 것이다.

더즈에서 바르보라행 배에 탈 수 있었던 것은 플루토 왕자와 사티아 왕녀와 알게 된 것과 살트의 계획 덕분이다. 연줄도 없이 상선의 호위에 들어갈 수 있을까? 아니, 잠깐만. 연줄이라면 있었다.

『루실 상회에 부탁해볼까.』

"오오, 과연."

시드런 해국에서부터 여러모로 인연이 있는 상회다. 바르보라에서도 첫째 둘째를 다투는 대상회이니 크롬 대륙에 상선을 파견하고 있을 가능성은 있을 것이다.

"아니, 호위 의뢰를 받는 건 문제없다고 생각하네. 상인은 이 세상에서 정보 전달이 가장 빠른 생물이니 말이야. 이미 바르보라의 상인들에게는 프란 군의 이름이 알려져 있을 거야."

"그러면 배의 호위 의뢰는 문제없어?"

"오히려 권유가 많지 않을까? 아니, 있을지 없을지 모를 수인국으로 가는 배의 호위 의뢰를 찾지 않아도 더 굉장한 줄이 있지 않은가."

"응?"

『아아, 그렇지.』

프란은 전혀 모르지만 나는 당연히 생각했다. 디아스가 말하는 연줄이란 수왕일 것이다.

하지만 걱정이 몇 개 있다.

한 가지가 그렇게까지 신세를 져도 좋은가 하는 점이다. 아무리 그래도 빚을 지나치게 지는 느낌이 든다.

또 한 가지가 수왕이 나라로 돌아갈 때까지 시간이 걸린다는 점. 어쨌든 왕이다. 어디를 가든 환대받을 테고, 그것을 받는 것도 업무일 것이다. 그 성격이라면 초대를 무시할 가능성도 있지만, 로이스를 비롯한 부하들이 붙어 있으니 제멋대로 구는 행동을 넘어갈 리도 없다. 그렇게 생각하면 수인국으로 돌아가는 데 상당한 시간이 걸릴 것이다.

그렇다면 수인국으로 직행하는 배를 찾는 편이 빠를 것도 같다. 하지만 디아스는 그렇게 생각하지 않는 모양이다.

"첫 번째는 이제 어쩔 수 없지 않겠나? 키아라를 만나려면 어차피 수왕에게 의지할 수밖에 없고."

『뭐, 그야 그렇지.』

"그리고 각지에서 발이 묶이지 않을까 하는 얘기 말인데, 그렇지는 않다고 생각하네."

『어째서지?』

"애초에 그들은 여기에 올 때까지 거의 종적을 남기지 않았어. 마을에 들어올 때는 격식을 갖추기 위해 마차에 탔지만, 그 외에는 모험가로서 눈에 띄지 않게 이동해온 것 같단 말이지."

그렇군, 그렇다면 빠르게 이동할 수 있을 것이다. 다만 랭크 S, A 모험가 파티에 섞이는 건 문턱이 높지만.

그리고 또 한 가지 걱정이 생겼다. 내가 들키지 않을까 하는 우려다. 안 그래도 감이 좋은 수인, 게다가 고 랭크 모험가. 오랜 시간 같이 있으면 들키지 않을까?

"그건 솔직히 애쓰라는 말밖에 할 말이 없군."

『뭐, 그렇겠지.』

그리고 애초에 같이 데리고 가줄지도 알 수 없다. 가장 좋은 것은 배를 소개받아 같이 행동하지는 않는 거려나?

"일단 수왕에게 부탁해보게."

『그렇지. 한 번 물어보러 가볼게.』

"수왕님에게 안부 전해주게."

"응."

디아스의 전송을 받은 우리는 그대로 수왕이 묵고 있는 숙소로 향했다. 이미 해가 졌지만 오늘 중에 얘기를 전하고 싶다. 그 성격 급해 보이는 수왕이라면 이제 볼일이 없다며 느닷없이 울무토를 떠나버릴 것 같으니 말이다.

문제는 이런 시간에 기별을 넣어주느냐다. 상당히 고급 숙소이니 장난으로라도 왕족이 숙박하고 있는 곳에 침입하는 짓은 할 수 없을 것이다.

다만 걱정할 필요는 없었던 듯했다. 숙소에서 이름을 대자 바로 기별을 넣어줬다. 가장 먼저 기별을 넣으라는 수왕의 지시는 아직 유효한 모양이다.

"여, 프란 아가씨. 또 만나는군. 무슨 일이지?"

방에 들어가자 수왕이 한 손을 들고 편하게 인사했다. 이렇게 보니 가벼운 아저씨로밖에 안 보인다. 뭐, 몸에 두른 위풍은 여전하지만.

"나한테 뭔가 볼일이라도 있나?"

"응. 수인국에 가기 위해 배를 찾고 있어."

"오오! 바로 우리나라에 오는 건가? 그러면 우리와 같이 돌아가는 게 빠르지!"

이봐, 너무 시원스럽잖아. 그래도 왕족의 비밀 여행에 그렇게 간단히 외부인을 동행시켜도 되는 거야? 그렇게 생각하고 있는데 예상대로 로이스가 직언했다.

다만 그것은 프란의 동행을 꺼리는 느낌이 아니었다.

"리그 님, 돌아가기 전에 크란젤 왕도로 가는 이야기를 잊으셨습니까? 아무리 그래도 타국에 와서 왕족에게 인사를 전혀 하지 않을 수는 없습니다."

"웃, 역시 그런가?"

"당연하지요."

역시 왕족으로서 그런 업무가 있는 건가. 우리도 왕도에는 갈 예정이지만, 경매까지는 아직 시간이 있다. 역시 왕도까지 동행하는 것은 무리다. 호위로 고용해달라고 부탁하면 고용해줄 것 같은데 말이다.

"그럼 어떻게 아가씨를 우리나라에 데려가지?"

"딱히 우리가 굳이 그녀를 데리고 갈 필요는 없지 않습니까? 고드를 이길 정도의 모험가입니다. 돌봐줄 필요는 없지요."

어느샌가 로이스의 평가가 높아졌다. 아니, 고드다르파에게 이겼으니 당연하기는 하지만.

"뭐, 그야 그렇겠지."

"애초에 배를 찾고 있다는 이야기였을 겁니다."

"아, 그랬나?"

"하여간에, 공주님과 나이도 비슷해서 신경 쓰이는 건 이해가 갑니다만."

"공주님?"

"그래. 나한테는 열다섯 살 된 딸이 있어. 아무래도 아가씨와 겹쳐 보인단 말이지."

그래서 수왕이 프란에게 잘해주는 건가. 딸과 나이가 가까운 프란을 딸과 겹쳐 보는 듯했다.

"저도 프란 씨가 수인국에 와주는 것은 찬성입니다. 스승도 기뻐하시겠고요."

"그렇지?"

"여러모로 이용 가치도 있습니다."

면전에서 이용 가치라는 말을 들었어! 하지만 이건 일부러 꺼낸 말일 것이다. 로이스는, 우리나라에 오면 정치적으로 이래저래 이용하게 되는데 괜찮은가? 라고 넌지시 묻고 있는 것이다.

로이스는 수왕의 측근이니 진화한 흑묘족인 프란을 쉽사리 놓아둘 수는 없을 것이다. 수인에게는 헤아릴 수 없는 영향이 있을 터다. 국가를 맡은 자라면 당연한 일이었다.

그래도 그는 그것이 싫다면 그만두라고 전해줬다. 단순히 지적 타입의 미남이 아니라 배려할 줄 아는 미남이었던 건가! 여자한테 인기 많겠군! 빌어먹을!

"싫으면 도망칠 거야."

"하하하하. 아가씨가 마음만 먹는다면, 나 정도 되어야 따라잡겠지!"

"하아, 그래도 상관없습니다. 가신이 되라고 한 것도 아니니까요. 기브 앤드 테이크로 가죠. 프란 씨가 수왕과 사이가 좋은 모습을 국민에게 한 번 보이기만 해도 차고 넘칩니다."

뭐, 그 정도라면 상관없을 것이다. 애초에 프란은 수왕을 마음에 들어 하니까 거짓말을 하는 것도 아니다. 정말로 사이가 좋아서 그것이 돌고 돌아 수왕의 평판을 올리는 것이다.

"그러면 이것을 드리겠습니다."

"이건 뭔데?"

로이스가 프란에게 건넨 것은 작은 금속판이었다. 무슨 문장 같은 것이 새겨져 있었다. 상당히 정교해서 위조하려 해도 그리 간단히는 할 수 없을 것이다.

"리그 님과 제 이름이 새겨진 신분증입니다. 그것이 있으면 수인국의 배에서 편의를 봐줄 겁니다. 현재 우리나라의 상선 몇 척이 바르보라에 드나들고 있을 겁니다. 그것을 보이면 문제없이 탈 수 있습니다."

"진짜?"

"네. 그 신분증과 같은 문장이 그려진 깃발을 달고 있을 테니 바로 알 수 있을 겁니다."

왠지 이상대로 얘기가 진행됐다. 어쩌면 로이스는 거기까지 간파하고 프란에게 은혜를 입힌 걸까? 뭐, 그렇다면 그것으로 됐다.

아무튼 이걸로 수인국에 갈 수 있다.

로이스의 이야기에 의하면, 바르보라 ~ 수인국 사이를 연결하는 항로는 상당한 숫자의 상선이 이용하고 있다고 한다. 사흘에 한 척은 있을 거라고 가르쳐줬다. 특히 수인국의 문장 위에 왕관 마크를 달고 있는 배는 왕가 직할 상선이라서 이 신분증을 보이면 빈객 대우로 태워준다고 했다.

생각 이상으로 굉장한 신분증이었다.

"게다가 당신의 이름과 모습은 확실히 수인국 상인에게 전해졌을 겁니다. 신분증이 없어도 당신이 말을 걸면 반드시 태워줄 거라고 생각합니다."

뭐, 확실히 배에 탈 수 있다면 뭐든 좋다. 그리고 또 하나 물어봐야 할 것이 있다. 신급 대장장이에 대한 자세한 정보다.

"그리고 수인국의 어디에 신급 대장장이가 있어?"

"으음, 그것도 우리나라에 가면 알 수 있을 거다."

"영지에는 당신에게 소개장을 건네도록 지시를 내려두죠. 뭐, 소개장이 있어도 만날 수 있을지는 알 수 없습니다만."

"다만 네가 그 사람과 친해진다면 우리 일 좀 받도록 중개해주면 돼."

상당히 자유분방해서 왕이 의뢰해도 간단히 거절하는 모양이다.

"응. 알았어."

"열심히 해줘. 여러모로 말이야."

"스승님은 왕성에 체류하고 계시니 우선 수왕도를 목표하면 될 겁니다."

수왕의 방을 나오니 이미 완전히 밤이었다. 거 참, 무투 대회는 끝났는데 묘하게 분주한 하루였군.

하지만 로이스에게 신분증을 받아서 이로써 수인국에 갈 계획도 세웠다. 이제 출발 전에 해야 할 일은 뭐지?

『그렇지, 가르스 영감을 만나러 가야지.』

무투 대회까지는 돌아온다고 했는데, 이제 울무토에 돌아와 있을까? 가르스 영감의 지인은 돌아오면 알려준다고 했는데…….

『일단 대장간에 가볼까.』

"응!"

대회 중에는 배려하느라 만나러 오지 않았을 뿐일지도 모른다. 아직 해가 진 지 얼마 되지 않았다. 이 시간이라면 아직 자지는 않을 것이다. 일단 선물이라도 가지고 갈까?

가는 도중에 술집에서 가장 센 술을 샀다. 드워프라면 술이니 말이다. 팔아줄지 걱정했지만, 술집 주인도 프란의 얼굴을 알고 있어서 전혀 문제없었다. 악수해주자 할인까지 해줄 정도였다.

우리는 그 술을 한 손에 들고 가르스의 지인 대장장이, 젤드를 찾아가 봤다.

"여, 아가씨! 입상 축하해!"

"응, 고마워."

그도 투기장에 시합을 관전하러 왔던 모양이다. 선물을 주자 크게 기뻐하며 맞이해줬다. 그다지 신경 쓰지 않았지만 상당한 고급술인 듯했다. 우리는 가르스에 대해 물어봤고, 울무토에 아직 돌아오지 않았다는 말을 들었다.

"가르스와 같이 바르보라에 원조하러 간 녀석들은 벌써 돌아왔는데 말이야."

"가르스만 안 돌아왔어?"

"그래. 바르보라에서 가르스밖에 할 수 없는 일이라도 맡았을지도 모르지."

"그렇구나."

"그렇다 해도 무투 대회 전에는 돌아온다 해놓고 아무런 연락도 없을 녀석은 아닌데……."

할 수 없다. 바르보라에서 한 번 더 찾아보자. 수인국에 가면 다음에 언제 만날지 알 수 없기 때문이다.

묻고 싶은 말을 다 물어서 돌아가려고 하는데 젤드에게 붙들렸다.

"그, 그 검 말인데……."

젤드의 시선이 확실히 나를 보고 있었다. 프란의 흑묘 시리즈를 처음 봤던 때와 똑같은 눈이었다.

뭐, 무투 대회에 왔다면 중계자가 나를 마검이라고 연호하는 소리를 들었을 것이다. 그리고 우수한 대장장이라면 눈으로 보고 마검이라는 것을 쉽게 알아봤을 것이다.

"자, 잠깐이면 되니 보여주지 않겠어?"

'스승?'

『뭐, 조금이라면 괜찮겠지. 다만, 절대 장비하지 말라고 해. 위험하니까.』

"알았어. 자."

"오, 고마워."

"하지만 장비하면 저주받아 죽어."

"뭐?"

"나 이외 사람이 장비하면 죽는 저주가 걸려 있어."

그 말을 듣고 젤드는 내게 뻗던 손을 우뚝 멈췄다. 그 얼굴에는 확실히 공포가 떠올라 있었다. 뭐, 장비하면 죽는 검 따위는 보통은 들고 싶지 않겠지. 우습게 보지 않으면 만져도 괜찮다고 해도 독을 만지고 싶지 않다. 그것과 똑같을 것이다.

내가 말하기도 그렇지만, 내가 흔한 마검과 격이 다른 존재라는 건 그도 알고 있다. 그렇기 때문에 프란이 말하는 죽음의 저주가 사실이라는 것을 알고 있는 게 틀림없다.

"마, 만져도 괜찮은 거야?"

"만지는 것뿐이라면."

"그, 그런가……."

자기가 보여달라고 한 체면상 역시 그만둔다고 할 수는 없을 것이다. 젤드는 결심한 얼굴로 내 자루를 쥐었다.

하지만 한 번 각오를 다지자 역시 실력 좋은 대장장이였다. 진지한 표정으로 내 도신과 날밑을 응시하고 있었다.

"흐음, 엄청난 마력이 느껴지는군. 그리고 이 도신의 정교한 구조. 더욱이 이 금속 배합은……."

뭔가 중얼댔다.

"아가씨, 이 마검의 출처는 물으면 위험한가?"

"출처?"

"그래. 제작자, 혹은 발견된 장소 말이야."

역시 대장장이로서는 그 부분이 신경 쓰이는 모양이다. 하지만 제작자는 나도 모른다. 발견 장소도 어디라고 말하면 좋을까? 마랑의 평원? 하지만 그것을 솔직하게 가르쳐줘도 좋은지 알 수 없었다.

"잘 몰라."

결국 무난한 말밖에 할 수 없었다.

"그런가……. 어쩌면 오레이칼코스 합금이라고 생각했는데……."

"오레이칼코스? 그걸로 만든 거야?"

"아니, 알 수 없어. 단순히 내가 모르는 금속이라서 그 가능성이 있을지도 모른다고 생각한 것뿐이야. 잠깐 기다려봐."

젤드는 그렇게 말하고 대장간 구석에 있는 선반을 부스럭부스럭 뒤지기 시작했다. 그리고 꾀죄죄한 책을 들고 왔다.

"이건 무투 대회 중에 손에 넣은 과거 대장장이의 수기야."

대회 중에는 많은 상인이 모이기 때문에 진귀한 물건을 입수하기 쉽다나.

"무려 신급 대장장이의 제자의 제자였던 인물의 수기야. 그 안에 신급 대장장이가 썼던 금속으로 오레이칼코스라는 이름이 나와. 어떤 건지는 모르지만, 신급 대장장이의 가공에 견딜 수 있는 유일한 금속이라더군."

그런 전설의 금속이 있는 건가. 하지만 내가 말하기도 그렇지만, 나는 그 금속이 아니라고 생각한다.

분하지만 상당한 빈도로 부러지거나 이가 빠졌기 때문이다. 재생 능력 덕분에 새것과 마찬가지지만 전설의 금속이 그렇게 약할 리가 없을 것이다.

"뭐, 내가 모르는 금속이야 얼마든지 있을 테니 가능성은 낮아. 하지만 이 검에서는 기품이랄까, 묘한 존재감이 느껴져. 일급품 마도구이기는 할 거야."

기품이 있단 말이지. 말 잘하는데! 그래그래, 나로 말할 것 같으면 역시 숨길 수 없는 기품이 있지? 신검에는 미치지 못하지만 신급 대장장이에게 만들어졌을 가능성은 진짜 있을지도 모르겠는데?

『아니, 그건 아닌가.』

"응?"

『아무것도 아냐.』

그 후, 나를 더 보고 싶다며 떼를 쓰는 젤드를 어떻게든 달래고 숙소로 돌아오기는 했지만, 아직 식사하고 목욕탕에 들어가 잠자리에 들 수는 없었다. 한 가지 해야 할 검증이 떠올랐기 때문이다.

『자, 가자.』

"응."

나는 방에 복수 분신 창조를 발동했다.

지금까지는 천 옷을 걸친 인간 시절의 내가 생성됐지만——.

『역시 검이로군.』

"응, 스승이 잔뜩 있어."

역시 복수 분신 창조로 생성하는 내 분신이 검의 모습으로 바뀌었다.

이유가 뭐지?

그 후 생성할 때 이미지를 바꿔 다시 한 번 발동해보니, 간절히 생각하면 사람의 모습도 생성할 수 있다는 사실을 알았다. 검과 인간을 동시에 생성하는 것도 가능해졌으니 전략의 폭이 넓어졌다고 말할 수도 있을 것이다.

다만 인간 모습 분신에도 변화가 있었다. 얼굴이나 체형이 미묘하게 이상하다고 할까, 나지만 내가 아니라고 할까. 빼닮았지만 약간 다른 형제라고나 할까.

검의 분신을 생성할 수 있게 된 대가일까? 뭐, 검으로 산다는 결의도 오래전에 굳혔으니 이제 와서 인간의 모습에 미련은 없다. 능력으로 치면 유용성이 늘어났으니 문제는 없군!

『그런데 왜 갑자기 분신이 검이 된 거지?』

"응……."

이런, 벌써 잘 시간이었나.

『미안 미안. 오늘은 일단 여기까지 하자.』

"……응."

『그런데 여기서는 인사도 다 했고 준비도 다 했어. 슬슬 떠날까?』

"응. 수인국으로 갈래……."

『어떤 곳이려나.』

"……쿨."

『하하, 잘 자, 프란. 수고했어.』

여행 날 아침.

우리는 던전의 가장 깊은 곳——루미나에게 마지막 인사를 하러 왔다.

"드디어 떠나는 건가. 여러모로 즐거웠다."

"응……."

"오늘 지상은 맑았겠지? 모처럼 여행 떠나기 좋은 날에 왜 그런 얼굴을 하는 거냐."

영원히 이별하는 건 아니지만, 역시 침울해지는 건 어쩔 수 없을 것이다. 프란에게는 특별한 상대다.

"저번에도 말했지만, 네 덕분에 키아라의 행방도 알았다. 감사하고 있어."

"나도 루미나 덕분에 진화했어."

『그 말대로야. 오히려 그 탓에 힘도 약해졌잖아? 감사해야 하는 건 이쪽이야.』

"그러면 피차 마찬가지라고 해둘까. 후후."

루미나는 그렇게 말하고 웃었다. 하지만 프란의 얼굴은 역시 여전히 어두웠다.

"이승에서 이별하는 것도 아니니 웃으며 여행을 떠나주는 편이 나도 안심할 수 있겠는데."

"응……."

"하여간에 너는 어쩔 수 없구나."

루미나가 일어나 프란의 정면에 서서 양팔로 프란을 와락 껴안았다. 다정하게 프란을 감싸는 듯한 포옹이었다. 프란은 그대로 루미나의 팔에 얼굴을 묻고 꽉 달라붙었다.

얼마나 그러고 있었을까. 루미나가 프란의 등을 톡톡 두드리자 프란이 천천히 루미나에게서 떨어졌다.

드물게 그 얼굴은 살짝 불그스름해져 있어서 부끄러워하고 있는 것을 알 수 있었다.

"미안."

"후하하. 귀엽구나. 쓸쓸해지면 언제든지 와라. 나라도 괜찮다면 안아주마."

"응."

프란의 얼굴에 이제 불안은 없었다. 사실은 내 임무일지도 모르지만, 나는 이런 모성적인 포용력은 아무래도 꺼낼 수 없으니 말이다. 분하기도 하고 동경하기도 하는 신비한 기분이다.

"그럼 갔다 올게."

"그래, 갔다 와라."

미소 짓는 루미나의 전송을 받으며 우리는 던전을 뒤로했다. 전이 직전 프란이 작은 목소리로 중얼거렸다.

"안녕."

누구에게 말한 건 아닐 것이다. 그저 무심코 나온 듯했다.

『또 오자.』

"응."

『그때는 더 성장한 모습을 보여주자.』

"응!"

루미나와 작별을 마치고 한 시간 후. 우리는 울무토의 정문 앞에서 많은 사람에게 둘러싸여 있었다.

"프란! 또 언제든지 와. 환영할게!"

처음에 말을 건 것은 엘자였다. 부둥켜안고 엉엉 울고 있었다. 콧물 조심해, 프란! 두꺼운 가슴팍에 눌린 프란은 얼굴이 찌그러졌지만 싫어하지는 않았다. 오히려 작은 손을 엘자의 등에 두르고 위로하듯이 톡톡 두들겨주고 있었다.

루미나와 같은 구도인데 느낌이 전혀 달랐다.

"훌쩍…… 고마워, 프란."

"응."

"이건 전별의 물건이야. 가지고 가."

엘자가 그렇게 말하고 바구니를 내밀었다. 안에는 액체가 든 병이 열 개 정도 들어 있었다.

"포션?"

"내가 특별히 조합한 미백 미용액이야. 자기 전에 피부에 발라. 피부가 매끈하고 탄력 있어질 거야. 프란은 아주 강하고 멋있지만 여자아이니까 귀여움도 빼먹으면 안 돼."

"?"

엘자, 좋은 말 했다. 프란은 바탕이 발군이다. 하지만 나처럼 부족한 보호자 때문에 멋이나 화장과는 인연이 없다. 이건 정말 고맙군. 열 개나 있으니 한동안 버틸 것이다. 바로 오늘 밤부터 쓰게 하자.

"이걸 발라?"

"응, 손바닥에 약간 덜어서 피부를 마사지하듯이 발라."

"어째서?"

"지금은 몰라도 돼. 하지만 더 커서 멋진 사랑을 했을 때 분명 알게 될 거야."

"? 알았어."

프란이 전혀 이해하지 못한 얼굴로 고개를 끄덕였다.

그건 그렇고 프란이 사랑, 이라고? 잠깐만, 잠깐잠깐, 기다려 엘자. 프란은 아직 열두 살이야. 그런, 사랑은 아직 이르잖아? 이르지? 이르다고!

하지만 그렇지 않아도 엄청나게 귀여운 프란이 이 미용액으로 더 귀여워지면? 귀여운 프란에게 아름다움이 채워지잖아? 분명 온갖 남자들이 말을 걸 것이다.

그중에 엄청난 꽃미남이 있어서 프란이 첫눈에 반한다면? 그 녀석이 얼굴만 멀쩡한 쓰레기 자식이라면 몰래 베어버리면 된다. 하지만 내면도 산뜻한 좋은 청년이라면? 그러면 나는 어떻게 해야 하지? 그 녀석이 프란을 맡기기에 부족한 녀석이라면?

아니 아니. 그야 안 되지. 얼굴과 성격만으로는 프란을 지킬 수 없으니까. 적어도 나를 장비한 프란보다 강해야지. 그리고 평생 프란을 먹여 살릴 경제력과 다른 여자에게 한눈팔지 않는 성실함과 프란의 어리광을 전부 받아줄 행동력이 없으면 안 돼!

"저, 저기, 프란. 등에 멘 검이 덜그럭대며 떨고 있는데, 괜찮아? 그거 엄청난 저주가 붙어 있는 마검이지?"

'스승?'

이런, 잠시 제정신을 잃었다. 무의식중에 염동을 발동했나 보다.

『아, 아니, 아무것도 아냐. 엘자한테 감사 인사를 해줘.』

뭐, 뭐어, 어차피 먼 훗날의 얘기이니. 그보다 평생 오지 않을지도 모르는 얘기이니 지금은 깊이 생각하지 말자. 일단 미용액은 받아두자. 프란이 더 귀여워지는 건 좋은 일이니 말이다.

"응, 괜찮아. 이거 고마워."

"다 쓰면 또 와. 새로 준비해줄게."

엘자 다음으로 말을 건 것은 디아스와 오렐의 영감 콤비였다.

"여, 여행 떠나기에는 좋은 날이구먼."

"아가씨, 건강해."

두 사람은 키아라를 잘 부탁한다며 같이 머리를 숙였다. 편지라도 전해줄까 했는데, 딱히 그런 건 없는 듯했다.

"뭐, 우리는 어제 일처럼 떠오르지만, 저쪽도 그렇다고는 할 수 없잖아?"

"먼 옛날에 만난 미덥지 않은 모험가에 대해서 잊어버렸을 가능성 쪽이 높지 않겠나?"

조금 쓸쓸하게, 하지만 그것이 당연하다는 표정으로 말했다. 그러니 편지는 필요 없다는 뜻인가 보다.

확실히 저쪽 입장에서 보면 젊을 때 안면이 있던 상대일 뿐이다. 몇십 년이나 옛날 일을 기억하고 있을지는 알 수 없었다.

"그러니까 우리에 대해서는 가볍게 얘기하는 정도면 되네. 옛날에 그녀와 같이 모험한 적 있는 노인들이 그리워하고 있다고 전해주기만 하면 돼."

"그보다 그 녀석이 지금 어떻게 지내고 있는지 보고 와줘."

"응. 알았어."

다음으로 프란을 부둥켜안은 것은 아만다였다. 뒤에는 포룬드, 펠무스, 코르베르트도 있었다.

"프라안. 또 이별이라니~. 언니는 외로워~."

이 녀석도 울고 있군. 엘자와 비슷한 반응이라 콧물과 눈물로 미인의 얼굴이 엉망이다. 미용 같은 스킬을 가지고 있는 만큼 엘자 쪽이 더 여자다운──. 아니, 관두자. 엘자는 특수한 것으로 치자.

"작별이다."

포룬드의 말은 짧군. 바르보라에서 만났을 때도 생각했는데, 이런 면이 프란과 좀 비슷하다. 그건 그렇고 전송하러 와줄 줄은 몰랐다.

"포룬드 나리, 너무 짧은 거 아냐?"

코르베르트가 어이없다는 듯이 말했다.

"프란 아가씨, 포룬드 나리는 평소에도 이런 식이야. 기분 상하지 말아줘."

"괜찮아."

"하하, 서로 비슷하니 뭐. 그리고 나리는 강한 모험가를 좋아해. 아가씨에게는 경의를 표하고 있는 것 같아."

"그래."

"응."

"언젠가."

"알았어."

"……이봐, 이 콤비, 심상치 않은데?"

코르베르트가 전율한 듯한 얼굴로 중얼거렸다. 확실히 이 두 사람만의 대화를 상상한 것만으로 무시무시하다. 하지만 왠지 서로 통하는 것 같기도 하다.

"프란 씨, 이제부터 바르보라로 가나요?"

"응."

펠무스의 말에 프란이 수긍하자 티켓 같은 물건을 건넸다. 용선옥의 이름이 들어 있었다.

"이걸 받아요. 우리 가게의 우대권입니다. 꼭 들러주세요."

호오. 그거 기쁘군. 프란도 용선옥의 식사는 맛있게 먹었으니 말이다.

"고마워."

"아가씨, 나는 다시 한 번 단련할 거야. 다음에는 안 져."

"바라는 바야."

그사이에도 계속 안고 있던 아만다가 겨우 프란을 풀어줬다.

"나도 수인국에 갈게."

아만다, 알레사에서 헤어질 때도 같은 말을 했지? 하지만 아무리 그래도 다른 대륙에 가는 건 무리일 것이다.

"무리다."

"무리예요."

"무리임다요."

남자 삼인조도 제각기 아만다를 타일렀다. 적어도 바르보라까지 같이 가자고 말을 꺼냈지만, 이제 알레사로 돌아가지 않으면 안 된다고 한다. 포룬드와 다른 남자들에게 끌려갔다.

"프라안! 또 봐!"

마지막까지 아만다는 아만다였다.

다음으로 말을 건 것은 수왕 일행이었다.

"아가씨, 만약 내 딸을 만나면 사이좋게 지내줘. 조금 왈가닥이지만 나쁜 애는 아니니까."

그건 상관없지만……. 이 수왕에게 왈가닥이라는 말을 듣는 딸이라니, 얼마나 심한 거지? 조금 걱정되기 시작했다.

그 후 로이스, 고드다르파, 로슈 순으로 인사했다. 그리고 마지막으로 청묘족인 제프메트가 악수를 요청했다.

"여러모로 폐를 끼쳤어."

"응."

"나는 측근으로서 수왕님께 다시 단련받게 됐어. 다음에는 진화 정도는 쓰게 하도록 노력할게."

제프메트는 잠재력이 아직 있는 것 같으니 수왕에게 단련받으면 정말 강해질지도 모른다.

"나도 청묘족도 이제부터 다시 시작이야. 수왕님 밑에서 반드시 변하겠어."

제프메트의 얼굴에는 뭔가를 견디는 듯한 표정이 떠 있었다. 분명 수왕에게 숙청당한 동료들을 떠올리고 있을 것이다. 정 깊은 이 남자가, 설령 악인이었다 해도 동료로 지낸 자들을 포기할 것 같지는 않았다.

하지만 프란은 그 부분은 건드리지 않고 그 손을 마주 힘껏 잡았다.

"기대할게."

"그래, 기대해줘."

제프메트는 청묘족의 유력자다. 그가 청묘족을 통합하게 되면 노예상인들도 줄어들 것이다. 프란은 제프메트의 손을 힘껏 잡고 몇 번이나 위아래로 흔들었다. 그만큼 진심으로 기대하고 있는 것이다.

"그럼 갈게."

"또 만나자."

"응."

제프메트의 손을 놓고 프란은 울시에게 올라탔다.

"울시."

"워웡!"

그리고 전송하러 나와 준 사람들에게 손을 흔들었다.

"또 봐."

"또 봥!"

"또 봐, 프란!"

엘자와 아만다가 내는 커다란 목소리의 전송을 받으며 울시가 달리기 시작했다. 다른 멤버의 환성을 등에 받으며 우리는 울무토를 떠났다.

에필로그

『여행을 떠날 때는 매번 하는 말이지만, 여기도 좋은 마을이었어.』

"응."

"웡."

루미나를 만나서 프란은 기적적으로 진화할 수 있었다. 지금 생각해도 이 만남은 정말로 기적이었다. 톱니바퀴가 하나라도 어긋났으면 다른 결과가 나와도 이상하지 않았다.

그리고 루미나나 이니냐와의 만남으로 프란은 처음 동족이라는 존재의 온기를 알았을 터다. 아버지나 어머니와는 다르지만, 같은 혈통을 잇는 자들끼리의 유대. 그것을 느끼고 흑묘족의 지위를 향상시키겠다는 목표를 더 강하게 다짐한 듯했다. 연장자인 루미나에게는 어리광부리는 태도도 보였고 말이다. 뭐랄까, 프란의 나이에 맞는 귀여운 면도 볼 수 있었다고 생각한다.

무투 대회는 이래저래 공부가 됐다. 책략과 상성. 방심. 싸움은 단순히 스테이터스의 차이만으로 결정되지 않는 것을 다시금 깨달았다. 반대로 우리의 강점도 안 무투 대회이기도 했다.

그리고 위에는 위가 있다는 것도 이해할 수 있었다. 지금의 우리가 본 실력을 내는 포룬드나 아만다와 전장에서 사생결단을 벌여 이길 수 있냐는 질문을 받는다면 대답은 절대 노다. 뭐든지 너무 부족하다.

그렇기 때문에 더 강해져야겠다는 마음도 먹을 수 있는 거지만.

"내년에도 나갈래."

『그래. 다음에야말로 우승하자.』

"응!"

그리고 수왕을 필두로 한 수많은 수인들과의 만남.

흑묘족과 청묘족의 문제에 관해서도 해결의 실마리가 보였다. 아니, 해결이라고 할까, 청묘족을 혼낼 계획이 섰다고 해야 하나? 뭐, 다음에는 좋은 방향으로 가겠다는 희망은 생겼다. 수왕과 제프메트에게만 맡기지 말고 우리가 할 수 있는 일이 없는지 생각해 협력할 셈이다.

『다음은 수인국이야. 무려 배를 타고 다른 대륙으로 가는 거야.』

"어떤 곳이야?"

『글쎄? 나도 몰라.』

조사하면 알 수 있을지도 모르지만, 굳이 조사하지 않고 가는 것도 재미있을지도 모른다.

『흑묘족 키아라라…….』

수왕 일행의 스승이자 디아스와 오렐과 루미나의 옛 친구. 소문으로는 젊을 때는 프란과 똑 닮았다고 한다. 나는 프란을 정말 좋아한다. 그 성격도 전투광인 면도. 그런데 키아라가 프란과 닮았다는 말을 듣고 잠깐 불안했던 건 어째서일까?

『……어떤 사람이려나.』

"기대돼."

『사이가 좋아지면 좋겠어. 아니, 진짜로.』

"응!"

자, 다음에는 어떤 만남과 이별이 있을까? 바라건대 프란에게 성장과 기쁨을 가져다주는 곳이기를.

작가의 말

여러분, 안녕하세요.

짐승 귀를 좋아하는 타나카 유입니다.

아마 처음 뵙는 분은 없다고 생각하지만, "어? 난 이 시리즈 읽는 거 6권이 처음인데?"라는 분이 계시다면 되도록 1권부터 5권을 읽고 6권을 읽어주세요. 그편이 더 재미있게 보실 수 있으실 겁니다.

그건 그렇고 작가의 말이로군요……. 사실 저는 작가의 말을 잘 쓰지 못합니다. 무엇을 써야 좋을지 몰라서 매번 제자리걸음을 걷는 기분입니다.

최대한 작가의 말을 쓰지 않고 넘어갈 수 있도록 페이지 수를 가볍게 조정하는 발버둥질을 하고 있습니다만, 이번에는 실패했습니다.

무려 세 페이지나 써야 하는군요…….

위기입니다. 뭘 써야 되는 거냐!

네, 이로써 분량을 꽤 벌었습니다. 속이 빤히 들여다보이는 연극에 어울려주셔서 감사합니다.

하지만 정말 기쁩니다. 작가의 말에서 노는 작가님도 계시지 않습니까?

메인 캐릭터나 서브 캐릭터가 작가의 말에서 대화를 주고받거나 작가님과 주인공이 만담을 하거나.

저도 스승과 프란이라는 작가의 화신을 작가의 말에 등장시켜 독자 시점의 이야기라도 해볼까요?

다만 그럴 용기가 없네요. 세계관을 파괴하지 않을까? 독자님이 불쾌해지지 않을까? 그런 생각만 듭니다.

그래서 재미있게 작가의 말을 쓰시는 작가님을 정말 존경합니다. 리스펙트합니다.

실제로 같은 분량의 SS를 쓰는 데 비해 열 배 정도 시간이 걸려서 이 정도 분량에 정말로 하루가 걸린답니다.

뭐, 어차피 여기까지 썼으니 잠깐만 해볼까요?

"자자, 분량을 때우기 위해 뭔가가 시작됐습니다. 작가와 프란의 즉흥 토크~! 와, 짝짝짝."

"응."

"프란, 이렇게 마주 보고 이야기를 나누는 건 처음인데, 귀엽네요!"

"…………."

"어라? 프란?"

"너한테 재수 없는 느낌이 들어……. 가까이 오지 마. 말 걸지 마."

"재, 재수 없는 느낌이라면……?"

"스승이 마석을 먹을 때랑 조금 비슷해."

"아니, 그렇게 우후, 라는 감탄사는 안 냈잖아요? 헉! 혹시 내가 짐승 귀를 좋아한다는 게 분위기에서 티가 나서……? 확실히 고양이 귀를 앞에 두니 살짝 흥분은 되지만……."

"시끄러워. 가까이 오지 마."

"자자, 그렇게 경계하지 마세요. 보세요, 저는 무해한 작가 예요~."

"……흥."

"커헉."

죄송합니다. 두 번 다시 하지 않겠습니다. 아니, 또다시 소재가 없으면 할지도 모르지만, 되도록 하지 않겠습니다. 그러니까 용서해주세요.

마지막으로 감사의 말씀을 드리겠습니다.

편집자 I 씨. 여러 가지 조언을 해주셔서 감사합니다.

이번에도 멋진 표지를 그려주신 Llo 님. 수왕이 멋집니다.

매번 최고로 귀여운 권말 만화를 제공해주시는 마루야마 선생님. 제가 대충 만들어 드리는 원안에서 이렇게까지 내용 깊은 만화를 그려주셔서 존경하는 마음밖에 들지 않습니다.

평소에는 시대 소설밖에 안 읽는데 아들의 작품이라서 억지로 읽어주는 아버지. 스트레스가 쌓인 제 휴식에 어울려준 친구, 지인들. 고마워.

그리고 이 작품의 출판에 관계된 모든 분들과 지지해주시는 독자 여러분. 정말 감사드립니다.

마지막까지 읽어주셔서 감사합니다. 다음에는 7권에서 만나 뵙겠습니다.

TENSEI SITARA KEN DESITA Vol. 6
©2018 by Tanaka Yuu
First published in Japan in 2018 by Tanaka Yuu
Korean translation rights reserved by Somy Media, Inc.
Under the license from Micro Magazine Co., Ltd., Tokyo JAPAN

전생했더니 검이었습니다 6

2019년 5월 24일 1판 1쇄 인쇄
2019년 6월 1일 1판 1쇄 발행

저   자 타나카 유
일 러 스 트 Llo
옮 긴 이 신동민
발 행 인 유재옥
본 부 장 조병권
담당편집자 김민지
편 집 1팀 정영길 김민지 조찬희 이성호
편 집 2팀 김다솜 지미현
편 집 3팀 박상섭 임미나 김효연
미   술 강혜린 박은정
라이츠담당 박선희 오유진
디 지 털 최민성 박지혜
물   류 허석용 최태욱
발 행 처 ㈜소미미디어
등   록 제2015-000008호
제 작 처 코리아피앤피
주   소 서울시 마포구 토정로222, 403호(신수동, 한국출판콘텐츠센터)
판   매 ㈜소미미디어
마 케 팅 한민지, 한주원
전   화 편집부 (070)4164-3962, 3963 기획실 (02)567-3388
           판매 및 마케팅 (070)4165-6688, Fax (02)322-7665
ISBN 979-11-6389-552-7 04830
ISBN 979-11-5710-608-0 (세트)